지리산 유람록의 이해

지리산 유람록의

이해

강정화·김기주·박찬모·소현수·이경순
이상균·이종수·이창훈·이호승·임의제
최　관·최원석·한상열

서문

　지리산은 민족의 영산(靈山)이며 우리 지역의 명산(名山)이다. 지리산 유람록은 조선시대 지식인이 지리산을 유람하고 그 감회를 기록한 글로, 지리산에 대한 역사적·문화적 의미가 함축된 총체적 자료이다. 이의 연구는 궁극적으로 '산의 인문학'이 가진 가치와 의미를 탐색하는 작업이라 할 수 있다.

　경상대학교 경남문화연구원에서는 지난 10년 동안 100여 편의 지리산 유람록을 발굴하고 번역하여 『선인들의 지리산 유람록』 시리즈(전6책)를 출간하였다. 이 책의 출간 이후 지리산권 문화와 관련하여 민속·지리·관광·역사·조경 등 다양한 분과에서 전문 연구가 진행되었고, '산의 인문학' 대중화에도 큰 반향을 불러 왔다. 유람록의 출간과 함께 전문 연구를 병행한 것은 국내 명산 중 지리산이 최초이자 유일한 사례일 것이다. 이를 토대로 향후 지리산 관련 지식의 사회적 확산에도 크게 기여할 것으로 기대된다. 그 중심에 지리산 유람록이 자리하고 있다.

　우리는 이에서 나아가 지리산 유람록 연구를 더욱 심화하고 확산시키기 위한 일환으로 2015년 5월 지리산 유람록 학술대회를 마련하였다. 한문학은 물론이고 철학·역사학·지리학·국문학·조경학 분야에서 그 동안 지리산 및 지리산 유람 연구에 전념했던 전문가들이 한자리에 모여 학문적 성과를 나누는 뜻 깊은 자리였다. 이 책에 실린

10편의 논문 중 8편이 그 자리에서 산출된 것이다. 그 외 나머지 2편은 그때 미처 함께 하지 못한 아쉬움을 달래고, 또 지리산 유람록 연구의 다양한 성과를 소개하는 뜻으로 첨부하였다.

이 책은 그동안 한문학 분야에서 주로 다루어 오던 지리산 유람록을 다양한 시각에서 접근하고 이를 수합한 최초의 연구 성과이다. 지리산 속 승려와 불교, 시대에 따른 지리산 유람의 변화와 추이 등을 살폈고, 지리산 속 주민의 생활사를 취락·주거·토지 등 현장에 밀착된 지리학적 접근도 이루어졌다. 특히 조경학·임학 분야에서 '경관 또는 산림'이라는 키워드로 접근한 것은 연구 영역의 확산이라는 측면에서 주목할 만하다고 하겠다.

게다가『선인들의 지리산 유람록』시리즈에 대한 상세한 설명과 100여 편의 지리산 유람록 목록을 부록으로 제시하고 있어, 향후 지리산 유람록 연구자에게는 이보다 더 친절한 연구서가 없을 것이다. 끝으로 이 책이 향후 지리산과 지리산의 유람문화, 나아가 지리산의 정체성을 찾아가는 연구에 작은 버팀목이 되기를 기대해 본다.

2016년 8월
연구자 일동

목차

제2부
지리산 유람록 연구의 확산과 가능성

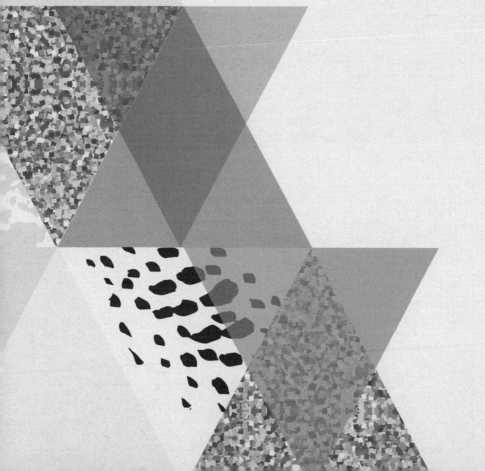

제1부

지리산 유람과
지리산 유람록의 가치

선비들이 유람을 떠난 까닭 : 유학과 유람

김기주

I. 선비들은 왜 유람을 떠났을까?

선비들이 지리산을 유람하고 그 감회를 글로 남겼다. 그렇게 남겨진 유람록이 확인된 것만 100여 편이나 된다.[1] 성리학이 자리 잡기 이전, 곧 조선 이전에는 찾아보기 어렵던 유람록이 성리학에 대한 이해가 깊어지는 것을 기다려 이토록 풍부하게 등장했다. 그리고 성리학적 전통이 무너져 내리는 것과 거의 동시에 유람록을 남기는 전통 또한 사라졌다. 우리는 바로 이 지점에 주목한다. 그리고 자연스레 하나의 물음을 떠올린다. 유람록의 주체이자 성리학을 이념적 토대로 삼았던 선비, 그들은 도대체 왜 지리산 유람 길을 떠났고 수많은 유람록을 남겼을까?

---

1 강정화(2014), 「조선시대 지식인의 지리산 읽기」, 『남도문화연구』 27집, 순천대학교 지리산권문화연구원 남도문화연구소, 385쪽 참조.

이 물음에 대한 대답은 다양한 측면에서 제시될 수 있다고 생각된다. 개인적인 취향이나 사회적인 유행의 변화를 통해서 이 물음에 대한 답을 찾을 수도 있을 것이다. 기존의 연구에서는 유람의 목적지를 분석함으로써 이들의 유람이 두 가지 다른 목적에서 시작된 것임을 밝히기도 하였다. 즉 천왕봉을 최종 목적지로 한 경우와 청학동이나 삼신동을 목적지로 한 경우를 구분하고, 전자는 태산을 오른 공자를 닮아 시야를 넓히는 것을, 후자는 이상향을 찾아 현실을 위로하는 것을 목적으로 한 유람이라고 이해하였다.[2]

또 다른 측면, 곧 지리산이 가지고 있는 다양한 의미 층차에서, 혹은 지리산을 오른 인물들의 다양한 삶의 배경에서 그 답을 찾아볼 수도 있을 것이다. 같은 하나의 산이지만, 누군가에게는 무엇인가를 기르고 배양하는 곳이기도 하고, 누군가에게는 삶의 터전이기도 했다. 또 누군가에게는 더러운 현실로부터 도망쳐 숨어들어야 할 곳이었다면, 또 누군가에게는 새로운 세상을 꿈꾸는 터전이기도 하였다.[3] 그래서 어떤 이는 무엇인가를 기르기 위해, 또 다른 누군가는 현실의 삶을 위해, 또 어떤 이는 현실의 삶으로부터 도망치기 위해, 그리고 어떤 이는 새로운 세상을 꿈꾸기 위해 지리산을 올랐던 것이다. 이렇듯 어떻게 지리산을 바라봤는지에 따라 그들이 그곳을 오른 동기나 목적은 당연히 다른 것이었다.

하지만 오늘 우리의 논의는 선비들이 바라본 지리산이 어떤 모습이

---

2 최석기(2009), 「조선시대 사인들의 지리산유람을 통해 본 사의식-15~16세기 지리산 유산기를 중심으로」, 『한문학보』 제20집, 우리한문학회, 40쪽 참조.
3 강정화(2014), 「조선시대 지식인의 지리산 읽기」, 『남도문화연구』 27집, 순천대학교 지리산권문화연구원 남도문화연구소, 383쪽 참조.

없는지를 이해함으로써, 그들이 왜 지리산을 오를 수밖에 없었는지를 확인하기 위한 것은 아니다. 또한 그들 각 개인의 최종 목적지가 어디였는지를 확인함으로써, 그들이 왜 지리산을 오르게 되었는지 그 답을 찾아보고자 하는 것도 아니다. 우리의 논의는 오히려 앞에서 제기한 문제, 곧 유람록의 대부분이 선비들의 손에서 집필되었다는 점, 그리고 그 선비들이 성리학을 이념적 토대로 삼고 있는 사람들이라는 점, 그리고 이들이 역사의 뒤안길로 사라질 때 유람록의 전통도 함께 사라졌다는 점에서 시작된다. 이러한 몇 가지 사실들이 보여주고 있는 것은 다름 아닌 성리학과 선비들의 유람이 가진 깊은 관련성이다. 그리고 이 관련성에 주목할 때 우리는 성리학, 곧 유학과 유람이 어떻게 관련되고 있는지 묻게 된다. 선비들이 안락한 집을 떠나 왜 지리산과 같은 힘든 유람 길에 올랐는지를 그들의 배경이 되어준 성리학과의 관련성 속에서 답을 찾아보는 것, 그것이 바로 이 글의 목표가 된다.

이렇게 이글의 목표를 정리해 놓고 본다면, 우리가 답하고자 하는 문제는 다른 것이 아니다. 그것은 결국 선비들이 유람을 떠난 배경에 어떤 유학 혹은 성리학적 근거가 내재해 있는지를 확인하는 것이다. 또한 그것은 어떤 유학 혹은 성리학적 배경이 유람을 떠나도록 선비들의 등을 떠밀었는지 그 답을 찾아보는 것이기도 하다. 유람의 성리학적 동기를 묻는 것이자, 그 성리학적 동기로부터 시작된 유람이 또 어떤 목적을 향하고 있는지를 확인하는 작업인 셈이다. 이러한 우리의 시도는 선비들의 유람을 그들의 이념적 토대였던 유학 혹은 성리학과의 관련성 속에서 이해하기 위한 첫 시도라는 점에서 최소한의 의미를 가진다고 생각된다.

Ⅱ. 배움의 길 : 주자(朱子)의 격물치지(格物致知)

우리의 본격적인 이야기는 지리산을 유람한 선비들이 보여준 사의식(士意識), 곧 선비의식과 유람의 상관관계를 살펴보는 것에서 시작되어야 할 것 같다. 성리학과의 관련성 속에서 선비들을 유람 길로 나서게 만든 것이 무엇인지를 이해하기 위해서는 그들의 의식형태에 대한 이해가 선행되어야 한다고 생각되기 때문이다. 최석기 교수는 일부 유람록에 대한 분석을 통해 불교와 무속에 대한 비판, 경세제민의 현실인식, 역사에 대한 회고, 자아성찰과 심성수양, 국토산하에 대한 인식 등에서 지리산을 유람한 선비들의 의식을 확인할 수 있다고 주장한다.[4] 이 점에 대해 이의를 제기하기는 어려워 보인다. 대부분의 선비들이 비슷한 의식을 공유하였다고 생각되기 때문이다.

하지만 그럼에도 불구하고 우리는 하나의 물음을 던지게 된다. 과연 이와 같은 선비의식이 유람 길을 떠나도록 이들의 등을 떠밀었을까? 이렇게 다시 물음을 던졌을 때 우리의 답은 그다지 긍정적이지는 않다. 불교나 무속에 대한 비판적 시각은 분명 선비들의 일반적인 의식형태이기는 하지만, 이것이 이들을 지리산 유람의 길로 나서도록 만들었다고 생각되지는 않기 때문이다. 다시 말해서 선비들은 유람 길에서 불교나 무속을 비판하는 모습을 흔히 보여주고 있지만, 그렇다고 불교나 무속을 비판하기 위해 이들이 유람을 나선 것은 아니라고 판단되기 때문이다. 이것은 다른 조항들에서도 비슷하게 적용되는 것 같다. 이들이 보여주고 있는 선비의식이 유람과 무관할 수는 없지만,

---

4 최석기(2009), 「조선시대 사인들의 지리산유람을 통해 본 사의식-15~16세기 지리산 유산기를 중심으로」, 『한문학보』 제20집, 우리한문학회, 48~66쪽 참조.

그렇다고 그것이 직접적인 동기로 작용하지는 않았던 것이다. 이러한 측면에서 보자면, 우리가 찾고자 하는 '유학과 유람'의 연결고리는 처음 예상했던 것과는 달리 그들의 언행에서 드러나는 선비의식에서 반드시 확인되는 것은 아니라고 판단된다.

이처럼 지리산을 유람했던 선비들의 언행에서 드러나는 선비의식에서 직접적으로 혹은 온전히 유람의 동기나 목적을 확인하기 어렵다면 우리의 이야기를 어떻게 풀어가야 하는 것일까? 논의의 첫걸음부터 순조롭지 않지만, 이렇게 방향을 설정하기 어려울 경우, 문제를 원론적으로 혹은 단순화해서 접근하는 것이 필요하다고 판단된다. 그리고 그 단순화는 무엇보다 선비들의 이념적 토대가 되었던 '성리학'의 학문적 성격이나 근원적 지향으로 되돌아가는 것을 의미한다. 그리고 바로 여기에서 우리 논의의 방향을 모색해 볼 수 있을 것이다.

무엇보다 우리가 전제해야 할 것은 중국에서 성리학의 성립이나 그 지향이 당송변혁기 귀족사회가 무너지고, 신흥사대부가 등장하는 과정과 분리되어 이해될 수 없으며, 성리학이란 다름 아닌 이 신흥사대부가 무엇을 지향하였는지를 보여준 학적 체계였다는 사실이다. 이것은 우리나라의 경우에도 동일하게 적용된다. 고려말기 귀족사회가 해체되면서 새롭게 등장한 신흥사대부 계층이 성리학을 도입하게 되는 것도 바로 이러한 측면에서 운명적이었다고도 말할 수 있을 것이다.

중국의 송대, 그리고 우리나라의 조선은 바로 이들 신흥사대부의 나라였다. 호족연합이나 모든 것이 세습되는 귀족들에 의해서가 아니라, 과거시험을 통해 선발된 비세습적인 관료, 곧 신흥사대부에 의해 황제의 권력이나 중앙집권이 유지되었던 것이다. 이때부터 관직은 더이상 세습의 대상이 될 수 없었으며, 누구나 공부해서 과거시험에 합격하면 오를 수 있는 자리가 되었다. 그리고 바로 이러한 세상의 변화를 성리학(性理學)은 '인간이라면 누구나 공부나 수양을 통해 성인(聖人)이 될 수 있다'는 성리학의 구호를 통해 극적으로 표현해내고 있다. 그리고 여기에서 다른 무엇보다 우리가 주목하는 부분은 성인이 되는 방법이 다름 아닌 공부와 수양이라는 점이다. 무엇보다 공부와 수양이 적극적으로 강조되고 있는 것이다.

여기에 더해서, 특히 조선에서 성리학의 전개가 늘 주자학(朱子學) 중심이었다는 사실은 더욱 주목된다. 이 주자학은 세 가지 주요 이론으로 구성되어 있는데, 리기론(理氣論)과 심성론(心性論) 그리고 공부론(工夫論)이 바로 그것이다. 주자학은 성인(聖人)을 목표로 한 학적 체계이고, 그러한 체계 속에서 리기론과 심성론은 객관적이고 내재적인 측면에서 누구나 성인이 될 수 있는 가능 근거를 논한 것이라면, 공부론은 그 목표를 실현하는 방법이다. 그리고 주자학이 제시하고 있는 다양한 공부 방법 가운데 특히 격물치지(格物致知)는 바로 이 공부론의 중심축으로 작용하고 있다.

이처럼 주자학에서 공부론의 주요한 축을 형성하고 있는 '격물치지'는 사물과의 관계 속에서, 좁게는 그 사물에 대한 이해, 그리고 넓게는 세계에 대한 이해나 경험적 지식의 축적 혹은 습득을 뜻한다. 그만큼 주자학 안에서도 사물과의 접촉 혹은 사물 속에 내재해 있는 리에 대한 경험적 탐구는 적극적으로 추구되었던 것이다. 공부와 수양을 강조하는 성리학의 일반적 지향, 여기에 더해서 조선에서 더욱 강하게 영향력을 행사했던 주자학적 구도에서 강조되었던 '격물치지'의 공부에서 보자면, 새로운 세상과의 만남 혹은 다양한 경험적 지식의 축적은 선비들에게 필연적으로 요청되었다고 이해된다.

이런 의미에서 보자면 평소의 생활권역을 벗어나 새로운 사물을 접할 수 있는 유람은 선비들이 새로운 지식을 습득하고, 세계를 이해하는 과정이 되었을 것이다. 그리고 바로 이러한 측면에서 유람은 주자학적 공부, 곧 격물치지를 실천하는 과정이자, 새로운 경험적 지식을 습득하고 축적하는 주요한 계기가 되었음을 의미한다.

그런데 성리학이 이토록 공부와 수양을 강조하였지만, 이러한 지향이 결코 북송시대에 등장한 성리학에 한정되는 것은 아니다. 우리가 주의해야 할 점은 성리학의 이러한 전환이 다름 아닌 공자(孔子)와 맹자(孟子) 전통의 회복이자 재해석의 결과라는 사실이다. 한당시대를 거치며 잊혀 있었던 공자의 정신과 그 가치가 바로 송대의 성리학자들에 의해 재해석되기 시작하였고, 그것은 성리학의 성립에 주요한 근거가 되었던 것이다.

공자가 가진 가치와 의의를 다시 해석하고 그 좌표를 새롭게 설정하기 시작함으로써 한당유학의 한계를 극복하며 등장한 것이 성리학이라는 사실에서도, 성리학과 공자의 관계가 그 만큼 밀접하다는 사실이 확인된다. 사실상 공자가 강조했던 '인(仁)'은 곧 '사람다움의 씨앗'이며, 그것을 발아/성장시키는 방법은 다름 아닌 공부이자 수양이었다. 결국 공자 역시 공부와 수양의 과정을 통해서 사람다운 사람, 곧 성인이 되는 길을 제시했던 것이다. 여기에서 공부와 수양에 대한 강조는 북송시대에 이르러 신흥사대부의 학문인 성리학에서 시작되었던 것이 아니라, 이미 공자의 전통 속에 함축되어 있었음을 알 수 있다.

이처럼 공자로부터 시작되어 성리학으로 이어지는 흐름에서 공부는 적극적으로 요청되었다. 그런 까닭에 유람을 공부의 기회나 성장의 계기로 삼는, 곧 공자나 주자를 닮은 모습을 우리는 지리산을 오른 선비들에게서도 발견하게 된다. 다시 말해 선비들의 지리산 유람 길 역시 배움의 길이자, 성장의 길이었던 것이다. 이러한 사실을 우리는 이들 선비들이 남긴 유람록에서 확인할 수 있는데, 먼저 김종직(金宗直)은 「유두류록(遊頭流錄)」에서 다음과 같이 말한다.

> 내가 공무를 제쳐두고 실컷 유람하였는데도 백성들이 탓하지 않으니, 나는 그제야 안심이 되었다. 해공(解空)은 군자사(君子寺)로, 법종(法宗)은 묘정사(妙貞寺)로 가고, 조태허(曺太虛)·유극기(兪克己)·한백원(韓百源)은 용유담(龍遊潭)으로 유람을 떠났다. 나는 등구재(登龜岾)를 넘어 곧장 군의 관아로 돌아왔다. 유람한 것은 겨우 닷새지만 가슴속이 탁 트이고 시야가 넓어짐을 느낀다. 비록 처자와 아전들이 나를 보더라도 옛날과 같지는 않으리라.[5]

공무를 제쳐두고 유람을 떠난 방백(方伯)을 백성들이 탓할지도 모른다는 생각을 하면서도, 유람을 다녀온 뒤 옛날과 같지 않은 성장된 모습을 보여 주면, 백성들의 험담마저 잠재울 수 있을 것이라는 믿음을 인용된 글에서 읽을 수 있다. 그 만큼 김종직 스스로 겨우 닷새간의 지리산 유람을 괄목상대할 만큼 성장하는 중요한 계기로 여겼던 것이다. 이러한 측면에서 김종직에게 유람은 배움의 길이자 동시에 자신을 성장 시키는 길이었다고 이해할 수 있다.

이러한 생각은 김일손(金馹孫)의 「두류기행록(頭流紀行錄)」에서도 확인된다. 김일손은 「두류기행록」의 첫 머리를 다음과 같이 시작하고

---

5 최석기 외(2000), 『선인들의 지리산 유람록』, 돌베개, 41쪽.

있다.

> 선비가 태어나서 한 곳에 조롱박처럼 매여 있는 것은 운명이다. 천하
> 를 두루 보고서 자신의 소질을 기를 수 없다면, 자기 나라의 산천쯤은
> 마땅히 탐방해야 할 것이다.[6]

선비의 삶 역시 한정된 공간 속에서 영위될 수밖에 없다는 점을 전
제하면서 이야기는 시작된다. 하지만 그렇게 한정된 공간 속에서 삶
이 영위될 수밖에 없지만, 그래서 천하를 두루 보고서 자신의 소질을
기를 수는 없지만, 그럼에도 불구하고 마땅히 자기 나라의 산천쯤은
탐방하며 자신을 성장시켜야 한다는 생각이 이 짧은 구절에서 읽혀진
다. 김일손에게도 유람은 자신의 소질을 기르고 성장시키는 배움의
길이었다.

그런데 이러한 유람의 길이 배움과 성장의 길이 되었던 것은 유람
의 과정에서 다양한 경험을 한 때문만은 아니다. 그것은 평소 공부한
내용을 몸으로 체득하는 기회가 되기도 하였다. 다음과 같은 황도익
(黃道翼)의「두류산유행록(頭流山遊行錄)」에서 그 의미는 분명하게 드러
난다.

> 8일(임오). 섬진나루에 도착하여 배를 타고 건넜다. 정여창 선생의
> 시에 "두류산 천만 겹의 봉우리 모두 다 본 뒤에, 작은 배 다시 큰 강물을
> 따라 흘러가네"라고 한 것이 바로 우리들의 지금 일과 같다. 이전에 이
> 시를 읽지 않은 것은 아니건만 범범하게 지나쳐버리고 오늘처럼 이곳을

---

6 최석기 외(2000), 『선인들의 지리산 유람록』, 돌베개, 67쪽.

직접 유람하며 그 말의 의미를 느끼게 될 줄을 생각지도 못했다.[7]

범범하게 지나쳐버렸던 것들이 유람의 과정에서 더욱 피부에 와 닿으며 느껴지고 그 의미가 새롭게 이해되었던 것이다. 이렇듯 유람 과정에서의 직접적인 경험은 새로운 지식을 축적하거나 정신적으로 한 걸음 더 성장하는 계기가 되었을 뿐만 아니라, 과거에 피상적으로 이해했던 내용을 더욱 깊은 의미로 이해하는 계기가 되었던 것이다.

전체적으로 선비들의 유람은 무엇보다 자신을 성장시키는 배움의 길이었고, 이것은 선비의식 이전에 이미 성리학적 전통 속에서 적극적으로 추구되는 것이기도 하였다. 특히 리기론적 사유 틀 속에서, 사물 속에 내재해 있는 리에 대한 인식을 추구한 주자학적 체계는 이러한 측면을 더욱 강하게 부각시키는 주요한 계기로 작용했을 것이라 짐작된다.

Ⅲ. 유식(遊息)의 길 : 증점(曾點)의 무우(舞雩)에서 바람쐬다

그런데 선비들의 유람이 배움과 성장의 길이기만 했을까? 앞에서 우리는 선비들의 유람이 자신을 성장시켜가는 길이자, 배움의 길이라는 점을 부각시켜 보았다. 하지만 그럼에도 불구하고 유람이 집을 떠나 낯선 곳에서 일상이 주던 긴장으로부터 벗어나 쉬어가는 하나의 과정이기도 하다는 점을 부정하지 못할 것이다. 인간의 삶 역시 긴장

---

7 최석기 외(2008), 『지리산 유람록 – 용이 머리를 숙인 듯 꼬리를 치켜든 듯』, 보고사, 270쪽.

된 배움의 시간만으로 채워질 수는 없는 법이다. 긴장의 시간이 있다면 그것을 풀어주는 휴식의 시간도 필요하다. 유학이나 성리학에서도 이 점이 간과될 수는 없다. 그런 의미에서 선비들의 유람은 단순한 유희의 시간이 아니라, 그동안 일상적 삶이 쌓아온 긴장을 푸는 과정이자, 선비들 간 교류의 시간이기도 하였다.

양대박(梁大樸)은 그의 「두류산기행록(頭流山紀行錄)」에서 다음과 같이 말한다.

> 두류산 유람은 이번이 두 번째이고, 상봉에 오른 것도 두 번째였다. 단풍잎을 감상하고 일출을 본 것은 부차적인 일이었을 뿐이다. 시를 주고받을 수 있는 오춘간과 함께 하고, 이야기를 나눌 수 있는 청허옹과 함께 하고, 웃음을 선사한 양광조와 함께 한 것이 정말 행운이었다. 이 세 사람은 천하에서 구하려고 해도 쉽게 만날 수 없는 사람들이다. 애춘(愛春)의 노래 소리와 수개(守介)의 아쟁소리와 생이(生伊)의 피리소리는 늘 보는 흔한 일이라고 하겠지만, 만약 물외인(物外人)으로 하여금 그 소리를 듣게 한다면, 우리가 산에서 만난 삼베옷 입은 사람을 흠모했던 것처럼 좋아함이 있을 것이다.[8]

양대박의 유람 길에서 보자면, 모두가 흔히 유람의 목적이라고 들고 있는 단풍잎을 감상하는 것, 천왕봉의 일출을 감상하는 것 등은 모두 부차적인 일일 뿐이었다. 이것은 어쩌면 우리가 앞에서 논했던, 자연 속에서 배우는 과정이 그에게는 가장 중요한 요소로 느껴지지 않았다는 것이다. 그의 유람 길에서 진정 중요한 것은 동료와 시를 주고받으며 이야기를 나누는 것, 서로 농을 주고받으며 웃는 것, 그리

---

8 최석기 외(2000), 『선인들의 지리산 유람록』, 돌베개, 148쪽.

고 기생의 노래와 종복들의 악기 연주를 듣는 것이었다. 그것은 모두 일상적이지 않은 모습이자, 낯선 곳에서 일상의 긴장으로부터 벗어나는 일이었다. 그리고 같은 글에서 양대박은 다시 다음과 같이 말한다.

> 마침 병술년(1586년) 가을, 춘간(春澗) 오훈중(吳勳仲)-이름은 적(積)이다.-이……-이하 11자 결- 하고, 분연히 탄식하기를 "인간 세상에 30년 동안이나 살면서 천상의 세계에 날아오르지 못했네. 번뇌 많은 이 세상에 살다가 초라한 시골 사람이 되고 말았으니, 애석하도다! 그대는 어떻게 나로 하여금 이 속세에서 벗어나 허공에서 손을 흔들며, 뜬구름을 밟고 천지·사방을 아득히 바라보면서, 조물주와 더불어 넓고 넓은 곳을 유람하게 할 수 있겠는가?"라고 하여, 내가 답하기를 "좋은 날 깨끗한 유람을 하는 것도 청계(靑溪)에서 덕을 넓히는 것에 지나지 않으이. 산수가 빼어난 곳에서도 가슴속의 티끌을 씻고 세속의 근심을 없앨 수 있네."라고 하였다.[9]

여기에서 양대박은 좋은 시절에 유람을 하며 산수의 경치가 빼어난 곳에서 가슴속의 긴장을 씻어내고 세속적인 관심을 덜어내는 것은 청계에서 덕을 넓히는 것과 같다고 말한다. 유람은 물론 청계에서 덕을 쌓는 긴장된 모습과는 다르지만, 그것이 가지고 있는 의미나 가치에서 보자면 결코 덕을 넓히는 것에 못지않다는 뜻이기도 하다. 이 점은 평소 한 치의 흐트러짐도 용납하지 않던 조식의 유람길에서도 확인된다.

15일. 이강이와 함께 모두 장암(場巖)으로 향했다. 이강이의 서제(庶

---

9 최석기 외(2000), 『선인들의 지리산 유람록』, 돌베개, 130쪽.

弟)인 이백(李栢)도 따라 나섰다. 옛날 장군이었던 이순(李珣)의 쾌재정
(快哉亭)에 먼저 올랐다. 얼마 뒤 김홍지의 중씨(仲氏) 김경(金涇)과 김
홍지의 아들 김사성(金思誠)이 잇달아 왔고, 김홍지는 맨 뒤에 왔다.
잠시 후 사천군수 노극수(魯克粹)가 고을의 수령 자격으로 찾아와 조촐
한 술자리를 베풀어주었다. 모두 큰 배에 오르자, 사천군수 노군(魯君)
은 술과 안주 및 음식을 실어 준 뒤 배에서 내려 돌아갔다. 충순위(忠順
衛) 정당(鄭溏)이 물건 챙기는 일을 감독하였다. 기생 10명이 피리·생
황·북·나발 등의 악기를 모두 벌여 놓았으나, 이 날은 회간국비(懷簡國
妃) 한씨(韓氏)의 기일(忌日)이었기 때문에 음악을 연주하지 않고 채식
을 하였다. 그 때 유생 백유량(白惟良)이 배 위로 올라와 인사하고 동행
하였다. 이날 밤 달빛이 대낮 같이 밝게 비추고 은빛 물결이 잘 닦은
거울처럼 빛나, 천근(天根)과 옥초(沃焦)가 모두 자리에 함께 한 듯하였
다. 사공들이 번갈아 뱃노래를 부르니, 교룡(蛟龍)이 사는 굴까지 메아
리가 울려 퍼지는 듯하였다. …… 16일. 새벽빛이 희미하게 밝아질 무렵
섬진에 다다랐다. 흔들어 깨우는 사이에 벌써 곤양 땅을 지나버렸다고
하였다. 찬란한 아침 해가 막 떠오르니 만경창파가 붉게 물들고, 섬진강
양쪽 언덕의 푸른 산이 출렁이는 물결 속에 거꾸로 비쳤다. 퉁소를 불고
북을 치니 노랫소리와 나발소리가 번갈아 일어났다.[10]

유람을 함께 할 사람들이 하나 둘 도착하면서, 본격적인 유람이 시
작되는 모습과 함께, 기생 10여 명이 피리, 생황, 북, 나발 등의 악기
를 들고 따르고 있는 사실 역시 자세하게 묘사하고 있다. 이렇듯 유람
은 외롭고 고생스러운 길이 아니라, 동료와 함께하는 유쾌한 길이라
는 점, 그 유람의 길에 풍류가 동반하는 것은 양대박과 다르지 않았
다. 그런데 이와 같은 조식의 모습은 평소 그가 보여주던 모습과는

10 최석기 외(2000), 『선인들의 지리산 유람록』, 돌베개, 103~104쪽.

상당한 차이를 보여준다. 그의 평소 모습은 다음과 같은 묘사에서 잘 그려진다.

> 선생께서 닭 울음소리를 듣고 새벽에 일어나 의관을 갖추고 띠를 매고서는 자리를 바로하여 똑바로 앉아 어깨와 등을 곧게 하여 앉았으니, 바라보면 그림이나 조각상 같았다.[11]

> 선생이 홀로 서실에 계실 때에는 가지런히 정리하고 깨끗하게 하여 책이나 물건들이 안정감 있게 정돈되어 일정한 곳에 두었으며, 종일 단정히 앉아 일찍이 비스듬히 기대는 모습을 볼 수 없었다.[12]

짧은 묘사에서 한 점 흐트러진 모습을 보이지 않고, 엄격한 모습으로 생활하는 조식의 모습이 그려진다. 여기에 더해서 그가 항상 지니고 다녔다고 전해지는 '성성자'와 '경의검'은 그가 평소 얼마나 수양에 힘썼고, 일상이 긴장되어 있었는지를 짐작하게 하는 부분이다. 그런데 이와 같은 조식의 평소 모습에서 보자면, 유람에서 보여준 풍류와 여유를 우리는 어떻게 유학 혹은 성리학과 연결시킬 수 있을까? 이 물음은 양대박의 경우에도 동일하게 해당하는 것이기도 하다. 대체 유학에서는 풍류를 어떻게 이해할 수 있을까?

이러한 물음에 대한 유학적인 대답은 우선 욕망에 대한 유학이나 성리학자들의 시각을 살펴보는 간접적인 방법을 통해 확인해 볼 수 있다고 생각된다. 음식남녀(飮食男女)에 대한 유학의 태도는 기본적으

---

11 朴絪, 『无悶堂先生文集』 권5, 「南冥先生言行總錄」, "先生聽鷄晨興 冠頂帶腰 正席尸坐 肩背竦直 望之若圖形刻像"

12 朴絪, 『无悶堂先生文集』 권5, 「南冥先生言行總錄」, "先生獨處書室 整齊瀟灑 書冊器用 安頓有常 終日端坐 未嘗見其隤墮傾倚之時"

로는 긍정적이다. 그것은 다음과 같은 허균의 말에서도 잘 드러난다.

> 식욕과 성욕은 사람의 본성이다. 더구나 먹는 것은 생명에 관계되는
> 것이다. 선현들은 음식을 천하게 여겼지만, 그것은 먹는 것만을 탐하고
> 자기의 이익을 추구하는 것을 지적한 것이지, 어떻게 먹지도 말고 말하
> 지도 말라는 것이겠는가? 그렇지 않다면 팔진미의 등급을 무엇 때문에
> 여러 예경에 제시했으며, 맹자가 생선과 웅장을 구분했겠는가?[13]

 허균이 지적하고 있는 것은 분명하다. 욕망하지 말라는 것이 아니
라, 욕망을 정당하고 적절하게 충족시키라는 것이다. 이것은 공맹의
전통을 계승한 유학의 기본적인 지향이지, 허균의 개인적인 생각일
수는 없다. 욕망에 대한 유가의 입장은 도가나 묵가 혹은 불가와 다른
모습이다. 무조건 제거하거나 막아야 하는 것으로 설정되지 않는다.
단지 일정한 틀 안에서 그것이 충족되거나 혹은 성취되어야 한다는
것을 강조하고 있을 뿐이다.

 특히 여가 혹은 풍류와 관련해서는 『논어』 「선진」의 공자와 그 제
자들의 다음과 같은 대화 내용에 주목할 필요가 있다. 여기에서 우리
는 공자가 여가에 대해 어떻게 생각하고 있는지 그 단면을 확인할 수
있다.

> 마지막으로 공자가 점(點)에게 물었다. '점아, 너는 어찌하겠느냐?'
> 슬(瑟)을 타는 소리가 점차 잦아들더니 이윽고 슬을 밀어놓고 일어나서

---

13 許筠, 『惺所覆瓿稿』 권26, 「屠門大嚼引」. "食色性也 而食尤軀命之關 先賢以飮食爲賤
 者 指其饕而徇利也 何嘗廢食而不談乎 不然則八珍之品 何以記諸禮經 而孟軻有魚熊之
 分耶"

대답하였다. '세 사람이 이야기한 것과는 다릅니다.' 공자가 말하였다. '무슨 상관이 있겠느냐? 각자 자신의 뜻을 말한 것이다.' 증점(曾點)이 말하였다. '봄 옷이 만들어졌으면 관자(冠子) 5~6명, 동자(童子) 6~7명을 데리고, 기수(沂水)에서 목욕하고 무우(舞雩)에서 바람 쐰 후 노래 부르며 돌아오고 싶습니다.' 공자가 깊이 탄식하며 말하였다. '나는 점(點)과 함께 하련다.'[14]

본래 이 대화의 등장인물은 공자와 그의 제자인 자로, 염유, 공서화와 증점이다. 장래의 포부를 묻는 공자에게 자로와 염유 그리고 공서화는 각각 자신이 품은 원대한 뜻을 밝히고 있다. 자로는 제후국을 맡아 다스리면 3년 만에 백성들이 용기를 갖게 하고 국가의 목표를 알게 할 수 있다고 장담하였다. 이어서 염유 역시 3년이면 백성들을 풍족하게 만들 수 있다고 주장하였고, 공서화는 종묘의 일과 제후들이 회동할 때 예복과 관을 갖추고 가서 돕고 싶다고 답하였다. 반면 동문들의 옆 자리에 앉아 슬을 연주하고 있던 증점은 공자가 재차 질문을 하고서야 연주를 멈추고, '함께 일한 동료들과 기수에서 목욕하고 무우에서 바람을 쐰 후, 시를 읊으며 돌아오겠다'고 대답한다. 증점의 대답에 공자 역시 함께 하고 싶다는 뜻을 밝히고 있다. 증점의 대답을 기정진은 남계서원의 「풍영루중수기(諷詠樓重修記)」에서 다음과 같이 풀이한다.

증점이 기수에서 목욕하고 무우에서 바람을 쐰 후, 시를 읊으며 돌아오겠다고 한 것과 안자가 누추한 시골 거리에 살면서 어리석은 사람같이 보이는 것은 그 규모와 기상이 비록 같지 않은 점이 있지만, 배우는

14 『論語』, 「先進」. "春服旣成 冠者五六人 童子六七人 浴乎沂 風乎舞雩 詠而歸"

자들이 이 두 가지 가운데 하나라도 폐해서 강론하지 않아서는 안 되는 것이 분명하다. 이 서원에는 거경재와 집의재가 있으니, 대체로 증자와 맹자의 뜻을 미루어 체용의 학문으로 삼고자 한 것이다. 이는 이른바 안자가 배운 바를 배우는 것이다. 그런데 시위를 당겨 놓기만 할뿐 풀어 놓지 않는다면 문왕과 무왕도 다스릴 수 없을 것이니, 정신을 일으켜 펴는 것과 성정을 쉬며 기르는 것 가운데 어떻게 한쪽 편의 일을 없앨 수 있겠는가?[15]

여기에서 기정진은 활의 시위를 당기다가 또 풀어 놓는 것, 그리고 정신을 일으켜 세우지만 또 성정을 쉬면서 기르는 것, 이 두 가지 방향, 다시 말해서 긴장된 학문 탐구와 함께 그 긴장을 풀어주는 휴식, 전통적인 표현을 쓰자면 장수(藏修)와 유식(遊息)의 두 가지 측면이 균형을 이루어야 한다는 점을 강조하고 있다. 유람은 배움의 길이기도 하였지만, 동시에 휴식의 길이기도 하였다. 그것은 일상의 긴장을 푸는 길이자, 뜻을 함께 하는 사람들과 함께하는 교류의 길이기도 하였다. 그리고 이것은 곧 공자의 정신을 계승한 것이었고, 동시에 공자의 정신에 주목한 성리학의 지향이기도 하였다.

더해서 사회적인 측면에서 이와 같은 선비들의 유람이 가진 의미를 살펴볼 수도 있을 것이다. 일상 속에서 쌓인 긴장감과 경직된 심신을 풀어주는 기제가 없다면 그 사회의 건전성은 지속되거나 혹은 충분히 확보될 수 없다. 이런 의미에서 선비들의 유람은 조선사회에서 개인적인 측면에서 뿐만 아니라, 전체 사회의 긴장감을 해소하는 하나의

---

15 奇正鎭, 『蘆沙集』 권21, 「風詠樓重建記」. "曾氏之沂上風詠 與顏子之巷居如愚 規模氣像 雖有不同 而學者不可廢一而不講也明矣 是院之有居敬集義齋者 蓋將追曾孟之旨 以事體用之學 是所謂學顏子之所學 而張而不弛 文武不能 發舒精神 休養性情 又烏可無一段事乎"

방식이자, 긴장된 일상으로 또 다시 되돌아 올 수 있는 내적 힘과 여유
로움을 기르는 과정이었다고 이해된다. 부정적인 요소가 전혀 없는
것은 아니지만, 조선이 500년 이상을 지탱할 수 있었던 것도 이러한
측면과 무관하다 말할 수는 없을 것이다.

Ⅳ. 닮아가는 길 : 공자에서 남명까지

앞에서 우리는 두 가지, 곧 배움과 유식이라는 두 방향에서 선비들
의 유람을 이해해 보았다. 그러나 이 두 가지만이 선비들의 유람을
이해하는 창이 될 수는 없다고 생각된다. 그것은 다음과 같은 의문을
머리에 떠올리는 것만으로도 충분히 짐작된다. 만약 김종직과 조식이
지리산을 오르지 않았어도 조선 후기의 선비들이 그토록 지리산을 오
르길 열망하였을까? 만약 공자가 태산을 오른 고사가 전해지지 않았
다면, 선비들이 유람 길에 공자의 모습을 그렸을까? 이러한 물음에
대해 우리는 물론 개연적인 답을 할 수 있을 뿐이지만, 선비들의 유람
길은 또 다른 측면에서 앞선 현인들의 발자취를 따라가는 과정을 통
해, 선현을 닮아가기 위한 노력으로 이해할 수 있다고 생각된다.

이처럼 선현들을 닮기 위한 노력 역시 충분히 유학적 특징을 가진
다는 사실은 맹자의 '상우(尙友)'에 대한 논의에서 확인된다. '상우'는
기본적으로는 책을 통해 옛 사람을 벗으로 사귀는 것을 의미하지만,
책이 아닌 유람을 통해 옛 사람을 만나는 것을 굳이 배제할 이유가
있을까? 실제로 유산기에서는 태산을 오른 공자와 형산을 유람한 한
유, 그리고 여산을 등정한 주자가 흔히 묘사되는데, 이것은 모두 '상

우'의 좋은 사례다. 김종직은 천왕봉에 올라 성모(聖母)에게 다음과 같이 고유(告由)하며 공자와 한유를 흠모하는 뜻과 함께, 지리산 유람이 그들을 닮기 위한 길임을 보여준다.

> 저는 일찍이 선니(宣尼)께서 대산(岱山)에 올라 관찰하신 것과, 한자(韓子)가 형산(衡山)을 유람한 뜻을 흠모하였지만, 관직에 매인 몸인지라 소원을 이루지 못하였습니다. 금년 중추(仲秋)에 남쪽 경내의 농사 작황을 둘러보던 중 우뚝한 봉우리를 우러러보고 간절한 마음이 절실하였습니다. 드디어 진사 한인효(韓仁孝)·유호인(兪好仁)·조위(曺偉) 등과 함께 구름사다리를 밟고서 사당 아래에 이르렀습니다.[16]

지리산을 바라보며 선현들을 생각하고, 그들을 닮고자 하는 간절한 뜻을 읽을 수 있는 내용이다. 김일손 역시 천왕봉에 올라 해가 떠오르는 것을 바라보며, "사방으로 저 멀리 눈길 닿는 데까지 바라보니, 뭇 산은 모두 개미집처럼 보였다. 묘사하자면 창려의 「남산시」와 합치될 것이고, 마음의 눈으로 보면 선니(공자)께서 동산에 오르셨을 때의 심정과 꼭 들어맞는다"고 말한다. 지리산을 오르는 것을 공자가 동산에 오르는 것과 관련시켜 이해하는 모습이다. 뿐만 아니라 성여신(成汝信)은 「유두류산시(遊頭流山詩)」에서 아래와 같이 공자와 정자 그리고 주자를 언급하며 지리산을 오른 자신이 그들과 공감하고 있음을 표현하고 있다.

> 나는 알지 못하겠다.

---

16 최석기 외(2000), 『선인들의 지리산 유람록』, 돌베개, 30쪽.

> 공자께서 태산과 동산에 오르셨을 때와
> 정자가 남여(藍輿)로 3일 동안 유람했을 때와
> 주자가 눈 내리는 남악(南嶽)을 유람했을 때도
> 오늘 나처럼 마음과 눈이 활달했을까?[17]

'나는 알지 못하겠다'라는 말로 시작되지만, 자신의 유람 역시 공자나 정자, 주자의 유람과 사실상 같은 의미를 가지고 있고, 또 유람을 통해 자신은 이러한 선현들과 닮아가고 있음을 암시해 보여준다. 박장원(朴長遠)은 다음과 같은 「유두류산기(遊頭流山記)」에서 더욱 분명하게 자신의 생각을 표현한다.

> 산으로 둘러싸인 저주(滁州)와 나부산(羅浮山)의 세 골짜기라도 이보다 낫지 않을 것이다. 하물며 지리산과의 거리가 겨우 몇 십 리밖에 되지 않으니, 주자가 여부 밑에서 벼슬할 적에 여산을 유람했던 행운을 변변치 않은 나로서도 천년 뒤 우러러 따르고 싶은 생각이 없을 수 없었다.[18]

이들에게 나타나는 공통점은 바로 공자나 정자, 주자와 공감하고 그들의 경지에 오르며, 그들과 닮아가는 것이었다. 이러한 사실로부터 공자나 정자, 주자 등의 유산이나 유람이 조선시대 선비들의 지리산 유람에 일정부분 영향을 주었다는 사실을 확인하게 된다. 하지만 보다 직접적으로 이들에게 영향을 끼친 인물은 따로 있었다. 이것은 조식(曺植)의 다음과 같은 말에서 분명하게 확인된다.

---

17 최석기 외(2000), 『선인들의 지리산 유람록』, 돌베개, 381쪽.
18 최석기 외(2008), 『지리산 유람록, 용이 머리를 숙인 듯 꼬리를 치켜든 듯』, 보고사, 118쪽.

높은 산 큰 내를 보고 오면서 얻은 바가 없는 것은 아니었다. 그러나 한유한(韓惟漢)·정여창(鄭汝昌)·조지서(趙之瑞) 세 군자를 높은 산과 큰 내에 비유한다면, 십 층이나 되는 높은 봉우리 끝에 옥을 하나 더 올려놓고, 천 이랑이나 되는 넓은 수면에 달이 하나 비치는 격이다. 3백 리 길 바다와 산을 유람하였지만, 오늘 하루 동안에 세 군자의 자취를 다 보았다. 물만 보고 산만 보다가 그 속에 살던 사람을 보고 그 세상을 보니, 산 속에서 10일 동안 품었던 좋은 생각들이 하루 사이에 언짢은 생각으로 바뀌어 버렸다. 훗날 정권을 잡는 사람이 이 길로 와 본다면 어떤 마음이 들지 모르겠다. 또한 산 속을 둘러볼 때 바위에 이름을 새겨 놓은 것이 많았는데, 세 군자의 이름은 어디에도 새겨져 있지 않았다. 그러나 그들의 이름은 반드시 만고에 전해질 것이니, 어찌 바위에 이름을 새겨 만고에 전하려는 것과 같겠는가?[19]

조식은 여기에서 멀리 중국의 현인들을 거론하지 않는다. 반면에 그는 한유한과 정여창 그리고 조지서를 높은 산과 큰 강에 비유한다. 그리고 그에게 유람은 다름 아닌 이와 같은 인물과의 만남이 이루어지는 장이자, 이들의 삶을 배우고 닮기 위한 노력이기도 하였다. 그에게 있어서 지리산 역시 이들 선유(先儒)들과 만날 수 있는 곳이라는 점에서 더욱 큰 의미를 가질 수 있었다. 이것은 다음과 같은 변사정(邊士貞)의 「유두류록(遊頭流錄)」에서도 확인된다.

군회가 말하기를 "두류산은 삼신산(三神山) 중의 하나로, 앞 시대 선현들의 유람이 이미 시문이나 유기에 드러나 있다. 그렇지만 우리가 한 번 유람하여 그 경관을 완상한다면, 한유한(韓惟漢)과 정여창(鄭汝昌)에 관한 기록을 징험해 볼 수 있을 것이다. 더구나 기록을 보는 것은

---

19 최석기 외(2000), 『선인들의 지리산 유람록』, 돌베개, 121~122쪽.

직접 그 경관을 찾는 것만 못하니, 지금 그대들과 함께 두류산을 맘껏 유람하며 마음속의 묵은 빚을 갚고 싶네."라고 하였다.[20]

조선 후기의 선비들이 지리산을 유람하며 한유한이나 정여창의 흔적을 찾아보는 것은, 또 다른 의미에서 그들의 숙원 가운데 하나였다는 사실이 확인된다. 그리고 후대로 내려오게 되면 앞서 선유들을 닮으려고 노력했던 조식은 어느새 또 다른 사람들이 닮고자 노력하는 사람이 되어 있었다. 이주대(李柱大) 또한 「유두류산록(遊頭流山錄)」의 서두에서 다음과 같이 말한다.

옛 사람들 중에 두류산을 유람한 이는 많다. 그 중에서 특히 점필재, 탁영, 남명 세 선생의 유람이 가장 드러난다. 이는 그들의 풍치와 드높은 정신이 이 산과 더불어 그 우뚝함을 다투었고, 그들은 유람을 한 뒤 유람록을 남겼으며, 그 유람록에서는 풍광을 묘사한 것이 그 자태를 상세히 나타냈고, 감흥을 표현한 것이 그 정감에 적합했기 때문이 아니겠는가? 변변치 못한 내가 이 세 선생의 유람에 대해 그 뒤를 이어 유람하기를 감히 바랄 수는 없지만, 한번 유람해 보고 싶은 소원은 잠시도 마음속에 잊어본 적이 없었다.[21]

여기에서 확인되는 것은 공자나 주자를 앞질러 김종직과 조식 등 앞서 지리산을 유람했던 선유들의 입지가 커지고 있다는 점이다. 그리고 이들을 닮기 위한 유람을 선비들은 기꺼이 떠났던 것이다. 그런

---

20 최석기 외(2008), 『지리산 유람록, 용이 머리를 숙인 듯 꼬리를 치켜든 듯』, 보고사, 40~41쪽.
21 최석기 외(2008), 『지리산 유람록, 용이 머리를 숙인 듯 꼬리를 치켜든 듯』, 보고사, 276쪽.

데 이와 같은 선유들을 닮으려는 노력은 단순히 유람 길을 나서는 것에서만 확인되는 것은 아니다. 유람 길에서 똑같은 행동을 한다거나, 선유들이 남긴 유람록에 묘사된 내용과 비슷한 내용의 유람록을 남기고 있는 점에서도 확인된다. 다시 말해서 후대에 유람길에 나섰던 선비들은 앞서 지리산을 유람했던 선유들의 유람록에서 제시되었던 문제의식을 그대로 보여주는 것으로, 닮은 모습을 보여준다.

먼저 마가목과 관련된 내용부터 살펴보자. 김종직의 「유두류록」에는 산을 오를 때, 마가목이 많이 보이자 종자에게 지팡이를 만들도록 하는 다음과 같은 장면이 등장한다. "숲에는 지팡이로 쓸 만한 마가목(馬價木)이 많았다. 종자(從者)에게 매끄럽고 곧은 것을 가려 베어 오게 하였더니, 잠깐 사이에 한 묶음을 해 왔다."[22] 그런데 김종직이 마가목으로 지팡이를 만든 것은 그 뒤 하나의 전통이 되었다. 뒤에 지리산을 유람한 송광연(宋光淵)은 「두류록(頭流錄)」에서 다음과 같이 묘사하고 있다. "산의 북쪽 길을 경유해 거꾸로 매달려서 내려왔다. 지나는 곳마다 정공등(丁公藤)이 많았는데, 바로 점필재가 마가목이라고 한 것이다. 종자들로 하여금 몇 줄기를 꺾어다가 지팡이를 만들게 하였다."[23] 이것은 마가목으로 지팡이를 만든 김종직의 행동을 따른 것이다.

마가목 지팡이를 만드는 것만 닮은 것은 아니다. 아래에 인용된 세 구절은 모두 매사냥과 관련된 내용이다. 이것도 처음 김종직이 매사냥의 문제를 제기한 이래 지리산을 오르는 뒷사람들에 의해 회자되었던 주제이기도 하다.

---

22 최석기 외(2000), 『선인들의 지리산 유람록』, 돌베개, 36쪽.
23 최석기 외(2008), 『지리산 유람록, 용이 머리를 숙인 듯 꼬리를 치켜든 듯』, 보고사, 176~177쪽.

물가의 초막 두어 칸을 살펴보니, 울타리를 둘러쳤고 흙으로 만든 구들이 있었다. 이 집은 바로 내상(內廂)에서 매를 잡는 초막이었다. 나는 영랑재(永郞岾)서부터 여기에 이르기까지 능선 곳곳에 매를 잡으려고 설치한 기구를 보았는데, 이루 다 기록할 수 없을 정도였다. 그러나 가을이 아직 깊지 않아서인지 매를 잡는 사람은 볼 수 없었다. 매는 하늘을 나는 생물이니, 험준한 곳 깊은 숲 속에 덫을 설치하고 노리는 자가 있는 줄 어찌 알겠는가? 먹이를 보고 탐내다가 순식간에 그물에 걸리거나 올가미에 걸려드니, 또한 사람들에게도 경책이 될 만하다. 게다가 나라에 진헌(進獻)하는 것은 한두 마리에 불과한데, 노리개감으로 충당하기 위해 해어진 옷을 입고 겨우 밥 한 술 뜨는 사람들에게 밤낮으로 눈보라를 무릅쓰고 천 길 봉우리 위에서 엎드려 있게 하니, 어진 마음을 지닌 사람은 차마 하지 못할 일이다.[24]

사당 밑에 작은 움막이 있었는데, 잣나무 잎을 엮어 비바람을 가리게 해 놓았다. 승려가 말하기를 "이는 매를 잡는 사람들이 사는 움막입니다."라고 하였다. 매년 8,9월이 되면 매를 잡는 자들이 봉우리 꼭대기에 그물을 쳐 놓고 걸려들길 기다린다고 한다. 대체로 매 가운데 잘 나는 놈은 천왕봉까지 능히 오르기 때문에 이 봉우리에서 잡는 매는 재주가 빼어난 것들이다. 원근의 관청에서 쓰는 매가 대부분 이 봉우리에서 잡힌 것들이다. 그들은 눈보라를 무릅쓰고 추위와 굶주림을 참으며 이곳에서 생을 마치니, 어찌 단지 관청의 위엄이 두려워서 그러는 것일 뿐이랴. 또한 대부분 이익을 꾀하여 삶을 가볍게 여기기 때문이리라. 아, 소반 위의 진귀한 음식 한 입도 안 되지만 백성의 온갖 고통 이와 같은 줄 누가 알겠는가?[25]

앞뒤 산 정상의 조금 평평하고 넓은 곳에 매사냥꾼들이 매 잡는 그물

---

24 최석기 외(2000), 『선인들의 지리산 유람록』, 돌베개, 37쪽.
25 최석기 외(2000), 『선인들의 지리산 유람록』, 돌베개, 189~190쪽.

을 설치해 놓고서, 소나무 노송나무의 가지와 잎으로 항아리 모양의 움집을 만들어 놓고 그 안에 몸을 숨기고 있다. 이들은 사방에 그물을 설치해 놓고 바람과 눈을 맞으며 굶주림과 추위를 참고서 밤낮으로 천 길 산봉우리 위에 엎드려 산다. 대개 관아의 관원들이 급하게 매를 공납하라고 하기 때문에 감히 안일하게 지내지 못하니, 그 또한 애처로운 일이다.[26]

인용된 세 단락은 모두 매사냥이 가진 문제점을 비슷한 시각과 논조로 비판하고 있는 내용이다. 이러한 사실에서 보자면, 선현들을 닮으려는 노력은 단순히 유람 길에 나서는 것만으로 표현되었던 것이 아니었다. 그들은 같은 유람 길을 걸으며, 선유들이 보았던 것을 보았고, 선유들이 제기했던 문제의식을 다시 회상해 내며 그것마저 닮으려 노력했다. 전체적으로 이들 선비들에게 유람은 그 자체가 이미 선유들을 닮아가기 위한 노력의 일환이었다. 그런 까닭에 여기에서 한 걸음 더 나아가 그렇게 유람을 다녀온 뒤에 작성한 '유람록'의 내용에서도 선유들의 문제의식이 베여져 있었던 것이다.

전체적으로 보자면, 선비들의 유람 길은 선유들을 더욱 가까이에서 만나보고, 또 그들을 닮아가기 위한 길이었다고 이해된다. 그것은 맹자가 말했던 '상우'의 실천이자, 『시경』의 "높은 산을 바라보며 넓은 길을 걸어가네"[27]라는 노래가 보여주는 지향, 곧 높은 이상을 바라보며 당당하게 나아가는 모습이기도 하였다.

---

26 최석기 외(2008), 『지리산 유람록, 용이 머리를 숙인 듯 꼬리를 치켜든 듯』, 보고사, 172쪽.
27 『詩經』, 「小雅」. "高山仰止 景行行止"

V. 충전의 시간이자 세상을 읽는 방식

앞에서 우리는 세 가지, 곧 배움과 휴식 그리고 선현을 닮기 위한
노력이라는 세 가지 측면에서 선비들이 유람을 떠난 동기를 찾아보
고, 그것이 어떻게 넓게는 유학 그리고 좁게는 성리학과 연결되는지
를 확인해 보았다. 인간의 역사는 유람의 역사라 해도 과하지 않을
것이다. 약 46억 년 전 지구가 생성되었고, 그 뒤 수많은 시간이 흐르
고 나서, 약 6억 년 전 지구에 진화된 형태의 생명체가 처음으로 등장
하였다. 그리고 그 생명체가 수많은 우여 곡절을 겪으며 모습을 바꿔
간 결과가 바로 오늘 우리 자신이다. 뿐만 아니라 40만 년 전 마침내
호모 사피엔스의 등장으로부터 약 3만 년 전 호모 사피엔스 사피엔스
의 등장에 이르는 장구한 시간과, 약 1만 2천년 전후 농경으로부터
비롯된 정착생활이 시작되기 이전까지, 인류의 발걸음은 늘 새로운
미지의 세상을 향하고 있었다.

생명의 긴 역사에서 오늘날 우리의 모습이 형성된 것이 그리 멀지
않은 과거이듯, 인간의 정주 생활은 인간이 걸어 온 전체 시간에서
보자면 최근의 아주 짧은 시기에 불과했던 것이다. 지난 역사의 대부
분에서 인간은 지금과 다른 모습이었지만, 늘 여행자의 신분이었다는
사실은 같았다. 그리고 그와 같은 긴 여행이 바로 우리를 지금 우리의
모습으로 존재하게 만들었다. 여행은 그 자체로 배움의 장이 되어 인
간을 성장시켜 왔던 것이다. 선비들이 보여준 배움의 길로서의 유람
역시 인류의 역사가 보여주고 있는 모습과 상충하지 않는다.

그런데 인간의 삶은 무엇인가를 성취하기 위해 노력하고 집중하는
긴장의 시간만으로 채워질 수는 없다. 어느 순간 그 긴장을 풀어주는

이완의 과정은 필연적으로 요청된다. 일상 속에서도 긴장의 시간이 있다면, 긴장을 풀어주는 이완의 시간도 필요하다. 그러한 이완의 시간을 통해서 새로운 긴장의 시간이 가능하였고, 또 한 걸음씩의 전진과 발전 혹은 변화가 가능했던 것이다. 특히 일상 속에서 도덕적 가치와 긴장을 강하게 요구하는 조선사회에서 이완의 시간은 더욱 적극적으로 요청될 수밖에 없는 것이기도 하였다. 어떤 의미에서는 일상의 긴장을 풀어주는 이완의 시간인 유람이 사람들의 감정을 발산하고 순화시키며, 조선사회를 지탱시켜 준 보이지 않는 기둥이었다고 이해할 수도 있을 것이다.

이렇듯 선비들의 유람은 배움의 긴장과 그 긴장을 풀어주는 이완이라는 두 가지 측면을 모두 가지고 있었던 것으로 이해된다. 한편으로는 일상의 배움을 이어서 세상을 읽어가는 또 다른 형태의 배움을 위한 길이자, 또 다른 한편으로는 일상의 긴장을 해소하는 휴식의 길이기도 했던 것이다. 그런데 선비들의 유람이 가진 의미가 이것에 한정되었던 것은 아니다. 결국 긴장과 이완이라는 두 가지 과정을 통해 선비들이 성취하고자 했던 것은 다름 아닌 선현들과 닮은 모습, 곧 자신이 현인 혹은 그와 같은 인격으로 완성되는 것이었다. 선비들에게 긴장과 이완, 배움과 휴식이 둘이 아니었다면, 그것을 통해서 선현을 닮아가는 것 역시 또 다른 길이 될 수 없었던 것이다.

아울러 유람은 선비들에게 세상을 읽는 하나의 방식이었다고 이해된다. 세상 읽기는 세상 속에서 살아가는 데 반드시 필요한 것이지만, 그것은 가끔 세상과 일정한 거리를 둘 수 있을 때 더욱 충실해지며, 또 그것을 통해 선현과 닮아갈 수 있다는 것을 의미하기도 할 것이다. 이 점에서 우리가 앞에서 던졌던 문제, 곧 성리학에 대한 이해가 깊어

지는 것과 함께 유람록의 전통이 세워지고, 성리학적 전통이 무너지
는 것과 거의 동시에 유람록의 전통 역시 사라지는 이유를 짐작하게
된다. 선비들의 시대가 끝나면서 이들이 세상을 읽던 방식 역시 함께
사라질 수밖에 없었던 것이다.

이 글은 『남명학연구』 46집(2015), 137~162쪽에
게재한 글을 수정·보완한 것이다.

조선시대 관인들의
탈속인식과 지리산 유람벽

이상균

Ⅰ. 머리말

조선시대 사대부들 대다수는 출사(出仕)하여 경세가(經世家)가 되는 목적을 가지고 있었다. 가문에서 대대로 관인을 배출한다는 것은 당사자의 일신뿐만 아니라 가문의 영달 여부를 가늠하는 척도였다. 하지만 관인으로 생활한다는 것은 쉬운 일이 아니었다. 조선시대 관인의 출퇴근은 묘사유파법(卯仕酉罷法: 卯酉法)에 따라 평시 묘시(卯時: 오전 5~7시) 출근, 유시(酉時: 오후 5~7시) 퇴근이었다. 해가 짧은 동절기에는 진시(辰時: 오전 7~9)에 출근하여 신시(申時: 오후 3~5시)에 퇴근하였다.[1] 하루 동안 길게는 12시간, 짧게는 8시간을 일해야 했다. 세종대에는 묘유법을 어기고 무단으로 지각·조퇴한 관인은 『대명률』에 따라 태형 50대에 처하게 하였다.[2] 특히 외관직인 수령으로 근무하게

---

1 『大典會通』 吏典, 考課.

되면 더욱 번잡한 공무에 시달려야 했다. 수령은 '옛날의 제후', '일읍의 주인'이라고 하여 중앙의 관리와 달리 소관 읍의 행정사무를 전제(專制)하였다.[3] 수령칠사(守令七事)의 기본 업무를 수행하면서 관찰사가 매년 2차례 실시하는 인사고과의 포폄에 대비해야 했다. 고과 성적이 우수하면 가계(加階)·승직(陞職) 되었으나, 불량하면 파직되었으므로 준비에 매우 신경 써야 했다. 이밖에도 관속(官屬)과 군정(軍政)에 대한 점고, 양전·호적 등의 성책(成冊), 송사처리, 문집발간, 환곡, 관아영선, 접빈(接賓) 등 처리해야 할 공무는 매우 방대하였다.

더욱이 문인관료들이 많았으므로 공무 외에도 글쓰기에 골몰했고, 술도 자주 마셔야 했다. 조선전기 대표적인 관각문인(館閣文人)이었던 서거정(徐居正, 1420~1488)은 45년 간 격무에 시달리면서 만년에 소갈과 두풍(頭風)의 병을 얻었는데, 병을 얻은 이유가 주마(酒魔)와 시마(詩魔)에 있다고 자가진단 하였다.[4] 격무와 술, 글씨기 등 여러 가지가 겹쳐 병을 얻었던 것이다. 그러므로 서거정은 만년에 병가를 상당히 많이 냈고, 「이병(移病)」이라는 시도 자주 지었다.[5] 오히려 병가를 통해 바쁜 일상에서 벗어나 한가로움을 즐기며 성시산림(城市山林)의 정서를 구가하고 있다.[6] 그나마 조선의 문·무 관인에게 신병치료를 위한 병가목적으로 허용되는 결근일수는 1년에 30일로 제한되어 있었다.[7] 보직을 부여 받으면 그 보직에 재임한 일정 근무 일수가

---

2 『世宗實錄』 권51, 13년 3월 己卯.

3 『世宗實錄』 권38, 9년 12월 乙丑;『文宗實錄』 권6, 1년 3월 丁未.

4 徐居正,『四佳詩集』 권2, 詩類「移病」. "落魄艱難病又加 …… 崇在詩魔與酒魔"

5 徐居正,『四佳詩集』 권40,「于吟」. "晩年移病數"

6 徐居正,『四佳詩集』 권51, 詩類「移病」. "移病無公事 幽居得自閑 …… 雖然在城市 亦不似塵寰"

천전(遷轉)·거관(去官)·승직 등에 적용되었으므로[8] 마음대로 쉬지도
못하였다.

이처럼 관인의 생활은 녹녹치 않았다. 매우 바쁜 일상의 연속이었
다. 관인들은 자신이 추구했던 학문적 이상과 관직이라는 현실에 대
한 괴리감에 더하여 번다한 일에 시달릴 때면 공무에서 벗어나 탈속의
자유를 느끼고자 하는 열망을 품었다. 관인들이 표출했던 탈속의지는
그들이 쓴 시문 등에 잘 나타나 있다. 관직에 얽매여 탈속하지 못함을
스스로 하소연하기도 했고, 때로는 여가에 거주지에서 가까운 산수를
찾아 흉금을 씻으며 잠시나마 탈속의 기분을 즐기고 돌아왔다.

관인들이 격무의 스트레스에서 벗어나 탈속을 즐기는 공간으로 가
장 많이 택한 공간은 산수였고, 유람을 통해서였다. 그러나 재직 중에
여러 날이 소요되는 원유(遠遊)는 거의 불가능한 것이었다. 경제적 능
력이 있어도 그만한 여유를 가지기 힘들었던 것이다. 관인을 포함한
대부분의 사대부들은 산수를 늘 그리워하며 생각에서 지우지 못하는
산수벽(山水癖)[9]을 관념처럼 지니고 살았다. 산수벽은 번다한 일상에
서 벗어나 자연에 귀의하여 자적(自適)하며 안분하고자 하는 탈속의

---

7 문·무관의 병가는 2~3일이었고, 10일 이상이면 체직되었다. 그러므로 관료들은 출척
  기준에 해당되는 결근일수 미만을 병가로 활용하였는데, 세종 15년을 선후하여 출척
  기준 결근 일수가 30일로 제한됨에 따라 병가를 쓸 수 있는 최대 일수 또한 30일이었
  다. 문광철(2007), 「조선초기 병가의 시행과 성격」, 『역사와 담론』 47집, 호서사학회,
  1~33쪽.

8 『經國大典』吏典, 京官職.

9 '煙霞之癖'이라고도 한다. 고질병 환자처럼 산수에 중독되어 결코 빠져나올 수 없다는
  뜻으로, 자연의 승경에 대한 혹독한 애착심을 표현할 때 쓴다. 田游巖이 唐 高宗에게
  "신은 물과 바위에 대한 병이 이미 고황에 들고 煙霧와 노을에 고질병이 들었는데, 성상
  의 시대를 만나 다행히 소요하고 있습니다."라고 한 고사에서 유래한 것이다. 『舊唐書』
  권192, 田游巖傳. "臣泉石膏肓 煙霞痼疾 旣逢聖代 幸得逍遙"

의미도 함께 지니고 있다. 탈속을 갈망했던 관인들의 산수유람 열망
은 다른 부류보다 매우 컸다. 잠시라도 기회가 생기면 산수를 유람하
고, 여흥을 잊지 못하여 또 다시 유람하고자 하는 유람벽으로 이어졌
다. 관인들의 일상에서 유람은 늘 마음속의 적취(積聚)였다.

　이러한 관인들의 산수 유람벽을 더욱 깊게 만들었던 산은 선계(仙
界)로 인식되었던 삼신산(三神山)이었다.[10] 삼신산 중에서도 금강산·
지리산에 대한 유람벽이 가장 심하였다. 한라산은 바다를 건너야 하
는 지리조건으로 유람이 어려워 명성에 비해 많이 알려지지 못했다.[11]
사람들에게 금강산과 지리산은 생애 꼭 한번 보고자 소망했던 명산으
로 유람벽을 불러일으켰다. 관인들이 일상에서 벗어나 탈속의 기분을
즐기기에 금강산과 지리산만한 곳이 없었다. 그러나 도성을 기준으로
지리산은 금강산에 비해 원거리에 있었기 때문에 거경관인(居京官人)
들이 유람하기 어려웠다. 그러므로 지리산과 접해있는 군현의 수령으
로 부임하거나 공무 차 지나게 되면 평생의 숙원처럼 여겼던 지리산을
짧게나마 유람하고 탈속의 기분을 느끼며 유람벽을 해소했다. 하지만
지리산은 몇 날 동안에 제대로 볼 수 있는 산이 아니었다. 관인들의
지리산 유람은 늘 아쉬운 소회로 남았고, 언젠가 또 찾아야겠다는 유
람벽을 다시금 불러일으켰다.

　그동안 지리산 유람에 대한 연구는 문학·역사·지리 등 다양한 분
야에서 괄목할 만한 성과들이 축적되어 왔으나,[12] 관인 계층들이 추구

---

10 삼신산은 본래 중국 전설에 나오는 蓬萊山·方丈山·瀛洲山이다. 우리나라도 중국의 삼
　신산을 본떠 금강산을 봉래산, 지리산을 방장산, 한라산을 영주산으로 일컬었다.
11 현존하는 조선시대 산수유기의 양도 금강산이 가장 많고, 다음이 지리산이다. 이상균
　(2013), 『조선시대 유람문화 연구』, 강원대학교 박사학위논문, 19쪽.

했던 탈속인식 속에서 선산인 지리산이 가지는 의미를 구체적으로 살펴본 연구는 없다. 본 글은 이와 같은 점에 주목하여 관인들이 공무에서 벗어나고자 했던 탈속의지의 표출양상과 산수 유람을 통해 탈속의 기분을 즐겼던 사례를 살펴보고자 한다. 그리고 관인들이 산수벽 해소와 탈속의 공간으로 선망했던 지리산에 대한 유람벽이 어떠했는지를 살펴보고자 한다.

Ⅱ. 관인들의 탈속의지 표출

조선시대 사대부들은 삶의 이상이자 본분을 수기치인(修己治人)에 두고 있다. 출사의 길을 단념하고 퇴처·은둔해 버린 사대부들도 일부 있지만 대다수는 학문의 이치를 궁구하여 수기(修己)하고, 이를 바탕으로 출사할 목적을 가지고 있었다. 관인이 된다는 것은 자신이 궁구한 학문적 이상을 천하를 다스리는데 적용하는 경세가의 길을 걷는 것이었다. 그러나 학문적 이상과 정치라는 현실은 항시 상치되는 부분이 있었다. 그래서 이이(李珥, 1536~1584)는 「논신도(論臣道)」에서 『맹자』「진심 상(盡心上)」을 들어 나라에 도(道)가 있을 때는 출사를 통해 성치적 이상을 실현하는 '겸선천하(兼善天下)'를 이행하고, 도가 없을 때는 은거하여 '독선기신(獨善其身)'하는 것을 신하의 도리로 설명하고 있다.[13]

---

12 지리산 유람에 대한 제 분야의 연구 성과는 이상균의 『조선시대 유람문화 연구』(2013, 강원대학교 박사학위논문) 2~6쪽을 참조.
13 李珥, 『栗谷全書』권15, 東湖問答「論臣道」.

이이가 말하는 '겸선천하·독선기신'은 가장 이상적인 신하의 도리
이고, 어느 시기를 막론하고 출사에 뜻을 두고 한번 관직에 나아가면
스스로 퇴처하여 '독선기신'을 실천하는 관인들은 많지 않았다. 역사
의 행간에서 사화나 당쟁 등을 피해 퇴처했다가 다시 관직으로 복귀하
거나 재기를 도모하는 사람은 쉽게 찾을 수 있다. 그러나 처음부터
출사에 뜻을 두고 관로에 오른 사람들 중 특별한 사유 없이 영원히
퇴처한 인물은 드물다. 그러므로 벼슬을 과감히 버리고 퇴처한 대표
적 인물 15명이 『연려실기술』 중종·명종대의 유일조(遺逸條)에 실려
있다.[14] 이 인물들은 유일로 천거되어 출사하였으나, 모두 벼슬을 버
리고 일사(逸士)의 삶을 산 인물들이다. 유일로 천거되어 출사한 사람
들은 많았으나 이처럼 아주 퇴처한 인물들이 그만큼 드물었기 때문에
이긍익(李肯翊, 1736~1806)이 『연려실기술』을 편찬하면서 유일조를 편
재하고 진정한 일사를 선별하여 이름을 올린 것이기도 하다. 당시의
세태가 이러하므로 이긍익보다 전대 인물인 허목(許穆, 1595~1682)은
「청사열전(淸士列傳)」을 지으면서 "속세와 발을 끊으려 한다면서 행적
을 더럽히고 흉내만 내는 사람들이 있으므로 진정으로 은일한 청사들
의 열전을 짓는다."는 뜻을 밝히고 있다.[15]

특히 사대부들의 탈속으로 대표되는 퇴처와 은둔은 처세의 명분이
강하다는 점이다. 즉, 무옥(誣獄)·역모·사화·당쟁 등에 연루되어 출
사의 길이 막혀버리거나 관직에 나아갔을 때 일신상의 안위를 보장받

---

14 李肯翊, 『燃藜室記述』 권9, 中宗朝故事本末 「中宗朝遺逸」(徐敬德·柳藕) ; 권11, 明宗
   朝故事本末 「明宗朝遺逸」(成守琛·李希顔·曹植·成悌元·趙昱·李恒·成運·韓脩·林薰
   ·南彦經·金範·鄭磏·鄭磏).

15 許穆, 『記言』 권11, 「淸士列傳序」. "逃世絶俗 或有穢其跡而潔其行者 身中淸 廢中權 聖
   人許之 作淸士列傳"

지 못하는 시대상황에 처한 사대부들이 처세적 방편으로 탈속을 택하였다. 개인이 처한 상황이나 시대상과 상관없이 처음부터 관직에 뜻을 두지 않고 은둔한 사대부들은 많지 않았다.[16] 출사에 뜻을 두어왔던 사대부들은 평소 꿈꿔왔던 이상과 관직이라는 현실이 괴리되지만 이를 버리기란 쉽지 않았던 것이다. 그러나 자신이 처한 현실에서 탈속하고자 하는 뜻은 마음 한 편에 늘 지니고 있었다. 서거정은 군자의 두 길은 탈속하여 초야에 묻혀 자연을 즐기는 것과 벼슬에 나아가는 것이라 했다.[17] 본인은 후자를 택하여 벼슬을 택했지만 벼슬살이의 시름을 벗어나 귀거래(歸去來)를 실천하지 못하는 심정을 토로하고 있다.[18] 고향으로 돌아가 관인의 시름을 내려놓고 안분을 즐기고자 하는 이상을 가지고 있어 귀거래를 갈망했다. 그러나 처한 현실을 버리고 그와 같이 할 수 없음을 한탄하였다.

관인들은 물러남의 가장 모범적인 미덕을 도연명(陶淵明, 365~427)의 귀거래에서 찾고 있다. 귀거래를 통한 탈속과 안분적 삶은 대부분의 관인들이 항시 추구하고자 했던 이상이었다. 배용길(裵龍吉, 1556~1609)은 1608년 충청도사로 재직할 때 공주의 마곡사에 올라 시를 읊으며 벼슬에 뜻은 없으나 도연명과 같이 귀거래하지 못하는 자신의 심정을 토로하였다.[19] 한번 벼슬에 나가면 도연명처럼 귀거래하기란

---

16 여기서 살펴보고자 하는 관인들의 탈속인식 또한 관직에서 물러난 이후의 삶에서 느끼는 탈속인식까지 의미하는 것은 아니다. 공무에 종사하고 있는 현직 관인들이 공무[=俗]에서 벗어나고자[=脫] 했던 탈속의 표출 양상이다.

17 徐居正, 『四佳文集』 권2, 「雙溪齋」. "詩類士君子之生斯世也 一出一處 所居之地不同 則其所樂 亦與之不同矣"

18 徐居正, 『四佳詩集』 권20, 「憶村家」. "最識還家好 那堪作宦愁 江山雙蠟屐 天地一漁舟 歸去知何日 吾能昨夢遊"

19 裵龍吉, 『琴易堂集』 권1, 「麻谷寺偶吟」. "驅馳原隰宦情微 松菊荒猶未賦歸 竹院幸僥閒

쉽지 않았다. 그러므로 허균(許筠,
1569~1618)은 중국의 은거자들에 대
한 자료를 수록한 『한정록』에서 선
비가 벼슬을 버리고 산림에 오래 살
기를 바라는 사람은 많지 않으나 도
가 세속과 맞지 않아 고상(高尙)을
가탁하여 세상을 피한 선비의 뜻도
비장한 것으로 평하고 있다.[20] 그리
고 사대부가 산림에 참으로 은거할
마음이 없거나 은거의 정취를 체득
하지 못하면 산림자체를 질곡으로
여긴다고 했다. 그러면서 중국 송나
라 왕안석(王安石, 1021~1086)이 산중
에 은거하여 살았지만 세속을 다 잊

〈그림 1〉 조의(曹義), 「오류귀장도(五柳歸莊圖)」, 중
청대, 지본담채(紙本淡彩), 194×118㎝, 국립중앙박물

지 못했고, 도연명만이 완전한 탈속을 이루었다고 평하고 있다.[21]

복잡하고 번다한 공무에서 벗어나 탈속의 자유를 느끼고자 하는 열
망은 시대를 초월하여 모든 관인이 가지고 있는 관념일 것이다. 왕조
역사상 시기를 막론하고 관인이 된다는 것은 중앙·지방관 모두 국왕
을 중심으로 하는 정계의 공간에 머물러 있는 것이다. 관인으로서의
삶은 바쁜 일상의 연속이었다. 조선후기의 관인 윤기(尹愭, 1741~1826)

半日 晩山黃葉欲紛飛"

20 許筠, 『閒情錄』 序. "嗚呼士之生斯世也 豈欲蔑棄軒冕 長往山林者哉 唯其道與俗乖 命
與待時 則或有托於高尙而逃烏之者 其志亦可悲也"

21 許筠, 『閒情錄』 권4, 「退休」.

는 57세 때인 1797년 12일 동안 의금부에 수감되었다가 직첩 2등급을
박탈당하고 풀려났다. 충청남도 남포현감 재직 중 정조가 서원난립
금지령을 반포하였음에도 불구하고, 부내 유생들이 신안면 무이봉에
주자영당과 백이정의 사당을 지었다. 이 일로 현감이었던 윤기는 파
직되어 의금부에 하옥되었던 것이다.[22] 풀려난 직후 하는 일 없이 유
유자적 지내며 녹봉이 없어 부양할 가족을 걱정하면서도 현감재직 중
상관을 맞이하던 일, 백성들을 매질하던 일, 세금을 독촉하던 일, 장
부를 정리하던 일 등을 회상하면서 오히려 무거운 짐을 벗고 속세를
벗어난 것 이상의 홀가분함을 느끼고 있다.[23] 윤기의 예는 단편적이긴
하나 관인들의 생활은 팍팍한 공무와 스트레스의 연속이었다.

탈속과 안분은 관인들이 항상 지향하는 이상이었지만 벼슬에서 아
주 물러나지 않는 한 자신만의 편한 시간을 오래도록 갖는 것도 신하
의 도리가 아니라 생각하였다. 김성일(金誠一, 1538~1593)은 「주홀간산
(柱笏看山)」이라는 시를 지으며 관인의 몸으로 있으면서 정무를 보지
않고, 탈속의 뜻만 가지고 있던 진(晉) 나라 왕휘지(王徽之, 338~386)의
뜻을 못마땅하게 생각했다. 자신도 탈속의 아취(雅趣)를 즐기고 싶은
열망이 솟구치지만 관인의 몸으로 공무를 봐야하기 때문에 자제한다
는 뜻을 표출한다.[24] 그러나 김성일도 반평생 관직에 매여 탈속할 수
없음을 한스러워 하며 청유(淸遊)하기를 원하고 있다. 전라도 나주 신

---

22 『正祖實錄』 권47, 21년 8월 乙丑.

23 尹愭, 『無名子集文稿』 4책, 「答辛太素書」. "弟對木十二日 奪告身二等乃出 一身無一事
每於層城落木空庭皎月之時 徘徊眺眄優閒自在 緬想拜迎鞭撻催科理簿之役 不翅若釋重
負而超塵坑"

24 金誠一, 『鶴峯逸稿』 권1, 「柱笏看山」. "高人雅性在山林 掉頭恥爲塵世顔 身居城市志脫
俗 那有俗慮來牽扳 …… 遯世唯思避謗訕 當時高趣不足尙 爲訧淸虛習未刪"

결산을 유람할 때 술에 취해 이 길로 벼슬자리를 내던지고 고향의 전원으로 돌아가고 싶은 귀거래의 심정을 나타내기도 했다.[25] 이식(李植, 1584~1687)은 「한행(閑行)」이라는 시에서 신하의 몸으로 한가히 노닐면서 일신의 안일만 꾀하는 것은 부끄러운 일이라 여기고 있다.[26] 대부분의 관인들은 탈속과 안분의 마음을 상시 표출하거나 맘속에 지니고 있으면서 공무에 방해가 되지 않는 한 기회가 되면 그 기분을 즐기고 싶어 했다.

조선중기의 문신인 오건(吳健, 1521~1574)은 1559년 권지성균관학유로 출사한 이후 죽기 2년 전인 1572년까지 관직에 종사한 인물이었다. 관직에 있으면서도 백이·숙제와 같이 벼슬을 버리고 탈속할 뜻을 품고 있었다.[27] 종당에는 1572년 이조정랑을 사직하고 고향 산청으로 낙향하였다. 고향집에 연못을 만들고 소나무와 국화를 심었었다. 지리산과 경호강의 풍광을 감상하면서 강학으로 여생을 보냈다. 정약용(1762~1836) 또한 세상에 나와 벼슬살이하는 자신을 육조(六朝) 송나라 때 강소성(江蘇省) 종산(鍾山)에 은거하던 주옹(周顒)에 견주며 속세를 떠나 은둔하고 싶은 마음을 표출하였다.[28] 이덕무(1741~1793)도 퇴근 후 한밤중에 도연명의 시를 외면서 그처럼 속세를 떠나고 싶어도 벼슬에 얽매여 그러지 못함을 한탄하였다.[29] 관인들은 중국의 은사들에 자신을 빗대어 찌든 일상에서 벗어나고 싶은 탈속 의지를 표출하

25 金誠一, 『鶴峯逸稿』 권1, 「次柳而見韻」·「伏巖台上醉呈白文瑞兼示左右」.
26 李植, 『澤堂集』 권4, 「閑行」. "孤臣自閑放 愧獨爲身謀"
27 吳健, 『德溪集』 권1, 「洛中 贈鄭子精 名琢 號藥圃」. "何時擺脫塵纓去 長挹西山採薇風"
28 丁若鏞, 『茶山詩文集』 권2, 「秋至」. "萬事商量都是幻 鍾山靑出國門東"
29 李德懋, 『靑莊館全書』 권2, 嬰處詩稿二 「淸夜誦陶令詩」. "欲辭煙火食 仍有唐虞心"

곤 했다.

정도전(1342~1398)은 「구인루기(求仁樓記)」를 쓰면서 반드시 그윽하고 깊은 산수를 찾거나 원야(原野)를 걸어야만 유람의 기분을 만끽할 수 있는 것은 아니라고 했다. 구인루에 오르면 장상(將相)이 문밖을 나서지 않고도 탈속의 기분을 느끼며 유연히 산수를 소요하는 즐거움을 얻을 수 있다고 했다.[30] 정도전의 말과 같이 관인들은 멀리 나가는 것이 여의치 못하였으므로 집 인근의 경치 좋은 곳에 별업(別業)과 같은 누정을 지어 놓고 산수의 정취를 느끼며 탈속의 기분을 즐겼다. 조선초 대사헌과 예조판서 등의 벼슬을 지냈던 성석인(成石因, ?~1414)은 도라산 남쪽에 사가정(四佳亭)을 짓고 휴가 때 마다 오가며 탈속의 흥취를 느끼고 오곤 했다. 변계량(卞季良, 1369~1430)이 「사가정기」를 썼는데, 여기서 성석인을 "사대부들이 부러워하는 벼슬을 선생은 이미 실컷 거쳤으니, 벼슬이 화려했다고 할 만하다. 그러나 선생의 마음은 초연하여 노을진 산학에 취향이 있어 항상 속세를 벗어나 있었다." 라고 평했다.[31] 1466년 등준시(登俊試)에 급제하여 벼슬을 하던 김유(金紐, 1436~1490)도 1481년 북한산 기슭 쌍계(雙溪)에 재(齋)를 짓고 공무 중 여가가 생기면 이곳에 나아가 자연을 즐기며 탈속의 기분을 느꼈다. 서거정은 「쌍계재기」를 써주면서 경치가 선경과도 같았음을 감탄하였다. 삼색도(三色桃)를 심어 복숭아 꽃잎이 물에 흐르면 선경이 되

---

30 鄭道傳, 『三峯集』 권4, 「求仁樓記」. "世之極遊觀之榮者 必窮山水之幽深 涉原野之曠漠……盖不離將相之位 而翛然有幽人出塵之想 不出戶庭之間 而悠然得山水遊觀之樂 所謂仁遠乎哉"

31 卞季良, 『春亭集』 권5, 「四佳亭記」. "凡士大夫之所欽艶者 蓋已飽經而厭歷 先生之仕宦 吁其盛矣哉 而先生之心 則 超然有雲煙丘壑之趣 常在於物外者矣 …… 松京之南數十里 有山曰 都羅 結廬其陽 休暇之隙 匹馬往還 以償素志"

고, 여름에 시원한 그늘 아래에서 술잔을 띄우면 번잡한 가슴과 사념을 상쾌하게 씻어 주어 속세를 벗어난 생각을 하게 되는 장소로 평하고 있다.[32]

또한 자신이 근무하는 관아의 누관에 올라 누 밖의 경관을 즐기며 속진의 마음을 씻고자 하였다. 관아에 있는 누관은 대개 왕사(王使)나 빈객을 예접(禮接)하는 공간이었고, 조망이 좋은 위치에 만들었다. 여말선초의 문신이었던 임목(林穆, 1371~1448)은 음죽현감을 지내면서 동헌 동쪽 조망 좋은 곳에 죽남루(竹南樓)를 만들고 누에 올라 탈속의 기분을 즐겼다.[33] 강원감영의 경우에는 후원을 신선세계로 조영하여 탈속을 즐기는 공간으로 사용하였다. 강원감영은 전국에서 유일하게 후원이 조영되어 있었던 감영이다. 후원에 연지를 파고 그 안에 봉래각·영주사·환선정·채약오 등의 전각을 만들었다. 그리고 태을선이라는 배를 만들어 연못에 띄웠다. 모든 전각과 배의 명칭이 신선과 관련되어 있듯이 관찰사는 감영을 찾는 빈객들과 태을선을 타고 관기를 불러 음주가무를 즐기며 선계에 노니는 탈속의 기분을 즐겼다.[34]

---

32 徐居正, 『四佳文集』 권2, 「雙溪齋」. "一日 又卜勝地於華峯下 景與心會 構齋數楹 爲退食委蛇之所 齋之尤勝曰雙溪 …… 闢其傍 樹以紅碧三色桃 當春爛發 霞蒸霧瀜 落花流水 完非人間世矣 當暑蔭淸 樾坐危石 飛觴沈果 爽煩襟而雪滯思 洒然有出塵之想矣"

33 徐居正 外, 『東文選』 권81, 「陰竹縣竹南樓記」. "林君 顧而樂之 盖亦翛然有出塵之想矣 而以書來囑 予記之 …… 且謂樓觀 非直爲觀美 盖欲禮接王人 陞以 聽事也 夫氣煩則慮亂 視壅則志滯 故君子居高 明遠眺望 使亂慮滯志 無所容入 然後理達而事 成也"

34 이 내용은 현재 강원감영 후원 복원 추진과정에서 실시한 발굴조사와 1856년 강원도관찰사를 지낸 李鍾愚의 시문집인 『平原合集』에 수록된 「蓬萊閣全圖」에서 확인한 내용이다. 『평원합집』에는 이종우가 지인들과 감영후원 연지에 태을선을 띄우고 관기들과 놀았던 그림인 「봉래각전도」를 비롯하여 이때 수창했던 시문이 수록되어 있다. 개인소장이라 본 글에 「봉래각전도」를 전재하지 못하였다.

특히 외관직으로 나갈 기회가 생기면 주변의 경승을 찾아 탈속의
기분을 느끼고자 하는 경우가 많았다. 김종직(1431~1492)은 1471년 함
양군수직을 수행하러 임지로 가던 중 진주를 지나는 말 위에서 아스라
이 보이는 지리산을 바라보며 탈속의 심정을 토로했다. 속세의 생활
30년 동안 벼슬에 얽매여 죽림칠현이었던 완적(阮籍)과 같이 모든 것
을 털어버리고 간절히 염원했던 지리산 청학동을 찾아 나서지 못하는
신세를 한탄했다.[35] 김종직은 함양군수로 부임하여 그토록 가보고 싶
었던 지리산이 관내에 있음에도 공무에 겨를이 없어 염원만 하다가
1472년 여가에 유람하고 탈속의 기분을 즐겼다.[36]

이식은 춘천부사로 가는 심액(沈詻, 1571~1654)에게 전별시를 써주면
서 형승의 고을 춘천에서 청추(淸秋)에 배를 띄워 탈속한 심액의 풍모
를 다시보길 기대하였다.[37] 춘천부사로 가는 기회에 소양강에 배를 띄
워 노닐며 탈속의 기분을 느껴보라고 한 것이다. 1682년 윤가적(尹嘉
績, 1642~?)은 충청도관찰사로 제수되자 임지에 살고 있는 벗 권상하
(權尙夏, 1641~1721)와 만나 밤에 배를 띄우고 놀며 탈속의 기분을 즐겼
다. 권상하는 윤가적의 제문을 지으면서 그때의 기분을 회상하였다.[38]

---

35 金宗直, 『佔畢齋詩集』 권5, 「馬上望智異山」. "塵埃三十年 徒自飽山名 今日晉陽路 遙
看未了靑 …… 愧我縛塵纓 安得九節杖 劉阮與同行 柱到靑鶴洞 秋風拾黃精" 이하 지리
산 유람기록의 번역내용은 최석기 외, 『선인들의 지리산 유람록』(2000, 돌베개)·『용
이 머리를 숙인 듯 꼬리를 치켜든 듯』(2008, 보고사)·『선인들의 지리산 유람록』 3·
4(2009·2010, 보고사)를 참고하였음을 밝혀 둔다.

36 金宗直, 『佔畢齋文集』 권2, 「遊頭流錄」.

37 李植, 『澤堂集』 續集 권4, 「送沈重鄕詻 出守春川」. "淸秋一棹吾能辦 逸氣年來未覺
低"

38 權尙夏, 『寒水齋集』 권23, 「祭尹汝休嘉績文」. "年來閣鈴 邂我林坰 他鄕盍簪 宇宙蓬萍
中宵倚棹 皓月煙汀 杳如海客 槎傍斗星 高情灑脫 俗物芥輕 紛紛蠻觸 過耳風霆"

김창협(金昌協, 1651~1708)은 평소 가야산 해인사의 경관이 좋다는 말을 듣고 한번 쯤 가고 싶어 했다. 1684년 경상도 암행어사로 파견된 차에 가야산 해인사에 올랐다. 이때 시를 지어 기러기가 되어 속세를 떠난 기분을 읊었다. 또한 상산(商山)과 녹문(鹿門)에서[39] 은거했던 선인들처럼 살지 못하고, 자신의 신세가 호사로운 관복을 입고 새장에 갇힌 학과 같은 신세라 한탄한다.[40] 김창협도 관직을 버리고 결연히 떠나고자 다짐 했지만 그러지 못함을 아쉬워하면서 언젠가는 산수로 돌아가고자 하는 탈속의 의지를 표출하고 있다.

이처럼 대부분의 관인들은 탈속하고 싶지만 벼슬에 얽매여 그러지 못함을 한탄하였다. 다만, 공무에 골몰하면서 탈속하고 싶은 심정을 늘 품었다. 그래서 공무 중 여가가 생기면 산수를 유람하고 속진의 때를 씻으며 세상의 근심을 잠시나마 잊고자 하였다.

Ⅲ. 관인들의 산수 유람을 통한 탈속

관인들은 현실에서의 탈피와 여가를 즐기는 공간으로 산수를 택하

---

39 상산은 중국 陝西省 商縣의 동쪽에 있는 산이다. 四皓로 불리는 東園公·綺里季·夏黃公·甪里先生 등 네 사람이 진시황의 어지러운 시대를 피하여 숨은 곳이다. 鹿門은 湖北省 襄陽縣에 있는 산이다. 후한 말기에 峴山 기슭에서 농사짓고 살던 龐德公이 벼슬살이를 하라는 荊州刺史 劉表의 청을 거절하고 처자를 데리고 들어가 약을 캐며 살았다는 곳이다. 흔히 세상의 영화를 추구하지 않고 탈속하여 은거한 사람을 형용할 때 인용된다.

40 金昌協, 『農巖集』권2, 「余聞伽倻海印之勝久矣 今者奉命路過 遂得略窺山門 其巖壑棟宇 固壯麗稱所聞 而孤雲舊躅 尤令人起感 途中輒賦五言長篇五十八韻以記之 亦未敢書以示人也 後十數日 復到陝川郡齋 始取紙筆書之 奉呈太守兄 或有寺僧來過者 可出示之」.

였다. 산수 유람을 가지 못하면 산수유기를 대신 읽거나 산수화를 감
상하는 등의 '와유(臥遊)'를 통해서라도 탈속과 안분의 기분을 즐기고
자 하였다. 그러므로 관인들은 벼슬에서 물러나면 평소보다 적극적으
로 산수 유람을 하면서 안분의 삶을 구현하려 하였다. 관인들이 탈속
을 즐기는 공간은 바로 산수였고, 유람을 통해서였다.

조선전기 문신 변계량(1369~1430)은 산을 유람하면서 "먼 산길 구름
속에 반쯤이나 들어가니 이 유람이 속세를 피하기에 족하구나!"라고
하였다.[41] 변계량은 유람을 통해 탈속의 기분을 느끼고 있다. 임훈(林
薰, 1500~1584)도 1574년 광주목사로 재직 시 주변에 명승이 있다는
소리를 들으면 공무를 보는 여가에 짚신을 신거나 가마를 타고 가서
유람하며 유연히 세속을 벗어나려는 생각을 품었다.[42] 최립(崔岦,
1539~1612)은 1607년 강릉부사로 재직할 때 금강산을 유람하였다. 이
때 승려 태희(太熙)가 안문령 물재에서 마하연까지 안내해주자 시를
지어 주면서 "세상에 돌아갈 생각 없고, 황용의 바위 지나면서 속세의
먼지를 털었다오"라고 하여 유람을 물외(物外)를 벗는 행위로 표현하
였다.[43] 신집(申楫, 1580~1639)은 1604년 주왕산 유람을 마치고 산 입구
까지 배웅해 준 승려들을 보고 "선계와 속세가 한 번에 단절되니 그리
워하는 마음이 매우 깊었다."는 감회를 읊었다. 승려들은 주왕산으로
돌아가니 속세와 단절되고, 자신은 주왕산을 나오므로 선계와 단절된
다는 뜻이다. 세상의 번잡한 일에 얽매어 선경에서 소요하며 남은 여

---

41 卞季良, 『春亭集』 권1, 「登山題惠上人院」. "山徑迢迢半入雲 玆遊足可避塵喧"
42 林薰, 『葛川集』 권4, 「行狀」. "又於所在州縣 苟聞有名區勝境 則薄書之暇 或以杖屨 或
以肩輿 逍遙倘佯 脩然有出塵之想"
43 崔岦, 『簡易集』 권8, 「金剛山謝太熙相將到摩訶衍」. "山從水岾欲忘歸 石度黃龍爲振衣"

생을 마치지 못함을 아쉬워하였다.[44]

조선시대 관인들뿐만 아니라 사대부들은 유람을 매우 좋아하였고, 생애 꼭 한번 해보기를 원하였다. 그리고 그 목적이 어떻든 간에 산수 유람을 기회로 세속에 찌든 마음을 씻고자 했다. 조선전기 한성판윤 · 공조판서 · 대제학 등의 고위관직을 두루 역임했던 성현(成俔, 1439~ 1504)은 도성에 있던 관악산에 올라 속세를 떨쳐버릴 뜻을 품었다. 이후 금강산을 유람하며 아득히 속세를 벗어난 기분을 즐겼으나, 또 다시 공무로 돌아갈 것에 허탈해하기도 한다.[45] 인조대에 사헌부장령 · 사복시정 등의 관직을 역임하다가 병자호란 때 강화도가 함락되자 무덤을 파고 노복에게 자신을 그곳에 매장하도록 부탁한 다음 활 끈으로 목을 매어 죽은 유명한 일화를 남긴 이시직(李時稷, 1572~1637)은 산수에 대해서 고상한 취향을 지니고 있었다. 관직에 있으면서도 늘 깊은 골짜기를 찾고 명승지를 유람하면서 탈속의 기분을 즐겼다.[46] 김육(金堉, 1580~1658) 또한 관료생활을 하면서 병자호란을 극복하고 영의정에 올랐는데, 다난한 시기에 관직에 종사하며 공무 속에 찌들었던 속세의 마음을 반평생 소원해 마지않던 금강산 유람으로 일거에 녹여버렸다. 그러면서도 속세에 얽혀 있는 자신의 신세를 한탄하며 인간 세상을 벗어나 길이 청유하지 못하는 심사를 토로했다.[47]

---

44 申楫, 『河陰集』 권6, 「遊周房山錄」. "恨其世宂牽魔 不得徜徉終歲於紫府之境也 山之僧 惟贊 敬成等四五人 追送我於山之洞口 仙凡一隔 雲樹萬重"

45 成俔, 『虛白堂詩集』 권1, 「登冠岳山到靈珠菴」. "若爲擺去塵土累 手拾瑤草棲雲松"; 권 3, 「楡岾寺」. "紅塵催我歸期迫 迢遞淸遊是夢中"

46 金集, 『愼獨齋全書』 권10. "山水高趣 尋幽探勝 飄然有脫塵之相"

47 金堉, 『潛谷遺稿』 권1, 「贈德海上人」. "歎我栖栖被塵縛 物外淸遊安可恒"; 권2, 「次僧 軸五峯韻」. "半世聞靈眖 如今始一來 …… 塵心消已盡"

평생 전국을 주유하며 지냈던 허목은 "유람을 하는 이유는 더러움에
서 벗어나 깨끗하려 함이고, 신선을 좋아했기 때문이다."고 하여 유람
이 속세를 벗어나 선계를 찾아가는 길임을 말하고 있다.[48] 그러므로
당시 신선이 살고 있다고 전해지는 산을 유람하는 사람들은 어김없이
그 곳을 보고자 하였다. 당시 유토피아로 인식되고 있는 곳의 명칭은
이화동(梨花洞)·식장산(食藏山)·산도원(山桃源)·회산선계(檜山仙界)·단
구(丹丘)·청학동(靑鶴洞)·회룡굴(回龍窟) 등이 있었다.[49] 그리고 '연하동
(烟霞洞)'이라 칭하기도 했다.[50] 이러한 유토피아의 세계는 상상의 공간
과 지리적 공간의 혼합 양상으로 나타난다. 이 중에서도 청학동은 조
선의 대표적 유토피아의 지리적 공간으로 인식되고 있었다. 청학동은
청학산인이라는 선인이 만년에 삶터를 잡았다는 곳으로 지리산이 시
원도 오래되고 유명하다. 조선시대에는 청학동이라는 장소명이 전국
적으로 확산되어 45곳에 달하였다.[51] 유람을 통해 탈속을 맛보고자
했던 사람들은 유토피아의 공간으로 전해지는 곳을 찾아 지상의 신선
세계를 보고자 했다.

유람은 돈이 있어도 시간과 여유가 없으면 결행하기 쉽지 않았다.
특히 공무에 여념이 없는 관인들은 더욱 그러하였다. 정식으로 유람
을 하려면 특별히 휴가를 내야만 가능했는데, 조선시대 관리들에게

---

48 許穆, 『記言』 권63, 「感遊崇禎二年孟冬之月」, "余唯逸遊乎四方兮 離洪泏而瀰然 燦然
一笑而繆流兮 美往世之登儓"

49 손찬식(2012), 「청학동 시에 표상된 신선사상」, 『인문학연구』 통권68, 충남대학교 인문
과학연구소, 65쪽.

50 『世宗實錄』 地理志, 舊都開城留後司條 紫霞洞. "卽松嶽南洞 世以謂烟霞洞仙眞所居"
개성의 紫霞洞을 '烟霞洞'이라 칭하며 신선이 살고 있다 믿었다.

51 최원석(2009), 「한국 이상향의 성격과 공간적 특징」, 『대한지리학회지』 44-6, 대한지
리학회, 750쪽.

는 공식적으로 주어지는 휴일은 '식가(式暇)'라고 하여 한 달에 3일을 선택하는 것이었다. '급가(給暇)'라고 하는 휴가제도도 있었지만 이는 대부분 집안일 등의 특별한 사유가 있을 때만 가능하였다. 공무에 종사하면서 여러 날 걸리는 곳을 찾아 유람하기란 거의 불가능하다시피 했다. 그러므로 어떤 기회든 간에 유람을 하게 되면 그 여흥을 쉬이 잊지 못하였다. 송순(宋純, 1493~1582)은 1540년 경상도관찰사 재임 시 영천 명원루를 유람하였다. 명원루는 신선들이 노닐다 갔다는 전설이 있는 경승지이다. 송순은 이곳을 유람하며 속세의 고뇌를 잠시 잊고, 술을 마시면서 돌아가길 매우 아쉬워했다.[52] 송순과 같이 관인들은 유람이 끝날 때쯤이면 다시 속세의 일상으로 돌아가야 하는 아쉬운 심정을 나타냈다. 그리고 유람할 때에 가급적 많은 경승을 즐기고 싶어 했다. 이식은 1632년까지 대사간을 세 차례 역임하면서 관원들의 관직을 이유 없이 높이는 일 등 법도에 어긋남을 인조에게 간하다가 노여움을 사 강원도 간성현감으로 좌천되었다. 간성 임지로 가던 중 미시령을 유람하였다. 별세계에 감추어진 선계를 많이 찾아 유람하고 싶으나 몸이 따라주지 못함을 매우 아쉬워하고, 지나치면서 보이는 경치만으로도 속세에 찌든 얼굴 펴기에 족하다며 심사를 달랬다.[53]

이처럼 관인들은 어려운 기회에 먼 곳을 유람하고 돌아오면 그 아취를 잊지 못하여 다시 유람하고 싶은 마음을 늘 품었다. 그러나 다

---

52 宋純, 『俛仰集』 권1, 「次永川明遠樓韻」. "長笛追歌送酒杯 塵世半生無一快 神淸此地久徘徊"

53 李植, 『澤堂集』 권5, 「彌時坡嶺」. "別是一區實 將窮觀覽富 豈計腰脚頑 時時領奇絶 且爾開塵顔"

시 기회가 생기기란 쉽지 않았다. 그러므로 자신이 거처하는 가까운 곳을 유람해서라도 유람의 기분을 다시 즐겨보고자 했다. 이정구(李廷龜, 1564~1635)는 1603년 예조판서를 지내면서 함흥부에 있는 화릉(和陵)[54] 수리에 봉심예관으로 참석하였다가 돌아오는 길에 금강산을 유람하였다.[55] 금강산을 유람하고 도성에 돌아온 직후 그 흥취에서 벗어나지 못하였다. 때마침 삼각산 중흥사의 노승 석성민(釋性敏)이 사미승 천민(天敏)에게 서신을 보내 유람 올 것을 청했다. 석성민은 이정구의 벗이었다. 삼각산을 유람하면서 산중에서부터 하산하여서까지 유흥을 벌였다.[56] 이정구는 삼각산의 흥취가 가시지 않아 산에서 내려와 도성 문이 닫히기 직전까지 여흥을 즐기다 만취해서 집에 돌아갔다.

관인들에게 지방의 관찰사나 수령 등 외관직으로 보임되는 것은 유람을 할 수 있는 좋은 기회였다. 임지를 순회하면서 주변의 경승지를 유람할 기회가 많았으므로 지방관 부임을 평소 가보기 힘든 곳을 두루 유람하였다. 특히 당대 유람지로 명성이 높았던 명산이 있는 군현 지방관들의 유람이 잦았다. 1548년 이황(1501~1570)은 단양수령으로 재직할 때 흉년과 기근으로 본격적인 지역 유람이 여의치 못하자『여지승람』과 전대의 기록을 참고한 후 기민구제 차 왕래하면서 몇 곳을 골라 잠시 들려 유람하기도 했다.[57] 장유(張維, 1587~1638)는 허계(許啓,

---

54 이성계의 부친인 李子春의 묘이다.

55 李廷龜,『月沙集』권38,「遊金剛山記」.

56 李廷龜,『月沙集』권38,「遊三角山記」. "余與諸君 赤足踏流 解衣坐石 行廚迭薦 肴核狼藉 或流觴競飮 或擧網得魚 子齊折楓枝揷頭上 余摘菊花泛酒杯 醉後樂甚 拍手蹈足 淸絃妙曲 較工爭奇 皆千古希聲 …… 醉不知返 及到家夜已三鼓"

57 李滉,『退溪集』권42,「丹陽山水可遊者續記」.

1594~?)의 강원도 고성군수 부임을 금강산이 있는 고을에 휴가를 떠나는 것으로 비유하고 있다. 그간 중앙의 관리로 번잡한 공무를 처리하느라 시름 푼 적이 없었으니, 고을 다스리는 일은 여사로 하고 선경이나 유람하면서 탈속이나 즐기다 오라는 것이다.[58] 김상헌(金尙憲, 1570~1652)도 1629년 강원감사로 있던 윤이지(尹履之, 1579~1668)에게 공무를 볼 때에 유람에 현혹되지 말 것을 비유적으로 말하였다. 김상헌은 자신보다 먼저 강원감사로 부임하여 관동유람의 기회를 얻은 윤이지를 매우 부러워하고 있다. 특히 강릉의 경포는 선계에 든 것 같은 즐거움이 있고, 바다와 산은 흥이 나서 미칠 정도의 경관을 가지고 있어 철석같이 굳은 마음도 흔들어놓을 수 있는 곳이라 하고 있다.[59] 비록 외관직으로 나가는 지인들에게 전별의 뜻으로 써준 글이지만 실제로 지방관들은 보임지 순회의 기회나 공무에 여가가 나면 유람을 하며 탈속의 기분을 즐겼다.[60]

관인들의 일상 속에는 권태로움이 상존해 있기 마련이었다. 공무를 잊기 위해 행하는 유람에서 음주가무를 통해 취선(醉仙)의 기분을 즐기는 것은 빼놓을 수 없는 풍류였다. 주세붕(1495~1554)·이현보(李賢輔, 1467~1555)·조식(1501~1572)과 같은 거유(巨儒)들도 유람 중에 음주가무의 풍류를 즐겼다. 사대부와 관인들의 유람기록에는 악공과

---

58 張維, 『谿谷集』 권31, 「送許沃余出守高城」. "米鹽朱墨苦埋頭 休沐何曾得散愁 忽趁秋風向楓嶽 好尋三日到仙洲 永嘉山水延康樂 八詠樓臺待隱侯 餘事不妨治郡課 吏肥民瘦豈須憂"

59 金尙憲, 『淸陰集』 권2, 「贈關東按使尹仲素」. "鏡浦仙遊樂未央 海山佳興欲淸狂 江陵自古風流地 好試平生鐵石腸"

60 관인들의 유람은 이상균의 「조선시대 사대부의 유람 양상」(2011, 『정신문화연구』 34-4, 한국학중앙연구원)을 참조.

기생을 데리고 다니면서 술을 마시며 풍류를 즐기는 대목을 자주 찾아볼 수 있다.[61] 관인들의 유람은 대부분 혼자 하는 것보다 지인들과 함께하거나 수행원들을 거느리고 즐겼으므로 술로 회포를 푸는 경우가 많았다.

그러나 관인들이 공무 시 사사로이 드러내 놓고 유람하는 것은 허용되지 않았다. 중종대에는 재상경차관이 어사를 겸하고, 마정조사를 담당하는 점마관(點馬官)까지 겸하고 있었다. 그런데 모두 외방에 있는 목장을 조사한다는 이유로 유람과 유흥을 벌여 어사에게 점마관을 겸직시키는 것을 폐지하기도 하였다.[62] 정조대 평안도관찰사 박종갑(朴宗甲, 1742~1799)은 의주에 수재가 난 후에 여러 날 동안 묘향산을 유람하느라 피해 보고를 지체하여 비변사에서 삭직을 계청하기도 하는 등[63] 관인들의 사사로운 유람은 허용되지 않았다. 특히 관찰·출척이 고유 업무였던 관찰사들이 순력을 유람의 기회로 삼는 경우가 많아서 효종과 정조대에는 관찰사들이 부내를 유람하는 폐단이 지적되기도 했다.[64] 관찰사들은 지방 수령들에게 최고의 공빈객이었다. 관찰사들은 수령의 감찰권한과 고과에 대한 포폄권한을 가지고 있었다. 관찰사들이 출척을 빌미로 유람하는 경우가 많았는데, 이를 수령들이 수행하고 준비하였던 것이다.

특히 고관들의 유람에는 영선(營繕)이 이루어졌고, 수령을 맞이하는

---

61 유람에서의 사대부들이 즐겼던 풍류의 사례와 내용은 이상균의 「조선시대 사대부 유람의 관행 연구」(2012, 『역사민속학』 38, 한국역사민속학회)을 참조.
62 『中宗實錄』 권80, 30년 8월 壬寅.
63 『正祖實錄』 권45, 20년 9월 丙午.
64 『孝宗實錄』 권6, 2년 6월 辛亥 ; 『正祖實錄』 권29, 14년 2월 甲子.

관례로 관기와 악공을 동원하여 부내의 산을 유람하는 경우도 있었다. 조선후기 학자 신홍원(申弘遠, 1787~1865)이 주왕산을 유람할 때 증암(甑巖)에서 길이 끊어지자 순찰사가 지나간 뒤에 사다리를 놓아 건널 수 있었는데, 지금은 고관의 유람이 없어 지나갈 수 없는 형편이라고 상황을 설명한다.[65] 관원들의 유람에 길을 수리했던 관행이 있었음을 알 수 있는 내용이다. 또한 경상도관찰사 윤광안(尹光顔, 1757~1815)이 순력을 빌미로 지리산을 유람할 때 함양군수 남주헌(南周獻, 1769~1821), 진주목사 이낙수(李洛秀), 산청현감 정유순(鄭有淳)이 관찰사 접빈을 위해 동행했었는데, 남주헌은 이때 동원된 인원도 대규모였고 매우 요란스러웠다고 적고 있다. 또한 상봉의 정상에는 관찰사를 위해 몇 칸의 초가집 같은 처소를 만들고 여러 수령들의 쉴 곳을 지어 놓았다고 했다.[66] 청송의 주왕산은 부사가 부임하면 관기를 동원하여 유람하는 관례가 있었다. 그래서 주왕산에는 '관유령(官遊嶺)'이라는 명칭의 고개가 있다. 조선후기 학자인 김종덕(金宗德, 1724~1797)이 주왕산을 유람하면서 이러한 관례를 상고했고, 자신 또한 전 청송부사 유언기(兪彦基)의 초대를 받아 주왕산을 유람했을 때 기생의 소리와 관현(管絃)의 소리가 우렁찼다는 당시 상황을 기억했다. 김종덕은 수령의 이러한 관례적 유람을 풍류로 보았지만,[67] 이보다 훨씬 전에 주

---

65 申弘遠, 『石洲文集』 권6, 「遊大遯山記」(국립중앙도서관 청구기호 古3648-40- 113-5). "莫之可何 記昔數次來時 値巡使過後 有浮梯可接 今無復有大官遊者 宜勢有所不可階而升也"

66 南周獻, 『宜齋集』 권11, 「智異山行記」(서울대학교규장각 청구기호 古3428-318). "峯頂元無房壁 而爲巡行宿所 如靈神臺之構數架草屋 亦構諸守宰所歇處 動巖馬川兩面之民而六十年 三有之擧 方春民力益覺勞瘁"

67 金宗德, 『川沙集』 권17, 「玉溪遊山錄」(영남대학교 민족문화연구소 자료총서4). "前府伯兪公彦基 邀余遊于此 大張聲妓 管絃轟夏 喟然而歎曰 從今呼峴 爲官遊嶺"

왕산을 유람한 김근(金近, 1579~1656)은 이러한 행태들을 비판했다. 유람의 풍류가 방탕한 가운데 시를 바위에 새기고, 또 기생들과 나란히 이름을 바위에 새기는 것을 비판하고 있다.[68]

김종직이 함양군수로 있을 때 지리산을 유람하고 마을에 돌아오자 고을의 부로(父老)들이 "사또께서 탈 없이 구경하고 오신 것을 치하드립니다."라는 소리를 듣고서야 비로소 백성들이 일을 팽개치고 놀기만 한다고 허물하지 않은 것을 기뻐했다.[69] 함양군수 남주헌도 유람을 마치고 돌아 왔을 때 부로들이 길에 담처럼 둘러서서 "군수께서는 유람하시면서 별탈이 없으셨는지요?"라고 안부를 전하였다. 남주헌도 이 인사를 받고서야 안도하는 마음이 들었다고 한다.[70] 수령이 유람이나 하면서 일을 하지 않는다고 백성들이 비판하지 않는 것을 알고 비로소 안도하는 마음이 든 것이다.

이와 같이 관인들은 산수 유람을 통해 탈속을 즐기고자 했다. 그러나 벼슬을 그만두지 않는 한 바쁜 일상 속에서 유람을 결행하기란 매우 힘들었다. 그러므로 공무 중 여가가 생기거나 부내의 순회와 같은 명분으로 유람을 통해 탈속의 기분을 즐겼다. 공무 중 사사로운 유람이 금지되어 있음에도 휴가도 내지 않고 유람을 하고자 했던 것은 관인들의 탈속의지가 그만큼 강했던 것을 보여주는 것이기도 하다. 즉, 공무에서 받은 스트레스를 산수 유람을 통해 탈속의 기분을 즐기면서

---

68 金近, 『五友堂集』 권4, 「遊周王山日記」(영남대학교 민족문화연구소 자료총서4). "其視諸風 流蕩侯 歌管曒嗓 留題壁上 姣女聯名者[石間實有]"

69 金宗直, 『佔畢齋文集』 권2, 「遊頭流錄」. "父老數輩 迎拜道左云 使君遊歷無恙 敢賀 余始喜百性不以優遊廢事罪我也"

70 南周獻, 『宜齋集』 권11, 「智異山行記」. "父老圍之如堵 迎拜路左日 使君遊歷 無恙乎 余始喜 百姓不以優游廢事咎我也"

해소하고자 했던 양상을 잘 보여준다.

Ⅳ. 관인들의 지리산 유람벽

조선시대 사대부들은 산수를 매우 좋아하여 고치지 못할 고질병이
든 것과 같은 산수벽을 가지고 있었다. 산수벽은 번다한 일상에서 벗
어나 자연에 귀의하여 자적하고자 하는 탈속의 의미도 함께 지니고
있는 것으로, 사대부들의 고질병이자 버리지 못하는 신념과 같은 것
이었다. 그러므로 관료들이 국왕에게 사직 소를 올릴 때도 그 이유
중 하나로 산수벽이 있음을 꼽고, 산수에 은둔하여 살 뜻을 밝혔다.
성종대 공조정랑 성담년(成聃年)은 병을 이유로 사직하는 소를 올릴
때에 연하의 고질병이 있어 벼슬을 버리고, 장차 산수에 은둔하여 한
평생을 마치고자 하는 뜻을 함께 밝혔다.[71] 반대로 국왕이 은둔해 있
는 신하에게 관직에 다시 복귀하도록 하서(下書)할 때도 연하의 뜻을
버리라는 내용들을 볼 수 있다.[72]

사대부나 관인들이 산수벽을 해소하는 것은 아예 산수에 은둔하거
나 그렇지 않으면 시간을 내어 산수를 유람하는 것이었다. 광해군대
에 공조정랑을 지냈던 이의건(李義健, 1533~1621)은 젊은 시절부터 산
수벽이 있어 금강산을 유람하며 아름다운 경관을 만나면 그 속에 심취
하여 속세로 돌아갈 것을 잊곤 하였다.[73] 이식은 평생 산수벽이 있었

---

71 『成宗實錄』 권112, 10년 12월 己未.
72 『宣祖實錄』 권146, 35년 2월 戊寅.
73 申欽, 『象村集』 권25, 「峒隱李公墓碣銘」. "唯酷愛名山水 少遊楓岳 白雲諸山 遇佳境 徜

음에도 감옥 속에 갇힌 듯 세속의 벼슬살이에 얽매이다 간성현감으로
보임하여 금강산을 유람하면서 산수벽을 해소했다.[74] 즉, 대부분의 관
인들은 산수벽을 해소하고 탈속의 기분을 느끼고자 유람을 즐겼다.
그러므로 유람을 소망하거나, 혹은 유람을 다녀온 곳을 못 잊어 늘
맘속에 그리며 기회가 되면 또다시 유람하고 싶어 했다. 산수를 그리
워하는 병은 유람벽으로 이어졌다. 공무에 골몰하며 탈속을 즐기고자
했던 관인들에게 유람은 늘 맘속에 품고 있던 벽이었다.

김창협은 청송부사 시절 영의정을 지냈던 아버지 김수항(金壽恒,
1629~1689)이 기사환국(己巳換局)으로 사사되자 벼슬을 버리고 경기도
포천에 은둔하였다. 1694년 갑술옥사 이후 아버지가 신원됨에 따라
예조참판·대제학·예조판서·지돈녕부사 등에 임명되었으나 모두 고
사하고 학문에만 전념하면서 산수를 소요하였다. 정조가 북한산 중흥
사에 올라 그의 시를 차운하면서 산수벽이 있었던 인물로 평가하고
있다.[75] 김창협은 젊은 시절 두 번 유람한 금강산을 항상 마음에 두고,
늙고 병이 들어서도 그리워하며 다시 가보고 싶은 마음을 버리지 못하
였다.[76] 금강산 유람벽을 평생 간직하고 살았다. 김창협의 형인 김창
흡(金昌翕, 1653~1722)도 유람벽이 심하였다. 천마산·한계산·만덕산·
속리산 등을 유람하고 금강산은 세 차례나 유람하였다. 조선후기 학
사 하익범(河益範, 1767~1815)도 유람벽이 있었다. 과거를 포기하고 위

然忘返"

74 李植, 『澤堂集』 권5, 「曺溪觀瀑漲」, "平生山水癖 守官類拘囚 沿洄快心賞"

75 正祖, 『弘齋全書』 권2, 「過重興寺次農巖韻」, "忽憶農巖山水癖"

76 金昌協, 『農巖集』 권22, 「送李瑋遊楓嶽序」, "蓋余於金剛 凡兩游 而皆有遺恨矣 以故意
中常 耿耿 每遇秋風起 馬首欲東者數矣 旣老且病 此意猶不衰"

기지학(爲己之學)에 전념하면서 전국을 유람하며 지냈다. 지리산을 유람하고 지은 「유두류록」 서두에 자신이 유람했던 곳을 나열해 놓았다.[77] 고종 초에 좌의정까지 올랐던 관인 이유원(李裕元, 1814~1888)도 유람벽이 심하였다. 관직에 종사하면서 40년 동안 경기·관서·관동·영남·호남·호서·해서 등에 있는 경승지 곳곳을 유람하였다. 대부분 지방관에 있으면서 유람한 것이다. 그가 지은 「춘명일사」에 자신의 유람을 술회하면서 개략적으로 나열한 유람지만 60여 곳이 넘는다.[78] 유람벽이 있었던 사람들은 산수에 취해 수차례 유람을 다니기도 하고, 다녀온 뒤로 감흥을 잊지 못하고 그리워하며 다시 유람 길에 올랐다.

사대부를 비롯한 관인들의 유람벽을 더욱 깊게 만들었던 산은 삼신산이었다. 삼신산은 일찍부터 선경으로 알려졌고, 사람들이 유람을 소망했다. 조선시대에 만들어지는 「천하도」에 삼신산이 표시되어 있을 만큼 동방의 선계로 유명하였다. 조선후기 문신 성대중(成大中, 1732~1809)은 "금강산은 기이하고 변화무쌍한 것이 석가와 같고, 지리산은 넓고 크며 활달한 것이 공자와 같고, 한라산은 높고 험하며 홀로 솟은 것이 노중련(魯仲連)과 같다."고 삼신산을 성현에 비유했다.[79]

삼신산 중에서도 금강산에 대한 유람벽이 가장 심하였고, 다음이 지리산이었다. 한라산은 바다를 건너야 하는 지리조건으로 유람하기

---

77 河益範, 『士農窩集』 권2, 「遊頭流錄」(국립중앙도서관 청구기호 古3648-88-51).

78 李裕元, 『林下筆記』 권26, 春明逸史 「名山歷覽」.

79 成大中, 『靑城雜記』 권5, 「醒言」. "金剛瑰奇變眩如釋迦 …… 智異博大通濟如孔子 …… 漢挐高崋獨峙如魯連". 魯仲連은 戰國時代 말기 齊나라 사람이다. 魯連으로도 불리고, 존칭으로 魯仲連子·魯連子로 불린다. 田單을 도와 齊나라를 復興시켰다. 최후에 東海에 은거했다고 전한다. 『史記』 권83, 「魯仲連鄒陽列傳」.

〈그림 2〉『대동지지(大東地志)』의 「천하도(天下圖)」, 국립중앙도서관

어려웠다. 조선후기 학자 신명구(申命耇, 1666~1742)는 "삼신산 중에 한라산은 탐라의 벼슬을 하는 자가 아니고서 바다건너 그곳을 유람했다는 사람을 세상에서 본적이 없다."고 했다.[80] 그만큼 한라산은 지리적 여건으로 명성에 비해 유람하기 어려웠다. 그러므로 조선시대에 창작된 산수유기의 양도 금강산과 지리산이 월등하게 많다.

당시 사람들 사이에서 금강산을 유람하는 것은 선적(仙籍)에 이름을 올리는 것이라 할 정도였다.[81] 고려말의 문신이었던 이곡(李穀, 1298~

---

80 申命, 『南溪集』 권3, 「頭流日錄」(국립중앙도서관 청구기호 古3648-40-81-2). "漢拏遠在萬里滄溟中 靈區異境怳疑仙眞之所萃 而非受命于 朝係官于耽羅者 航海遊覽世未見其人矣"

81 尹鑴, 『白湖全書』 권34, 「楓岳錄」. "世云遊楓岳者 謂可以登名仙籍"

1351)은 금강산을 유람하면서 평생의 소원을 다 풀었다고 술회할 정도였다.[82] 권근(權近, 1352~1409)은 금강산이 지척에 있음에도 명예에 얽매이고 세리에 팔려 한 번도 가보지 못함을 한스러워 하며, 항시 가보고 싶은 뜻을 품었다.[83] 정협(鄭悏, 1642~?)은 통천수령으로 가서 금강산을 유람했는데, 그 전에 이미 두 차례 유람했음에도 통천수령으로 발령 받은 김에 또다시 금강산을 유람하였다.[84] 또한 조선말기의 문신 이남규(李南珪, 1855~1907)가 통천수령으로 가는 심사범(沈士凡)에게 보낸 글의 내용을 보면 "비록 고지식한 유학자나 속된 선비라 하더라도 목을 빼고 동쪽을 바라보면서 여윈 나귀와 종복을 데리고 그 사이를 한번 유람하길 원하므로 통천군수로 나가기를 크게 원하고 있다."[85]고 한 것으로 보아 금강산 유람벽은 조선 말기에도 수그러들지 않고 있음을 알 수 있다.

지리산도 금강산에 버금가는 명산이었다. 고려 때에는 삼각산·송악산·비백산과 더불어 사악신(四嶽神)의 하나였다. 조선 태조대에 지리산과 진주의 성황은 호국백(護國伯)에 봉해지고,[86] 태종대에 백두산·금강산·묘향산·삼각산과 함께 국가에서 산천제[中祀]를 지내던 오악중 남악에 해당되었다.[87] 1466년(세조 11) 대사헌 양성지(梁誠之, 1415~

---

82 李穀, 『稼亭集』 권6, 「天磨嶺上望金剛山」. "一望平生心已了"

83 權近, 『陽村集』 권17, 「送懶庵上人遊金剛山詩序」. "予幸生此國 距此山不數百里 繫縛名韁 奔走世利 曾不得一往觀之 然欲飄然高踏之志 未嘗不往來於胸中也"

84 金昌協, 『農巖集』 권25, 「題鄭可叔悏四游錄後」. "今觀可叔此錄 於金剛旣再游 …… 可叔今又作宰通川 通在東海之上叢石之傍 去金剛不百里而近"

85 李南珪, 『修堂遺集』 권5, 「送沈士凡守通川序」. "雖拘儒俗士 無不引首東望 思得以疲驢短僕 一遊其間 通之爲出宰者所大願"

86 『太祖實錄』 권3, 2년 1월 丁卯.

87 『太宗實錄』 권28, 14년 8월 辛酉.

1482)가 실록 등을 명산에 보관하여야 한다며 전주사고를 남원의 지리
산으로 옮기자고 상소하기도 할 만큼 명산으로 인지도가 높았다.[88] 그
러므로 숙종대에는 사헌부에서 일국의 명산인 지리산을 보호해야 한
다는 상소를 9차례 올리기도 했다. 이유는 궁에서 걷는 수조로 인해
함양·엄천·마천의 지리산이 무분별한 벌목과 화전으로 피해가 심하
므로 명산 보호 차원에서 이를 금지시킨 것이다.[89] 즉, 지리산은 예로
부터 성산이자 숭산으로 신성시되었다. 허목은 남방의 산 중 지리산
을 가장 그윽한 신산으로 꼽았고,[90] 허균 또한 영남과 호남의 산 중
으뜸으로 꼽았다.[91] 송광연(宋光淵, 1638~1695)은 1680년 지리산을 유
람하고, '공자가 지리산에 올라도 천하가 크다고 여기기에 부족할 것'
이라 하면서 우리나라 제일의 산으로 칭송하였다.[92] 특히 신라 최치원
(857~?)의 자취를 많이 담고 있는 것으로 유명하여 유람하는 사람들은
누구든 그를 상고하며 사적을 찾아보았다.

조선시대에 들어서는 김종직·김일손·조식 등의 유람을 기화로 사
대부들 사이에서 더욱 유명해져 조선후기로 갈수록 유람자들이 증가
했다. 정조 때의 학자였던 이상정(李象靖, 1711~1781)은 남명 선생의 "천
길 봉우리 위에 옥 하나를 더 얹고[千仞峯頭冠一玉]"라는 구절을 외울
때마다 늘 꿈을 꾸듯 마음이 치달려서 지리산을 유람하고 싶었으나

88 『國朝寶鑑』권14, 세조 11년 11월.

89 『肅宗實錄』권7, 4년 4월 丁酉.

90 許穆, 『記言』권28, 「智異山靑鶴洞記」. "南方之山 惟智異最深邃杳冥 號爲神山 其幽巖
絶境 殆不可數記"

91 許筠, 『惺所覆瓿藁』권7, 「沙溪精舍記」. "夫所謂方丈 卽世所稱智異山也 山之磅礴鎭峙
雄於二南"

92 宋光淵, 『泛虛亭集』권7, 「頭流錄」. "非但東國之爲第一山 雖以天下之大 無可等列於此
山者 若使尼父登臨 則天下不足大也"

그러지 못함을 탄식하기도 했다.[93] 허목은 1640년 지리산을 유람하였
는데, 유람한지 30년이 지났어도 지리산을 다시 유람하는 꿈을 정도
로 지리산을 그리워하였다.[94] 영조대의 대표적 산림의 한 사람이었던
김원행(金元行, 1702~1772)은 지리산을 보고 떠나가는 것이 아쉬워 열
흘 동안 뒤척이며 잠을 이루지 못할 정도였다고 한다.[95]

이처럼 지리산은 명산으로서의 인지도가 높았고, 사람들의 유람벽
또한 대단했다. 특히 관인들은 재력이 있어도 벼슬길에 오르면 연속
적인 공무에 시달렸고, 또 어디로 부임될지 모르기 때문에 지리산은
보고 싶어도 쉽게 볼 수 있는 곳이 아니었다. 김종직은 평생토록 지리
산 유람을 간절히 염원했지만 벼슬에 얽매여 가지 못하였다. 결국 함
양군수로 부임하여 41세 되던 해인 1472년 소원하던 지리산을 유람하
게 된다. 지리산을 유람하고 싶은 마음이 대단하여 한 차례 지리산
유람으로 "평소의 소원을 풀었다."라고 하였다. 그러나 공무에 급급하
여 청학동 등을 찾아 두루 보지 못한 아쉬운 마음을 남기고 있다.[96]

김종직과 같이 지리산 유람을 평생의 숙원으로 간직하고, 기회가
되면 꼭 한번 유람고자 하는 관인들이 많았다. 문신 박여량(朴汝樑,
1554~1611)은 사간원정언·세자시강원문학 등을 역임하였다. 만년에
벼슬을 버리고 고향 함양으로 낙향하여 있을 때인 1610년 합천군수

---

93 李象靖, 『大山集』 권45, 「書權上舍季周游智異錄後」. "每誦南冥千仞峯頭冠一玉之句 未
嘗不神馳夢邊欲一往遊而不可得"

94 許穆, 『記言』 眉叟年譜 권1, 庚辰年 ; 『記言別集』 권9, 「送鄭進士東岳南遊海上序」. "入
智異山 觀雙溪石門 …… 至今三十年 時時夢寐在此間"

95 金元行, 『渼湖集』 권1, 「用前韻贈敏機上人」. "方丈重回首 難爲十日眠"

96 金宗直, 『佔畢齋文集』 권2, 「遊頭流錄」. "某生長嶺南 頭流 乃吾鄕之山也 而遊窟南北
塵埃汩沒 年齒已四十 尙不得一遊焉 …… 吾輩今日 蹤得登覽一遭 僅償平素之願 而繩墨
悤悤 不敢訪靑鶴歷五臺 遍探幽奇焉"

박명부(朴明榑, 1571~1639) 등과 지리산을 유람하였다. 그는 평소 지리산의 선경을 마음에 담아 두고 유람하고 싶어 했으나 벼슬살이에 얽매여 하지 못하다가 낙향하여 유람하였다. 하지만 마음속에 늘 담아두고 보길 소원한 신흥사·쌍계사·청학동과 같은 선경을 이번 유람에서 보지 못한 소회를 드러내며 평생의 숙원을 풀지 못함을 탄식했다.[97] 유몽인도 용성현감으로 부임하여 1611년 오랜 숙원으로 간직했던 지리산을 유람하였다. 유몽인은 젊어서부터 유람벽이 있어 전국 산하를 두루 유람한 인물이었다. 지리산을 유람한 후에 자신이 본 산 중에 으뜸이라고 칭송하였다.[98]

1618년 장성군수였던 양경우(梁慶遇, 1568~?)는 지리산을 유람하려고 관찰사에게 휴가 신청을 했다 반려되자 남해군현의 속안(續案) 조사의 틈을 타 지리산을 유람하였다. 양경우는 1591년 아버지 양대박(梁大樸, 1544~1592)과 한차례 지리산을 유람한 적이 있었다. 다음 해에 지리산 남쪽 방향을 유람하고자 했으나 임진왜란으로 뜻을 이루지 못하고, 그 후에는 벼슬살이에 쫓겨 유람하지 못하였다. 이후 다시 지리산을 유람하고 싶은 간절한 마음을 가져왔는데, 휴가 신청이 반려되자 속안을 조사하는 군현에 지리산과 하루거리인 광양현이 포함되어 있는 것을 기회로 다시 유람하였다. 그는 유람기록 말미에 다음과 같은 내용을 기술하여 지리산에 대한 애착과 유람의 아쉬움을 표현했다.

---

97 朴汝樑, 『感樹齋集』 권6, 「頭流山日錄」. "玆山之南 如神興 雙溪 靑鶴洞之勝 盖嘗往來
于懷而不置者也 一欲搜奇訪眞 手摩雙溪石門四大字 足濯八詠樓下之淸波 喚儒仙於千
古之上 乘鶴背於千仞之壁 以償吾平生宿債 而惜乎俗累塵羈 未免纏身 又加以老將至矣
豈能保其必遂願於他年也 相與一賀之後 不能無發歎也"

98 柳夢寅, 『於于集』 後集 권6, 「遊頭流山錄」. "若余者 東區海嶽 皆入吾雙脚底 雖子長博
望之遊 吾不多讓 擧余足跡所及者 第其高下 頭流爲東方第一山無疑"

현달과 은둔의 출처와 자신을 드러내고 감추는 것이 비록 때에 따라 경중은 있으나 모두 자연에 대한 부끄러움은 면치 못할 것이다. 하물며 우리처럼 공무의 여가에 지름길을 통해 불과 3일 만에 다녀왔으니 또한 어찌 깨닫기에 족하겠는가? 돌아가 벼슬을 버리고 일에서 물러나 백운이 서린 산수에서 노후를 보내고 나막신과 죽장을 짚고 이 산의 봉우리와 골짜기를 두루 찾아 내 소원을 풀어야겠다.[99]

양경우의 표현은 관인들이 지리산을 유람하고 싶어 했던 간절한 심정을 잘 나타내고 있다. 특히 관인들은 대부분 양경우와 같이 공무에 틈을 내어 지리산을 유람했기 때문에 유람기간이 짧았다. 오래도록 품어왔던 지리산 유람벽을 말끔히 씻어내기에는 턱없이 부족한 기일이었다. 그러므로 또 다시 지리산을 유람하길 소망하고 있다.

박장원(朴長遠, 1612~1671)도 1643년 부모 봉양을 위해 안음현감으로 부임했을 때 지리산을 유람하였다. 한번 지리산 정상에 올라 평생의 안목으로 마음껏 보고 가슴 속에 쌓인 회포를 다 씻어버리고 싶은 마음을 품어왔다. 벼슬에 얽매여 지리산과 인연이 없음을 한스럽게 여긴지 오래된 차에 안음현감으로 부임하게 된 것이다. 부임 초 고을에 기근이 들어 마음으로만 유람을 염원하다 풍년으로 사정이 좋아지자 벗들과 유람에 나섰다. 유람 후에 평생의 소원을 풀었다고 술회하면서 벼슬이 낮아도 지리산을 유람할 수 있는 기회를 얻어 "의금부의 관리와 같은 높은 관직도 부럽지 않다."고 했다. 간절히 염원했던 지리산 유람을 성취한 기쁜 마음을 드러냈다. 그러나 관사로 돌아오자

---

99 梁慶遇, 『霽湖集』 권11, 「歷盡沿海郡縣 仍入頭流 賞雙溪 神興紀行祿」. "出處顯晦 雖有輕重於一時 擧未免貽愧於林澗 況余輩寅緣公務之隙 假步山蹊 入山出山 不滿三日者 又安足道哉 行當投紱謝事 送老白雲之邊 棕鞋竹杖 遍尋此山之峯壑 以畢余志焉"

다시 공무에 골몰해야 하는 스트레스를 받았다.[100]

지리산을 유람한 관인들은 김종직·박장원과 같이 지리산 유람을 평생의 숙원처럼 여겨왔다. 오두인(吳斗寅, 1624~1689)과 송광연도 그러한 관인이었다. 오두인은 사헌부 지평으로 재직하던 시절 재상을 살피기 위해 경상우도를 돌아 볼 때 진주의 전정(田政)을 마치고 목사 이상일(李尙逸, 1600~1674) 등과 지리산을 유람하였다. 평생소원이었던 유람인 만큼 하산 뒤에 밀려오는 아쉽고 씁쓸한 심정이 매우 컸다.[101] 송광연은 1679년 옥천군수로 부임하여 1680년 승평부사 이익태(李益泰), 옥천현감 이만징(李萬徵) 등 지리산 인근 군현의 수령들과 함께 유람에 나섰다. 이들은 서로 서신을 주고받으며 공무를 보는 여가에 함께 모여 유람하며 교유하기를 약속했던 것이다. 송광연은 이때 지리산의 낙조를 보고 감탄하며 평생 바라던 소원을 성취하였다고 말한다. 그리고 자신들은 각자 관직이라는 세상사의 걱정거리가 있어 한가히 마음 내키는 대로 구애받음이 없이 살지 못함을 탄식하며 연하와 원학(猿鶴)을 하직해야 하는 아쉬움을 금치 못하고 있다.[102] 송광연 역시 짧은 지리산 유람에 대한 미련이 매우 크게 남았다.

남주헌도 서울에 살면서 지리산을 유람하지 못하는 것을 늘 안타깝게 여기던 차에 함양군수로 부임하였다. 그러나 경내에 지리산이 있

---

100 朴長遠, 『久堂集』 권15, 「遊頭流山記」. "思欲一入其中 仍登其上 以放吾生平之目 以盪吾八九之胸 而繫官于朝 恨無緣而至焉者久矣 …… 平生得意處 肯羨執金吾 吟罷歸來鈴閣 便是舊吾 愁對雁鶩行 塵土逶已滿襟矣"

101 吳斗寅, 『陽谷集』 권3, 「頭流山記」. "余自南來之後 嘗欲一見雙溪 以快平生願遊之志 而不可得也 …… 一日之間 仙凡懸殊 回首雲山 不能無悵然之懷"

102 宋光淵, 『泛虛亭集』 권7, 「頭流錄」. "而落照則此日初見 亦可以償平生之願 …… 而各有百里之憂 與漫浪閒人 遺落世事者有異 不得不自此復尋官路 回首雲山 不堪辭煙霞謝猿鶴之懷矣"

음에도 공문서 속에 파묻혀 바쁘게 지내느라 1년이 지나도록 유람하지 못하여 애를 태우고 있었다. 그러던 차에 관찰사 윤광안이 편지를 보내 진주에서 만나 산을 함께 유람하자고 청하였다. 윤광안이 도내를 관찰하면서 진주에 들려 지리산을 유람하고자 했기 때문이다. 그의 표현에 의하면 관찰사의 편지를 읽고 "시위를 떠난 화살처럼 마음은 이미 지리산으로 달려가고 있다."고 한다.[103] 지리산 유람에 대한 염원이 얼마나 간절했는지를 잘 보여 준다.

이처럼 조선시대 사람들에게 지리산은 생애 꼭 한번 보고 싶은 명산으로 유람벽을 불러일으키는 산이었다. 더구나 공무에 쫓기던 관인들이 일상에서 벗어나 탈속의 기분을 즐기기에 신선이 산다는 지리산만한 곳이 없었다. 그러나 관인들에게 지리산은 맘속으로만 생각하고 멀리서만 바라볼 뿐 쉽게 유람할 수 있는 산이 아니었다. 그래서 지리산과 연접한 군현의 수령으로 부임하거나 공무 차 지나가는 것은 평생의 숙원처럼 여겼던 지리산을 유람할 수 있는 호기였다. 공무에 기회가 생기면 지리산을 유람하고 탈속의 기분을 느끼며 유람벽을 해소하였다. 하지만 관인들은 시간적 여유가 많지 않았으므로 지리산 유람은 대체적으로 2~4일 정도로 짧았다. 지리산은 몇 일만에 모두 볼 수 있는 산이 아니었다. 그러므로 관인들의 지리산 유람은 늘 아쉬운 소회로 남았고, 언젠가 또 찾아야겠다는 유람벽을 다시금 불러일으켰다.

---

103 南周獻, 『宜齋集』 권11, 「智異山行記」. "余生長京師 其距爲八百里 年且四十 尙恨不得一游 昨年 得符咸陽郡 山在封內 爲方丈主人 而簿書倥傯 殆一朞 又不得一遊 只褰簾望蒼翠而已 觀察使尹復初光顔 書我共陟 要自晉州相會 余於是 蹶然神往 有若離弦之矢"

V. 맺음말

조선시대 사대부들 대다수는 출사하여 관료가 되고자 하는 목적을 가지고 있었다. 그러나 관인의 생활은 녹녹치 않았다. 격무에 시달리는 스트레스의 연속이었다. 이러한 가운데 관인들은 바쁜 일상에서 벗어나고자 하는 탈속의지를 표출하였다. 모든 것을 털어버리고 귀거래하지 못하는 처지를 스스로 하소연하기도 했고, 여가에 거주지에서 가까운 산수를 찾아 잠시나마 탈속의 기분을 즐기며 돌아왔다.

관인들이 탈속을 즐기기 위해 가장 많이 선호한 공간은 산수였고, 유람을 통해서였다. 하지만 재직 중에는 그만한 여유를 가지기 힘들어 원유(遠遊)는 거의 불가능했다. 연속적인 스트레스에 골몰했던 관인들은 산수벽을 관념처럼 지니고 살았다. 번다한 일상에서 벗어나 자연에 귀의하여 자적하는 안분의 삶을 이상으로 여겼다. 그러므로 관인들의 산수유람 열망은 다른 부류보다 매우 컸다. 잠시라도 기회가 생기면 산수를 유람하며 탈속의 기분을 즐겼고, 그 기분을 잊지 못하여 또 다시 유람하고자 하는 유람벽으로 이어졌다.

관인들의 산수 유람벽을 더욱 깊게 만들었던 산 중의 하나는 신선세계로 유명했던 지리산이었다. 조선시대 지리산은 모든 사대부들이 생애 꼭 한번 보고 싶어 하는 명산으로 유람벽을 불러일으켰다. 더구나 관인들이 탈속의 기분을 즐기기에 지리산만한 곳도 없었다. 그러나 관인들에게 지리산은 쉽게 유람할 수 있는 산이 아니었다. 그래서 지리산과 접해있는 군현의 수령으로 부임하거나 공무 차 지날 기회에 짧게나마 지리산을 유람하고, 평생의 숙원처럼 여기며 갈망했던 지리산 유람의 적취를 풀었다. 하지만 지리산은 몇 일만에 모두 볼 수 있는 곳이 아니었다. 관인들의 지리산 유람은 늘 아쉬운 소회로 남았고, 언젠가 또 찾아야겠다는 유람벽을 다시금 불러일으켰다.

이 글은 『남명학연구』 46집(2015), 199~234쪽에
게재한 글을 수정·보완한 것이다.

16~18세기 유학자의
지리산 유람과 승려 교류

이종수

Ⅰ. 머리말

조선시대 불교의 실상을 알려주는 자료 가운데 유학자의 유람기 속에 담겨 있는 불교에 관한 기록은 당시 사찰과 승려에 대한 생생한 모습을 보여준다. 유람자들은 지식인이자 권력자로서 또 하나의 백성이었던 승려들의 일상을 관찰하기도 하였지만 유람을 위한 숙식과 노동력을 제공받았다. 금강산이나 지리산 등 산수가 수려한 곳의 여행에는 반드시 사찰이 있기 마련이고, 사찰 승려들은 당시의 권력자인 유학자들을 소홀히 대접할 수 없었다. 유람하던 권력자가 사찰에 들렀을 때 공경히 접대하는 것은 어쩔 수 없는 상황이기도 했겠지만 무엇보다 그들을 통해 얻을 수 있는 정치·경제적 이익도 있었을 것이다.

산수를 유람했던 유학자들 중에 유람기를 남긴 사람 보다 유람기를 남기지 않은 사람이 더 많을 것으로 생각된다. 유람기를 남기지 않은 유학자들 역시 사찰에 들러 승려들과 대화를 했을 것이고, 그 과정에서 유학자와 승려의 교류가 자연스럽게 이루어졌을 것이다. 때로는 시를 주고받으며 밤을 새우거나 불교와 유교의 철학적 담론도 이어갔을 것이다. 한편, 조선후기 승려 문집 속에는 유학자들과 주고받은 글들이 적지 않게 남아 있다. 그런데 어떻게 승려들이 신분이 다른 유학자들과 교류할 수 있었는지 선뜻 이해되지 못한 점이 있었다. 신분이 구분되어 있는 사회에서 승려들이 먼저 찾아가서 교류를 시도했다고 보기도 어렵기 때문이다.[1] 그런데 유학자들이 남긴 유람기를 통해 유학자와 승려의 교류가 어떻게 시작되었는지 그 실마리를 찾을 수 있다.

이에 본고에서는 유람기에 나타난 당시 유학자와 승려의 교류를 살펴보고자 한다. 아직 이 부분에 대한 연구는 본격적으로 이루어지지 않은 것 같다. 최근에 조선시대 유람기에 대한 연구가 각광을 받으면서 학위논문이 발표되는 등 관심이 높아지고 있지만[2] 유불 교류에 대한 세부적인 연구는 부족하다고 할 수 있다. 금강산, 지리산, 청량산 등 명산을 유람하고 남긴 기록 속에서 유람자의 눈으로 본 불교의 실

---

1 조선시대 승려는 俗人의 상대적인 신분이었다고 할 수 있고, 속인들은 다시 良人과 賤人으로 그 신분이 나뉘어 있었다. 그리고 양인은 다시 양반과 평민 등으로 구분할 수 있을 것이다. 본고에서는 유학자와 승려로 신분을 대별하였는데, 엄밀히 말한다면 유학자를 신분적 개념으로 말하기는 어려우므로 승려와 대별하기 어려운 면이 있다. 하지만 통상적으로 儒者와 僧侶를 대비하여 서술하므로 본고에서도 그에 따라 상대적 신분으로 서술하였음을 미리 밝혀둔다. 조우영(2008), 『경국대전의 신분제도』, (주)한국학술정보 참조.

2 이영운(2011), 『17~18세기 하동 쌍계사의 배치와 전각구성의 변화 : 지리산 유람기 분석을 중심으로』, 경기대학교 석사학위논문 ; 이호승(2012), 『지리산 유람록으로 본 산림문화 가치분석』, 경북대학교 석사학위논문 ; 이상균(2013), 『조선시대 유람문화 연구』, 강원대학교 박사학위논문 ; 이경순(2014), 『17~18세기 士族의 유람과 山水空間 인식』, 서강대학교 박사학위논문 ; 이창훈(2014), 『조선시대 유람록에 나타난 지리산 경관자원의 명승적 가치』, 상명대학교 박사학위논문.

태를 파악할 수 있는 내용이 많다. 이 글들은 승려의 주관적인 시각에
서 바라본 불교계의 모습이 아니라, 제삼자의 객관적인 인식이 반영
되어 있는 내용이므로 좀 더 사실적으로 조선후기 불교를 이해할 수
있는 자료라고 할 수 있을 것이다.

　본고에서는 그 중에서 16~18세기 유학자의 지리산 유람기를 통해
당시 지리산 불교의 생생한 모습을 그려보고자 한다.[3] 지리산 유람기
에 대해서는 경상대학교 경남문화연구원에서 수 년 간에 걸쳐 자료를
수집하여 목록을 만들고 번역하였으므로, 2000년 이후 간행된『지리
산 유람록』6권[4]을 토대로 불교 관련 기록을 재구성하고 그 불교사적
의미에 대해 논해보고자 한다.

Ⅱ. 지리산 유람기의 사찰

　지리산에는 예로부터 많은 사찰들이 건립되어 있었기 때문에 산을
오르는 도중에 사찰을 만나는 것은 예나 지금이나 다름없다. 지금도

3　16~18세기 지리산 유람기와 관련한 연구논문은 다음의 글들을 참고하기 바란다. 최석
　기(2000),「조선중기 사대부들의 지리산 유람과 그 성향」,『한국한문학연구』26, 한국
　한문학회 ; 강정화(2008),「지리산 유산기에 나타난 조선조 지식인의 산수인식」,『남명
　학연구』26, 경상대 남명학연구소 ; 전병철(2010),「感樹齋 朴汝樑의 지리산 유람과
　그 인식,〈頭流山日錄〉의 분석을 중심으로」,『남명학연구』31, 경상대 남명학연구소
　; 강정화(2013),「유람록으로 본 지리산의 인물과 그 형상」,『동양한문학연구』37, 동양
　한문학회.

4　최석기 외 옮김(2000),『선인들의 지리산 유람록』, 돌베개 ; 최석기 외 옮김(2008),『지
　리산 유람록, 용이 머리를 숙인 듯 꼬리를 치켜든 듯』, 보고사 ; 최석기 외 옮김(2009),
　『선인들의 지리산 유람록 3』, 보고사 ; 최석기 외 옮김(2010),『선인들의 지리산 유람
　록 4』, 보고사 ; 최석기 외 옮김(2013),『선인들의 지리산 유람록 5』, 보고사 ; 최석기
　외 옮김(2013),『선인들의 지리산 유람록 6』, 보고사.

등산 도중에 만나는 사찰은 휴식 공간이기도 하고, 자연재해 등의 위급 시에는 도피처가 되기도 한다. 조선후기 유학자들 역시 지리산 유람 도중 사찰에 들러 휴식을 취하거나 숙식을 하였다. 본고에서 다루는 16~18세기 29명의 33개 지리산 유람기[5]에서는 하동, 함양, 산청, 남원, 구례 지역의 지리산 사찰 50개가 등장한다.[6] 아래 표는 각 유람기의 이동 경로를 사찰 중심으로 재구성한 것이다.

연번	유람자, 유람기명, 유람기간
	사찰 유람로
1	조식(曺植, 1501~1572), 「유두류록(遊頭流錄)」, 1558.04.10~04.26
	쌍계사(雙磎寺) → 불일암(佛日庵) → 지장암(地藏庵) → 신응사(神凝寺)
2	하수일(河受一, 1553~1612), 「유청암서악기(遊青巖西岳記)」, 1578.04
	토가사(土佳寺) → 서일암(西日菴) → 토가사(土佳寺)
3	변사정(邊士貞, 1529~1596), 「유두류록(遊頭流錄)」, 1580.04.05~04.11
	정룡암(頂龍庵) → 영원암(靈源庵) → 두류암(頭流庵) → 의신사(義神寺) → 신흥사(神興寺) → 칠불암(七佛庵) → 쌍계사(雙溪寺)

---

5 본고에서 다루는 유람기 32개는 최석기 등이 번역한 책을 참고하였다. 그리고 조겸의 「유두류산기」(1623)는 경상대학교 文泉閣 홈페이지에서 참고하였다.

6 유람기에 등장하는 50개 사찰 가운데 17개 사찰은 현존하고 33개 사찰은 빈 터만 남아 있다. 아래는 그 목록이다.
  ■현존 사찰(17개) : 감로사(구례, 현 천은사), 국사암(하동), 금대암(함양), 대원암(산청, 현 대원사), 덕산사(산청, 현 내원사), 문수암(함양, 현 문수사), 백장사(남원), 법계사(산청), 벽송암(함양, 현 벽송사), 불일암(하동), 실상사(남원), 쌍계사(하동), 안국사(함양), 연곡사(구례), 영원암(함양, 현 영원사), 칠불사(하동), 화엄사(구례)
  ■폐사찰(33개) : 군자사(함양), 금륜암(하동), 남대사(산청), 내원(남원), 내원암(하동), 능인사(하동), 단속사(산청), 대흥사(구례), 두류암(함양), 마적암(함양), 명적암(함양), 무위암(산청), 법희암(함양), 보문암(산청), 불장암(산청), 불출암(하동), 삼장사(산청), 상류암(산청), 상불암(하동), 서일암(하동), 신흥사(신응사와 同, 하동), 엄천사(함양), 영대암(하동), 영신사(하동), 옥소암(하동), 원통암(산청), 은정대(하동), 의신사(하동), 정룡암(함양), 지장암(하동), 천장암(산청), 토가사(하동), 향적사(산청)

4	양대박(梁大樸, 1543~1592), 「두류산기행록(頭流山紀行錄)」, 1586.09.02~09.12
	백장사(百丈寺) → 실상사(實相寺) → 군자사(君子寺)
5	박여량(朴汝樑, 1554~1611), 「두류산일록(頭流山日錄)」, 1610.09.02~09.18
	군자사(君子寺) → 향적사(香積寺) → 상류암(上流庵)
6	유몽인(柳夢寅, 1559~1623), 「유두류산록(遊頭流山錄)」, 1611.03.29~04.08
	백장사(百丈寺) → 내원(內院) → 정룡암(頂龍庵) → 영원암(靈源庵) → 군자사(君子寺) → 마적암(馬跡庵) 터 → 두류암(頭流庵) → 향적암(香積庵) → 영신사(靈神寺) → 의신사(義神寺) → 신흥사(神興寺) → 쌍계사(雙溪寺) → 불일암(佛日庵)
7	성여신(成汝信, 1546~1632), 「방장산선유일기(方丈山仙遊日記)」, 1616.09.24~10.08
	쌍계사(雙溪寺) → 불일암(佛日庵) → 신응사(神凝寺)
8	박민(朴敏, 1566~1630), 「두류산선유기(頭流山仙遊記)」, 1616.09.24~10.08
	성여신과 함께 유람(행로 일치)
9	조위한(趙緯韓, 1567~1649), 「유두류산록(遊頭流山錄)」, 1618.04.11~04.20
	쌍계사(雙溪寺) → 불일암(佛日庵) → 옥소암(玉簫庵) → 영대암(靈臺庵) → 불출암(佛出庵)
10	양경우(梁慶遇, 1568~1629), 「역진연해군현잉입두류상쌍계신흥기행록(歷盡沿海郡縣仍入頭流賞雙溪神興紀行錄)」, 1618. 윤04.15~05.18
	쌍계사(雙溪寺) → 불일암(佛日庵) → 신흥사(神興寺)
11	조겸(趙璥, 1569~1652), 「유두류산기(遊頭流山記)」, 1623.02.10~02.16
	법계사(法界寺)
12	허목(許穆, 1595~1682), 「지리산기(智異山記)」, 1640.09
	군자사(君子寺)
13	허목(許穆, 1595~1682), 「지리산청학동기(智異山青鶴洞記)」, 1640.09.03
	쌍계사(雙溪寺) → 불일암(佛日庵)
14	박장원(朴長遠, 1612~1671), 「유두류산기(遊頭流山記)」, 1643.08.20~08.26
	군자사(君子寺) → 안국사(安國寺) → 금대암(金臺庵)
15	오두인(吳斗寅, 1624~1689), 「두류산기(頭流山記)」, 1651.11.01~11.06
	쌍계사(雙溪寺) → 불일암(佛日庵) → 신흥사(神興寺) → 능인사(能仁寺) → 은정대(隱井臺) → 군자사(君子寺) → 덕산사(德山寺, 현 내원사) → 남대사(南臺寺)

16	김지백(金之白, 1623~1670), 「유두류산기(遊頭流山記)」, 1655.10.08~10.11
	대흥사(大興寺) → 감로사(甘露寺, 현 천은사) → 화엄사(華嚴寺) → 연곡사(燕谷寺) → 쌍계사(雙溪寺) → 불일암(佛日庵) → 옥소암(玉簫庵) → 칠불암(七佛庵)
17	송광연(宋光淵, 1638~1695), 「두류록(頭流錄)」, 1680.08.20~08.27
	쌍계사(雙溪寺) → 불일암(佛日庵) → 보문암(普門庵) → 내원암(內院庵) → 쌍계사(雙溪寺) → 신흥사(神興寺) 옛터 → 의신사(義神寺) 터 → 칠불사(七佛寺) → 금륜암(金輪庵) → 칠불사(七佛寺) → 영신당(靈神堂, 영신사 옛터) → 향적사(香積寺) 터 → 군자사(君子寺) → 백장사(百丈寺)
18	김창흡(金昌翕, 1653~1722), 「영남일기」, 1708.02.03~윤03.21
	쌍계사(雙溪寺) → 불일암(佛日庵) → 상불암(上佛庵) → 칠불사(七佛寺) → 신흥사(神興寺)
19	신명구(申命耉, 1666~1742), 「유두류일록(遊頭流日錄)」, 1719.05.16~05.21
	보문암(普門庵) → 남대암(南臺庵) → 무위암(無爲庵) → 원통암(圓通庵) → 천장암(天藏庵) → 불장암(佛藏庵) → 덕산사(德山寺, 현 내원사)
20	신명구(申命耉, 1666~1742), 「유두류속록(遊頭流續錄)」, 1720.04.06~04.14
	쌍계사(雙溪寺) → 불일암(佛日庵) → 쌍계사(雙溪寺) → 신흥사(神興寺)
21	조귀명(趙龜命, 1693~1737), 「유용유담기(遊龍游潭記)」, 1724.08.01
	군자사(君子寺) → 실상사(實相寺)
22	조귀명(趙龜命, 1693~1737), 「유지리산기(遊智異山記)」, 1724.08.01~08.03
	군자사(君子寺) → 실상사(實相寺)
23	정식(鄭栻, 1683~1746), 「두류록(頭流錄)」, 1724.08.02~09(1차), 1724.08.17~27(2차)
	1차 : 보문암(普門庵) → 남대암(南臺庵) → 벽송암(碧松庵) 터 → 남대암(南臺庵) 2차 : 쌍계사(雙溪寺) → 불일암(佛日庵) → 칠불암(七佛庵) → 신흥암(神興庵)
24	김도수(金道洙, 1699~1733), 「남유기(南遊記)」, 1727.09.12~10.05
	화엄사(華嚴寺) → 쌍계사(雙溪寺) → 불일암(佛日庵) → 국사암(國師庵)
25	정식(鄭栻, 1683~1746), 「청학동록(靑鶴洞錄)」, 1743.04.21~04.29
	쌍계사(雙溪寺) → 내원암(內院庵) → 불일암(佛日庵) → 국사암(國師庵) → 칠불암(七佛庵) → 신흥암(神興庵)
26	황도익(黃道翼, 1678~1753), 「두류산유행록(頭流山遊行錄)」, 1744.08.27~09.14
	쌍계사(雙溪寺) → 불일암(佛日庵) → 칠불암(七佛庵) → 신흥사(神興寺)

27	이주대(李柱大, 1689~1755), 「유두류산록(遊頭流山錄)」, 1748.04.01~04.24
	삼장사(三莊寺) → 대원암(大源庵) → 쌍계사(雙溪寺) → 신흥암(神興庵) → 칠불암(七佛庵)
28	박래오(朴來吾, 1713~1785), 「유두류록(遊頭流錄)」, 1752.08.10~08.19
	보문암(普門庵) → 법계당(法界堂, 현 법계사) → 영신사(靈神寺) 옛터 → 칠불암(七佛庵) → 신흥사(神興寺) → 쌍계사(雙溪寺)
29	이갑룡(李甲龍, 1734~1799), 「유산록(遊山錄)」, 1754.윤5.10~05.16
	법계당(法界堂)
30	홍씨(洪氏, 미상), 「두류록(頭流錄)」, 1767.07.16~07.30
	실상사(實相寺) → 군자사(君子寺)
31	이만운(李萬運, 1736~1820), 「문산재동유기(文山齋同遊記)」, 1783.11.26~11.28
	단속사(斷俗寺)
32	이동항(李東沆, 1736~1804), 「방장유록(方丈遊錄)」, 1790.03.28~05.04
	엄천사(嚴川寺) → 법희암(法喜庵) → 문수암(文殊庵) → 금대암(金臺庵) → 벽송암(碧松庵) → 군자사(君子寺) → 명적암(明寂庵)
33	유문룡(柳汶龍, 1753~1821), 「유천왕봉기(遊天王峯記)」, 1799.08.16~08.18
	보문암(普門庵) → 향적사(香積寺)

위의 표에서 보듯이, 유람기에 등장하는 사찰을 지역별로 보면, 하동 18개 사찰 78회,[7] 산청 13개 사찰 26회,[8] 함양 12개 사찰 27회,[9]

---

7 1회(9) : 금륜암(폐사), 능인사(폐사), 불출암(폐사), 상불암(폐사), 西日菴(폐사), 영대암(폐사), 은정대(폐사), 지장암(폐사), 토가사(폐사) / 2회(3) : 국사암, 내원암(폐사), 옥소암(폐사) / 3회(2) : 영신사(폐사), 의신사(폐사) / 9회(1) : 칠불사 / 14회(1) : 신흥사(폐사) / 15회(1) : 불일암 / 19회(1) : 쌍계사
8 1회(8) : 단속사(폐사), 대원암(현 대원사), 무위암(폐사), 불장암(폐사), 삼장사(폐사), 상류암(폐사), 원통암(폐사), 천장암(폐사) / 2회(1) : 덕산사(현 내원사) / 3회(1) : 법계사 / 4회(2) : 남대사(폐사), 향적사(폐사) / 5회(1) : 보문암(폐사)
9 1회(6) : 마적암(폐사), 명적암(폐사), 문수암(현 문수사), 법희암(폐사), 안국사, 엄천사(폐사) / 2회(5) : 금대암, 두류암(폐사), 벽송암(현 벽송사), 영원암, 정룡암(폐사) / 11회(1) : 군자사(폐사)

남원 3개 사찰 8회,[10] 구례 4개 사찰 5회[11] 등이다. 총50개 사찰이 144회 등장한다. 이로 보면 하동 쌍계사를 거쳐 지리산을 유람했던 유학자들이 압도적으로 많았다는 것을 알 수 있다. 이는 아마도 조식의 유람 행로가 후대에 영향을 미쳤기 때문이 아닐까 생각된다.

유학자들은 유람 도중에 만나는 사찰의 경관을 시로 읊기도 하고, 사찰의 창건 내력이나 전각 구성에 대해 소개하기도 하였다. 가령 박래오는 「유두류록」(1752)에서 쌍계사에 이르러 함께 유람하던 동료들과 진감선사비와 최치원의 진영을 구경한 후에 현판에 걸린 시에서 차운하여 돌아가며 시를 지었다. 그 중에 두 사람의 시를 소개하면 다음과 같다. 먼저 박락초가 읊었다.

그 옛날 신라시대 창건한 이 사찰	粤在羅朝創此寺
층층의 많은 절집 속세와 떨어졌네	層楹疊榭絶塵紛
가느다란 산기운 산모퉁이 감싸고	浮嵐細細囚山角
겹겹의 나무들 동구 문을 잠갔네	烟樹重重鎖洞門
삼척의 비석은 어느 때 세워졌는가	三尺遺碑何日竪
두 시내 만난 물은 지금도 흘러가네	雙溪合派至今奔
가을에 온 먼 나그네 한가한 정감으로	秋來遠客閒情足
깊은 숲 지저귀는 새소리 한동안 듣네	坐廳深林怪鳥喧

이어서 저자인 박래오가 다음과 같이 읊었다.

고찰의 종소리에 해는 이미 저물고	古寺鍾鳴日已晚

---

10 1회 : 내원(폐사) / 3회 : 백장사 / 4회 : 실상사

11 1회 : 감로사(구례, 현 천은사), 대흥사(구례, 폐사), 연곡사(구례) / 2회 : 화엄사(구례)

골짜기엔 꽃비가 어지러이 흩날리네	洞天花雨正紛紛
법당엔 고운선생 초상화 신선같이 여전하고	龕中彩幅留仙像
비면엔 진감선사 법문 그대로 남아 있네	碑面遺鑱護法門
떠난 청학 어느 날 돌아올지 모르겠고	靑鶴不知何日返
빈산에서 내달리는 푸른 물만 바라보네	空山但見碧流奔
지팡이 짚고 다시 봉래전에 오르니	携筇更上蓬萊殿
속세와 떨어진 선계임을 문득 느끼네	頓覺靈區隔世喧

위의 두 시는 쌍계사에 올라 고운 최치원의 초상화와 그가 지은 진감선사비(眞鑑禪師碑)를 보며 감회를 읊은 시이다. 이들 뿐만 아니라 다른 유람기에도 사찰을 보며 느낀 감상을 시로 읊은 것이 많다. 이처럼 시를 통해 사찰에 대한 감상을 남기는 경우도 있지만, 사찰의 역사나 구조 및 설화에 대해서도 의미 있는 글들을 남기고 있다.

쌍계사에 대해, 성여신은 「방장산선유일기」(1616)에서 쌍계사의 창건에 대해 언급하고 있다. 그 설명에 따르면, 원래 옥천사(玉泉寺)가 있었고 진감선사가 거처하고 있었는데, 최치원이 와서 바위에 "쌍계석문(雙磎石門)"이란 네 글자를 쓴 후 옥천사의 승려가 그 앞에 큰 사찰을 지어 쌍계사라고 이름 하였다는 것이다. 그러나 최치원이 찬술한 「진감선사비문」에 의하면, 진감선사가 처음에 옥천(玉泉)이라고 이름 하였으나 근처에 같은 병칭의 사찰이 있었기 때문에 신라 정강왕(定康王, 재위 886~887)이 진감선사의 제액(題額)을 쌍계사로 하사하였다고 한다.[12] 성여신은 「진감선사비문」을 보지 않고 쌍계사 노승의 이야기

---

12 이능화(1918), 『朝鮮佛教通史』上編, 新文館, 105~112쪽 : 동국대학교 불교문화연구원 조선불교통사역주편찬위원회(2010), 『역주 조선불교통사』, 동국대학교출판부, 328~346쪽.

를 기록했던 것 같다. 어쨌든 이 유람기를 통해 당시 쌍계사의 창건에 얽힌 재미있는 설화를 읽을 수 있다. 또한 쌍계사 유람을 기록한 유학자들은 하나 같이 최치원의 "쌍계석문" 글씨와 진영, 그리고 진감선사비를 언급하고 있는데, 이는 천 년 이상 유불(儒佛)이 공존해온 역사를 그 속에서 느낄 수 있었기 때문일 것이다.

군자사에 대해, 유몽인은 「유두류산록」(1611)에서 옛날에 신령한 우물[靈井]이 있어서 영정사(靈井寺)라고 불렀는데 왜 군자사라고 명칭이 바뀌었는지 모르겠다고 하였다. 그런데 박여량(1554~1611)은 「두류산일록」(1610)에서 군자사의 옛 이름은 영정사(靈淨寺)이고, 신라 진평왕이 즉위하기 전에 어지러운 조정을 피해 이 절에 와서 거처하였는데, 그때 아들을 낳게 되어 지금의 이름으로 고쳤다고 하였다. 이동항(1736~1804)은 「방장유록」(1790)에서 군자사는 신라시대에 창건된 사찰로 신라 왕비가 행차하였다가 절에서 태자를 낳았으므로 절 이름을 군자사라 이름하고 원당으로 삼았다고 하였다. 그리고 박장원(1612~1671)은 「유두류산기」(1643)에서 군자사 서쪽에 있는 삼영당(三影堂)에는 청허(淸虛)·사명(四溟)·청매(靑梅) 세 대사의 진영이 있다고 하였으며 세 사람 중에 사명대사는 수염을 깎지 않은 모습이라고 하였다. 이러한 기록을 통해 당시까지 전해진 군자사에 얽힌 설화의 변화 및 유물을 파악할 수 있다.

신흥사에 대해, 조식의 「유두류록」(1558)과 성여신의 「방산산선유일기」(1616)에는 신응사(神凝寺)라고 되어 있는데 다른 유람기에는 신흥사(神興寺)라고 되어 있다. 오두인(1624~1689)은 1651년에 지은 「두류산기」에서 신흥사가 1624년에 무너졌다고 하였는데, 신명구는 「유두류속록」(1720)에서 "신흥사는 신라 충언선사가 창건하였다. 중간에 무너져 새로 지은 것이 한두 번이 아니었다. 지금의 절은 중수한 지 겨우 20여 년 정도 밖에 안 되었다. 절이 한 채의 불전 밖에는 없었지만 규모가 웅장하고 매우 아름다워 견줄 데 없었다. 그 앞에는 세진각이 있었다."[13]라고 하였다. 이러한 기록을 통해 볼 때, 신흥사는 1624년에 무너졌다가 1700년 이전에 중창되었음을 알 수 있다.

칠불사에 대해, 송광연은 「두류록」(1680)에서 칠불사는 원래 상원암(上院菴)이라 불렸는데 신라 마지막 임금 김부[14]의 일곱 아들이 수도하여 성불하였으므로 칠불사로 개명하였다고 설명했다. 황도익은 「두류산유행록」(1744)에서 칠불암 사적기를 읽고서, 왕자 7형제가 이 절에서 독서를 하다가 머리를 깎고 승려가 되었다고 하였다. 유문룡은 「유쌍계기」(1799)에서 칠불의 일곱 부처는 신라 왕자 7인이라고 하였다. 흔히 오늘날 지리산 칠불사의 유래에 대해, 가락국 김수로왕의 일곱 아들이 출가하여 성불한 곳으로 알려져 있으나, 유람기에서 보듯이 18세기 이전의 조선시대 유학자들은 신라 경순왕 김부의 일곱 아들이 출가한 데서 사찰명이 유래한 것으로 알고 있었다.[15]

---

13 최석기 외 옮김(2008), 350쪽. "暮入神興寺 新羅忠彦禪師所刱 中間廢興不一 重修才二十餘年 寺雖一殿 而宏傑巨麗 無與爲比 前有洗塵閣"

14 원문에는 金富라고 되어 있으나 신라 마지막 임금 경순왕 金傅의 오기인 것 같다.

15 1807년에 쓴 南周獻(1769~1821)의 「지리산행기」에서는 "칠불암은 雲上院이라 일컬어지던 곳으로 眞金輪이라 이름 하기도 한다. 옛날 신라 진평왕 때 사찬 金恭永의 아들인 玉寶高라는 사람이 있었는데 거문고를 메고 이 산으로 들어왔다. 거문고를 타며 마음을 수양하면서 50년 동안 30곡조를 작곡하여 날마다 연주하였다. 경덕왕이 그 소리를 듣고 악사 安長과 請長에게 '이것이 무슨 소리인가?'라고 묻자, 두 사람이 대답하기를, '이것은 신선 옥보고가 거문고를 타는 소리입니다'라고 하였다. 경덕왕이 7일 동안 재계하자, 옥보고가 왕 앞에 나아와 거문고를 연주하였다. 경덕왕이 크게 기뻐하여 그가 거주하던 절을 고쳐 큰 절을 지어주었다. 37개 나라의 악사들이 옥보고를 종사로 삼았다. 경덕왕은 스스로 梵王이라 칭하고 일곱 왕자를 모두 부처라고 하였다고 한다."라고 하였으므로 칠불암에 대한 설화가 변화되고 있음을 확인할 수 있다.

법계사에 대해, 조겸은 「유두류산기」(1623)에서 "승려는 없고 노파가 있어 밥을 지어 차려주었다."[16]고 하였고, 박래오(1713~1785)는 「유두류록」(1752)에서 "법계당은 중봉 밑에 있는 세 칸 건물이었다. 나무를 쪼개 지붕을 덮었는데 기와를 대신하였다. 사방을 바른 벽은 모두 나무판을 흙 대신 사용하였다. 가운데 두 칸의 대청이 있고 한 칸은 온돌방이었다. 그리고 탁자 위에는 불상 10여 구가 있었다. 법계당을 지키는 자가 마루에서 내려와 엎드려 인사를 하면서, '저는 창녕 사람입니다.'라고 하였다. 그가 처자식을 데리고 와 머물 뿐 그 이외는 와서 머무는 자가 없었다."[17]라고 하였다. 이를 통해 볼 때, 법계사는 법계당이라 불렸던 데서 짐작할 수 있듯이 순수한 사찰이라기보다 무속적 기능을 가진 곳이었던 것 같다.

한편, 박여량은 「두류산일록」(1610)에서 "임진왜란을 겪은 뒤 사람들이 백에 하나도 남지 않을 정도로 죽어 마을이 쓸쓸해져서 다시는 옛날의 모습이 아닌데, 세상 밖에 사는 무당이나 승려 같은 무리들은 옛날에 비해 더욱 번성하고 있다. 사찰로써 말한다면 금대암·무주암·두류암 외에 영원암·도솔암·상류암·대승암 등은 예전에 없었던 절이다.…… 노역을 피해 숨어든 무리와 복을 비는 백성들이 날마다 구름처럼 모여들어 봉우리와 골짜기에 낱알이 어지러이 널려 있는데도 나라에서 금지할 수 없으니, 참으로 탄식할 만한 일이다."[18]라고 하였다.

---

16 『鳳岡趙先生文集』권2. "此寺無緇髡 只有老婆 炊飯面進"

17 최석기 외 옮김(2009), 351쪽. "因入法界堂 堂在中峰下 棟宇三間 刳木爲盖 用代陶瓦 四面塗壁 皆以木板代土 中有二間廳一間突 而卓上有塑像十餘頭 守直者下堂而伏謁 自 言身是昌山人 但挈留其妻子而已 他無來住者"

18 최석기 외 옮김(2000), 293쪽. "經亂之後 人民死亡 百不存一 閭落蕭條 無復舊時風烟 而方外異類 視昔日尤爲盛 以其僧刹而言 則金臺無住頭流之外 靈源兜率上流大乘則古

이상의 기록들을 통해 조선후기 사찰의 내력이나 전각 구성에 대해 추정할 수 있다. 가령, 유람록에 나타난 기록을 분석하여 쌍계사 가람이 1540년경에는 금당영역의 가람범위가 확대되고, 1540년에서 1630년대 사이에는 금당영역의 사세가 유지되다가, 1630년에서 1740년대 사이에는 대웅전 영역을 확장하고, 1740년대 이후에는 사찰이 퇴락했다고 분석한 논문이 발표되기도 하였다.[19]

Ⅲ. 유학자의 눈에 비친 승려

유람기를 쓴 유학자들은 불교에 대해 어떤 시각을 가졌을까? 불교 경전을 읽고 호의적인 생각을 가졌던 유학자들도 있었고, 그와 반대로 비인륜적인 가르침이라고 멸시했던 유학자들도 있었을 것이다. 하지만 조선후기 유학자들은 조선전기 유학자들에 비해서는 훨씬 호의적인 시각에서 불교를 바라보았음에는 틀림없다. 『조선왕조실록』에서 배불(排佛)을 주장하는 상소가 임진왜란 이후에는 현저히 줄어들었으며[20] 승려 비문이나 문집의 서문을 유학자들이 쓰는 경우가 늘어났

所無也 …… 逃役之輩 祈福之氓 日以雲集 粒米狼戾峯壑之間 而國家不能禁 誠可歎也"
19 이영운(2011), 앞의 석사학위논문.
20 1934년에 권상로와 에다 토시오(江田俊雄)가 『조선왕조실록』을 모두 읽고 불교 관련 기사를 모두 뽑아내 필사하였는데, 불교 관련 기사가 태조 187건, 정종 64건, 태종 348건, 세종 793건, 문종 162건, 단종 75건, 세조 342건, 예종 75건, 성종 1042건, 연산군 366건, 중종 405건, 인종 2건, 명종 505건, 선조 162건, 광해군 40건, 인조 37건, 효종 6건, 현종 45건, 숙종 34건, 경종 6건, 영조 45건, 정조 44건, 순종 7건, 헌종 2건이다. [권상노(1979), 『李朝實錄佛教鈔存』, 寶蓮閣(影印本)] 태조-헌종대까지 총4,794건 가운데 선조대까지가 4,528건으로 전체의 94%가 넘는다.

던 데서 그러한 사실을 확인할 수 있다.[21]

　조선후기 유람기에서도 불교에 대한 비판이 그리 냉혹하지는 않다. 유람기를 썼던 유학자들은 대부분 당시 백성을 다스리던 관리였으므로 승려들을 또 다른 백성의 하나로서 대하였고, 승려 역시 고려시대와 같은 특권 신분층이 아니라 유학자에게 지배를 받는 한 명의 백성으로서 관리를 대하였던 것으로 보인다. 유람기에 등장하는 승려들은 지로승(指路僧)이나 남여승(藍輿僧)의 모습으로 등장하기도 하지만, 수행자의 모습도 함께 나타난다. 오늘날도 10명 이상의 승려가 머물며 수행하는 사찰을 찾기 힘든데, 지리산 유람기 속에서는 수십 명의 승려가 수행하는 사찰을 어렵지 않게 발견하게 된다. 이는 억불의 시대에 불교가 피폐해졌다는 기존의 관념과도 배치되는 기록이라고 할 수 있다. 지로승이나 남여승에만 주목하며 유람기를 읽는다면 억불시대의 참상이라고 볼 수도 있겠지만, 지배자와 피지배자의 시대적 상황을 인정하고 사찰에서 수행하는 수십 명의 승려에 주목해 본다면 조선후기 불교에 대한 새로운 시각을 확보할 수 있게 된다.[22]

1. 지로승(指路僧)과 남여승(藍輿僧)

　지로승은 길을 안내하는 승려이고, 남여승은 가마를 메는 승려이다. 지로승은 한둘이면 되겠지만 남여승은 수십 명으로 구성된다. 양

21　손성필(2012), 「17세기 전반 高僧碑 건립과 조선 불교계」, 『한국사연구』 156, 한국사연구회, 2012, 145~190쪽 ; 이종수(2012), 「17세기 유학자의 불교인식 변화」, 『보조사상』, 보조사상연구원, 2012, 257~292쪽.

22　손성필(2013), 「조선시대 승려 賤人身分說의 재검토」, 『보조사상』 40, 52~81쪽 ; 손성필(2014), 「조선시대 불교사 자료의 재검토」, 『불교학연구』 39, 396쪽 각주36 참조.

반 유람자의 숫자에 따라 가감이 있을 수 있고 교대를 해야 하기 때문
에 그 수가 많을 수밖에 없다. 먼저 유람기에 나타난 지로승과 남여승
에 대한 기록들을 살펴보면 아래와 같다.

유람자, 유람기명	지로승과 남여승에 관한 기록
조식 「유두류록」	승려 신욱이 앞에서 길을 안내하며 갔다.[23]
하수일 「유청암서악기」	승려 한 사람은 앞에서 인도하고, 한 사람은 뒤에서 호위하게 하며, 한 사람은 물을 가지고 뒤따르게 하였다.[24]
양대박 「두류산기행록」	① 한 노승이 길 안내를 자청하여 그와 함께 갔다. ② 승려 일원이 제석신당의 경관에 감탄하며 말하기를 '빈도가 이 산에 머문 지 10년이 다 되었습니다. 매년 가을에 자주 사람들을 안내하여 이 당에 올라 이런 광경을 본 것이 여러 번이었지만 이번 가을처럼 눈부시게 찬란한 모습을 본 적이 아직 없었습니다.'라고 하였다.[25]
박여량 「두류산일록」	(상류암에서) 따라온 승려들이 남여 두 대를 구해놓았는데, 하나는 박여승을 위한 것이었다.[26]
성여신 「방장산선유일기」	쌍계사 승려로 하여금 남여 네 대를 준비하게 하였다.…… 젊은 승려 10여 명이 번갈아가며 남여를 메었다.[27]
조위한 「유두류산록」	① 남여를 짊어진 승려의 헐떡이는 숨소리는 쇠를 단련하는 듯 거칠었고, 등에는 진땀이 흥건하였다.[28] ② (신흥동에 이르자) 각성이 제자들을 이끌고 나와 맞이하여 남여를 타고 절에 들어갔다.[29]

---

23 최석기 외 옮김(2000), 앞의 책, 275쪽. "僧愼旭向道而去"

24 최석기 외 옮김(2008), 앞의 책, 330쪽. "使僧一人導前一人護後一人汲水 以從"

25 최석기 외 옮김(2000), 앞의 책, 285쪽. "有一厖眉僧願先導 因與之俱 遂出門"; 같
은 책 286쪽. "釋一元嘆曰 貧道住此山近十年 每秋頻爲人所挽 登此堂覽此景多矣 未
有如今秋之粲爛眩耀也"

26 최석기 외 옮김(2000), 앞의 책, 295쪽. "從僧慮我困不能步 具藍輿二 一則爲汝昇也"

27 최석기 외 옮김(2000), 앞의 책, 310쪽. "僧辦藍輿四 僧曰 有藍輿四 座可無憂 諸君喜
之 然老者病者乘之 四仙不得乘 蓋浮査之老 玉峯之病洞庭之肥 …… 四藍輿分占而行
年少僧十餘名 相遞而擔諸"

28 최석기 외 옮김(2008), 앞의 책, 319쪽. "擔輿之僧 喘息如鍛 白漿被背"

29 최석기 외 옮김(2008), 앞의 책, 321쪽. "覺性者率弟子出迎 遂乘輿入寺"

양경우 「역진연해군현 영입 두류 상쌍계신흥기 행록」	쌍계사의 늙은 승려와 젊은 승려 8~9명과 함께 절 뒤의 높은 절벽을 따라 개미처럼 붙어서 위로 올라갔다. 승려들이 나무로 만든 남여를 가지고 뒤따라 왔다.[30]
박장원 「유두류산기」	남여를 메는 승려들이 무려 70여 명이나 되었는데, 모두 해돋이를 보고 감탄하며 말하기를 '우리들이 지금까지 어깨에 남여를 메고 이 봉우리에 오른 것이 헤아릴 수 없이 많습니다.……[31]
오두인 「두류산기」	덕산사 승려 수십 명이 임무를 교대하여 우리를 맞이하러 왔다.[32]
송광연 「두류록」	① 쌍계사 승려들이 남여를 가지고 우리를 맞이하러 왔다. ② 남여를 멘 승려들이 열 걸음도 메고 갈 수 없었다. 그들이 지극히 불쌍하고 가엽게 느껴졌다. 그러나 남여가 아니면 한 걸음도 몸을 두기가 어려 웠다. ③ 군자사의 승려가 남여를 가지고 왔다.[33]
김창흡 「영남일기」	(쌍계사에서) 아침을 먹은 후 대나무 남여를 타고 삼산각 뒤로 올라 갔다.[34]
신명구 「유두류일록」	보문암의 승려 6~7인이 남여를 가져와 기다리고 있었다. 나는 비로 소 말에서 내려 남여를 탔다.[35]
김도수 「남유기」	① 화엄사 승려들이 남여를 가지고 왔으나 남여를 타지 않고 천천히 걸어 적묵당으로 들어갔다. ② 남여를 타고 불일암에 올랐다. ③ 칠 불암을 향하여 6~7리를 가자, 독목교가 나와 가마에서 내려 걸어갔 다.[36]

30 최석기 외 옮김(2008), 앞의 책, 326쪽. "與老少僧八九輩從寺後峻壁 蟻附而上 諸僧以
木藍輿隨之後"

31 최석기 외 옮김(2008), 앞의 책, 334쪽. "藍輿僧多至七十餘人 皆嘖嘖歎曰等輩前後肩輿
到此峯者 不知其幾 ……"

32 최석기 외 옮김(2008), 앞의 책, 337쪽. "德山寺僧數十人 替迎而來"

33 최석기 외 옮김(2008), 앞의 책, 341쪽. "雙溪僧徒 以藍輿來迎"; 같은 책 342쪽. "輿僧
不能擔十步 極可憐愍 而非輿則亦難致身一步地"; 343쪽. "君子寺僧人 持藍輿來現"

34 최석기 외 옮김(2010), 앞의 책, 270쪽. "早食乘筍輿 從三山閣後勃辞而上"

35 최석기 외 옮김(2008), 앞의 책, 345쪽. "普門庵僧人六七輩 持肩輿來待"

36 최석기 외 옮김(2008), 앞의 책, 370쪽. "僧徒持藍輿來 捨輿徐步入寂默堂"; 같은 책
371쪽. "藍輿上佛日庵"; 같은 책 371쪽. "向七佛庵 行六七里 有獨木橋 遂下輿步行"

황도익 「두류산유행록」	어떤 승려가 나와 인사를 올리고 맞이하였는데, 법명을 유일이라고 하였다. 앞에서 우리를 인도하게 하여 불이문을 지나 불일암에 이르렀다.[37]
이주대 「유두류산록」	신흥암에서 칠불암까지 북쪽으로 10여 리 쯤 된다. 승려가 길이 좁아 말을 타고 갈 수 없다고 하여 말에서 내려 걸었다.[38]
홍씨 「두류록」	승려에게 길을 안내하게 하였다.[39]
유문룡 「유천왕봉기」	보문암의 승려를 불러 길을 안내하게 하였다.[40]

위의 표에서 보듯이 33개의 유람기 가운데 지로승이나 남여승에 관한 기록이 있는 것은 17개이다. 물론 유람기에 지로승이나 남여승에 관한 기록이 없다고 해서 반드시 유람자를 위한 승려의 길 안내나 가마의 제공이 없었다고 보기는 어려울 것이다. 또한 유람기를 남기지 않고 유람한 유학자들에 대해서도 남여승을 제공했던 기록이 많이 발견된다.[41] 하지만 그 가운데 일부는 남여승의 도움을 받지 않고 도보로 유람하기도 하였다. 가령 박래오는 「유두류록」에서 "이날 거의 30리를 걸었다."라든지, "이날 70~80리를 걸었다."[42]라고 한 것으로

---

37 최석기 외 옮김(2008), 앞의 책, 362쪽. "有白衲出拜而迎 名有一者 令前導 由不貳門 至佛日庵"
38 최석기 외 옮김(2008), 앞의 책, 367쪽. "自庵至七佛 又北可十里 僧言道陜不可騎 又捨 馬步行"
39 최석기 외 옮김(2009), 앞의 책, 368쪽. "命白足引路"
40 최석기 외 옮김(2009), 앞의 책, 381쪽. "招普門庵僧 令指路"
41 가령 오두인의 「두류산기」에 "능인사에 수십 명의 승려가 있었는데 性天이라는 승려는 다른 승려와 달랐다. 그는 여러 군자들이 산을 유람하며 지은 시를 줄줄 외웠다. 선친이 1632년에 왔을 때도, 1647년 계부가 왔을 때도 이 승려가 길안내를 하였다고 했다."라 는 기록이 있다.
42 최석기 외 옮김(2009), 앞의 책, 350쪽. "是日行幾三十里"; 같은 책 359쪽. "是日 行合 計七八十里矣"

볼 때, 최소한 남여승의 도움을 받지 않았다는 것을 알 수 있다. 짐작 컨대, 유람자의 직위에 따라 사찰의 남여승 제공에 있어서 차이가 있 었지 않았을까 생각된다.

이러한 지로승과 남여승의 모습은 지리산에만 국한되는 것이 아니 라 금강산이나 가야산 등 다른 산의 유람기에서도 나타나는 것으로, 당시 승려들은 권력자의 길 안내와 가마 부역의 요청을 거부할 수 없 었을 것이다. 양경우의 「쌍계신흥기행록」(1618)에서는 "노승이 뒤따르 며 지친 남여승을 채근하기를 '길이 얼마 남지 않았으니 게을리 말아 라, 게을리 말아라. 작년에 하동 수령은 몸집이 비대해서 산처럼 무거 웠는데도 너희들이 감당해냈다. 그런데 이번 산행을 어찌 고생스럽다 하겠느냐.'라고 하였다. 그러자 남여를 멘 승려들이 말하기를 '왜 하 필이면 하동수령을 말합니까. 얼마 전 토포사영감이 오셨을 때도 어 지간히 복이 없었습니다.'라고 하여 나도 모르게 입을 가리고 몰래 웃었다."[43]라고 하는 기록이 있다. 이를 통해 당시 남여승의 고통을 짐작할 수 있다.

실제로 당시 승려들 중에는 유람자를 위해 노동을 제공하는 것에 대해 상당한 불만을 가졌던 사람이 있었던 것으로 보인다. 경암응윤 (鏡巖應允, 1743~1804)이 1803년에 지은 「두류산회화기(頭流山會話記)」 에는 함양군수와 옥천군수와 함께 실상사 부도암에서 숙박을 했는데 승려들이 아침 식사도 대접하지 않아서 그 무례함을 문책하려고 하 자, 오히려 돌을 던지며 "선종의 우두머리가 본분의 계율은 지키지

---

43 최석기 외 옮김(2008), 앞의 책, 327쪽. "老僧隨後策倦曰 前路不遠 毋怠毋怠 前歲河東 守肥重如山 汝等猶能堪之 此行何可言苦 擔者答曰 何必言河東守 近者討捕令鑑其歇福 乎 余不覺掩口竊笑"

않고 수령의 행차나 따라다니니 어찌 공양을 하겠느냐?"[44]라고 비난했다는 기록이 나온다. 군수들이 있는 앞에서 부도암의 승려들이 그런 행위를 했다고 보기는 어렵겠지만, 당시 유학자의 유람에 대한 승려들의 인식을 보여주는 한 단면이라 할 수 있다.

2. 수행승(修行僧)

유학자들은 지리산을 유람하면서 머문 사찰에서 수행승들의 모습도 목격하게 된다. 유람기에서 대체로 사찰에 거주하는 승려가 수십 명에 이르는 것으로 기록하고 있는데, 15세기 단속사에는 100여 명의 승려가 거주했다[45]고 하는 기록이 빈 말이 아님을 실감할 수 있다. 이러한 승려 수는 오늘날 웬만한 사찰에 거주하는 승려보다 더 많은 수이다. 이는 당시 지리산을 중심으로 강학활동이 활발했던 데서 기인하는 측면이 크다고 생각된다.[46]

우선 유람록에 나타난 각 사찰의 승려 수를 대략 살펴보면, 쌍계사 수십 명,[47] 신흥사 200여 명,[48] 대원사 30여 명,[49] 칠불사 수십 명,[50]

---

44 최석기 외 옮김(2009), 앞의 책, 359쪽. "禪敎都摠攝不守本分戒 隨逐官長行 此何足供饋"
45 李陸(1438~1488),「遊智異山錄」(1463), "時居僧無慮百有餘人"; 최석기 외 옮김(2008), 앞의 책, 314쪽.
46 이종수(2015),「조선후기 화엄학의 유행과 그 배경」,『불교학연구』 42, 불교학연구회, 59~82쪽.
47 조위한,「유두류산록」(최석기 외 옮김(2008), 앞의 책, 59쪽), "무릉계에 이르자, 거주하는 승려 10여 명이 나와서 맞으며……"; 오두인,「두류산기」(최석기 외 옮김(2008), 앞의 책, 139쪽), "쌍계사 승려 수십 명이 石門으로 나와 우리를 맞이하였다."
48 조위한,「유두류산록」(최석기 외 옮김(2008), 앞의 책, 60쪽), "覺性이…… 제자 200명을 이끌고 신흥사에서 도를 강론하고 있었다."

능인사 수십 명,[51] 보문암 30여 명,[52] 무위암 20여 명,[53] 은정대 10여
명[54] 등을 기록하고 있다. 이 사찰들의 승려 수는 유람자가 그 사찰에
들렀을 때의 숫자이기 때문에 지속적으로 거주한 승려 수라고 보기는
어렵겠지만 사찰에 거주하는 승려가 수십에서 수백 명에 이른다는 기
록은 주목할 만하다. 일반적으로 승려 수가 많은 사찰에는 이름난 승
려가 주석하고 있는 경우가 많다. 불교에서는 도가 높은 승려에게 배
움을 청하기 위해 먼 길을 마다않고 찾아가는 전통이 있기 때문이다.
실제로 당시 지리산에는 명성이 높은 승려들이 많았다.

　박여량은 「두류산일록」(1610)에서 "도솔암은 승려들이 수행하는 집
으로 인오가 지어 살고 있는 곳이다. 인오는 우리 유가의 글을 세속의
문장으로 여겨, 단지 불경만을 알고 있을 뿐이다. 여러 승려를 위하여
암자 앞에 붉은 깃발을 세워두었고, 발자취가 동구 밖으로 나간 적이
없다고 한다."[55]고 하였다. 박여량은 지리산 제석당 터에 도착하여 서

---

49 이주대, 「유두류산록」(최석기 외 옮김(2008), 앞의 책, 282쪽), "大源菴에 도착해보니
　경내는 매우 잘 정돈되고 청결했다. 절에 거처하는 승려가 30여 명 정도였다."
50 김도수, 「남유기」(최석기 외 옮김(2008), 앞의 책, 304쪽), "8~9명의 야윈 승려들이
　면벽 참선을 하고 있다." ; 박래오, 「유두류록」(최석기 외 옮김(2009), 앞의 책, 60쪽),
　"칠불암 아자방 안에는 6~7명의 승려가 면벽을 하고서 앉아 있었는데,……"
51 오두인, 「두류산기」(최석기 외 옮김(2008), 앞의 책, 145쪽), "능인사에서 점심을 먹었
　다. 이 절에는 승려가 수십 명쯤 있었는데,……"
52 박래오, 「유두류록」(최석기 외 옮김(2009), 앞의 책, 21쪽), "보문암은 단청칠을 한 수십
　칸의 건물로, 승려 30여 명이 기거하고 있었다."
53 신명구, 「유두류일록」(최석기 외 옮김(2008), 앞의 책, 194쪽), "무위암에는 승려 20여
　명이 있고, 모두 가사를 입고 있었다."
54 오두인, 「두류산기」(최석기 외 옮김(2008), 앞의 책, 145쪽), "이 암자(隱井臺)는 산 정
　상에 있어 속세와 멀찌감치 떨어져 있는 곳이었다. 학승 淡熙가 그곳에 거처하고 있었
　는데, 그를 따라 공부하는 자가 10여 명이라고 하였다."
55 최석기 외 옮김(2000), 앞의 책, 292쪽. "率乃僧舍印悟所築而自居者也 悟以吾儒書爲世
　俗文 只以識佛經 爲諸僧立赤幟 足跡不出洞門云"

쪽으로 멀리 보이는 새로 지은 두 절에 대해 소개하였는데, 무주암 서쪽에 있는 절이 영원암이고 직령 서쪽에 있는 절이 두솔암이라 하면서 도솔암에 주석하고 있는 인오에 대해 소개한 것이다. 그만큼 인오의 명성이 널리 알려져 있었던 것을 알 수 있다. 그런데 여기 등장하는 인오는 청허휴정의 제자 청매당(靑梅堂) 인오(印悟, 1546~1621)를 가리키는 것으로 보인다. 청매인오는 행장이나 비문은 전하지 않지만 『청매집(靑梅集)』이 남아 있고 그 서문을 월사(月沙) 이정귀(李廷龜, 1564~1635)가 썼다. 인오는 임진왜란 때 의승장(義僧將)으로 3년간 활약했으며, 그 뒤 지리산으로 옮겨 영원암과 도솔암 등에서 주석하면서 하나의 문파를 이루었던 조사이다. 그의 가르침은 호감혜일(灝鑑慧日), 무영탄헌(無影坦憲), 쌍명현응(雙明玄應) 등으로 법맥이 이어졌다.[56]

성여신은 「방장산선유일기」(1611)에서, 신응사에 도착하니 태능(太能) 등 5~6명의 승려가 나와 맞이하였다고 하였다. 그리고 저녁에 태능과 시를 주고받았는데 성여신이 태능에게 준 시에 "청허당 노장을 예전에 만나서, 여기서 을축년 글을 논하였지"(淸虛堂老曾相見 此地論文 乙丑年)라고 읊었다. 이 기록을 통해 볼 때, 여기 등장하는 태능은 청허휴정의 제자 소요당(逍遙堂) 태능(太能, 1562~1649)이 틀림없다. 그리고 오두인은 「두류산기」(1651)에서, 군자사에 들렀다가 선친의 유집에 「신흥사증태능노사(神興寺贈太能老師)」가 있다며 소개하였다. 신응사와 신흥사는 동일 사찰이므로 소요태능이 지리산 신흥사에 오래 주석했음을 짐작할 수 있다. 소요태능의 제자들은 별도의 문파를 형성하

---

56 김상일(2012), 「청매인오선사의 생애와 임진왜란 관련시에 대하여」, 『불교학보』 62, 동국대불교문화연구원, 434~453쪽 ; 권동순(2013), 「청매인오의 선시 연구」, 『한국어문학연구』 61, 한국어문학연구학회, 241~275쪽.

여 청허계의 4대 문파(사명문파·정관문파·소요문파·편앙문파) 가운데 하나로 번성하였다. 그 문파에서 해운경열(海運敬悅, 1580~1646), 침굉현변(枕肱懸辯, 1616~1684), 호암약휴(護岩若休, 1664~1738) 등 뛰어난 승려들이 배출되었다.[57]

유몽인은 「유두류산록」(1611)에서 "이름난 승려 선수가 이 곳 영원암에 사는데, 제자들을 거느리고 불경을 공부하여 사방의 승려들이 많이 모여든다. 그는 유순지와 퍽 친한 사이였다."[58]라고 하였다. 여기 등장하는 선수는 부휴당(浮休堂) 선수(善修, 1543~1615)를 말하는 것으로 보인다. 부휴선수는 청허휴정과 더불어 17세기 이후 전국의 불교계를 청허계와 부휴계로 양분하였으며, 부휴계의 조사가 된 승려이다. 그는 지리산에서 후학을 지도하다가 송광사의 요청으로 1609년에 제자 400여 명을 거느리고 가서 정유재란 때 소실된 건물을 재건하였다.[59] 당시 승주수령 유순지(柳詢之)와 친분이 있었던 것은 송광사에 머물 때 알게 되었을 것이다. 그리고 1612년 4월에는 황혁(1551~1612)의 역모사건이 일어났을 때 선수와 그의 제자 각성(覺性)이 무고를 당해 궁중에서 국문을 받기도 했던 것으로 알려져 있다.[60] 하지만 곧바로 무죄로 풀려났으며, 오히려 임금과 조정, 그리고 전국에 그들의 명성이 알려지는 계기가 되었던 것 같다.

---

57 김용태(2010), 『조선후기 불교사 연구』, 신구문화사, 111~128쪽.

58 최석기 외 옮김(2008), 앞의 책, 299쪽. "有名僧善修居之 率徒弟演經 四方釋子多歸之 與詢之頗相善"

59 임석진(1965), 『송광사지』, 18쪽 ; 최병헌(1995), 「朝鮮後期 浮休善修系와 松廣寺, 普照 法統說과 太古法統說 葛藤의 한 사례」, 『同大史學』, 동덕여대국사학과.

60 지관 편(2000), 『한국고승비문총집』, 가산불교문화연구원, 78쪽, 「浮休堂善修大禪師 碑文」 ; 『光海君日記』, 광해군 4년 4월 5일.

또 유몽인은 "의신사에 주지 옥정과 대승암에서 온 각성이 있었는데 모두 시로 이름이 있는 승려들이었다. 그들의 시는 모두 율격이 있어 읊조릴 만하였다. 각성은 필법이 왕희지의 체를 본받아 매우 맑고 가늘며 법도가 많았다. …… 서로 시를 주고받으며 놀다 밤이 이슥해서야 파하였다."[61]라고 하였다. 한편 조위한은 「유두류산록」(1618)에서 신흥사 승려 가운데 각성은 승복이 깨끗하고 눈빛이 형형하였으며, 불경에 통달하여 대승법에 밝아 제자 200명을 이끌고 도를 강론하고 있었다고 하였다. 또 양경우는 「쌍계신흥기행록」(1618)에서 각성을 시승(詩僧)이라고 표현하고, 그를 따르는 무리가 수백 명이라고 하였으며, 각성과 더불어 하룻밤을 지내며 불법(佛法)을 논하고 싶었지만 그 뜻을 이루지 못한 것에 대해 아쉬움을 표시하였다. 그리고 김지백은 「유두류산기」(1655)에서 연곡사에 이르러 각성 노사[62]를 벽암당에서 만나 불교의 공(空)에 대해 얘기를 나누다 한밤중에 이르렀다고 하였다.

여기 등장하는 벽암당(碧巖堂) 각성(覺性, 1575~1660)은 부휴선수의 제자로서, 1624년 팔도도총섭이 되어 남한산성을 축조하고, 병자호란이 일어나자 3천 명의 승병(僧兵)을 이끌고 서울로 진격하기도 했던 승려이다. 또한 부휴계를 크게 번창시켜 전국적인 문파로 발전할 수 있는 기틀을 닦기도 했다.[63] 위의 유람기에 의거해 본다면, 유몽인은

---

61 최석기 외 옮김(2007), 앞의 책, 302쪽. "於是有僧玉井住義神 覺性者 自太乘菴而至 皆以詩名 其詩皆有格律可諷者 覺性則筆法臨義之 甚淸瘦多法度…… 遂相與更唱迭酬 到夜闌而罷"

62 최석기 외 옮김(2008), 앞의 책, 339쪽에는 "覺往老師"라고 되어 있지만, '覺性老師'의 오자로 보인다.

63 김용태(2006), 「'浮休系'의 계파인식과 普照遺風」, 『보조사상』 25, 보조사상연구원,

1611년에 의신사에서 각성을 만났고, 조위한과 양경우는 1618년에 신흥사에서, 김지백은 1655년에 연곡사에서 각성을 만났다. 이는 벽암 각성이 지리산에서 활동했던 증거들이며, 또 이러한 단면들을 통해 당시 부휴계가 왜 지리산에서 번성했는지를 짐작할 수 있다.

조구명은 「유용유담기」(1724)에서 정혜 스님과 함께 군자사에서 묵었다고 하였는데, 여기 등장하는 정혜는 회암당(晦菴堂) 정혜(定慧, 1685~1741)인 것으로 보인다. 정혜의 비문을 조현명(趙顯命)이 지었는데 조현명은 조구명의 종형(從兄)이다. 회암정혜는 부휴계 승려이며 『선원집도서과기(禪源集都序科記)』와 『법집별행록절요사기해(法集別行錄節要私記解)』를 저술하였다. 이 두 책은 함경도 성불산 길상암(1744년)과 설봉산 석왕사(1747년)에서 각각 간행되어 조선후기 강원 사기(私記)의 대표적 참고서가 되었다. 정혜가 쓴 「주도서절요서(註都序節要序)」에 의하면, 1726년에 금강산을 유람했다[64]고 하였으므로 아마도 지리산에서 수행하다가 이때 함경도 석왕사로 간 것이 아닌가 생각된다.

황도익은 「두류산유행록」(1744)에서, 불일암의 유일이라는 젊은 승려가 나와 인사를 올리고 맞이하였다고 하였는데, 그 젊은 승려가 조선후기 강학의 대가로 알려진 연담유일(蓮潭有一, 1720~1799)일 가능성이 있다. 하지만 연담유일이 직접 쓴 「연담대사자보행업(蓮潭大師自譜行業)」에서 1741~1745년에 해인사에서 호암체정(虎巖體淨) 문하에서 공부했다[65]고 하였으므로 1744년에 연담유일이 지리산에 있었을 가능성은 희박하다.

2006, 315~359쪽.

64 『禪源集都序科記』, 『韓國佛敎全書』 제9책, 529쪽.

65 『蓮潭大師林下錄』, 『韓國佛敎全書』 제10책, 284쪽.

이 외에도 불교사에서 널리 알려진 승려는 아니지만 유람기에는 많은 수행승이 등장한다. 유몽인은 「유두류산록」(1611)에서 "(남원의) 내원에 이르렀다. …… 천 번이나 두드려 만든 종이에 누런 기름을 먹여 겹겹이 바른 장판은 마치 노란 유리를 깔아놓은 듯, 한 점 티끌도 보이지 않았다. 머리 허연 늙은 선사가 승복을 갖추어 입고 앉아 불경을 펴놓고 있었다."[66]고 하였다. 노승이 경전을 공부하고 있는 방의 깨끗함에 탄복하고 있다. 불교에서는 일상에서의 수행을 중요하게 여기므로 단순히 장판에 대한 언급이라 하더라도 그것은 수행자의 모습을 대변하고 있는 것이라 볼 수 있다.

오두인은 「두류산기」(1651)에서 담희(淡熙)와 성천(性天)에 대해 언급하고 있다. 은정대가 산 정상에 있어서 속세와 멀리 떨어져 있는데도 학승 담희를 따라 공부하는 자가 10여 명이라고 하였고, 능인사에서는 성천이라는 승려가 여러 유람자들이 지은 시들을 줄줄 외웠다고 하였다.

김창흡은 「영남일기」(1708)에서 상불암의 주지 해기(海機)와 나눈 대화를 소개하고 있다. "내가 묻기를 '끝없이 일어나는 번뇌 망상은 어찌하면 없앨 수 있습니까?'라고 하니, 해기가 답하기를 '이는 마음의 그림자로, 갑작스레 일어났다가 돌연 사라지는 것이니, 우리의 참된 본마음[眞空]에 누를 끼칠만한 것이 못 됩니다. 『금강경』 야보해에서 대해는 물고기가 뛰도록 내버려 두고, 장공은 새가 날도록 맡겨둔다고 하였으니 새가 날고 물고기가 뛰는 것은 그것들이 스스로 왕래하는

---

66 최석기 외 옮김(2007), 앞의 책, 298쪽. "至內院 …… 又用千砧紙 着黃油背糊溫床 狀如 黃琉璃 不見一點埃氛 有霜髭老禪 整衲衣而展經牒"

것인데, 또한 장공과 대해에 무슨 누가 되겠습니까?'라고 하였다."[67]
김창흡은 해기가 당시 거의 여든 살에 이른 노사로서 영남의 대수좌라
고 소개하였다.

한편, 불일암의 수행승에 대해 여러 유람기에서 기록하고 있다. 성
여신은 「방장산선유일기」(1611)에서 불일암에 아무도 살지 않아 먼지
만 방안에 가득했다고 하였는데, 그로부터 40년 후에 기록한 오두인
의 「두류산기」(1651)에서는 "불일암에는 한 명의 승려가 거처하고, 옥
소암에는 세 명의 승려가 거처하고 있었는데, 모두 곡기를 끊은 자들
이었다."[68]고 하였다. 그리고 신명구는 「유두류속록」(1720)에서 선정
에 잠긴 두 승려에 대해 기록하고 있다. "가사를 입었고, 벽을 향해
가부좌를 틀고 앉아 있었다. 손님을 보고도 일어나지 않았고, 물어보
아도 응답하지 않았다. 다른 승려들이 모두 말하기를 '이들은 묵언공
부 중입니다. 순찰사가 오실지라도 이들은 그렇게 할 것입니다.'라고
하였다. 솔잎으로 만든 죽 한 단지가 방 뒤쪽에 놓여 있었는데, 정오
에만 한 그릇 먹는다고 했다."[69]

또한 정식은 「두류록」(1724)에서, 불일암에 갔다가 선정에 든 두 승
려와 함께 사흘 동안 눕지 않고 수행하는 장좌불와(長坐不臥)의 경험에
대해 소개하고 있다. "불일암에는 승려 두 사람이 있었는데, 나에게

---

67 최석기 외 옮김(2010), 앞의 책, 270쪽. "余問流注想何以使無 答曰 此乃心之影子 倏起
忽滅 無足累我眞空 金剛經冶父解有云 大海從魚躍 長空任鳥飛 鳥飛魚躍他自來往 亦何
累長空大海乎"
68 최석기 외 옮김(2008), 앞의 책, 336쪽. "佛日則一僧棲焉 玉簫則三僧處焉 皆絶粒之
流也"
69 최석기 외 옮김(2008), 앞의 책, 350쪽. "有入定禪二人 着袈裟 向壁趺坐 見客不起 問
之不應 僧等皆曰 此乃無言工夫也 雖巡相來臨 亦然矣 松葉粥 一小甕 置房後 日中飲
一器云"

절도 하지 않고, 말도 걸지 않았다. 창백한 얼굴로 선정에 잠겨, 마치 고목처럼 미동도 없었다. 벽을 향하여 가부좌를 틀고 앉아 있길래, 나도 한쪽에 가서 단정히 앉았다. …… 사흘 동안을 이렇게 하였다. …… 그 다음날 두 승려는 나를 절벽 길 밖까지 전송하면서 말하기를 '이 암자에 유숙하는 것은 승려들도 드물게 있는데, 공께서는 이틀 밤이나 머무셨으니 물외의 선비가 아니라면 그렇게 할 수 있겠습니까? 허명진실한 도와 허무적멸한 도는 유교와 불교가 비록 다르지만, 그 근원은 한 가지입니다. 더욱 진중하십시오.'라고 했다."[70] 이 기록을 통해 당시 불일암의 두 승려가 장자불와 수행을 수년 간 이어갔음을 알 수 있다. 불행하게도 이렇게 수행한 승려에 대한 기록이 없어 더 이상 알 수는 없지만 깨달음을 향한 구도의 열정이 조선후기에도 이어지고 있었음을 알 수 있다. 그리고 허명진실한 유교와 허무적멸한 불교가 다르지 않다고 이야기한 대목은 당시 유불일치관의 한 단면을 보여주는 것이라 할 수 있을 것이다.

수행승에 대한 이야기는 불일암에 그치지 않는다. 칠불암 수행승에 대해 김도수는 「남유기」(1727)에서 8~9명의 승려들이 면벽 참선하고 있는 모습을 기록하고 있고, 이주대는 「유두류산록」(1748)에서 10여명의 승려가 선정에 들어 손님이 와도 알지 못했다고 하였다. 또한 박래오 역시 「유두류록」(1752)에서 6~7명의 승려가 가사를 몸에 걸치고 마니(摩尼)로 만든 염주를 지니고서 아자방(亞字房)에서 면벽 참선

---

70 최석기 외 옮김(2008), 앞의 책, 356쪽. "庵有兩雲衲 不拜不言 神凝面靑 狀若枯木 向壁 跌坐 余亦危坐一邊 …… 三日絶穀 …… 明日 二僧送余壁路外 謂余曰 此庵留宿 僧亦罕 有 公之信宿 若非世外之士能之乎 道之虛明眞實虛無寂滅 儒釋雖殊 其源則一 更須十分 珍重云"

하고 있다고 하였다.

신명구는 「유두류일록」(1719)에서 "무위암은 옮겨 세운 지 겨우 7~8년 정도여서, 요사채나 문정(門庭) 모두 정갈하였다. 승려 태휘(太輝)는 불가의 묘결을 깊이 체득하였고, 게다가 총명하고 문자를 알아 이야기를 나눌 만하였다. 밤에 승려 태휘의 방장암에서 묵었다. 무위암에는 승려 20여 명이 있고, 모두 가사를 입고 있었다. 새벽과 저녁에 예불을 올리고 염불하며 1년을 하루같이 정진한다고 했다. 이러한 각고의 노력과 독실한 공부를 우리 유가에서도 한다면 그 진덕 수업을 어찌 헤아릴 수 있으랴."[71]라고 하였다. 또 「유두류속록」(1720)에서 "신흥사 승려 보열은 제법 문자를 알고 있어 더불어 말을 할 만 했다. 그에게 물었더니, 설암명안 대사의 제자로, 무위암의 승려 태휘선사와는 동문이라고 하였다. 불가에서 의발(衣鉢)을 전함에 유래가 있음을 알 수 있었다."[72]라고 하였다.

이주대는 「유두류산록」(1748)에서 "대원암에 도착해보니 경내는 매우 잘 정돈되고 청결했다. 절에 거처하는 승려가 30여 명 정도였다. …… 경천이라는 승려는 자못 총명하고 문자도 알아서 함께 이야기할 만했는데, 암자에서는 그를 대사라고 불렀다. 조금 동쪽으로 수십 보 되는 곳에 또 작은 암자가 있었는데, 좌선하는 승려 서너 명이 한창 징을 치고 있었다."[73]고 하였다.

71 최석기 외 옮김(2008), 앞의 책, 347쪽. "庵之移建 才七八年 寮舍門庭 俱極蕭灑 山人太暉 深得棄門妙訣 聰明識文字 可與語 夜宿暉師方丈菴 僧可二十餘人 而皆着袈裟 晨夕禮佛梵誦 精進通四時如一日云 使此刻若篤實之工 移之於吾儒 其進修 何可量耶"
72 최석기 외 옮김(2008), 앞의 책, 351쪽. "是夕 宿新興 僧寶悅頗識字 可與語 詢之 乃雪嚴明眼師之弟子 與無爲暉大師同門云 可知其乘門衣鉢之傳有所自也"
73 최석기 외 옮김(2008), 앞의 책, 366쪽. "旣到菴 則境甚整楚居僧可三十餘人 …… 有擎"

이상에서 보듯이 지리산에는 지로승이나 남여승만 있었던 것이 아니고, 명성이 높고 엄혹하게 수행하는 승려들도 많았다. 유람기의 주인공들은 승려들이 메는 가마를 타고 다니기도 했지만 문자를 알고 철학적 깊이가 있는 승려들과는 밤을 새우며 이야기를 나누었다. 그들은 어떤 이야기를 했을까? 아마도 지리산의 절경이나 재미있는 설화에 대한 이야기도 있었겠지만 철학적인 문제까지 대화가 이어졌던 것이 아닐까?

Ⅳ. 심성과 불교에 관한 대화

유람기 가운데 유학자들과 승려들이 밤새 이야기를 나누었다는 기록이 몇 군데 나온다. 변사정은 「유두류록」(1580)에서 신흥사 승려들과 밤새 이야기를 나누었는데, 모 봉우리와 모 계곡 등 기이한 절경에 대한 설명에서는 눈으로 보는 것보다 듣는 것이 훨씬 실감났다고 하였다. 그리고 정식은 「두류록」(1724)에서 남대암에 90세가 된 노승이 있어 밤새도록 『금강경』에 대해서 이야기했다고 하였다. 이러한 기록을 통해 유람자와 승려가 지리산의 절경에 대한 이야기부터 경전에 대한 이야기까지 서로 대화를 나누었음을 알겠다. 하지만 대부분 구체적인 내용을 서술하고 있지 않아 대화의 주제를 자세히 알지 못한다.

그런데 이동항은 「방장유록」(1790)에서 도원(道原)이라는 승려와 명적암에서 나눈 대화를 비교적 자세히 수록하였다. 도원은 스스로 설

天僧者 頗穎慧識字 可與語 菴中稱之爲大師云 又稍東數步許 有小菴 有坐禪僧三四人 方扣鉦"

파상언(雪坡尙彦, 1701~1791)의 제자로서 의발을 전수받았다고 하였으며 사대부들과 이기심성(理氣心性)에 대해 논변하기를 좋아하였다고 한다. 도원이 이동항에게 던진 질문은 이기심성에 관한 것이고, 이동항이 도원에게 던진 질문은 돈오점수와 선교 양종에 관한 것이다. 그 대화의 내용을 요약하면 아래와 같다.

① 이기심성에 대한 논변

도원이 유가(儒家)의 기질(氣質)에 대해 묻자, 이동항이 답변하기를, 기질지성(氣質之性)은 천성 밖에 별도로 하나의 성(性)을 갖추고 있는 것이 아니라, 이(理)가 기질에 갖추어진 것이므로, 이(理)만을 가리켜 말한다면 천명지성(天命之性)이고, 이(理)와 기(氣)를 섞어 말하면 기질지성(氣質之性)이라고 하였다. 이에 대해 도원이 이기체용(理氣體用)에 대한 분변, 음양동정(陰陽動靜)의 묘리, 천인일리(天人一理)의 기틀을 논하였는데, 정자와 주자의 여러 설과 경전의 주석을 인용하고, 불교의 『화엄경』·『반야경』·『도서』·『능엄경』·『절요』·『선문염송』 등을 참고하여 동이(同異)와 분합(分合)을 변별하였다고 한다.

이어서 이동항이 『삼가귀감』과 『선문염송』의 구절을 가지고 불가(佛家)의 이기(理氣)에 대해 비판하자, 도원은 궁극의 이론은 근본에 이르지 못하고 이미 일어난 현상에 대해 논하는 것이므로 대본(大本)의 중도(中道)가 없는 것이라고 하였다.

또 도원은 율곡(栗谷, 1536~1584)의 사단과 칠정에 대해 논하고 그 설이 불교의 『대승기신론』과 일치한다고 하였다.[74] 처음에 도원은 율곡이 말한 '사단과 칠정이 모두 기(氣)에서 발하였다'는 논설의 근거를 고금의 경전과 성리서(性理書)에서 찾지 못하여 사대부들에게 물어보니

---

74 도원이 유교의 사단과 칠정이 『대승기신론』의 어떤 이론과 일치한다고 보았는지는 기록이 부족하여 알 수 없다.

모두 이전 사람이 밝히지 못한 것이라고 하였다. 그래서 주자가 말한 '사단은 이(理)가 발한 것이고 칠정은 기(氣)가 발한 것'이라는 내용에 비추어 보면 율곡의 논설이 잘못된 것이 아닌가 하고 생각했는데, 『대승기신론』을 자세히 읽어보니, 율곡의 설과 본지는 동일하였다는 것이다.

② 돈오와 점수에 대한 논변

이동항이 불교의 돈오(頓悟)와 점수(漸修)에 대해 묻자, 도원이 대답하기를, 돈오를 말미암아 점수하는 것은 유가(儒家)의 명(明)을 말미암아 성(誠)해지는 것이고, 점수를 말미암아 돈오하는 것은 성(誠)을 말미암아 명(明)해지는 것이라고 하였다. 그리고 불가(佛家)의 귀결처는 열반에 있고, 윤리나 정치에 있지 않기 때문에, 속세를 떠나 산속에서 수행하는 것이라고 하였다.

③ 선종과 교종에 대한 논변

이동항이 불가에서 선종을 높은 가르침으로 삼고 교종을 낮게 여기는 이유에 대해 묻자, 도원이 대답하기를, 교(敎)는 선(禪)으로 나아가기 위한 것이므로 점수이고, 선(禪)은 이미 깨달았으므로 돈오라고 하면서 오(悟)와 미오(未悟)의 차이가 있기 때문에 높고 낮음의 차이가 있다고 하였다. 그리고 보조지눌(普照知訥, 1158~1210)이 『법집별행록절요병입사기』를 지어 선종과 교종을 하나로 만들었다고 하였다.

이상의 세 가지 논변 가운데 도원이 먼저 질문했던 이기심성의 문제는 당시 유가에서 백 년 넘게 이어져온 논쟁의 주제였다. 그러므로 유람자와 승려 사이에 자연스럽게 논쟁의 주제가 되었을 것이다. 비록 이동항의 유람기 외에 그 자세한 내용을 전하고 있지는 않지만, 유람을 하던 유학자들이 사찰에 들러 이기심성에 대한 승려들의 의견을 물었을 수도 있고, 반대로 승려들이 세간의 논쟁거리인 이기심성에 대해 유학자에게 질문했을 수도 있다. 그 가능성은 1686년에 간행된 『운봉선사심성론』에서 드러난다.[75] 이동항의 유람기에 등장하는 이기심성 논변보다 백 년이나 앞서 간행된 이 책에서 그 가능성을 엿볼 수 있다. 우선 그 내용을 간략히 소개하면 아래와 같다.

> 갠지스 강가의 모래알 같이 많은 세계의 중생들이 '일성'이라고 말하는데, 그 말이 옳다면 한 사람의 마음이 나뉘어져서 여러 중생의 마음이 된다는 것이 가능할 것이고, 또 모든 사람의 마음이 합하여 한 사람의 마음이 될 것이다. 즉 그대의 마음이 나뉘어 여러 사람의 마음이 될 것이다. 왜냐하면 여러 사람의 마음이 합해서 그대의 마음이 되었기 때문이다. 그러나 성인의 말씀에, 형체를 천억 개로 나누고, 몸을 여러 부처로 나눈다는 설은 있지만, 마음을 나눈다는 설은 아직 들어보지 못했다.[76]

위의 글 속에서 17세기 후반 불교계에 일성설(一性說)과 다성설(多性說)의 논쟁이 있었음을 알 수 있다. 운봉은 다성설을 주장했지만 다른 사람들은 일성설을 주장했다는 것이다. 원래 불교에서는 마음[心]에 대해서는 여러 경론에서 논하였지만 성(性)에 대해서는 구체적으로 논하지 않았다. 그래서인지 '심성론(心性論)'이라는 제목의 책은 운봉의 글에서 처음 나타난다. 말하자면 17세기 후반에 '심성론'이라는 제목의 책이 나올 수 있었던 것은 당시 유가에서 벌어지고 있던 이기심성

---

75 운봉대지 찬·이종수 옮김(2011), 『운봉선사심성론』, 동국대학교출판부.
76 『心性論』, 『韓國佛教全書』 제9책 4쪽. "沙界衆生云一性 然則一人之心 分爲多衆心則可也 又一切人之心 合爲一人之心也 則汝心分爲幾人之心也 以幾人之心 合爲汝心也 聖說但有分形千億之說 身分諸佛之說 而未聞心分之說"

논쟁의 영향을 받았을 것으로 볼 수 있다는 것이다.[77] 그런데 그 심성
논쟁은 이것으로 그치는 것이 아니라, 18세기 말 연담유일(1720~1799)
과 묵암최눌(默庵最訥, 1717~1790)의 논쟁에서도 발견된다.[78] 그 흔적은
유일이 쓴 「심성론서(心性論序)」에 남아 있다.

> 이 책은 묵암 장로와 내가 을미년(1775) 가을에 함께 심성에 대하여
> 논했던 것이다. '모든 부처님과 중생의 마음은 각각 원만하여 일찍이
> 하나였던 적이 없다'라는 것은 묵암의 주론이고, '각각 원만하지만 원래
> 는 하나다'라는 것은 나의 주론이었다.…… 무릇 서로 다투는 것에는
> 양쪽이 다 옳은 일도 있을 수 있겠지만, 지금의 이 양론은 법문의 큰
> 관건이므로 어느 한 쪽이 옳으면 다른 쪽의 주장은 틀리게 된다. 그런데
> 우리 두 사람은 각자 자기가 옳다고 주장하여 결정을 짓지 못하고 있다.[79]

위의 글은 1775년에 최눌이 편찬한 『심성론』이라는 책에 대해 유일
이 쓴 서문이다. 현재 최눌의 『심성론』은 남아 있지 않고, 그 서문만이
유일의 『임하록』에 전하고 있다. 최눌이 편찬한 『심성론』은 1785년에
소실되었는데 당시 그 책을 불태운 책임자로 이능화(1869~1943)는 경
암(鏡巖)을 지목하였다.[80] 아마도 이능화가 지목한 경암은 1803년에 함

---

77 이종수(2009), 「17세기 말 心性論에 있어서 儒佛 교섭의 가능성」, 『普照思想』 32, 보조
사상연구원, 1~37쪽.
78 여기의 연담유일은 황도익의 「두류산유행록」(1744)에 등장하는 有一일 가능성에 대해
서는 앞에서 서술한 바와 같다.
79 「心性論序」, 『林下錄』, 『韓國佛教全書』 제10책, 262쪽. "此一卷 默老與不侫 共論心性
於乙未秋間者也 諸佛衆生之心 各各圓滿 未曾一箇者 默之論也 各各圓滿者 元是一箇者
愚之論也 …… 凡所相爭者 或有兩是之事 今此兩論 法門大關節 一是卽一非 但以吾兩人
之各自爲是不可定也"
80 이능화(1918), 앞의 책, 하편, 896~897쪽.

양군수·옥천군수와 함께 지리산을 유람하고 「두류산회화기」를 지었
던 경암응윤(鏡巖應允, 1743~1804)이 아닌가 생각된다. 말하자면, 유일
과 최눌이 일성(一性)과 다성(多性)으로 논쟁을 벌이고 최눌이 그것을
책으로 편찬하자, 응윤은 그 책으로 인해 또 다른 논쟁이 이어질 것을
염려하여 불태워버린 것으로 생각된다. 그런데 유일, 최눌, 응윤은
모두 당대 불교계 최고의 강사로서 유학자들과도 교류가 잦았던 승려
이다. 그 교류는 바로 유학자들의 유람을 통해 이루어졌을 것이다.

　그러므로 1790년에 이동항과 도원이 지리산에서 이기심성에 대해
토론한 것은 일반적이지 않은 특이한 것이었다기보다 당시 유학자와
승려 사이의 일상적인 대화 주제 가운데 하나였다고 보아야 할 것이
다. 다만 이동항의 유람기와 달리 다른 유람자들은 그 내용을 자세히
기록하지 않아서 그동안 드러나지 않은 것일 뿐이라고 생각된다. 즉
묵암최눌이 『심성론』이라는 책을 편찬했던 것도 당시 불가에서 전개
되던 논쟁을 정리한 것이고 그것은 유람자들과의 대화에서 영향 받은
측면이 컸던 것으로 추정된다.

V. 맺음말

　조선후기 자연을 감상하거나 호연지기를 기르기 위해 지리산을 유
람했던 유학자들 중에는 그 여정을 기록으로 남겨 놓은 이들이 많다.
그들이 남긴 유람기에는 사찰과 승려들에 대한 이야기들이 포함되어
있어서 부분적으로나마 당시 불교계의 사실적인 모습을 그려볼 수
있다.

16~18세기 유학자들이 지리산을 오르는 행로는 쌍계사와 불일암을 거쳐 가는 경우가 가장 많았다. 남원이나 함양에서 오르는 길 보다 쌍계사를 통해 불일암에 오르는 가장 큰 목적은 청학동이나 삼신동을 노닐며 탈속적 정취를 느끼기 위함이었을 것이다. 하지만 그들을 안내하며 가마를 메었던 승려들은 양반들의 유람을 위해 고된 노동조차 수행이라 여기며 감내하였다. 그렇다고 해서 유학자들이 불교를 억압하거나 멸시하기 위해 승려들에게 가마를 메게 했다고 단정지울 필요는 없을 것이다. 승려들이 가마를 메었던 것은 권력자의 요구를 거절할 수 없었기 때문에 자연스럽게 이루어진 것이지, 이것을 숭유억불의 대표적 사례로 해석될 필요는 없는 것이다. 고려시대와 달리 승려의 지위가 하락하였던 데서 지로승이나 남여승이 생겨났겠지만, 그 자리에 승려가 아니라 일반 백성이 있었다면 그들이 길을 안내하고 가마를 메었을 것이기 때문이다.

또 하층민이나 노비가 메는 가마를 승려가 메었다고 해서 이를 확대 해석하여 승려 신분을 노비와 대비시킬 필요도 없을 것이다. 승려를 노비와 같은 신분이라고 해석해버린다면 유학자들과 밤을 새우며 토론을 벌였던 승려들은 어떻게 볼 것인가. 조선후기 승려들은 때로는 양반과 대등하게 토론을 벌이기도 하고, 때로는 노비처럼 가마 메는 노동을 제공하여야 했다. 어떤 유학자들은 부모와 처자를 버리고 산속에서 살아가는 승려들을 보며 한심한 사람들이라고 부정적으로 보았겠지만, 또 어떤 유학자들은 수행하는 승려들의 모습을 보고 깊은 감화를 받기도 했다. 유람자들에게 승려는 노동과 휴식과 정담을 제공해주는 하층민으로 인식되었고, 승려들에게 유람자들은 불교를 지켜주고 불사(佛事)가 있을 때 시주금을 내어주기를 바라는 권력자로 비춰졌을 것이다.

이상과 같이 본고에서는 16~18세기 유학자들의 유람기를 통해 지로승과 남여승 및 수행승의 모습을 확인하고, 그 중에서도 수행승의 이미지를 부각시키고자 하였다. 이를 통해 기존 불교학계에서 지로승과 남여승에만 국한시켜 이해했던 조선후기 불교에 대한 부정적 선입관을 극복해보고자 하였다. 그리고 유학자와 승려 사이에 주고받은 대화 가운데 일부를 소개하고, 그 대화의 주제가 불교계에 어떤 영향을 미쳤는지에 대해서도 살펴보았다. 하지만 단편적인 몇 가지 기록만으로 당시 불교계를 조망하기는 어려운 것이다. 보다 폭넓은 연구가 진행되기 위해서는 지리산에 국한하지 않고 다른 지역의 유람기도 살펴볼 필요가 있다. 그렇게 모든 유람기의 불교 기사를 시대와 공간에 따라 분석하여 그 내용의 조각들을 맞추어 본다면 조선시대 불교계의 모습에 한 걸음 더 다가갈 수 있을 것으로 생각된다. 그러한 연구는 차후의 과제로 남겨두고자 한다.

이 글은 『남명학연구』 46집(2015), 163~198쪽에
게재한 글을 수정·보완한 것이다.

18세기 후반
지리산 유람의 변화와 특성

이경순

Ⅰ. 머리말

지리산 유람기에 대한 연구는 조선시대의 전반적 유람문화의 연구에 중요한 비중을 차지한다. 지리산 유람기 작성이 조선전기부터 활발하게 이루어 진 점, 영남지역의 사족에 의해 많은 기록이 남았다는 점, 그리고 지리산이 갖는 지리적 상징성 등에서 그 중요성을 지적할 수 있다.

이제까지 지리산 유람기는 조선시대 걸쳐 100여 편이 알려졌고, 상당수가 번역되었으며 개별 유람기에 대한 심도 깊은 연구도 이루어졌다.[1] 그럼에도 불구하고 이 글에서 주목하고자 하는 것은 조선후기의 전반적 유람문화에서 지리산 유람이 지니는 맥락과 특성이다. 이제까

---

1 강정화(2013), 「유람록으로 본 지리산 유람과 그 형상」, 『지리산과 한국문학』, 보고사 ; 강정화(2015), 「지리산 유람록 연구의 현황과 과제」, 『남명학연구』 46집, 경상대학교 경남문화연구원 남명학연구소, 347~375쪽.

지 조선시대 산수 유람의 전반적 실태와 그 문화의 양상에서 지리산 유람이 보이는 특성을 파악하려는 관점의 연구는 거의 없었다. 물론 유람기가 갖는 문예적 특성상 그 속에서 시대성과 지역적 특성을 추출하는 일은 쉽지 않다. 그럼에도 불구하고 유산기는 당시 사회와 사람들의 삶을 보여주는 사료로써 적극적으로 이해할 필요가 있다. 이러한 관점에서 필자는 지리산 유람기에 나타난 사족의 정체성, 일상의 변화, 여행 인프라의 변화상을 찾아내고자 한다.

이 글에서는 조선후기 중에서 사회경제적 변화가 두드러진 18세기 후반에 주목하고자 한다. 18세기 후반 여행환경의 변화를 검토하고 지리산 유람의 추이와 여행주체의 성격, 여행 인프라의 변화, 지리산 유람자들의 정체성에 대해 주목해보기로 하겠다. 이러한 과정 속에서 지리산 유람문화의 보편성과 특수성을 보다 잘 이해할 수 있게 되길 기대한다.

Ⅱ. 18세기 후반 유람환경의 변화

조선시대 산수 유람은 16세기 이후 사족지배체제의 확립과 분리될 수 없는 현상이다. 16세기 중엽 이후 향촌에서 실권을 장악한 사족들이 본격적으로 지방사회의 유교화를 주도하면서 사족 중심의 문화를 형성하였다. 각 지방의 자연과 문화적 가치가 사족들의 시선으로 새롭게 평가하는 가운데 인근 산수에 대한 유람과 그 기록이 활기를 띠게 되었다. 또한 조선전기 사화(士禍)와 그로 인한 처사(處士)의 등장, 호란의 충격과 산림(山林)의 등장은 산수를 찾는 문화를 촉진하는 시

대적 배경으로 작용했다. 17세기 후반 이후 정계, 학문을 주도한 인물
들에 의해 산수 유람이 적극적으로 이루어졌다. 조선 전기 산수에 은
둔한 인물에 대한 추숭사업이 벌어지고 농암일파(農巖一派)나 유람가
라 불릴 수 있는 인물이 출현한 것도 이 시기였다.[2]

그런데 산림의 전성시대와 그에 따른 사족의 문화는 18세기 전반을
경과하면서 새로운 국면을 맞게 되었다. 물론 그 주도층이 유력 사족
이었던 것에는 변화가 없지만 유람의 의미는 더 이상 은일(隱逸)의 도
(道)만을 추구하기 위한 것이 아니었다. 그들에게 산수 유람은 문예적
취향을 발휘하기 위한 기회이거나 박학적 태도에 기반한 인문, 지리
에 대한 탐구활동으로서의 성격이 더욱 짙어졌다.

18세기에 뚜렷한 특징으로 볼 수 있는 것은 유람 주체들의 계층과
성격이 다양화된 것이다. 이제 처사적 생활을 선택한 인물들이 아니
라 기회를 얻을 수 없어 관직에 오르지 못해 지방의 처사로 살 수밖에
없었던 이들도 유람에 나섰다. 이들에게 유람은 고립된 자신의 처지
에서 벗어나 천하와 호흡할 수 있는 기회였다. 그리고 사회적 성취가
불가능한 처지의 문사들은 그나마 유람을 통해 문학 방면에 성취를
도모할 수 있었다. 따라서 문예 지향적 유람 행태는 더욱 강화되는
경향을 보였다. 또한 18세기 이후 중인계층의 성장에 따라 중인 문사
들도 사족들이 주도한 산수 유람문화에 다수 동참하게 되었다.

한편, 문예상에 나타난 산수관의 변화는 산수를 도학적 대상으로
보기보다는 산수 유람의 실제 경험을 중시하면서 보다 자유로운 의식

---

2 이경순(2014), 「17~18세기 士族의 유람과 山水空間 인식」, 서강대학교 박사학위논문, 74~84쪽, 117~125쪽 참조.

으로 산수를 묘사하고 진솔한 감흥을 중시하게 되었다는 점이다.[3] 이
는 산수를 통한 격물(格物)을 중시하던 성리학자들의 태도와는 크게
변화한 것이다. 17세기 후반 이후 산수에 대한 열정적 관심과 여행에
대한 의욕을 표현하고 그것을 인정하는 풍토가 형성되기 시작했다고
할 수 있다.[4] 18세기에 들어서 거리낌 없이 산수에 대한 몰두, 유산(遊
山)의 일상화와 산수의 기승(奇勝)을 추구하는 인물들이 등장하였다.[5]

  유산기의 형식상에도 변화를 가져와 명대(明代) 공안파(公安派)의 소
품체(小品體)에 영향 받은 단형의 유산기가 선보이기 시작했다.[6] 이밖
에도 글쓰기 방식에 있어 다양한 형식적 실험이 시도되었다. 또한 '일
기(日記)'라는 제목의 유산기를 통해 여행 노정 상에서 마주친 인물,
사건, 풍속 등 일상적 소재에 대한 기술이 심화되어 나타나기 시작했
다. 한편, 전국 각지의 산수에 대한 품평 활성화되었다. 즉 곳곳의
산수와 승경을 비교하고 어떤 면에서 낫고 못한지를 논하는 것이다.
이것은 산수 승경에 대한 고하(高下)를 평가할 만큼 여행자 집단과 산
수유기 창작, 감상층이 확대되었고 유산기가 산수 담론의 장이 되었음
을 의미한다.[7] 이와 같이 산수 유람은 17세기 '산림의 시대'를 거치면서
당시 사회의 주류인 '처사'의 이상적 문화 양태의 하나로서 유행하였

---

3 고연희(2001), 『조선후기 산수기행예술 연구』, 일지사, 302쪽.
4 송혁기(2006), 『조선후기 한문산문의 이론과 비평』, 월인, 69~73쪽. 18세기 지식인의
   자의식 강화, 지식과 정보량의 폭발 속에 나타난 癖과 痴의 옹호 등의 시대사조에 대해
   서는 정민(2007), 「서설」, 『18세기 조선지식인의 발견』, 휴머니스트, 13~53쪽 참조.
5 윤성훈(2008), 「澹軒 李夏坤, 산수 애호와 문예지향의 삶」, 『泰東古典研究』 제24집,
   한림대학교 태동고전연구소, 198~200쪽.
6 安得鎔(2005), 『17세기 후반~18세기 초반 山水遊記 硏究, 農巖 金昌協과 三淵 金昌翕
   을 중심으로』, 고려대학교 석사학위논문, 107~108쪽.
7 安得鎔(2005), 94~100쪽 참조.

고, 18세기 후반에는 사회경제적 변화와 함께 다양한 계층의 문화적
욕구가 표출, 반영되는 기제로서 유행될 수 있었던 것으로 보인다.

이러한 배경 속에 조선후기 장기간의 원거리 여행이 빈번해졌다.
현실적으로 원거리 여행은 신분·계층적 자원과 사회적 연망을 동원
해야만 가능한 것이었다. 그렇기 때문에 원유(遠遊)는 그러한 배경을
갖춘 일부 유력 사족층에 한정될 수밖에 없었다. 그런데 18세기 사족
의 문화적 양식이 확산되면서 그러한 배경을 갖추지 못한 이들도 원유
에 나서게 되었다.[8] 18세기 후반 유람기를 남긴 처사들은 그 이전시대
처사들에 비해 훨씬 사회적 지위가 낮은 이들이었다. 18세기 후반의
유람기 작가들 경우는 벼슬에 오를 가능성이 봉쇄되어 처사로 머물러
있는 경우가 훨씬 많았다. 처음에는 유력사족에 의한 원거리 여행이
주를 이룬 반면 후기로 갈수록 관직에 나가지 않은 처사들의 유람이
증가하였다.

또한 18세기 후반 여행에서 나타난 이전시대와 크게 달라진 점은,
바로 화폐를 이용하며 주점(酒店)을 거치는 경우가 증가하였다는 것이
다. 주점은 여행 도중 간선로의 중요 지점에 위치한 역(驛)을 대신하여
여행자의 숙식을 해결해주는 역할을 하였고 주점의 이용을 위해 값을
치러야 했다. 달리 말하면 돈을 치루면 숙식을 해결할 수 있는 여행환
경이 조성되어 있었다는 것을 말한다. 대체로 조선사회에서 17세기
말 동전주화가 거의 전국적으로 유통되고 18세기에는 이미 농촌에도

---

8 필자가 조사한 17세기 후반에서 18세기까지의 유람기 597편 중 39%가 한번도 出仕하지
   않은 인물들의 작품이다. 그런데 처사에 의해 작성된 유람기 비율은 18세기 크게 늘었
   다. 17세기 후반 18.7%였던 것이 18세기 전반에는 가장 많은 55%, 18세기 후반 38.6%
   에 이른다. 처사작가의 수만 따지면 17세기 후반 17명, 18세기 전반 25명, 18세기 후반
   29명으로 시간이 갈수록 늘었다. 이경순(2014), 40~45쪽.

깊숙이 침투되어 있었던 것으로 알려져 있다.[9]

18세기에 작성된 유람기에서는 지방관이나 현지 사족으로부터의 여행지원이 반찬이나 양식[糧資] 같은 현물로 표현되기 보다는 '노자 (路資)' 또는 '행자(行資)'로 간략히 서술되는 경우가 늘어났다. 이는 화폐 또는 화폐의 대용물로 지원 받는 경우가 증가한 것으로 해석할 수 있다. 여행자가 화폐를 지참하고 여행에 나선 것도 18세기 후반의 기록에 분명하게 드러난다.[10] 18세기 화폐유통의 진전과 지방 장시의 성행, 도로변 주막의 등장 등은 이전 시대 여행자들이 관에서 운영하는 역과 사찰, 연고가 있는 사족가에 의존했던 여행 관행으로부터 근본적인 변화상을 예고하는 것이라 볼 수 있다. 이제 노자를 준비한 이들이라면 그의 신분과 상관없이 여행이 가능하였다. 17세기 후반에서 18세기까지의 유람기 중에서도 여러 차례 주막이 등장한다.[11] 주막촌에서 여행자들은 돈으로 여비를 지불할 수 있었다. 행로 상에 연고가 없는 여행자들의 주막 이용은 시간이 지날수록 더욱 확대되었을 것이다. 18세기 후반 황윤석(黃胤錫)의 상경(上京)여행에서도 대부분의 숙

---

9 元裕漢(1978), 『朝鮮後期 貨幣流通史』, 正音社 ; 李憲昶(2006), 「금속 화폐시대의 돈」, 『화폐와 경제활동의 이중주』, 국사편찬위원회편 두산동아 등 참조.

10 李德懋는 1768년 황해도 長州에 가는 길에 돈 500냥을 소지하였다고 기록하였으며, 李鎭宅의 경우 1774년 금강산 여행을 가는데 1백 銅을 구하고 말을 세내어 떠났다고 밝혔다. 李鈺은 1793년 경성에서 북한산으로 가는데 常平通寶 50전만을 가지고 출발했다고 기록하였다. 李德懋, 『靑莊館全書』 권62, 「西海旅言」 ; 李鎭宅, 『德峰文集』 권4, 「金剛山遊錄」 ; 李鈺, 『潭庭叢書』 「重興遊記」

11 1671년 申晸은 경상도 賑恤御使로 파견되었는데 경성에서 경상도에 이르는 동안 嶺南大路 상의 板橋酒幕, 龍仁 魚嘗浦酒幕, 鳥嶺 高沙里酒幕에서 숙식을 해결하였다. 1702년 金昌翕의 「湖行日記」에서는 천안지역에서 주점의 상행위를 목격하고 기술한 바 있었다. 申晸, 『汾厓遺稿』 권12, 「南行日記」 ; 金昌翕, 『三淵集拾遺』 권27, 「湖行日記」. "二十三日 朝飯天安炭幕 見餠酒騈列 知糜穀之害"

소는 주막이었다.[12]

물론 19세기까지 명문 사족의 여행은 15세기 이래 여행자들이 보여준 여행패턴에서 소금도 벗어나지 않았다. 그들의 특권과 전국적 사족 연망을 활용하여 원거리 여행을 자유롭게 할 수 있었다. 그러나 유력 사족이 아니더라도 경제력을 갖추거나 특정한 계기를 갖게 된 이들이라면 여행에 나설 수 있는 사회경제적 변화, 여행 인프라의 변화가 이 시대에 단초를 보이기 시작했다는 것은 주목할 만하다. 이제 사족 신분에 국한되었던 여행의 가능성이 신분, 계층적으로 확대되고, 여행의 욕구를 표현하는 것이 훨씬 자유로워지고 실현가능하게 되었던 것이다.

18세기 후반 이후 이러한 여행의 풍조는 점차 확대되고 여러 계층의 여행 욕구는 높아졌다. 또한 사족계층의 분화와 중인층, 부민층(富民層)의 성장과 평민의 양반문화 지향과 같은 사회적 변화는 사족들만 누리던 여행이 여러 계층으로 확대될 소지를 마련했다. 당시 전 계층에 걸친 금강산 유람의 폭발적 유행은 이러한 변화를 증명해준다. 이와 같이 18세기 후반 유람의 계층적 확산, 유람자의 화폐 사용, 주점의 이용은 유람 환경의 근본적 변화를 말해주는 것이다.

---

12 노혜경(2002), 「『頤齋亂藁』의 旅行記 分析」, 『고문서연구』 20, 한국고문서학회, 141~142쪽 ; 정연식(2006), 「조선시대 여행조건, 黃胤錫의 〈西行日曆〉과 〈赴直紀行〉을 중심으로」, 『인문논총』 15, 서울여자대학교 인문과학연구소, 138~139쪽. 정연식은 17세기 말까지는 주막에서 식사가 해결되지 않아 여행자가 먹거리를 미리 준비해야 했지만, 18세기 들어서는 주막에서 밥을 사먹을 수 있었다고 하였다. 그럼에도 어느 정도의 식량 지참은 필요했다고 하였다.

Ⅲ. 지리산 유람의 추이와 특수성

조선시대 지리산을 찾은 이들이 남긴 많은 기록을 확인할 수 있다. 17세기 후반부터 18세기 말까지 150년을 사이에 작성된 유람기에 한 정하여 살펴보더라도 지리산에 대한 유람은 전국에서 금강산과 사군 (四郡: 단양, 영풍, 제천, 청풍)의 뒤를 이을 정도의 비중을 차지했다.[13]

〈그림 1〉 17세기 후반~18세기 후반 유람기에 나타난 유람지 분포

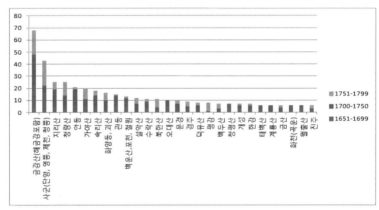

그런데 흥미로운 점은 아래의 〈표 1〉에서 확인할 수 있듯이 청량산 과 더불어 지리산 유람자의 대부분이 인근 지역, 즉 경상도에서 출발 한 이들이었다. 〈표 2〉에서 알 수 있다시피 경상도 지역 여행자들의 도내여행 비율은 다른 지역에 비해 가장 높았다. 물론 전체 유람기록 중 가장 많은 편수가 남아있는 것도 경상도 지역의 유람지에 대한 것 이었다.[14]

---

13 이것은 1651~1799년에 조선에서 저술된 597편의 유람기를 필자가 통계화한 결과이다. 아래의 표들은 모두 이 통계에 기반하여 작성된 것이다. 이경순(2014), 39~40쪽 참조.

〈표 1〉 17세기 후반~18세기 후반 유람기에 나타난 주요 유람지에 대한 출발지(도별)

출발지(도) 유람지	강원도	경성	경상도	충청도	경기도	전라도	함경도	평안도	황해도	미상	전체
금강산(金剛山)	12	16	4	3	4		3			26	68
사군(四郡)	2	6	4	6	3					22	43
지리산(智異山)	1		15	1		2				6	25
청량산(淸凉山)	1	1	22							1	25

〈표 2〉 경상도·경성·강원도·충청도·경기도 지역의 도내 여행 비율

	1651~1699	1700~1749	1750~1799	합계	비율(%)
경상도	17/19	50/58	39/41	106/118	89.8
강원도	20/23	12/15	16/17	48/55	87.3
충청도	10/12	14/24	6/08	30/44	68.2
경기도	9/15	6/10	6/10	21/35	60
경 성	3/21	5/28	11/31	19/80	23.8

경상도의 산수에 대한 유람은 18세기 급격히 늘었다.[15] 유람에 있어서도 경상도의 사족이 가장 적극적이었던 것으로 나타났다. 이것은 경상도 지역에서 기문이 수록된 문집이 많이 편찬되었던 사정을 반영한다. 사족의 문집, 또는 여행기록이 다른 지역에 비해 많이 취합되고 조사되어 왔던 영향이 있을 것이다. 그렇다 해도 경상도의 사족 또는 경상도의 지방관들이 여타 지역보다 활발한 유람을 했던 것은 분명한 사실로 인정할 수 있다. 또한 그들은 다른 지역보다 경상도 내의 명승

---

14 이경순(2014), 74쪽 〈표 12〉 1651~1799년 유람기에 나타난 유람지 도별 분포 참조.
15 이경순의 연구에 따르면 17세기에서 18세기 후반까지 경상도 유람지에 대한 유람은 전체 유람의 29%를 차지했고, 17세기 전반에는 21%, 18세기 전반에는 35%, 18세기 후반에는 29%를 차지했다. 이경순(2014), 75쪽.

지에 집중적인 관심과 기록을 보였음을 확인할 수 있다.

영남은 예로부터 '추로지향(鄒魯之鄕)'으로 일컬어지던 곳이다. 길재 (吉再)이래 김종직, 조식, 이황 등 유학의 인재들의 산실로 인정되었던 곳이었다. 인물들이 많이 배출되고 유속(儒俗)이 발달될 수 있었던 조건으로 영남의 수려한 산천의 풍기(風氣)가 제기된 것은 일반적인 설로 보인다.[16] 더욱이 17세기 이래 정치적 몰락의 길에서 영남의 사족들에게 옛 유현들의 자취가 남아있는 지역의 산수를 찾는 것이 자신의 정체성을 확인하는 각별한 의미가 있었던 것이다. 특히, 18세기 전반 영남의 유람기가 급증한 것은 17세기 말 두 차례의 환국으로 남인이 중앙정계에서 축출되고, 1728년 무신란(戊申亂)으로 영남이 '반역향' 으로 낙인찍히며 급속히 위축된 사실과 연관이 있을 것이다.[17]

경상도에서 출발한 이들이 경상도내의 유산에 집중한 면모는 유람에 관한한 어느 지역보다도 폐쇄적인 성향을 드러내주고 있다. 이렇게 경상도에서 출발한, 경상도의 명승에 대한 유람기가 압도적 편수를 보이고 있는 현상은 이제까지 경화사족을 중심으로, 또는 금강산을 중심으로 조선후기 유람문화의 주류를 설명해 왔던 학계의 경향에 큰 이의를 제기할 수 있게 한다. 물론 금강산을 중심으로 한 경화사족의 문예지향적 유람이 시대사조로서 큰 영향을 끼친 것은 부인할 수 없다. 하지만 조선후기 유산의 의미에 대한 보다 다층적인 분석이 요

---

16 李重煥, 『擇里志』, 「八道總論」. "慶尙道地理最佳"; 丁若鏞, 『與猶堂全書』 권13, 「嶺南 人物考序」. "其山川風氣 與諸道絶殊 其人物多英偉桀特 …… 自晦齋退溪諸先生以來 士 皆崇尙禮義"; 安鼎福, 『順菴集』 권18, 「浮査集序」. "嶺中山水 雄拔秀麗 淸淑之氣 鍾于 人而爲英俊之士 由羅麗至聖朝 指不勝屈 地靈人傑 果不誣矣 中明之際 文化之盛"

17 李樹健(1995), 「正祖朝의 嶺南萬人疏」, 『嶺南學派의 形成과 展開』, 일조각, 532~536쪽 ; 김성우(2012), 「정조대 영남 남인의 중앙정계 진출과 좌절」, 『다산학』 21, 184~185쪽.

구됨과 함께, 영남 사족사회의 특성과 문화적 성향, 정치소외에 대한
문화적 대응의 한 측면에서 조선후기 유람문화의 일면을 주목할 필요
가 있다.

특히 지리산의 경우는 경상우도 지역 사족들, 특히 지리산 인근지
역민의 유람이 주로 이루어졌다.[18] 17세기 후반~18세기 후반 25편의
지리산 유람기 중 그 유람자들의 출발지가 전라도 지역 2명, 충청도
1명, 원주 1명을 제외하고 모두 산청, 진주 등 인근 경상우도 지역이었
다. 남명학파가 인조반정 이후 큰 타격을 받았기 때문인지 지리산은
이 지역 은거 성향의 지식인들의 유람지가 되었다. 지리산을 유람하
는 다양한 코스가 있지만[19] 조선 후기 지리산의 유람자들은 지리산의
여러 코스 중 최치원과 관련된 청학동(靑鶴洞) 방면의 출입이 잦았다는
것도 특징적이다. 이곳을 조선 후기에는 현실에서 좌절한 지식인들이
피난, 보신의 땅으로 주목하였다.[20]

영·정조대 지리산은 무신란 이후 역모세력이 숨어들어간 지역으로
인식되었다. 영조대에는 지리산권역의 인물들이 종종 역모의 가능성
때문에 고변을 당했으며, 이어 정조대에 발생한 홍복영(洪福榮)의 옥

---

18 강정화(2013) 참조.
19 강정화(2013)는 15~20세기까지의 지리산 유람록에서 유람 경로를 다음과 같이 집약
　하였다.
　A코스 : 백무동 → 하동암 → 제석당(장터목) → 천왕봉
　B코스 : 덕산 → 중산리 → 법계사 → 천왕봉
　C코스 : 함양 휴천면 또는 산청 금서면 → 쑥밭재 → 하봉 → 중봉 → 천왕봉
　D코스 : 하동 청학동 → 삼신동 → 세석평원 → 제석당(장터목) → 천왕봉
　E코스 : 덕산 → 대원사 → 중봉 → 천왕봉
　F코스 : 중산리 → 장터목 → 천왕봉
　G코스 : 화개 → 쌍계사 → 불일암 → 삼신동(칠불사)
20 김아네스(2009), 「한국인의 이상향과 지리산 청학동」, 『동북아문화연구』 20, 동북아시
　아문화학회, 189~209쪽.

사에는 지리산이 구체적 무대로 등장하게 되었다. 역모에 가담한 인물들은 지리산의 이인(異人)에 의한 '무귀천(無貴賤)'의 세상이 열린다고 하였다. 이렇게 지리산이 새로운 변혁을 꾀하는 세력의 구체적 장소가 된 것은 최치원 이래의 선유(仙遊), 이상향의 세계로 인식되어 온 것과 관련이 있다고 여겨진다.[21] 조선 후기 인근 지역민들의 지리산 유람, 특히 청학동, 화개동에 집중된 관심은 이렇게 중앙에서 소외되고 몰락한 지방 지식인들의 현실 탈출구로써, 새로운 변혁의 무대를 탐색한다는 의미를 가질 수 있었다는 점을 추측할 수 있다.[22]

한편, 지리산의 유람기간을 다른 지역과 비교해보면 아래와 같다.

〈표 3〉 17세기 후반~18세기 후반 유람기에 나타난 주요 유람지에서의 여행기간

유람지	평균 기간	最頻 기간	최단 기간	최장 기간	유람기 편수 (유람기간 추정가능)
금강산(金剛山)	31.5일	·	3일	133일	41편
사군(四郡)	12.3일	·	2일	26일	13편
청량산(清凉山)	4.5일	2일	2일	14일	24편
지리산(智異山)	11.5일	6일	2일	37일	18편

지리산 유람이 인근에 거주한 사족들에 의해 이루어졌음에도 평균 11.5일에 달하고 가장 일반적인 여행일수는 6일이었다. 비슷한 여행 조건의 청량산의 여행일수와 비교할 때 유람 면적의 차이가 컸다고

---

21 朴勇國(2009), 「『承政院日記』에 나타난 조선 후기 智異山의 다양한 含意」, 『東方漢文學』 38, 동방한문학회, 93~102쪽.

22 하지만 19세기에서 20세기 초에 이르기까지 江右學派가 부흥하면서 조식의 유적지인 德山을 경유하여 법계사, 대원사를 거치는 코스가 다시 주목받고 유람기도 큰 폭으로 늘었다고 볼 수 있다. 강정화(2010), 「19~20세기 江右學者의 지리산 인식과 천왕봉」, 『漢文學報』 22, 우리한문학회 참조.

볼 수 있다. 금강산과 비교해서는 출발지에서 여행목적지까지 도달하
는 일정에서 차이를 보였다.

 필자는 18세기 후반 여행조건과 환경, 성격이 변화한 점으로, 유람
계층의 확대, 원거리, 장기간 여행의 증가, 주점 이용과 화폐 사용과
같은 여행 인프라의 변화를 들었다. 그렇다면 이러한 변모가 18세기
후반 지리산의 유람기에서도 나타날까? 또한 이 시기 지리산 유람에
서만 드러나는 특징적 면모는 무엇일까? 이를 알아보기 위해 살펴본
것은 박래오(朴來吾), 이갑용(李甲龍), 홍씨(洪氏), 이만운(李萬運), 유문
룡(柳汶龍), 이동항(李東沆)의 유람기이다. 이 시기 유람기를 남긴 이들
은 모두 처사 신분이었다. 이것은 지리산이 남명 이후 처사의 산으로
알려진 것과도 관련 있으면서 처사들의 유람이 증가한 시대적 흐름과
도 일치된 것이다. 18세기 후반 유람기를 남긴 인물들과 그들에 의해
작성된 유람기는 아래와 같다.

〈표 4〉 18세기 후반 지리산을 유람한 인물과 그들의 유람기

인물	생몰년	유람기명	유람지	출발지	연도	유람기간	출처
박래오	1713~1785	유두류록	지리산	산청?	1752	9일	니계집 (尼溪集)
		유삼동록 (遊三洞錄)	경상도 안음(함양) 원학동(猿鶴洞), 심진동(尋眞洞), 화림동(花林洞)		1752?		
이갑룡	1734~1799	유산록	지리산		1754	7일	남계집 (南溪集)
홍 ○	? ~ ?	두류록	지리산	전북지역	1767	15일	삼우당집 (三友堂集)
이만운	1736~1820	유천생산기 (遊天生山記)	경상도 인동 천생산	칠곡?	1758	2일	묵헌집 (默軒集)
		촉석동유기	진주 촉석루	칠곡?	1783	2일	

		덕산동유기	산청 덕산서원	진주	1783	2일	
이만운	1736~1820	문산재동유기	단속사, 문산재	산청	1783	2일	묵헌집 (默軒集)
		가야동유기 (伽倻同遊記)	가야산, 무흘정사, 해인사	유계 (柳溪)	1786	5일이상	
		유금산기 (遊錦山記)	금산, 지리산		?	5일이상	
		유관어대기 (遊觀魚臺記)	영해(?) 관어대		1792		
유문룡	1753~1821	유천왕봉기	지리산	덕산	1775 1799?	3일	괴천집 (槐泉集)
이동항	1736~1804	유속리산기 (遊俗離山記)	속리산	상주	1787	3일	지암집 (遲庵集)
		삼동산수기 (三洞山水記)	경상도 안음 원학동, 심진동, 화림동		1790 이전	15일이상	
		방장유록	지리산	칠곡	1790	37일	
		해산록(海山錄)	금강산	남한산성 → 경성	1791	55일	
		풍악총론 (楓嶽總論)	금강산		1791		

이들의 지리산 유람기에서는 경화사족들의 유람기에서 두드러진 문예 형식상의 변화는 눈에 띄지 않는다. 오히려 유람하면서 마주치는 자연물이나 상황에 대한 도학적 해석이나 최치원, 김종직, 정여창, 조식 등 이전에 지리산을 올랐던 유현(儒賢)들에 대한 추숭이 강하게 표출되어 있어 이전 유람기를 계승한 점이 두드러진다. 이러한 지리산 유람기의 '전통성'에도 불구하고 18세기 후반 지리산 유람에 나타난 몇 가지 특성을 찾아보도록 하겠다.

첫째, 집단적이며 장기적 여행이 이루어진 점이다. 집단적 유람은 지리산 유람이 갖는 특징적 성격이다. 조선전기에도 보름 이상 다수의 여행자가 참여하는 지리산 여행기록은 상당수 있었다. 18세기 후반 시기에는 박래오는 8명, 유문룡은 25명이 함께 여행을 했다. 그 중에서도 대규모 원거리 여행으로 두드러진 것은 1790년의 이동항의 유람이다.[23] 이동항은 칠곡에 거주하며 최흥원(崔興遠), 이상정(李象靖) 문하에서 수학한 학자였다. 그는 속리산, 경상도 안의현, 지리산, 금 강산에 대한 장편의 기행문을 남겼다. 그는 비록 출사하지 않은 선비 였지만 기행문에 명말(明末)의 유명한 여행가인 서하객(徐霞客)을 언급 할 정도의 식견을 지니고 있었고,[24] 지리산 법희암(法喜庵) 승려 도원 (道原)과는 이기심성(理氣心性)에 대해 심도 있는 토론을 이끌던 명망 있는 유학자였다. 그의 지리산 등반에는 수많은 인근 사족들이 동행 한 내용이 보인다. 이동항의 여행기에서 이름이 드러나는 인물들은 70명에 가깝고 이름을 기록하지 않은 인물들을 합치면 100명 이상에 이른다. 또한 노정에 따라서 일시적으로 30여 명, 20명, 70여 명, 40 여 명이 함께 유람을 했다. 이 장대한 여행은 칠곡에서 출발하여 경상 우도로 이동하여 가야산, 거창, 함양, 지리산, 덕산, 산청, 진주를 거 치면서 37일을 소요하였다. 여정상의 명승지를 둘러보고 지역 사족들 과 교유하면서 막상 지리산에 들어선 것은 여행 19일만이었다. 산에 서 5일을 지내고 내려와 다시 10여 일 동안 주변 지역을 거쳐 집으로 돌아왔다. 이때 이동항이 동행한 인물들은 우연히 만난 이들도 있었 지만 대다수는 이동항을 알고 교유하던 인물이거나 이 여행을 계기로 교유를 맺게 된 인물들이었다. 또한 이 여행의 물적 지원 또한 이러한 지역 사족들이 맡았다. 이동항의 지리산행을 지원한 인물은 함양의 노장룡(盧章龍), 산청 단계의 권필충(權必忠) 등이었다. 이동항은 이들

---

23 이동항, 『지암집』 권3, 「方丈遊錄」.
24 이동항, 『지암집』 권3, 「海山錄」.

에게 미리 자신의 여행을 기별하고 융숭한 접대를 받았다. 이동항의 연락을 받고 만나게 된 이들은 그들의 인척과 지인까지 불러내어 이동 항의 여행에 참여하고 경비를 지원했다. 지리산에서는 노씨 종제(從 弟)의 지원으로, 무려 12명의 종이 식량, 소금, 간장, 술병, 솥, 동이, 옷, 이불, 깔개, 그릇을 이고 지며 등반을 도왔다. 이 밖에도 덕산, 진주 등에서는 지역 사족들과 대대적인 환영을 받고 그들과 회합 가졌다.

이러한 대규모의 유람 집단을 형성하고 그에 대한 광역적 지원이 이루어진 것은 누대에 걸쳐 형성된 사족사회의 연결망이 없다면 불가 능한 것이었으며 조선후기 사족사회의 문화가 반영된 것이다.[25] 지리 산 유람이 지방사족들의 집단적 유오(遊樂)로 기능하면서 그들의 사회 적 연망을 재확인하고, 확대하며 결속을 높이는 계기가 되었음을 확 인할 수 있다.

둘째, 18세기 후반 지리산 유람기에 발견한 여행환경의 변화는 여 행의 경로 상에서 주점 이용이 전보다 자주 등장하는 점이다. 17세기 초까지 주막은 미약한 수준이었고 여행자가 지원받는 것도 술과 땔감 등에 지나지 않았다고 알려져 있다.[26] 하지만 삼남지방부터 장문(場門) 이라고 하는 교역장이 형성되기 시작하여, 18세기 후반에는 전국적으 로 1,000여개의 장이 분포하였으며 시장 간의 거리는 1일 행정거리인 약 16km로 조정되어 있었다. 이러한 시장 대부분에 주막촌이 발달하 기 시작하였다. 원래 여행자들의 숙식처로 제도화 되었던 원(院)은 17 세기 초를 전후하여 유명무실이 된 후 주막(酒幕), 주점(酒店), 여점(旅

---

25 이경순(2012), 「18세기 전반 李夏坤의 호남여행과 士族 緣網」, 『동국사학』 53, 동국사 학회 참조.
26 尹國馨, 『국역 대동야승』, 『甲辰漫錄』.

店), 점막(店幕), 야참(夜站) 등으로 불린 상업적 숙박시설이 조선 후기 여객의 팽창에 따라 급속히 증가하였다.[27] 18세기 이후 교통의 요지마다 주막촌과 정기시장이 입지하게 되었다.[28]

1752년 박래오의 유람기에는 화개(花開) 시장 주변 주점이 등장하고 섬진나루 장의 풍경이 등장한다. 나루에 상선이 가득하며 하동과 광양의 교차점으로 교역하는 이들이 많다고 기술하면서 그 자신은 주점에서 아침식사를 해결하기도 했다.[29] 또한 1767년 홍모(洪某)의 유람기에서도 장수와 운봉의 경계인 마치(馬峙)의 주점을 이용했음이 기록되었다.[30] 한편 이동항의 유람에서는 4곳의 주점(客店·酒廳)이 등장한다. 가야산 홍하문(紅霞門) 밖, 산청 환아정(換鵝亭) 인근, 산청의 도천(道川), 고령 대교(大橋) 근방이다.

물론 박래오, 이동항의 여행에서 주점이 주요 여행거점으로 이용되지는 않았다. 이들은 서원이나 지인이 제공하는 숙소를 이용하거나 민가, 사찰 등을 주요 숙박시설로 이용하였다. 하지만 여행기를 통해 주점의 이용이 전보다 늘었다는 사실은 확인할 수 있다. 이것은 여행 중의 화폐 이용과도 밀접한 관계를 갖고 있는 여행환경상의 변화라고 볼 수 있다.

셋째, 18세기 후반의 유람자들이 지리산의 위상에 지방 사족으로서의 자의식을 투영하였다는 점이다. 한반도의 산맥체계에서 백두산으로부터 시작된 지세가 맥을 이루며 뻗어 내려가 기복을 이루며 주요

---

27 崔永俊(1990), 『嶺南大路』, 고려대학교 민족문화연구원, 303~421쪽 참조.
28 崔永俊(1990), 306~331쪽 참조.
29 박래오, 『니계집』 권12, 「遊頭流錄」.
30 洪氏, 『三友堂集』 권1, 「頭流錄」.

산을 만들었고, 결국 지리산까지 이르렀다는 것이 일반적 통념이었
다. 이러한 인식은 지리산의 또 다른 이름이 두류산(頭流山)인 것에서
잘 드러난다.[31] 지리산 유람자들은 지리산의 권위를 백두산으로부터
이어진 것에서 찾고, 그 산세가 최종적으로 응결되어 지리산이 남방
의 최고 산이 되었다는 데 큰 가치를 두었다. 그런데 조선전기까지
두류산이 백두산 지맥의 남방한계선이라고 본 것이 일반적이었다면,
조선후기 지맥 관념은 점차 확장되어 제주와 대마도는 물론 일본 본토
까지 연결된 것으로 이해하였다.[32] 한편, 백두산의 위상은 백두산이
조선 산천의 조종산(祖宗山)으로 공인되어 국가의 정식 제례 대상으로
확정되면서 더욱 확실해졌다.[33] 즉 1767년 백두산에 대한 치제가 확정
됨으로서 백두산의 상징적 의미는 확대, 강화될 수 있었다.

　이러한 시기에 지리산 천왕봉을 오른 이들은 이전시대의 유람자들
과 다름없이 지리산의 웅혼한 기상과 광대한 규모를 찬탄했다. 또한
굽어보이는 수많은 산들과 비교할 수 없는 지리산의 위상을 다시 한
번 확인하며 이때 '해동지표극(海東之標極) 천남지조종(天南之祖宗)'[34]이
라는 표현을 쓰기도 하였다. 이러한 지리산의 위상에 대한 표현은 지

---

31 '내가 일찍이 듣기에 남방의 산 중에서 높이 우뚝 솟아 거대한 것이 셀 수 없이 많지만
　오직 智異山이 으뜸인데, 대개 우리나라의 산은 白頭山이 제일이고, 백두산의 산세가
　남쪽으로 흘러서 이 산이 되었기에 그 이름을 '頭流山'이라고 한다는 것이다. 朴長遠,
　『久堂集』「遊頭流山記」; '지금 두류산은 백두산에서 시작하여 면면이 4천 리나 뻗어온
　아름답고 웅혼한 기상이 남해에 이르러 합하여 모이고 우뚝 솟아난 산으로, 열두 고을이
　주위에 둘러 있고 사방의 둘레가 2천 리나 된다.' 柳夢寅, 『於于集』권6, 「遊頭流山錄」.
32 강석화(2011), 「조선후기 백두산에 대한 인식 변화」, 『조선시대학보』56, 조선시대사학
　회, 202~205쪽.
33 백두산의 치제 논의는 1760년 예조판서 韓翼謨에 의해 제기된 이래 1767년 집중적 논의를
　거쳐 확정되었다. 『承政院日記』제1270책, 영조 43년 윤7월 10일 ; 강석화(2011), 206쪽.
34 박래오, 『니계집』권12, 「遊頭流錄」.

리산 인근 지방 사족의 입장에서는 지리산이 차지하는 지리적 상징성과 더불어 자신들의 정체성과 자긍심을 표현하는 기제이기도 하였을 것이다. 즉 18세기 후반 백두산이 조선의 조종산으로서 공인되고 한반도 산맥체계에 대한 총체적 인식이 확산되었음에도 불구하고, 지리산이 백두산과 직접적으로 연결된 남방 제일의 산이라는 의식은 여전히 유지되고 있었다. 지리산 정상에 올라 덕유산, 가야산, 팔공산 등 주변 산을 압도함을 목도하고 유람자 자신이 한반도 남부를 굽어 볼 위치에 서 있는 듯한 체험은 지리산 유람자들에게는 빼놓을 수 없는 필수 코스였다. 천왕봉 등반은 유람자 자신이 조종산인 백두산과 연결된 남방 제일 지리산의 지위와 동일시하는 경험을 제공했을 것이다. 이것은 벼슬길이 막힌 이 지역 사족들에게 넓은 세상과 호흡하고 천하를 조망할 수 있는 소중한 기회였으며 자의식과 자긍심을 일깨워 주는 효과를 줄 수 있었을 것이다.

Ⅳ. 맺음말

이 글에서는 조선후기 지리산 유람의 추이와 성격을 18세기 후반의 전반적 유람문화의 맥락 속에서 찾아보았다.

18세기는 조선후기 사회의 사회경제적 변화에 따라 유람의 성격과 환경에 있어서도 그 전과 다른 현상들이 발견되는 시기이다. 유람문화가 크게 유행하면서 유람가라고 지칭될 수 있는 인물들이 등장하였으며 관련 문예도 풍부하게 창작되었다. 또한 유람주체들의 계층과 성격도 다양화되고 원거리, 장기간 여행이 늘어났다. 이와 더불어 화폐를 소지하고 주점을 이용하는 여행환경의 변화도 일어났다. 이러한 시대적 변화 속에서 영남지역의 사족들은 자신들의 역사와 전통을 보유한 지역내 명승 유람에 더욱 몰두하는 현상을 보였고 지리산은 그 대표적 유람지였다. 이는 영남지역의 사족이 처했던 정치적 상황과 지역의 전통적 문화특성이 영향을 끼쳤던 것으로 보인다.

18세기 후반 지리산 유람기의 작성자는 대부분 근방의 처사들이었다. 이들 유람에서 보이는 특성 중 하나는 집단적이며 장기적 여행이 이루어진 점이며 이러한 성격은 이전 시기보다 강화되어 나타났다. 이동항의 유람에서 볼 수 있듯이 지리산 유람이 이 지방사족들의 집단적 유오(遊樂)로 기능하면서 그들의 사회적 연망을 재확인하고 확대하며 결속을 높이는 계기가 되었음을 확인할 수 있다. 또한 이들이 유람을 하면서 주점을 이용하는 장면이 전보다 자주 등장하는 점도 18세기 후반의 유람환경의 변화를 보여주는 일면이다. 이 밖에 지리산 유람자들은 지리산이 남방을 대표하는 산이라는 인식을 가지고 천왕봉에 오른 소회를 토로했다. 지리산의 위상에 자부심을 갖고 지방 사족으로서의 자의식을 투영하였음을 엿볼 수 있었다. 이 논문은 이제까지 지리산 유람기의 분석에서 간과되었던 시대적 맥락과 지역적 특수성을 살피려는 시도를 하였다. 하지만 이 논문의 내용은 충분한 수량의 유람기를 바탕으로 분석하지 못하였다는 한계를 갖고 있다. 앞으로 18세기 후반 지리산 유람기가 더욱 발굴되어 이러한 점이 보완될 수 있기를 기대한다.

이 글은 『남명학연구』 46집(2015), 235~260쪽에
게재한 글을 수정·보완한 것이다.

일제강점기
지리산 유람록에 대한 시론적 고찰

박찬모

I. 머리말

'지리산 기행문학'[1]에 대한 연구는 그간 한문학 분야를 중심으로 다양하게 진행되어 왔다. 김종직(金宗直, 1431~1498)·김일손(金馹孫, 1464~1498)·조식(曺植, 1501~1572)·박여량(朴汝樑, 1544~1611) 등의 개별 유람록에 대한 작가론·작품론[2]은 물론 조선조 유람록에 함축된 유자(儒

---

1 본고에서는 이 용어를 지리산을 유람 혹은 기행하고 남긴 한문 유산기와 한글 기행문을 포괄하는 잠정적인 용어로 사용하고자 한다. 이지영은 산수 체험을 기록한 '유○○산기', '유○○산록', '遊記', '遊錄', '山水記' 등을 산문 양식으로 보고, 보편적으로 많이 사용하는 '기행문'과 '기행문학'으로 포괄할 수 있다고 본다. 이지영(1996), 「조선전기 지리산 기행문 연구」, 최강현 엮음, 『한국 기행문학 작품 연구』, 국학자료원.

2 최석기(1999), 「부사 성여신의 지리산유람과 유선시」, 『한국한시연구』 제7집, 한국한시학회 ; 안세현(2007), 「유몽인의 〈유두류산록〉 연구」, 『동양한문학연구』 제24집, 동양한문학회 ; 전병철(2010), 「감수재 박여량의 지리산 유람과 그 인식」, 『경남학』 제31집, 경상대 경남문화연구센터 ; 강정화(2010), 「탁영 김일손의 지리산 유람과 〈속두류록〉」, 『경남학』 제31집, 경상대 경남문화연구센터 ; 강정화(2011), 「청계 양대박의 청계산 읽기」, 『동방한문학』 제47집, 동방한문학회 ; 정출헌(2011), 「추강 남효온과 유산─한 젊은

者)들의 정신세계와 지리산 인식 등을 규명한 연구,[3] 그리고 지리산 유람의 시기별·학파별 특징 등을 논구한 연구[4] 등이 심층적으로 이뤄져 왔다. 아울러 100여 편에 이르는 지리산 유람록이 발굴·완역됨으로써 조선후기와 한말까지 연구 범위가 확장되고,[5] 지리산 유람록에 학문적 관심이 인문지리학·관광학·조경학 등의 다른 분과 학문으로 확대되고 있는 양상은 특기할 만하다.[6] 다른 한편, 한글로 쓰인 1930년대 지리산 기행문에 대한 연구도 국문학(현대문학) 분야에서 꾸준히 진행되어 왔다.[7] 이들 연구는 국권상실기라는 특수성과 일제의 관광

이상주의자의 상처와 지리산의 위무」, 『한국한문학연구』 제47집, 한국한문학회.

3 강정화(2008), 「지리산 유산기에 나타난 조선조 지식인의 산수인식」, 『남명학연구』 제26집, 경상대 경남문화연구원 ; 강정화(2010), 「19~20세기 강우학자의 지리산 인식과 천왕봉」, 『한문학보』 제22집, 우리한문학회 ; 김지영(2010), 「지리산 성모에 대한 조선시대 유학자들의 인식과 태도-지리산 유람록을 중심으로」, 『역사민속학』 제34집, 한국역사민속학회 ; 최석기(2010a), 「지리산 유람록을 통해 본 인문학의 길 찾기」, 『남도문화연구』 제18집, 순천대 남도문화연구소 ; 최석기(2011), 「조선시대 사인들의 지리산·천왕봉에 대한 인식」, 『남도문화연구』 제21집, 순천대 남도문화연구소.

4 최석기(2009), 「조선시대 사인들의 지리산 유람을 통해 본 사의식 : 15~16세기 지리산 유산기를 중심으로」, 『한문학보』 제20집, 우리한문학회 ; 최석기(2010b), 「함양지역 사대부들의 지리산 유람록에 나타난 정신세계」, 『경남학』 제31집, 경상대 경남문화연구센터 ; 강정화(2012), 「한말 지식인의 지리산 유람」, 『동방한문학』 제53집, 동방한문학회 ; 강정화(2014a), 「19~20세기 지리산권 강우학자의 존주의식」, 『남명학연구』 제42집, 경상대 경남문화연구원 ; 강정화(2014b), 「19~20세기 강우학자의 지리산 유람과 그 특징」, 『남명학보』 제13호, 남명학회.

5 강정화(2012a); 강정화(2014b).

6 정치영(2009), 「조선시대 사대부들의 지리산 여행 연구」, 『대한지리학회지』 제44집, 대한지리학회 ; 육재용(2009), 「조선시대 사대부들의 관광행위와 양상 연구-금강산·지리산 유람록을 중심으로」, 『관광연구』 제33권2012 제7호, 한국관광학회 ; 이창훈·이재훈(2014), 「조선시대 지리산 유람록에 나타난 경관자원 연구」, 『대한전통조경학회지』 제32집, 대한전통조경학회.

7 박찬모(2009), 「자기 구제의 '祭場'으로서의 대자연, 지리산-이은상의 『지리산 탐험기』를 중심으로」, 『현대문학이론연구』 제38집, 현대문학이론학회 ; 박찬모(2011), 「탐험과 정복의 '戰場'으로서의 원시림, 지리산-1930년대 학생기행문을 중심으로」, 『한국문학

정책 등에 주목함으로써 근대적 주체의 지리산 표상에 내포된 알피니
즘(alpinism)과 투어리즘(tourism),[8] 식민주의(colonialism)와 민족주의
(nationalism), 근대성(modernity)과 식민성(coloniality) 등의 함의를 밝
히는데 많은 시사점을 제공하였다.

주지하는 바와 같이 일제강점기 지리산 기행문학에는 전통적 지식
인인 유자의 한문 유람록과 근대적 교육의 수혜자인 학생·지식인의
한글 기행문이 병존한다. 그리고 양자 사이에는 한문 문집과 한글 신
문이라는 언어와 매체의 이질성만큼이나 상이한 인식론적 편차가 존
재할 터이다. 성리학적 유람 문화의 전통 속에서 쓰인 한문 유람록과
'견문과 계몽', '민족적 국토순례', '식민지 동화와 근대 관광' 등의 근
대적 담론과 결부된 당대의 한글 기행문[9]이 변별될 수밖에 없다는 점
은 누구나 쉽게 예측할 수 있을 것이다. 그렇지만 이렇듯 '비동시성의
동시성(simultaneity of the non-simultaneous)'으로 규정할 수 있을 시대

이론과 비평』15(2), 한국문학이론과비평학회 ; 박찬모(2012), 「조선산악회와 지리산투
어리즘」, 『남도문화연구』제23집, 순천대 남도문화연구소 ; 박찬모(2013), 「'전시'된
식민지와 중층적 시선, 지리산-1930년대 여행안내기와 지리산 기행문 再考」, 『현대문
학이론연구』제53집, 현대문학이론연구.

8 투어리즘이 레크레이션이나 즐거움과 같이 비도구적 목적(non-instrumental purpose)
을 지니고 있음에 비해 알피니즘은 고봉 등정(등정주의)와 험로 등정(등로주의)이라는
비교적 뚜렷한 목적을 지니고 있다. 또한 투어리즘이 안전과 편리, 편안함 등 소비재
상품의 특성을 갖춘 것과 달리 알피니즘은 모험과 위험, 특정 기술 등을 수반 내지 요구
하고 있다는 점에서 양자는 구별된다. 닝 왕(2004), 이진형·최석호 옮김, 『관광과 근대
성』일신사, 제1장 참고.

9 대표적으로 다음과 같은 성과를 참조할 수 있다. 김경남(2013), 「근대적 기행 담론 형성
과 기행문 연구」, 『한국민족문화』제47집, 한국민족문화연구소 ; 구인모(2004), 「국토
순례와 민족의 자기구성」, 『한국문학연구』27호, 동국대 한국문학연구소 ; 복도훈
(2005), 「미와 정치: 국토순례의 목가적 서사시」, 『한국근대문학연구』제6권 2호, 한국
근대문학회 ; 박진숙(2011), 「기행문에 나타난 제도와 실감의 거리, 근대문학」, 『어문론
총』제54집, 한국문학언어학회.

적 특수성에,[10] 분과 학문별 연구 대상의 배타성과 개별 연구자의 역량의 한계가 복합적으로 작용하면서 이 시기 기행문학에 대한 종합적인 접근은 시도조차 되지 못하고 있는 형편이다. 그러나 동일한 시간에 상이한 '역사적 시간'을 살고 있는 두 주체들 간의 인식론적 편차를 명징하게 드러냄으로써 이 시기 기행문학의 전모를 부감하는 작업은 한문 유람록과 한글 기행문의 공시적 차별성을 파악하고, 나아가 이들의 영향관계와 통시적 (불)연속성을 문학사적으로 탐문하기 위해서는 반드시 선행되어야 할 사전 작업이다. 따라서 본고에서는 일제강점기 지리산 유람록에 대한 한문학 분야의 심층적인 연구와 지리산 기행문학에 대한 문학사적인 접근을 기대하면서 『선인들의 지리산 유람록 6』[11]을 대상으로 일제강점기 지리산 유람록에 나타난 유자들의 의식과 그 특징 등을 시론적으로 논구해보고자 한다.

---

10 이 용어는 상이한 역사적 시간(권위주의, 민주주의, 전체주의, 탈근대주의)이 동시적으로 공존하고 있는 현상을 특징적으로 묘사하기 위해 독일의 철학자인 에른스트 블로흐(Ernst Bloch)가 사용한 정치적, 철학적, 문학적 개념이다. 그는 자본주의에 의해 '동일화된' 바이마르 독일 경제와 문화도 상당한 정도의 前자본주의적 요소를 담고 있으며, 많은 독일의 계층들은 '현재' 자본주의와 모순되는 전자본주의적 요소를 갖고 있다고 지적하였다. 이에 따라 그는 여러 범주의 사람들이 캘린더 시간으로는 동일한 시간에 살고 있지만 '역사적 시간'으로는 상이한 시간에 살고 있음을 지적한다. 임혁배(2014), 『비동시성의 동시성-한국 근대정치의 다중적 시간』, 고려대학교출판부, 40~46쪽 참조. 그리고 임혁배는 일제의 식민통치가 식민통치의 편의를 위해 전근대적인 가산제적이고 가부장적인 정치문화를 지속시키는 한편 근대적 교통과 통신 시설 등을 건설한, 전근대와 근대가 함께 공존하는 비동시성의 동시성이 지배하는 식민통치였다고 규정한다. 위의 책, 86쪽.

11 최석기 외(2013), 『선인들의 지리산 유람록 6』, 2013, 보고사. 이후 번역서에 수록된 글을 인용할 때는 필자와 제목, 그리고 쪽수만을 표기한다.

II. 전근대와 근대의 '동시성'

먼저 일제강점기[12] 한문으로 쓰인 유람록 중『신인들의 지리산 유람록 6』에 수록된 작품을 개관하면 아래와 같다.[13]

유람자	작품명	거주	사승	유람시기	주요 경로
정종엽 (1885~1940)	유두류록	남원	전우(田愚)	1909.01.28~02.08	화개-쌍계사-청학동-악양루
배성호 (1851~1929)	유두류록	단성	허전(許傳)	1910.03.14~03.20	마천-영원사
이수안 (1859~1929)	유두류록	진주	곽종석 (郭鍾錫)	1917.08.02~08.14	덕산-중산리-천왕봉-대원사
곽태종 (1872~1940)	순두류록	단성	이도복 (李道復) 송병선 (宋秉璿) 최익현 (崔益鉉) 전우	1922.03	순두류 방면
장화식 (1871~1947)	강우일기	밀양	김흥락 (金興洛) 이종기 (李種杞) 곽종석	1925.01.18~02.03	덕산-곡점-내대-도장골
김규태 (1902~1966)	유불일폭기	구례	정기(鄭琦)	1928.05.10~05.11	불일폭포

---

12 일반적으로 일제강점기는 1910년 8월 29일부터 1945년 8월 15일까지를 가리킨다. 본고에서는 통감부 설치와 외교권 박탈을 주요내용으로 하는 乙巳勒約이 체결되고, 이후 최익현 등을 비롯한 유자들의 반일저항운동이 전국적으로 진행되었다는 점에 주목하여, 일제강점기의 시기적 범주를 보다 유연하게 1905년부터로 보고자 한다.

13 이 표는 강정화(2014b), 4~5쪽에 수록된 내용을 일부 수정한 것이다. 또한『선인들의 지리산 유람록 6』에는 수록되지 않았지만 金箕彩(1874~1930)의「方壺遊錄」이 있다. 그는 1922년(04.13~04.22)에 쌍계사와 칠불사를 유람하였다.

오정표 (1897~1946)	유불일폭기	구례	정기	1928.06.07~06.08	불일폭포
김택술 (1884~1954)	두류산유록	정읍	전우	1934.03.19~04.07	정읍-남원-운봉-마천-천왕 봉-덕평-칠불암-쌍계사-화 엄사-노고단-구례
정 기 (1879~1950)	유방장산기	구례	정재규 (鄭載圭)	1934.08.17~08.24	구례-반야봉-벽소령-세석- 칠불암-쌍계사
이보림 (1903~1974)	두류산유기	김해	전우	1937.04.06~04.09	구례 화엄사-노고단-반야봉 -칠불암-쌍계사-불일폭포
이보림 (1903~1974)	천왕봉기	김해	전우	1937.04.19	천왕봉
김학수 (1891~1974)	유방장산기행	단성	곽종석	1937.08.16~08.22	단성-산청-중봉-천왕봉-대 원사
이병호 (1870~1943)	유천왕봉연방축	구례	황현 (黃玹)	1940.05.24~05.28	화개-신흥동-세석-천왕봉- 쌍계사-구례
이현섭 (1879~1960)	두류기행	창원	김병린 (金炳璘) 노상직 (盧相稷)	1940.08.16~08.29	진주-덕산-거림-중봉-천왕 봉-법계사-덕산
정덕영 (1885~1956)	방장산유행기	덕산	이도용 (李道容) 하겸진 (河謙鎭) 한유 (韓愉)	1940.08.27~09.07	단성-덕산-거림-세석-천왕 봉-법계사-덕산
양회갑 (1884~1961)	두류산기	화순	기우만 (奇宇萬)	1941.04.30~05.06	순천-구례-쌍계사-불일암- 칠불암-반야봉-노고단

여기에 수록된 유람록은 14편으로, 1900년대 말에서 1910년대가 3
편, 1920년대가 4편, 1930년대가 5편, 1940년대가 각각 2편이다. 다
른 시대에 비해 1930년대 작품이 양적으로 1~2편이 많음을 확인할
수 있다. 그렇지만 태평양 전쟁(1941)이 발발하기 전까지 대체로 각
시기별로 고르게 분포되어 있는 양상을 확인할 수 있다. 이는 한글

기행문 대다수가 1930년대에 국한되어 있다는 점과는 매우 다른 양상
이다. 이해를 돕기 위해 상술하자면, 경성약학전문(京城藥學專門) 이학
돈(李鶴墩)이 벽송사에 머물다 천왕봉에 올랐던 해는 1936년이고, "등
산계의 센세이션을 불러일으키"[14]고 언론의 주목을 받으며 양정고등
보통학교(養正高等普通學校) 산악부(이하 양정산악부) "오용사(五勇士)"[15]
가 지리산의 주봉인 노고단–반야봉–천왕봉을 오른 해가 1937년이다.
그리고 이은상(李殷相, 1903~1982)이 조선일보사의 '지리산탐험대' 일
원으로 노고단–반야봉–천왕봉 등지를 찾은 해가 1938년이었다. 이
와 함께 총독부 경성고등상업학교(京城高等商業學校) 교수인 가토 렌페
이[加藤廉平]가, 〈조선산악회(朝鮮山岳會)〉 대표이자 경성제국대학(京城
帝國大學) 의학부 교수인 나카무라 료죠[中村兩造]와 함께 내장산과 백
양산을 넘어 노고단과 천왕봉을 탐승했던 해는 1935년이었다. 이처럼
근대적 교육을 받은 주체들의 지리산행이 1930년대 중반 이후 두드러
진 까닭은 무엇보다 근대 관광의 출현 배경으로 일컬어지는 근대적
교통수단, 즉 경전북부선이 부설되고,[16] 조선총독부 철도국에서 발행
한 각종 여행안내서에 지리산에 관한 관광정보가 수록되면서부터
다.[17] 〈조선산악회〉 회원인 가토 일행에게 지리산 가이드북이 되어준

---

14 『경성일보』, 1937. 3. 17.
15 『조선일보』, 1937. 3. 26. 이들에 대한 기사는 3월 18일, 20일, 23일에 지속적으로 등장
한다. 오용사는 최기덕, 안필수, 김상국, 이상선, 전일로 다섯 명의 산악부원이다.
16 1930년대 들어 조선총독부는 全北輕便鐵道會社가 부설한 철도를 매수하여 광궤로 개
축한 후 이를 경전북부선이라고 개칭하고, 그 뒤 전주~남원(1931년 10월), 남원~곡성
(1933년 10월), 곡성~순천(1936년 12월)을 개통하였다.
17 각종 여행안내기에서 지리산이 등장한 시기는 1930년대 초반 무렵이다. 『호남선연선안
내』(조선총독부 철도국, 1914), 『조선철도여행안내』(조선총독부, 1918), 『조선철도여행
편람』(조선총독부, 1923) 등에서는 지리산에 대한 언급이 등장하지 않는다.

「남선의 영산 지리산[南鮮の靈山智異山]」(『조선산악』 제2호, 1931.)이 「철도 뉴스[鐵道ニュース]」 20호(조선철도협회)의 글을 재수록한 것이라는 점을 고려하자면,[18] 철도 부설 이후 각종 여행안내기에 지리산에 관한 관광 정보가 확충되고, 이후 근대적 교통망을 이용한 탐방객이 집중되고 있음을 확인할 수 있다.[19]

그리고 이와 같은 총독부의 지속적인 철도망 확충과 관광 정책에 의해 활성화된 근대적 여행 혹은 관광[20]을 고려하여 지리산 유람록을 검토할 때, 유자들의 유람 경로에서 확연히 눈에 띄는 곳이 노고단이다. 진주·단성·덕산 등에 거주하던 곽종석(郭鍾錫, 1846~1919)의 문인들이 스승의 유람 경로를 뒤따르고 있음에 비해, 정읍·구례·화순 등에 거주하던 호남 유자들은 그간 유람록에서 거론되지 않았던 노고단을 주요 경유지로 선택하고 있다. 특히 김해에 거주하던 전우(田愚, 1841~1922)의 문인인 이보림이 구례의 지인을 방문한 후 그와 함께 화엄사-노고단-반야봉을 들르고 있는 점은 구례 혹은 호남지역에서는 이미 노고단이 주요 명소로 대두되고 있었다는 방증으로 볼 수도 있

---

18 박찬모(2012), 150쪽.
19 이학돈이 벽송사에서 십 여일 간을 체류하다 천왕봉으로 오르는데, 이 코스는 「南鮮の 靈山智異山」에 나온, 천왕봉을 목적지로 한 호남선 방면의 산행 경로와 일치한다. 또한 오용사와 지리산탐험대 모두 경성에서 출발하여 구례구역에 도착한 후, 화엄사 혹은 천은사에서 산행을 시작하는 데, 이 또한 노고단을 목적지로 한 호남선 방면의 산행 경로와 대체로 일치한다. 「南鮮の靈山智異山」과 각종 여행안내서에 제시된 지리산 산 행 경로에 대해서는 박찬모(2012), 149~150쪽 참조. 아울러 오사카마이니치[大阪每日] 신문사가 주관한 '조선 팔경 선정 사업'의 결과 지리산이 제3위로 선정된 것 또한 철도 및 관광정책과 무관하지 않다. 박찬모(2013), 134~136쪽 참조.
20 서영채는 경험의 진정성은 장소나 양식이 아니라 경험에 임하는 주체의 태도에 관한 것이기 때문에 관광과 여행, 그리고 탐험과 순례의 구분은 큰 의미를 갖기 어렵다고 지적한다. 본고 또한 관광과 여행에 대해서 의미있는 변별적 자질을 부여하지 않은 채 사용할 것이다. 서영채(2014), 252~253쪽 참조.

다. 그리고 이처럼 노고단이 대두되는 배경에는 앞서 언급한 전주-남
원(1931년 10월), 남원-곡성(1933년 10월), 곡성-구례(1936년 10월) 간 철
도의 개통과 조선 총독부 철도국의 관광 활성화 정책 이외에도 위생
담론의 대중적 확산과 '선교사 휴양촌'의 '입소문'도 한몫 자리하고 있
는 것으로 추측된다. 1920년대까지만 해도 건강 증진 등을 목적으로
한 등산 등은, 근대적 여행·관광이 그러하듯 여가 시간과 경제적 여
유를 지닌 유한 계층의 전유물이었다. 그렇지만 1929년 조선일보와
신간회의 '생활개신운동'이 각종 사회단체의 호응 속에서 대중적으로
전개되고, 동시에 조선총독부의 '건강증진운동'이 전개되면서 등산이
건강을 증진시킬 수 있는 방법의 하나로 널리 인식되기 시작하였다.[21]
더불어 미국 남장로회 한국선교부가 1920년대부터 조성한 '선교사 휴
양촌'이 일찍이 1920년대 중반부터 세계적인 피서지로 주목을 받고
있었던 터였다.[22] 곧 1930년대 들어 피서나 등산을 통해 건강을 증진
시킬 수 있다는 인식이 대중화되면서 입소문으로 알려져 있던 노고단
이 지리산행에서 빠뜨릴 수 없는 여정지로 부상했던 것이다.

아래의 인용문은 선사(先師) 전우의 운명(1922) 이후 "고금의 세월을
굽어보고 우러러보아도 그 서글픈 마음은 끝이 없었다. 그러나 지리
산으로 유람하겠다는 그 약속은 여전히 남아있을 뿐이었다."[23]라며 유
람길을 떠나온 김택술의, 그리고 세이암(洗耳巖)에서 최치원(崔致遠,
857~?)을 회상하며 "세상의 말단적인 일에 귀를 막는 것은 고금이 서

---

21 박찬모(2011), 178~179쪽 참조.
22 한규무(2013), 「지리산 노고단 '선교사 휴양촌'의 종교문화적 가치」, 『지리산의 장소와
    경관』, 국학자료원, 166쪽.
23 김택술, 「두류산유록」, 102쪽.

로 부합"[24]한다던 양회갑의 유람록 일부이다.

다시 북쪽으로 20리를 가서 수월치(水越峙)를 넘어 미국인의 피서실
(避暑室)에 닿았다. 피서실은 50여 채였다. 돌로 지은 것이어서 겉은
견고하고 안은 아름다웠으며, 높고 컸다. 가파르고 위험한 곳에 이런
집을 지었으니, 얼마나 많은 돈을 들였을지 상상할 수 있다. 사람들이
미국은 돈이 많다고 하더니, 믿을 만하다.[25]

백두산으로부터 역내로 내려오면 큰 산은 두류산이 제일이다.…… 노
고단 아래에 미국인이 피서하는 양옥이 50여 채 있는데, 높고 멀며 그윽하
고 깊어 고승과 같은 풍취를 좋아하였지만 지금은 모두 비어 있다.[26]

김택술은 50여 채에 이르는 선교사 휴양촌의 건물들을 보며 "아름
다웠으며, 높고 컸다"라는 감상을 밝히며, 미국이 경제력을 갖춘 나라
라는 말이 신빙성이 있다고 덧붙인다. 양회갑은 지리산이 역내 제일
임을 유람록 서두에서 밝히고, 이후 그가 선교사 휴양촌을 좋아하는
까닭을 "고승과 같은 풍취" 때문이라고 말하고 있다. 휴양촌이 그 기
능을 잃은 시기가 일제와 미국의 남장로회의 관계 악화로 남장로회가
휴양촌을 철수할 때인 1940~1941년 무렵이었으니 양회갑은 이즈음
에 선교사 휴양촌을 먼발치에서 봤던 것이다.

그렇다면 노고단에서 선교사 휴양촌을 접한 근대 교육을 받은 사람
들의 당시 소회는 어떠했을까. 1938년 노고단에 올랐던 조선일보 주

24 양회갑, 「두류산기」, 237쪽.
25 김택술, 「두류산유록」, 127쪽.
26 양회갑, 「두류산기」, 232쪽·243쪽.

필 서춘(徐椿, 1894~1943)은, 경치 좋고 피서지로 맞춤인 승지(勝地)를
'눈 밝은 서양사람'이 그냥 둘 리가 없다고 운을 뗀 후, 오직 서양인만
을 수용하는 '배타주의'직인 운영방식에 대해서 "서양인의 우월감의
발로"이자 "동양 사람에게 대한 모욕"[27]이라며 분개한다. 또한 오용사
는 "잠시라도 보고 싶지가 않았다"며 극한 반감을 드러낸다. 선교사
휴양촌을 바라보는 이들의 시선에는 실상 '자조'와 '질시'가 함축되어
있었던 것으로[28] 일제보다는 미국인 혹은 서양인 편이 민족적 불만을
토로하기가 수월했을 당시의 시대적 상황을 감안해야 할 것이다.[29] 그
러나 어떻든 문면상 선교사 휴양촌을 응시하는 이들의 정서는, 김택
술과 양회갑이 휴양촌을 아름답고 그윽한 풍취를 담고 있는 물상으로
간주했던 것과는 큰 차이가 있는 것이다.

> 내가 만난 사람들은 밀양에서 온 민씨 4형제이다. 그들은 부모를 봉
> 양하고 자식을 교육하면서 스스로 낙토(樂土)라 여기고 있었다. 대개
> 산은 지극히 넓고 골짜기는 매우 깊다. 따라서 포용하는 것이 또한 이와
> 같은 곳도 있다. 나처럼 세상과 어울리지 못하는 사람들이 바로 이런
> 곳에 들어온다면 요행히 온화한 곳을 얻어 남은 생을 마칠 수 있을 것이
> 다. 다만 근력이 이미 쇠하여 낫이나 가래를 감당하기에도 버거운 것이
> 한스러울 뿐이다.[30]

---

27 서춘, 「노고단의 피서지」, 『조선일보』, 1938. 8. 6.
28 한규무(2013), 175쪽. 한규무는 또한 조선인의 불만의 원인을 1) 조선인들이 서양인들
  을 의지나 지게로 옮기는 것 2) 조선인들의 이용을 막는 것 3) 자연환경을 훼손하는
  것, 이 세 가지로 요약한다.
29 그렇지만 서춘의 경우, 조선 혹은 조선 문화보다 동양과 그 문명을 앞세우고 있다는
  점에서 그의 논리에 식민성이 내재되어 있다는 점을 간과할 수는 없다. 박찬모(2013),
  146쪽 참고.
30 김택술, 「두류산유록」, 120쪽.

가만히 생각하니 두류산을 유람하지 못한 빚을 갚은 듯하다. 호접몽 (胡蝶夢)에서 깨어나 비둘기가 다시 쑥대밭 안으로 들어가니, 화택(火 宅)이 누추하고 졸렬하였다. 방호석실에 몸을 숨겨 결국 내가 실로 원하 는 바를 거두고, 하늘이 그만두게 하여 다만 높은 산의 한 골짜기를 지키는 것 또한 운명이다.[31]

위 인용문은 김택술이 덕평을 찾아가는 길목에서 만난 민씨 네 형 제의 모습에 관한 그의 진술로서 '낙토'에서 여생을 보내고 싶다는 희 망과 함께 쇠퇴해 가는 육신에 대한 한탄을 내비치는 대목이다. 아래 의 인용문은 양회갑이 유람을 마치고 돌아온 후의 소회를 밝히고 있는 대목으로서, 은일(隱逸)하는 것이 자신의 운명임을 피력하는 대목이 다. 둘 모두 은일 의지가 선명하게 드러난 대목인 것이다. 그들이 선 교사 휴양촌을 세파와 곤궁을 피해 허약한 육신을 의지하며, 도학의 의리정신을 견지하며 학문 탐구와 후학 양성에 힘을 쓰며 자정(自靖) 할 수 있는 최상의 적지로 판단했을 개연성이 다분한 것이다. 이런 맥락에서 보자면 철도 등의 관광 인프라의 구축과 관광 정보의 확충, 위생 담론의 대중화 속에서 부각된 노고단의 선교사 휴양촌을 김택술 과 양회갑이 도학적 자정의 적소로 간주하는 있다는 점에서, 지리산 기행문학에는 전근대적 시각과 근대적 시각이 병존하고 교직하는 '비 동시성의 동시성'의 양상이 뚜렷하게 드러나고 있는 것이다.

한편, 한국에 근대적 풍경화, 즉 서양의 풍경화가 도입된 것은 1910 년대이다. 이점투시도법적(一點透視圖法的)인 자연의 재현이라는 풍경 화의 양식이 도입되고, 비로소 새로운 풍경이 '발견'된 것이다. 산점

---

31 양회갑, 「두류산기」, 244~245쪽.

투시도법(散點透視圖法)을 통해 중국 회화의 관념성을 반복하며 일종의 공동체적인 기호로 코드화되어 있던 명소구적(名所舊蹟)으로서의 산수(山水)는, 일점투시도법에 따른 가상의 소실점(the vanishing point)의 도입으로 개개인이 현실 속에서 절취할 수 있는 풍경으로 변용되었다. 곧 원근법의 도입과 함께 공동체적 기호였던 '산수'가 개인의 '풍경들'로 재해석되고, 이에 따라 회화의 세속화가 이뤄진 것이다.[32] '시서화일치(詩書畫一致)'가 고전 덕목이었던 상황에서 관념적 '산수'에서 개인적 '풍경'으로의 변화는 문학에서도 동일하게 발생하였다. 한시(漢詩)에서 자연경관에 대한 묘사는 풍경의 묘사라기보다는 중국 고전문학의 명소에 비추어 상찬되는 관념상(觀念像)이거나 시가미문(詩歌美文)의 배열일 뿐 오늘날 우리가 원하는 실감(實感)과는 동떨어진 것이었다.[33] 실상 눈앞의 풍경을 있는 그대로 진술하는 서술방식으로서의 묘사는 원근법적 시선과 언문일치를 전제로 한 지극히 근대적인 방식인 것이다. 이런 측면에서 과거 유자들에게 풍경은 말=언어였으며, 그들은 풍경이 아니라 문자에 매료되었던 것이다.[34] 원근법과 언문일치로 무장된 근대인들에게 한문에 의한 고전문학적 비유가 그 시각적 현전성(現前性)을 야기할 수는 없는 것은 이런 연유에서이다.

길을 굽이돌아 천왕봉 아래에 도착하니, 크고 우뚝한 바위가 하늘가에 솟구쳐 있었다. …… 드디어 포복으로 개미처럼 땅에 붙어 정상에 올랐다. 가슴이 크게 열리고 넓디넓어 끝이 없었다. 우뚝 솟아 남쪽으로

---

32 李孝德(2002), 박성관 역, 『표상 공간의 근대』, 소명출판, 81쪽 참고.
33 위의 책, 96~97쪽 참고.
34 가라타니 고진(1997), 『일본 근대문학의 기원』, 민음사, 30~32쪽 참고.

는 진주의 남강과 통하고, 동쪽으로는 산청군의 전체와 연결되며, 북쪽
으로는 함양군과 운봉의 경계를 차지하고, 서쪽으로는 멀리 광주의 서
석산이 구름 위로 출몰하는 것이 보였다. 동쪽으로 해가 뜨는 동해에까
지 닿아 있으니, 몇 천리나 되는지 알 수 없었다. 다만 구름에 가려져
멀리 바라볼 수 없는 것이 안타까울 따름이었다. 사방의 10여 군에 산은
푸르고 물은 세차게 흘러 끝이 없었으며, 천만 봉우리들이 절을 올리는
듯 엎드린 채 눈 아래에 펼쳐져 있었다. 지금에서야 비로소 지리산의
크고 웅장하다는 것을 깨달았다.[35]

그리고 무엇보다도 제일 장관은 일출과 낙조의 관경(觀景)이라 하오.
오전 4시를 지나면 동쪽 일본해 수평선 저쪽에서 오색이 영롱한 구름을
헤치고 솟아올라오는 아침해. 서쪽 황해 수평선 저쪽에 기울어져가는
낙조가 발휘하는 최후의 광선이야말로 하늘과 땅, 산과 바다, 구름과
물결, 암흑과 빛이 삼각에서 사각으로 이어져 수천 수만의 다각(多角)으
로 선과 점과 무늬의 교차변동함이 이 지상에서 완상(玩賞)할 수 있는
가장 웅장영롱한 극치미일게요.[36]

위의 인용문은 황현(黃玹, 1855~1910)의 문인으로서 1940년에 세석
평전을 거쳐서 천왕봉에 오른 이병호의 글이다. 이러한 유의 서술은
이수안과 장화식의 글에서 찾아볼 수 있으며, 멀리 김종직까지 거슬
러 올라갈 수 있다. 이렇듯 방위에 따라 지명과 산명 등을 나열하는
이병호의 문장에서, 설령 그것이 한글로 번역되어 있다하더라도, 우
리가 연상할 수 있는 것은 기껏해야 고지도 같은 관념상뿐이다. 그것
이 산하(山河)에 대한 지리적 식견을 줄 수는 있을망정 천왕봉에서 내

---

35 이병호, 「유천왕봉연방축」, 181~182쪽.
36 이학돈, 「지리산 등척기」, 『조선일보』, 1936. 8. 11. 이하 한글 기행문의 인용은 한글맞
   춤법에 따라 표기하고자 한다.

려다보는 실감으로서의 풍경을 선사하지도 못할뿐더러 상투적인 진술 속에서 독자가 필자의 내면적 정서를 길어 올리기란 쉽지 않다.[37]

이에 비해 이학돈의 글은 어떠한가. '최후의 광선', '삼각에서 사각으로 이어져 수천 수만의 다각(多角)으로 선과 점과 무늬의 교차함'이란 그의 표현에서 알 수 있듯이, 그는 시각체험에 수반되는 광학적이고 기하학적인 원리를 이해하고 있는 듯 보인다.[38] 또한 '극치미'라는 표현에서는 기하학적 광학에 의한 시각적 인식의 결과를 원근법적으로 고스란히 재현함으로써 그 대상을 미적으로 완상할 수 있으리라는 의식이 뚜렷하게 엿보인다. 그가 비록 원근법적 묘사를 드러내고 있는 것은 아니지만 최소한 그에게 리얼리틱한 묘사를 기대할 수는 있을 것이다. 이처럼 일제강점기 지리산정에서 자연을 응시하는 데 있어서도 공동체적 관념상과 원근법적 시각상이 병존하고 있었던 것이다.

그리고 눈앞에 펼쳐진 대상 전체를 포착해내(려)는 원근법적 시선은 근대적 시각체제를 지배하는 합리화된 시각 양식이자 근대를 지탱하는 근본적 사유의 뿌리라고 할 수 있다. 이 시각 양식에 의해 규정되는 주체는 데카르트(Descartes, René)의 코기토(Cogito)와 마찬가지로 시각의 장에서 자기 의지적이며 대상 세계와 거리를 둔 채 통제력을 행사

---

37 서유리는 1920년대에 이르러 풍경화 속에서 자연의 사실성과 함께 자연을 포착하는 주관적 인상과 소감이 표현되어야 한다는 관점이 정립되기 시작하였다고 본다. 서유리(2002), 「근대적 풍경화의 수용과 발전」, 김영나 엮음, 『한국근대미술과 시각문화』, 조형교육, 96쪽.

38 이진경은 이러한 원근법적 원리에 대한 이해나 시각체험은 제도나 규범, 혹은 습관에 의해 역사적·사회적으로 부과된 것에 불과한 것이라고 지적한다. 이진경(1997), 『근대적 시·공간의 탄생』, 푸른숲, 57쪽. 또한 이효덕은 개안수술을 받고 기능적으로는 시각을 회복한 선천성 시각장애 환자가 상당한 훈련을 쌓아도 투시도적 도형에 깊이감을 느끼기는 대단히 곤란하다는 연구 결과를 인용하면서 지각형식과 표현형식의 내재된 역사성을 '역사적 아 프리오리'로 명명한다. 이효덕(2002), 172~174쪽 참조.

하는(또는 그렇다고 믿게 되는) 세계의 중심이고 초월적 주체가 된다.[39]

반야봉 정상에 올라가니 하늘은 드넓고 바다는 광활하여, 끝없이 펼쳐져 있어 천하를 작다고 할 만하였다. 도의 온전한 본체를 보는 것과 신선의 조화를 얻는 것은 응당 다르지 않을 것이다. 그렇지만 등반의 노력이 있지 않다면 어떻게 이런 기이한 경관을 볼 수 있겠는가.[40]

하늘은 높고 땅은 멀어 아득한 듯 광활한 듯 구불구불 이어져 있으니, 그 모습을 형용할 수 없었다. 마치 무극(無極) 문으로 들어가 태극(太極)의 고향에서 노니는 듯하였다. 어제 반야봉에 올랐을 때는 이에서 더 보탤 것이 없다고 생각했었는데, 천왕봉에 오르니 반야봉만한 봉우리들은 마치 바람이 더 아래에 있는 셈이었다. 이에 도를 배우는 자들은 제멋대로 스스로 만족해서는 안 되는 것임을 알게 되었다. 대략 한 부분을 보고서 '도가 여기에 있다'고 말하는 것은, 내가 반야봉에 올라 스스로 만족했던 것과 무엇이 다르겠는가.[41]

우리는 이 문을 지나, 오전 12시 정각! 저 천왕봉을 완전히 정복하였다. 그 순간 우리는 흐르는 땀도 억제할 수 없이, 있는 목소리를 다하여 "만세!"를 연달아 불렀다. 양정(養正)의 힘있는 교가(校歌)로 지리산상의 넓은 허공을 울리었다.

해발 1천9백15미터! 그 얼마나 높은 산인가! 우리가 그 얼마나 두려워하던 산인가! 우리의 숙망은 오늘로써 유감없이 성취되고 말았다. ……

우리는 마치 최후의 승리를 획득한 패왕(覇王)과 같고, 첩첩이 엎드린 연맥들은 굴복을 드리우는 것 같다. 우리의 가슴은 한없이 벌어지고, 주위에 있는 만물들은 한없이 적어 보인다.

---

39 주은우(2003), 『시각과 현대성』, 한나래, 25쪽.
40 이보림, 「두류산유기」, 145~146쪽.
41 이보림, 「천왕봉기」, 150~151쪽.

시간은 어느덧 오후 1시! 우리는 섭섭하게도 천왕봉을 이별하지 않을
수 없었다.

"천왕봉아! 잘 있거라! 길게 길게 잘 있거라! 천하만물 끝이도록! 부디
부디 잘 있거라!"

우리는 동북으로 연한 산 잔등을 따라 내리기 시작하였다. 그러나
허리까지 빠지는 적설은 우리의 걸음을 용이하게 許하지 않는다. 바람
에 날리는 눈은 우리를 더욱 농락하는 것 같다.

그러나 용감한 우리 일행! 그들은 승리에 만족을 얻어, 이 모든 장해
물을 힘있게 물리치며 역진(力進)! 또 역진![42]

11시 20분 통로에 있는 통천문이라고 하는 자연의 암석문(岩石門)을
빠져나가, 잠시 오르면 천왕봉의 절정에 도달하다. 11시 45분이다. ……
여기에서 몇 개의 통조림을 열어, 백무동에서 가져 온 주먹밥으로 점심
을 마치고, 적석(積石) 앞에서 서로 사진을 찍는다. 정상은 넓지 않지만
갑갑함을 느낄 정도는 아니며, 암붕(岩棚)이 드러나 있다. 그리고 입목
(立木)이 없고, 잘 보이지 않던 고산 화초가 피어 있다. 좋은 날씨라면
사면을 둘러볼 절호의 기회일 것이라고 생각되지만, 주변의 운해는 좀
처럼 가시지 않는다. 1시 17분 하산을 시작한다.[43]

이보림은 반야봉에 올라 공자(孔子)의 '소천하(小天下)'의 의미와 도
의 본체를 깨닫고, 다시 천왕봉에 올라 '무극(無極)'과 '태극(太極)'을
운위한다. 더불어 '등반의 노력'과 '만족에 대한 경계'를 표한다. 이보
림의 이러한 모습은, 다음 장에서 후술하겠지만 지리산 유람을 구도
(求道)의 과정이자 수양의 계기로 삼고 있음을 보여주는 대목이다. 그

---

42 최기덕, 「지리산 등반기」, 『조선일보』, 1937. 5. 6.
43 加藤廉平, 「南鮮の山を巡りて」, 『朝鮮山岳』 제4호, 朝鮮山岳會, 1937. 3, 31쪽.

는 천인동구(天人同構)의 성리학적 우주관을 밑바탕으로, 우주의 운행 원리를 깨닫고 인간 존재의 본성을 실현시킴으로써 하늘과의 일치를 추구하는 '천인합일'의 의식을 드러내고 있는 것이다.[44]

오용사가 '등천왕(登天王)'이 아니라 천왕봉을 '정복'한 것은 1937년 3월 21일 12시이다. 그들은 자신들의 정체성을 성현(聖賢)이나 성리학적 이념이 아닌 '교가(校歌)'를 통해 드러낸다. 그들은 지리산을 정복한 중등학교 최초의, 양정고등보통학교 소속 알피니스트(alpinist)이기 때문이다. 그리고 이제 오용사는 '만물'을 '굴복'시킨 근대적 주체로서 "최후의 승리를 획득한 패왕"이 되고, '적설(積雪)'과 '바람'으로 상징되는 대자연은 "물리치며 역진(力進)"해야 할 장애물로서의 대상에 지나지 않는 것이다. 약학전문학교 학생이었던 이학돈이 휴양을 위해 처녀림 지리산을 찾는 것도, 식물 채집에 유독 집착하는 것도 자연을 대상화하여 이를 이용하고 극복하고자 하는 근대적 주체의 동일한 모습이라고 할 수 있다.[45]

한편, 가토가 나카무라와 함께 천왕봉에 오른 시기는 1935년 8월 12일이다. 그가 천왕봉에 도착하여 가장 먼저 한 일은 점심 식사와 사진 촬영이다. 그리고 주위를 조망하려다 운해가 가시지 않자 그대로 하산하게 된다. 이보림과 오용사가 보여준 경이로움과 환희는 찾아볼 수 없으며, 자신들의 행적과 주변 경관에 대한 서술만이 단조롭게 제시되어 있을 따름이다. 당시 정형화된 관광 코스를 따라 내장사에서 백양사로 넘어오던, 그리고 관광 자료의 '가이드'대로 관광 매력

---

44 김덕현(2008), 「한국 전통지리학과 지리사상」, 한국지역지리학회 엮음, 『인문지리학 개론』, 한울, 96~100쪽 참조.
45 보다 구체적인 분석은 박찬모(2011) 참조.

물(tourism attractions)에만 주의를 기울이던 가토의 모습을 참조하자면, 그는 천왕봉에서 기대했던 조망, 즉 관광에 실패했기 때문에 그다지 환호할 것이 없었던 것이다. 이는 규율화된 관광 정보만을 추체험하는 그들의 관광 행동을 단적으로 보여주는 것으로서, 관광 매력물 이외의 대상을 타자화하는 근대적 투어리즘의 전형적인 모습이라고 할 수 있다.[46]

결국 이렇게 보자면 일제강점기 지리산은 전근대적 도학 이념과 근대적 알피니즘·투어리즘이 다각적으로 교차하며 공존하는 표상 공간이었던 셈이다. 노고단을 경유하는, 근대적 관광 인프라와 정보를 바탕으로 형성된 '근대적 유람로'와, 근대적 위생관념의 결정판이라고 할 수 있는 선교사 휴양촌에 투영된 유자들의 자정과 은일 의식 등은 비동시적인 것의 교차 양상을, 또한 공동체적 관념상과 원근법적 시각상의 병존, 성리학적 이념과 수양관을 바탕으로 한 천인합일 의식과 자연을 대상화하는 주체중심주의적 사유의 양립은 비동시적인 것의 공존, 즉 '비동시성의 동시성'을 명시적으로 예거하는 것이라고 할 수 있다.

Ⅲ. 지리산 유람록에 나타난 의식과 특징

조선시대 유람 문화의 연장선상에서 일제강점기 유람록을 살펴 보자면, 몇 가지 특색이 눈에 띈다. 먼저 주의를 끄는 것이, 앞서 이보림

---

46 박찬모(2012), 2장 참조.

의 예를 통해 살펴본 바가 있듯이, 산을 매개로 한 구도의식과 존현의
식(尊賢意識), 그리고 성리학적 수양과 성찰의 자세이다.

> 반야봉에 올랐다. …… 개미가 나무꼭대기에 오르고 우물 안 개구리
> 가 큰 바다에 나온 것과 같아 마음을 정결하게 가다듬고 갓을 바로 하여
> 세 번 읍(揖)하고 앉았다. 구불구불한 일천 봉 일만 골을 다 구경할 겨를
> 이 없어 다만 이슬을 마시고 세 번 삼켜서 눈을 들어 바라다보니, 워낙
> 높아 위가 없고 워낙 커서 밖이 없었다. 어느 봉우리가 우뚝 솟았고
> 어느 봉우리가 높이 나왔는가? 놀라워 침범할 수 없고 중후하여 친압할
> 수 없었다. …… 조물주가 한 것인가 땅의 힘인가? 큰 조정의 많은 신하
> 들이 궁궐에 들어가 임금을 배알하는 것인가? 신궁의 신선들이 문을
> 열고 상제를 조회하는 것인가? 천하의 중심과 백성이 사는 곳을 황홀하
> 게 내려다보니 우뚝하고 광대하여 하늘이 큰 것을 알았으며, 아득하고
> 넓어서 우주가 무궁함을 깨달았다. 아! 누가 그렇게 한 것인가.
> 『중용』에 '천지산천에 한 곳을 가리키는 것과 미루어 지극하게 하는
> 것은 도가 실리에 벗어남이 없고 실리가 유행하고 있다'고 하였다. ……
> 석담부자(石潭夫子)는 도에 나아가는 것을 산에 오르는 것으로 깨우치
> 기를 '증점(曾點)은 산 아래서부터 먼저 올랐다.'라 하였고, 일두(一蠹)
> 선생의 두류시는 기수(沂水)에서 목욕하고 무우(舞雩)에서 바람 쐬고서
> 한 곡조를 읊고 돌아오는 즐거움이 있는데, 이것에서 먼저 올라가는
> 자가 도체(道體)의 무궁함을 본다는 것을 알았고, 당세에 어른과 아이들
> 을 뒤따르게 하지 못한 것이 한스럽다는 것을 알았다.[47]

전남 화순에 거처하던 양회갑은 1941년 불일암과 칠불암 등지를 거
쳐 반야봉에 오른다. 그는 세 번 읍(揖)하고 이슬을 세 번 삼키고 나서

---

47 양회갑, 「두류산기」, 239~241쪽.

주위를 둘러본 후, 하늘의 광대함과 우주의 무궁함을 깨닫는다. 그리고 그는 석담부자(石潭夫子, 李珥, 1536~1584)의 말을 "도에 나아가는 것을 산에 오르는 것으로 깨우치기"로 해석하고 있는데, 이는 그가 김택술과 마찬가지로 산정(山頂)에 오르는 것을 "도에 나아가는 극처[造道之極]"[48]로 인식하고 있다는 점을 보여주는 것으로, 이들에게 산에 오르는 것은 곧 도를 깨닫는 구도의 과정이었던 것이다.

1934년 구례에서 반야봉과 세석평전, 그리고 쌍계사 등을 유람했던 정기는, 반야봉에서 "정신이 상쾌하고 깨끗하여 세상의 근심과 기쁨, 이득과 상실이 한 점도 가슴속에 남지 않았다."[49]라며, 김일손의 「두류산기행(頭流紀行錄)」의 한 대목을 옮겨 청명한 기상을 드러낸다. 1937년에 김학수는 중봉에서 천왕봉을 바라보며 "우러러 보면 더욱 높아 보인다"며 천왕봉의 높은 경지를 공자에 빗대어 표현한 후, 산줄기를 굽어보며 "공자께서 태산에 올라 천하를 작게 여기신 탄식을 이곳에서 상상해 볼 수 있겠다"[50]라며 감탄한다. 산에 오름으로써 높은 정신적 경지를 추구했다는 점에서 모두 동일하다.[51]

아울러 앞의 인용문에서 볼 수 있는 바와 같이, 양회갑은 반야봉 산정에서 이이와 정여창(鄭汝昌, 1450~1493)을 언급하고 있는데, 이는 성인(聖人)과 선현(先賢)에 대한 존현정신의 발현이라고 할 수 있다.[52] 이현섭이 "선현들께서 산을 올라 유람한 것이 한두 번이 아니었으니,

---

48 김택술, 「두류산유록」, 115쪽.
49 정기, 「유방장산기」, 134쪽.
50 김학수, 「유방장산기행」, 161쪽.
51 최석기(2010a), 207~210쪽 참조.
52 윤호진(2004), 「한시에 나타난 지리산 인식의 사상적 외연과 내포」, 『남명학연구』 제18집, 경상대 경남문화연구원, 220쪽.

후인이 어찌 힘써 따를 부분이 아니겠는가?"[53]라는 이동암의 말을 기록하거나, 귀로에서 "홀로 차 의자에 기대어 방장산의 무한한 광경과 여러 군자들의 단아한 의범을 회상해보니, 삼삼하게 마치 꿈속에서 지나간 것 같았다"[54]라고 술회한 점, 그리고 배성호가 강익(姜翼, 1523~1567)·정여창·김일손의 자취가 담긴 옛터와 옛길을 상상하며 "삼백 년 전의 네 현인의 소리와 자취를 하루 사이에 보았다."며 "크게 감격하여 흠모하는 마음이 유연히 생겨나니, 이것은 크게 얻은 것이 있다"[55]라고 말한 대목 등에서 산행에 드러난 그들의 존현정신을 거듭 확인할 수 있다. 산에서 성인들의 형상을 보고 조선조 현인들이 산으로 찾아들었듯이, 일제강점기 유자들 또한 성인과 현인을 생각하며 산에 올랐던 것이다.

그리고 이처럼 자연에 대한 외경과 우주의 운행 이치에 대한 깨달음, 그리고 성인과 선현들에 대한 존현정신은 자신을 향한 수양과 성찰로 이어진다. 정기는 "지금 지팡이를 짚고서 힘들게 위험을 무릅쓰고 탐방해보고서야, 비로소 세상일은 고된 노고를 말미암지 않고서 쾌락에 이를 수 있는 것이 없음을 깨달았다."[56]며 『논어』「자장(子張)」에서 숙손무숙(叔孫武叔)이 '자공(子貢)이 공자보다 낫다'는 말의 오류를 비유적으로 지적한다. 이현섭은 "매우 두려워하고 조심하여 깊은 연못에 임한 듯해야 한다고 한 것을 단지 입으로만 그 글을 읽었을 뿐인데, 지금 실제로 밟아보니 지극한 교훈이 나를 속인 것이 아니라

---

53 이현섭, 「두류기행」, 205쪽.
54 이현섭, 「두류기행」, 209쪽.
55 배성호, 「유두류록」, 37쪽.
56 정기, 「유방장산기」, 136~137쪽.

는 것을 더욱 깨닫게 되는구나."[57]라는 동행자의 말을 옮겨 전한다. 또한 양회갑은 물과 바위의 고유한 성질을 논하면서 "그러나 돌은 커질 수가 없고 붉은 끊어짐이 없으니, 이른바 '태산의 낙숫물이 돌을 뚫는다'는 것이다. 배우는 자가 학문을 갈고 닦는 것은 군자가 지덕(智德)을 연마하는 것과 같고 우리의 약한 다리를 강건하게 하는 것과 같으며 또한 모두 체험할 만한 것과 같다."[58]라고 학문의 면려와 수양을 강조한다. 이러한 예들은 산행을 통한 자아 성찰과 도덕적 수양의 모습이 잘 드러난 예라고 할 수 있다.

그렇지만 높은 산을 구도의 극처로 인식하는 태도는 여일하지만 선현에 대한 독특한 평가와 그에 따른 처세관이 표현된 경우가 있는데, 김택술의 글이 그러하다. 전우의 문인인 김택술이 "고인이 기수(沂水)에서 목욕하고 무우(无雩)에서 바람 쐬고 돌아오던 그 기상"을 느끼고 싶다며, 지리산 유람을 위해 정읍을 떠난 때는 1934년 3월 19일이다. 그는 지리산 어귀에 들어서기 전, 순창의 귀래정(歸來亭)에서 신말주(申末舟, 1429~1503)가 그의 형인 신숙주(申叔舟, 1417~1475)의 권력과 부귀를 뜬구름처럼 여기며 '의'만을 위해 은둔했던 그의 고상함을 되짚고, 또한 운봉(雲峰)의 황산대첩비(荒山大捷碑)를 보고서는 "옛일을 생각하고 지금 상황을 상심"한다. 그리고 그는 3월 29일 함양 마천으로 제석당(帝釋堂)을 거쳐 천왕봉에 오른다.

> 아. 북쪽을 바라보면 함양의 개평(介坪)이 있고, 동쪽을 바라보면 진주의 덕산(德山)이 지척에 있다. 일두(一蠹)와 남명(南冥)의 고풍을 끌

---

57 이현섭, 「두류기행」, 201~202쪽.
58 양회갑, 「두류산기」, 237쪽.

어당길 만하니, 어찌 이 산에 영험한 기운들이 모여 있는 것이 아니겠는
가. 남쪽을 바라보니 남강 일대가 마치 하얀 비단을 펼쳐 놓은 듯하였
다. 김문열(金文烈)·황무민(黃武愍)·최충의(崔忠毅) 세 장사(壯士)가
강물에 투신하여 순절을 지킨 곳이다. 충의(忠毅)한 혼백이 천고토록
길이 남아 있다. 이곳에서 살았던 명현들뿐만 아니라 이곳에서 죽어간
자들 또한 산신령의 사자(使者)이리라. 제현들은 모두 재능과 포부를
안고 덕업을 닦아 장차 크게 쓰여 세상을 바로잡고자 하였으나, 세상사
가 어긋나 그렇게 하지 못하였다. 조남명은 은둔하여 화를 면하였고,
정일두는 사화에 죽었으며, 세 장사는 병란에 목숨을 잃었다. 요컨대
이는 모두 시대 변화의 불행이다. 예나 지금이나 천하의 변화는 이처럼
많았다. 나는 이 시대의 변화에 어떠해야 하는가. 그저 뜻을 편안히 하
여 대처할 뿐이다.[59]

김택술은 먼저 천왕봉 정상에서 공자의 문장과 주자(朱子)의 시, 주
의(周顗)의 고사와 『시경』 패풍(邶風)의 간혜(簡兮)를 언급하며, "공자와
주자가 터득한 것은 정(正, 올바름)이요, 위시와 주의가 느낀 것은 변(變,
변화)이다. 그 올바름[正]을 얻으면 변화[變]를 만나더라도 중도(中道)를
잃지 않고, 그렇지 않으면 시세의 변화를 슬퍼하여 다치게 된다"라고
말한다. 위 인용문은 그 이후에 이어지는 대목으로서, 김택술은 개평
과 덕산, 그리고 남강을 굽어보며 각각 정여창과 조식, 그리고 김천일
(金千鎰)·황진(黃進)·최경회(崔慶會) 세 장사(壯士)를 상기한 후, 자신은
시대의 변화에 단지 "뜻을 편안히 하여 대처할 뿐"이라고 자신의 태도
를 밝히고 있다. 논리상으로는 성현을 말씀에 따라 도를 좇고, 선현을
존숭하며 성찰하는 태도로 보인다. 그러나 그 함의는 이질적이다.

---

59 김택술, 「두류산유록」, 116~117쪽.

　그의 말의 의미를 분석하면 다음과 같다. 주의의 고사에 나오는 신정(新亭)은 정자 이름으로, 동진(東晉)이 양자강 이남으로 천도했을 때에 당시 명사(名士)들이 한가한 날이면 그곳에서 술을 마셨다고 한다. 주의가 그 가운데 앉았다가 "풍경은 다르지 않으나 눈을 들어 보매 산하가 다르구나"라고 탄식하니 모두 서로 바라보며 눈물을 흘렸는데, 이러한 모습에 왕도(王導)가 얼굴빛을 바꾸며 "함께 나랏일에 힘을 바쳐 신주(神州)를 회복해야 하는데, 어찌하여 초수(楚囚)[60]처럼 맞대고 울기만 하는가?"라고 하였다는 고사[61]에서 유래하는 말이다. 초나라 죄수인 종의(鐘儀)처럼 음악과 눈물로써 고향을 그리워하기보다 실질적인 행동으로 영토를 되찾자는 의미가 함축되어 있는 것이다. 그리고 『시경』 패풍 간혜에 "누구를 그리워하는가 서방의 미인이로다.[云誰之思 西方美人]"라고 하였는데, 이는 훌륭한 덕을 지닌 임금의 출현을 기다린다는 말로서 곧 난세에 성세(盛世)의 훌륭한 임금을 그리워함을 의미한다. 두 전거를 종합해보자면, 김택술의 논리에는 '시대의 변화', 즉 '난세'라는 당대 현실에 대한 인식이 자리하고 있으며, 정여창의 비극적 운명과 조식의 은둔, 그리고 삼장사의 순절 또한 '시대의 변화의 불행'으로 규정하고 있는 것이다. 그리고 이를 바탕으로 시대의 변화 즉 난세에는 "그저 뜻을 편안히 하여 대처할 뿐"이라는 자신의 태도를 천명하고 있는 것이다.

　이러한 김택술의 태도는 유일한 문화국가였던 조선이 암흑 속에서

---

60 楚囚는 초나라 죄수로서, 본디 춘추시대 楚나라 樂官인 鐘儀가 鄭人에 의해 晉나라에 잡혀가서 갇혀 있을 때 진의 惠公이 그를 불러다가 여러 가지 일을 물어보고 그에게 거문고를 주었더니, 그는 그곳에서도 자기 고향인 초나라의 음악을 탔다는 고사에서 온 말이다. 『春秋左氏傳』 成公 5년.

61 『晉書』 권65, 「王導列傳」.

다시 소생할 때를 대비하여 후학들에게 유교문화와 학문을 전수하여
야 한다며 자정(自靖)을 전개한 그의 스승 전우의 태도와 흡사하다.[62]
전우는 김세동(金世東)이 고종(高宗)의 밀지를 앞세워 전우에게 기병(起
兵)을 제의하자 그는 나라는 망하더라도 도(道)인 유교는 망하지 않고,
군주는 굴복할지라도 도는 굴복하지 않으므로 자신을 유교를 섬기는
것으로 자신의 사명을 다하겠다는, 그러나 다만 일본과의 관계에 있
어서 '불사이군(不事二君)'의 도리를 지키는 것으로 백성의 도리를 다
하겠다는 취지의 밀서를 보냈다고 한다.[63] 또한 그는 순국(殉國)이나
순도(殉道)에 대해서도, 선비로서 강상이 무너진 시대에 태어난 자는
마땅히 심력(心力)을 다하기에 힘써 도를 밝히고 사람을 가르치고 대
중을 경계하고 천심을 돌려서 세상을 바르게 하는 것이 상제(上帝)가
당시 사류(士類)에게 바라는 것이며, 따라서 그는 도가 망한 것을 분통
히 여겨 마침내 성명을 끊어 순도한 자에 대해서도 다시 생각해 보아
야 한다는 뜻을 피력하였다고 한다. 그는 도는 망하는 것이 아니라
그에 말미암지 않기 때문에 보존하지 못하는 것이라고 하면서 순국이
나 순도보다는 살아남아 도를 부지하는 것이 보다 중요하다고 생각했
던 것이다.[64] 김택술의 견해를 전우의 태도와 관련시켜 보자면, 결국
정과 변의 논리에서 비롯된, 선현에 대한 김택술의 평가와 은둔적 처
세관은 시대와 나라는 물론 군신관계까지 초월한 도의 보편성과 불멸

---

62 전우의 이러한 인식은 理 중심적 철학적 인식 하에 당시의 천하를 모두 夷狄으로 인식
   하고 오직 조선만을 유일하게 중화로 인식하는 그의 역사관과 세계관에서 비롯된 것이
   다. 금장태(1999), 『한국근대의 유학사상』, 서울대 출판부, 299쪽 참고.
63 안외순(2009), 「식민지적 근대문명에 대한 한국 유교의 분기와 이념적 지형—일제초기
   (1900~1910)를 중심으로」, 『동방학』 제17집, 동양고전연구소, 298~299쪽 참조.
64 권오용(2013), 『근대이행기의 유림』, 돌베개, 462~463쪽 참조.

성을 언급하고 있는 전우의 우주론과 출처론(出處論)에서 비롯되고 있
는 것이다. 달리 말하자면 많은 유자로부터 나유(儒儒)로 비판받았던
전우를 옹호하는 입장이면서, 그 또한 학문 탐구를 위해 자정하겠다
는 탈정치적 자정 논리를 개진하고 있는 것으로 해석할 수 있다.[65]

　두 번째로는, 조선조 유자들의 구도의식과 존현정신 등 성리학적
사유가 일제강점기 지리산 유람록에도 지속적으로 나타나고 있음에
반해, 유선(儒仙) 의식 혹은 선취(仙趣) 경향은 크게 약화되어 있다는
점을 꼽을 수 있다. 주지하다시피 조선조 유자들의 지리산 유산은 두
가지 목적에서 이루어졌는데, 그 하나가 바로 이상향에 대한 갈망이
다. 이상향에 대한 동경은 작자가 몸담고 있는 현실과의 괴리감에서
오는 경우가 일반적이었으며 조선조 유자들은 현실과 이상의 괴리감
을 해소하기 위해서 지리산에서 무릉도원을 찾았다. 지리산은 신선이
사는 곳으로 인식되었을 뿐만 아니라, 곳곳의 빼어난 절경은 지식인
들의 가슴 속에 울분을 씻기 위해 찾아들 적격의 장소였던 것이다.
조선조 유학자들은 신선세계에 대한 흥취를 누리기 위해 지리산을 찾
았고, 그래서 자신들의 유람을 선유(仙遊)라 지칭하고 그들이 찾는 지
리산을 선경(仙境)으로 표현했다. 이때의 유람은 대체로 쌍계사·불일
암·최치원 등으로 대표되는 청학동·신흥동·삼신동 방면으로 이루어
졌다.[66] 일제강점기 이곳을 찾아 기록을 남긴 이는 정종엽, 김규태,
오정표, 김택술, 이보림, 이병호, 양회갑이다.

　그렇지만 이 시기에 청학동으로 비정되는 곳은 과거와 달리 청학동

---

65 안외순은 전우의 논리를 탈정치적 자정 논리를 규정한다. 안외순(2009), 298쪽 참고.
66 강정화(2010b), 263쪽.

·신흥동·삼신동 방면이 아닌 세석평전이었다. 아울러 기존의 선경 혹은 선계(仙界)로서의 인식 또한 "산이 높고 골짜기가 깊으며, 북쪽을 등진 남향이고, 풍기가 온화하며, 토질이 비옥하고 물이 풍부하여 곡식과 과실이 모두 넉넉하고, 연초(煙草)가 많이 생산된다."라는 김택술의 언급, 그리고 "어찌 세석평(細石坪)이나 덕평 등지와 같이 인적이 닿지도 않는 그런 궁벽하고 위험한 곳을 가리켜 청학동이라 했겠는가."[67]라는 그의 또다른 언급에서 확인할 수 있듯이, 풍수와 토질, 그리고 물산량 등 취락 입지와 산업적 기반을 두루 갖춘 곳으로 장소정체성이 변모되고 있다. "세석평전은 매우 광활하여 농사를 지을 수 있고 집도 지을 수 있었다. 그러나 지대가 매우 높은 데다 추워서 거주할 수는 없다. 세석평전 입구 바위에 '청학동'이라 새겨져 있는데, 이는 틀림없이 호사가가 한 짓일 것이다."[68]라는 정기의 언급도 같은 맥락에서 이해할 수 있다. 이렇듯 청학동을 상상적 이상향인 선경지(仙境地)가 아니라 취락 형성이 가능한 주거지로 인식하는 경향은 조선 후기에 등장하는 것으로서, 특히 18세기 이후 정치사회적 혼란을 피해 많은 유민들이 지리산지에 들어와 살게 되고 동시에 도참(圖讖)사상이 유행함으로써 나타난, 장소정체성의 질적 쇄신의 결과라고 할 수 있다.[69]

물론 조선조 유자처럼 고운동(孤雲洞)과 불일암 등지를 찾아 선취 경향을 드러내는 사례도 있다. 이보림은 고운동에서 "60리의 긴 골짜

---

67 김택술, 「두류산유록」, 123쪽.
68 정기, 「유방장산기」, 138쪽.
69 최원석(2009), 「한국 이상향의 성격과 공간적 특징-청학동을 사례로」, 『대한지리학회지』 제44권 제6호, 대한지리학회, 752~753쪽.

기에는 하얀 돌과 맑은 물이 눈처럼 옥처럼 펼쳐져 있고 수정구슬처럼
반짝이고 있었다. 사람으로 하여금 속세의 때를 말끔히 씻어 가슴속
을 상쾌하게 하였다. 굽이굽이 기이하고 곳곳이 괴이하니, 이곳에 사
는 자들은 참으로 선유(仙遊)를 하는 것이리라. 이들 또한 신선이요,
나 또한 그날의 신선이었다."[70]라고 언급하고, 양회갑 또한 불일암 인
근에서 "번개가 치고 우레가 울려 백운산을 요란하게 하였고 비는 퍼
붓듯 쏟아졌는데, 마루에 나와 앉으니 적송자(赤松子)와 문답하는 것
같았다."[71]라며 선취를 느낀다. 그렇지만 일제강점기 유람록에는 선계
를 특정 공간으로 국한하기보다는 지리산 전체를 그것을 간주하고 있
는 듯한 태도가 두드러진다. 예컨대, "닷새를 지나는 동안 다행히 맑
은 날씨를 만나 가도 오는 데에 지장을 받지 않았으니, 신선이 될 수
있는 인연이 불우하지 않았다는 것을 참으로 깨닫게 된다."[72]는 이병
호의 소회, 그리고 "마음껏 자유로이 노닐고 미련 없이 세상을 버린
것 같았다. 그렇다면 우리 스스로 신선이라 여기는 것이 옳다."[73]라는
정기의 언급 등을 거론할 수 있다. 그렇지만 이와 같은 신선의 흥취가
유람 대상 혹은 그 범위와 무관하게 조선조 유자들의 유선 의식과는
매우 이질적인 것임을 지적하지 않을 수 없다.

1925년에 장화식은 조선철도주식회사의 사설철도인 마산-진주간
경전선을 이용해 군북까지 도착한 후 산청과 진주까지 각각 자동차로
이동한다. 그리곤 유람을 마친 후에는 자동차를 이용해 밀양으로 돌

---

70 이보림, 「천왕봉기」, 151~152쪽.
71 양회갑, 「두류산기」, 236쪽.
72 이병호, 「유천왕봉연방축」, 189쪽.
73 정기, 「유방장산기」, 140쪽.

아간다. 1940년에 이현섭은 경전남부선을 타고 북마산에서 산인-진성까지 기차를 타고 이동하여, 이후에도 같은 기차편을 이용하여 창원으로 되돌아간다. 근대 교통 문명의 혜택을 누리며 공간을 가로질렀던 이들이 과연 선계라든가 무릉도원 등의 이상향을 실재 공간으로 믿고 있었을지 의문이 드는 대목인 것이다. 이와 함께 장화식의 유람록에는 청학동이나 선계에 대한 언급 없이 '신선'이란 낱말이 한 차례 등장한다. 연수목(延壽木)으로 만든 지팡이를 권형오(權衡五)가 그에게 선물하겠다고 하자 "지팡이는 노인을 부축해주는 물건인데 그것을 일러 '연수(延壽)'라고 한다면 신선에 가까운 뜻을 지니는 것일세. 방장산에서 얻은 것이라면 딱 들어맞는 것이 아니겠는가."[74]라고 대화를 나누는 장면이 그것이다. 이 대화를 통해 확인할 수 있듯이, 그는 방장산이라는 이칭(異稱)에서 '신선'을 연상하고 있는 것이다. 이현섭의 유람기에서는 무릉도원이란 표현이 나오지만 동행인 이근부(李根夫)가 남명의 시를 외울 때 한 차례 등장할 뿐이다. 이런 맥락에서 보자면, 비록 특정 지역을 청학동으로 비정하려는 '호사가들의 노력'이 지속되었음에도, 근대 문명이 유람문화에 침투하면서 예전과 같은 유선 의식이나 선취 경향은 현저히 약화되고, 단지 유람의 흥취를 압축적으로 드러내는 '신선'이라는 표현만이 방장산이라는 지리산의 이칭과 결부되어 문학적 클리셰(Cliché)처럼 활용되는 양상을 확인할 수 있는 것이다.

다음으로, 세 번째로 꼽을 수 있는 것은 민초들의 궁핍한 생활에 대한 유자들의 관심이 한글 기행문에 비해 두드러지게 나타난다는 점

---

74 장화식, 「강우일기」, 75~76쪽.

이다. 김종직·유몽인(柳夢寅, 1559~1623)·송광연(宋光淵, 1638~1695)·
김일손·황도익(黃道翼, 1678~1753) 등의 유람록에는, 지리산은 풍부한
물산 덕택에 곤궁한 백성들이 깃들어 자급할 만한 곳인데, 관아의 과
중한 세금과 부역 탓에 백성들이 안온하게 살지 못하고 고통받고 있는
실정을 고발하고 비판하는 의식이 잘 드러나 있다.[75] 선현들의 행적을
뒤따르고자 하는 유자들의 실천적 태도로 미루어 보자면, 민초들의
고된 삶에 대한 응시는 당대 유자들의 자연스런 발로였을 것이다.

> 내가 순두류를 유람한 뒤로 두루 보고 다 터득하였으니, 대개 천왕봉
> 이 멀리 있지 않았다. 사람들이 외따로 사는 경우가 많아서 세 집이
> 모여 큰 마을을 이루었고, 열 명의 사내도 만나기 어려웠다. 그들은 좁
> 은 집에서는 담배─연초(煙草)이다─나 목공─나무를 잘라서 그릇을 만
> 든다─으로 생업을 삼고, 산약이나 피나무, 도토리나 개암 등을 먹고
> 갈포로 옷을 만들어 입었다. <u>산 귀신을 동반자로 삼고 노루나 사슴을
> 벗으로 삼아 온갖 고생을 맛보면서 쑥대머리에 얼굴에는 때가 껴서 눈
> 가 코도 열리지 않았으니, 모습이 사람 같지가 않았다.</u> …… 지금 불행
> 하게도 그 살 곳을 얻지 못하여, 그 낙토의 거처를 잃고 그 벼나 조의
> 음식을 버려두고서 사방으로 떠돈 나머지 <u>새나 짐승의 거처를 빼앗아
> 그곳에 사는구나.</u>[76](밑줄 인용자)

> 4월 초1일. 백무촌을 떠나 직치(直峙)를 넘어 덕평을 찾아가려 하였
> 다. 지나온 곳을 살펴보니, 조금 넓고 평평한 곳에는 비록 매우 높거나
> 아주 깊숙하더라도 간혹 인가가 있었다. <u>대개 지금은 오랑캐[일본인]가
> 집권하고 있어 백성들이 제대로 살 수가 없다.</u> 때문에 떠돌아다니다가

---

75 최석기(2010a), 225쪽.
76 곽태종, 「순두류록」, 54쪽.

이곳까지 흘러들어와 산을 개간해 감자로 연명한다. 그 모습이 마치 새나 짐승처럼 구차하게 목숨을 부지하고 있다. 그런데 저 일본의 법령은 아무리 깊은 곳이라도 미치지 않는 곳이 없다. 산은 국유지라 하여 숲을 조성하는데 매우 엄격히 금하고 있어서, 숲을 불태워 밭을 만들 수도 없다.[77](밑줄 인용자)

동쪽 천왕봉과 서쪽 반야봉은 사람이 양쪽 어깨에서 팔을 펼친 것과 같고, 솟은 산줄기는 새가 두 날개를 펼쳐 날아오르려 하는 것과 같다. 그러므로 세속에서 이른바 '청학동'이란 것이 바로 이 세석평전이다.
술인(術人)과 은사(隱士)들이 많이 왕래하며 집을 지었지만 끝내 거주할 수 없었다. 산이 높고 날씨가 추워 곡식이 익지 않으니 어떻게 오래도록 거주할 수 있겠는가? 예전에는 나무도 없고 띠풀만 무성했는데, 섬 오랑캐들이 온 뒤부터 '대학림(大學林)'이라 부르며 나무를 심고 숲을 길렀다. 그러나 기후가 매우 추워 곡식이 많이 자랄 수 없고 화전을 금지하였기 때문에, 산사람들이 거주할 수 없게 되었다고 한다. 저 섬 오랑캐들의 가혹한 정치가 어찌 이다지도 빡빡하단 말인가.[78](밑줄 인용자)

곽태종은 순두류 지역에 사는 민초들의 고된 삶과 행색을 살피고는 금수의 거처와 같은 곳에 생활하고 있는 그들의 처지를 탄식한다. 김택술은 직치(直峙)를 넘어 덕평으로 가는 도중에 간혹 눈에 띄는 민가를 보며, 유민이 되어 지리산에 들어온 후 감자로 힘겹게 연명하는 그들의 삶을 금수에 비유하고는 그렇게 된 까닭이 일본의 법령 때문이라며 비판한다. 또한 정덕영은 술인(術人)과 은사(隱士)가 세석평전(청

---

77 김택술, 「유두류산유록」, 118쪽.
78 정덕영, 「방장산유행기」, 220~221쪽.

학동)으로 찾아들지만 일제가 '대학림'[79]을 조성하여 화전을 금지한 까닭에 사람이 살 수 없게 되었다면서 '오랑캐'의 혹정을 비판한다. 이들은 자신의 견문을 바탕으로 지리산자락에서 살아가는 민초들의 삶의 고충과 고난이 일제의 잘못된 정책에서 비롯되고 있음을 분명하게 표명하고 있는 것이다. 비록 경세를 논하고 그를 실천할 수 있는 정치적 장을 박탈당한 형편이었지만 민초들의 삶을 긍휼히 여기는 일종의 애민의식과 비판 의식이 관류하고 있는 것이다.

> …… 그네들은 그 거짓없는 눈으로 우리를 볼 수 없던 것이었다. 몇 가족을 이리저리 몰아서 겨우 한 칸 방을 우리에게 빌려준다. 천사와 같은 그네들! 진세(塵世)를 모르는 그네들! 솔직한 그네들! 깨끗한 그네들! 우리 눈에서는 뜨거운 눈물이 흐른다! 고맙고 반갑기 짝이 없다.
> 우리는 그들에게 백배사례하고, 방에 들어가서 저녁밥을 먹었다. 그들의 눈은 이상하게도 커진다. 처음 보는 쌀밥! 오래간만에 보는 쌀밥이었다. 그들은 이곳에서 오직 감자만을 常食하는, 가련한 사람들이다. 어두운 등잔불에 자세히 보이지는 않으나 그 혈기 없는 안색과 힘없는 눈동자, 엉크러진 머리, 멀겋게 비치는 근육 등 모든 것이 가엾고 불쌍하기 짝이 없었다. 그러나 그들의 얼굴에는 알 수 없는 인자한 빛을 볼 수가 있었다.
> 그들은 말한다. "서울은 구경이 좋고, 만주는 살기가 좋답디다! 이곳도 애초는 땅이 넓고 곡식이 잘 된대서 새로운 희망과 뜨거운 이상을

---

79 일본 대학의 연습림을 가리킨다. 『개벽』지의 '조선문화의 기본조사'에서는, 조선총독부가 1912년 12월 12일자로 교토제국대학과 규슈제국대학에 지리산을 대학 연습림으로 '80個年 장기대부'하였다는 기록이 있다. 각 대학이 임대한 소재지와 면적은, 교토제대가 경남 함양군 11,754 정보, 산청군 3,012정보, 합계 14,766정보이며, 규슈제대가 산청군 13,899 정보, 하동군 14,905 정보, 합계 28,804 정보이다. 「조선문화의 기본조사─일부발표」, 『개벽』 제34호, 1923. 4, 27쪽.

가지고 들어왔다가, 1년을 지내고 보니 가족은 많고, 돈은 없고, 다시 세상을 찾아 나갈래야 그럴 힘조차 없어 하는 수 없이 이곳에 붙어 있다우! 어쩌다 해 사납지 않으면 겨우 연명이나 하고, 그렇지 못하면 끼도 빼놓은 날이 한두 날이 아니라우! 그래도 해마다 호세(戶稅)니, 지세(地稅)니, 교육비니 뭐니 뭐니 해서 내일부터 끼를 굶는 한이 있더래도 머나먼 산길에 무거운 감자를 지고 나간다우! 이런 서러운 데가 어디 있수! 이런 답답할 데가 어디 있수! 좋은 세상을 구경도 못하구!" 하며, 그들은 서울을 보고 싶어하고, 만주를 가고 싶어한다. 그러나 우리는 어안이 벙벙하여 그들에게 충분한 위안을 주지 못하였다.[80]

양정산악부 오용사가 세석평전으로 향하다 산길을 잃고 도착한 곳은 덕평이었다. 덕평마을 주민이 그들에게 거처를 마련해주자, 그들은 "천사와 같은 그네들! 진세(塵世)를 모르는 그네들! 솔직한 그네들! 깨끗한 그네들!"이라며 찬사를 쏟아낸다. 그리곤 그들의 가련한 삶을 엿보며 연민을 느끼지만, 이내 그들의 얼굴에서 인자한 빛을 읽어낸다. 천사와 같은 주민들의 고통스런 삶은 곧장 말소되고 있는데, 이는 이학돈이 지리산을 "소연(騷然), 잡연(雜然)한 도회지"[81]와 다른 처녀림의 대자연으로 인식하듯이, 오용사 또한 지리산을 도시와 대비되는 자연으로 보는 시각이 자리하고 있음을 보여주는 대목이다. 다시 말해 도시와 자연이라는 이분법적인 근대적 공간관 탓에 오용사는 덕평마을 주민을 '진세'의 들끓는 욕망과는 절연한, 깨끗하고 순수한 존재로 바라봤던 것이며, 이런 까닭에 마을 주민이 호세(戶稅)니 지세(地稅) 따위에 대해 원망하며 안락하고 풍요로운 삶에 대한 욕망과 동경을

드러내자 그들로서는 어리둥절할 수밖에 없었던 것이다. 곧 오용사에게 지리산이라는 자연 공간과 민초들의 피어린 삶의 고충은 양립불가능한 것이자 동시에 재현불가능한 대상이었던 셈이다. 이런 맥락에서 보자면, 유자들이 기껏해야 조세나 화전 금지라는 일제의 지엽적인 정책만을 힐난하고 있다며 그들의 시선과 관심을 단편적이고 피상적인 것으로 평가 절하할 수도 있겠지만, 오용사에 비해 훨씬 핍진하게 당대의 삶을 증언하고 있는 점을 간과해서는 안 될 것이다. 더불어 한발이 극심하던 무렵 '남선(南鮮)'을 찾은 가토 렌페이가 지리산행이 물거품이 될까봐 비와 먹구름을 원망하던 모습과 견주어 보자면, 유람록에 나타난 유자들의 애민의식과 비판의식을 결코 백안시해서는 안 될 것이다.

요컨대 일제강점기 지리산 유람록에는, 산을 매개로 한 구도의식과 존현정신, 그리고 성리학적 수양과 성찰적 태도가 면면히 계승되고 있었으며, 더불어 민초들을 긍휼히 여기는 애민의식과 비판의식이 도저하게 관류하고 있었던 것이다. 다만, 근대 문명의 확산과 그 혜택으로 인해 이상향에 대한 동경과, 그리고 유선 의식과 선취 경향은 현저히 약화되어 수사적 차원에서만 머물 따름이었다.

Ⅳ. 맺음말

강화도 조약 이후 세계 체제 혹은 만국공법의 세계로 강제로 편입된 조선은 무엇보다도 정치·문화적으로 자강하는 독립국으로서 근대적 국가의 면모를 갖춰야만 했었다.[82] 이에 근대 이전 강력한 정치적

·사회적 영향력을 행사하였던 유교 이념은 근대적 제도와 지식은 물
론 그리고 외세 열강의 무력과도 맞서야 했다. 이런 측면에서 19세기
말과 20세기 초까지의 시기는 '위정척사'와 '문명개혁'의 명운이 달린
변역(變易)의 시기였으며, 또한 세계의 열강의 위협에 맞서야 했던 위
망(危亡)의 시기였다. 그리고 변역과 위망의 시기, 유자들의 대응방식
은 다양하게 나타났다. 특히 을사조약을 전후해서 지배 이데올로기로
서의 유교와 국가 주권이 심각하게 손상당하는 상황을 목도하면서,
유자들의 실천은 보다 선명한 지향성을 나타내게 되었다.[83] 그러나 유
자들의 다각적인 대응에도 불구하고, 대한제국의 부패한 관료들이 일
본의 침략 정책에 협조적이었던 까닭에 일본이 조선 지배를 위해 그
통치기구를 정비해 나가는 데 큰 어려움은 없었다. 더욱이 의병활동
이나 저항적 태도를 분명히 한 유자들은 일부에 불과했고 대개는 소극
적인 저항으로써 비협력의 태도를 견지했기 때문에[84] 반일 저항은 중
과부적일 수밖에 없었다. 이후 일제가 천황제 통치체제를 유교이론으
로 합리화시켜 식민지주의를 지탱하는 이데올로기로 삼았던 강점기
동안에도[85] 대다수의 유자들은 소극적인 비협력으로 일관했다. 3·1운

---

82 황호덕(2006), 「국가와 언어, 근대 네이션과 그 재현 양식들」, 한기형 외 지음, 『근대
  어·근대매체·근대문학』, 성균관대 대동문화연구원, 14쪽.
83 안외순은 이 시기 실천 유형을 崔益鉉과 柳麟錫로 대표되는 '유교수호'를 위한 국권수
  호의 무장투쟁 노선, 전우로 대표되는 '유교수호'를 위한 탈국가의 수구은둔 노선, 그리
  고 朴殷植과 李承熙로 대표되는 유교·국권수호를 위한 유교혁신 및 무장투쟁 노선으로
  구별한다. 안외순(2009) 참조.
84 권희영(2010), 「일제시기 조선의 유학담론─공자명예훼손사건을 중심으로」, 『한국민족
  운동사연구』 제63집, 126~127쪽 참조.
85 박영미(2007), 「신체제와 친일 한시」, 『어문연구』 제55집, 어문연구학회 ; 류미나
  (2010), 「19c말~20c초 일본제국주의의 유교 이용과 조선지배」, 『동양사학연구』 제111
  집, 동양사학회 참조.

동 후 유자들이 주축이 되어 한국의 독립을 호소하는 장문의 서한을 작성하는, 이른바 '파리장서사건(巴里長書事件, 1차 유림단 사건)' 등도 있었지만 이는 매우 드문 사례로, 친일 유림을 제외한 유자들 대다수는 반일 저항을 실천적으로 전개하기보다는 전통 문화를 고수하며 지조를 지키는 방식으로 일제와 거리를 두었을 따름이었다.

일제강점기에 지리산을 유람했던 유자들도 대부분 이러한 부류에 속하는 것으로 판단된다. 지금까지 살펴본 바와 같이, 그들의 지리산 유람록에는, 조선조 유자들이 그러했던 것처럼, 산을 매개로 한 구도의식과 존현정신, 그리고 성리학적 수양과 성찰적 태도가 오롯이 계승되고 있으며, 더불어 민초들의 궁핍한 삶에 대한 관심 속에는 그들을 긍휼히 여기는 애민의식과 일제에 대한 비판의식이 함축되어 있는 양상을 확인할 수 있기 때문이다. 보다 면밀한 분석이 향후 뒤따라야 하겠지만, 사승관계로 볼 때 유람자 중에는 주로 일제와 비타협적인 자세를 유지하며 후학 양성과 학문에 전념했던 김병직·노상직·곽종석·전우·정기·기우만 등의 문인이 많은 것도 이와 깊은 관련성이 있을 것으로 추측되는 바이다.

한편, 전술한 바와 같이 일제강점기 유자들의 '역사적 시간'은 근대적 지식과 교육의 수혜를 받은 존재들과 다른 시간 속에 위치할 수밖에 없었다. 그런 까닭에 일제강점기 지리산 기행문학에서는 지리산이 전근대적 도학 이념과 근대적 알피니즘·투어리즘이 다각적으로 교차하며 공존하는 표상 공간으로서 존재하고 있었음을 확인할 수 있었다. 근대적 위생관념의 결정판인 선교사 휴양촌에서 표출되는 유자들의 자정과 은일 의식, 그리고 여러 산정에서 현현되는 공동체적 관념상과 천인합일 의식은 원근법적 시각상과 주체중심주의에 근거한 근

대적 사유와의 인식론적 차이뿐만 아니라 상이한 역사적 시간의 공존
으로서의 '비동시성의 동시성'을 명시적으로 보여주는 것이라고 할 수
있다.

이 글은 『남명학연구』 46집(2015), 261~298쪽에
게재한 글을 수정·보완한 것이다.

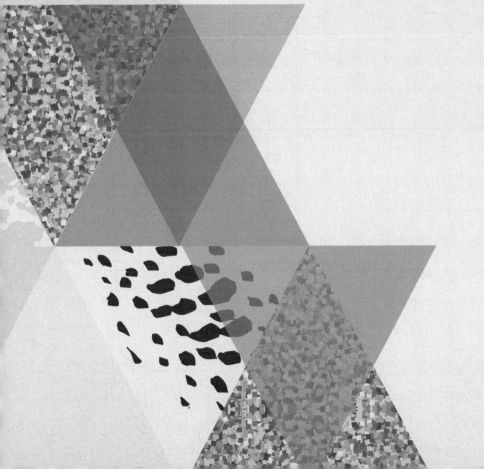

제2부

지리산 유람록 연구의
확산과 가능성

지리산 유람록에 나타난 주민생활사의 역사지리적 재구성

최원석

Ⅰ. 머리말

지리산 유람록은 지리산지의 자연·생태·지리·생활사·취락·민속·종교·민간신앙 등의 정보를 시계열적으로 생생하게 수록하고 있는 산지문헌의 보고(寶庫)다. 다른 어떤 문헌보다도 전근대 지리산지의 상황을 구체적으로 묘사하고 있어, 당시의 식생과 교통로, 촌락경관 등을 복원하는 데 귀중한 자료이기도 하다.[1]

학계에서는 지리산 유람록 자료의 번역과 동시에 학술적 가치가 널리 알려지면서 문학뿐만 지리학·역사학·임학·조경학·관광학·민속학 등의 제반 분야까지 유람록을 활용한 논문들이 나오고 있다. 근래의 추세는 문학 분야에서 여타 학문 분야로 그 활용도가 점차로 확대되고 다루는 주제나 접근방법도 다양해지고 있다.[2] 그럼에도 불구하

---

1 정치영(2006), 『지리산지 농업과 촌락 연구』, 고려대학교 민족문화연구원, 11쪽.

고 대부분의 연구 성과는 문학 분야의 특정 주제에 한정되어 있어 보
다 다양하고 폭넓은 조명과 해석이 요청된다고 하겠다.

이 글은 지리산 유람록에 나타난 지리산지 주민생활사의 자료 가치
에 주목하여 역사지리적인 재구성을 시도한 것이다.[3] 지리산 유람록
에는 주민생활사 관련 내용이 풍부하게 수록되어 있으며, 그것은 여
타 유산록에서는 찾아보기 어려운 지리산 유람록만의 특징을 이룬다.
이 점이 지리산 유람록의 주민생활사라는 주제에 착안한 이유이기도
하다. 따라서 이 글은 지리산 유람록이 한국의 유산록에서 어떤 특색
을 지니는지 밝히고 그 주장을 뒷받침하는 논거로 연구 의의를 드러낼
수 있다. 지리산 유람록에서 추출할 수 있는 주민생활사 자료는 환경
과 생태, 취락과 주거, 토지 이용과 농경, 생업과 산물, 시장과 유통,
신앙 풍속 등으로 분류하여 고찰할 수 있다.

연구를 위해 기존에 출간된 지리산 유람록 번역서에 수록된, 총 76
명이 쓴 97편의 자료를 정리, 분석하였다.[4] 자료의 시간적 범위는 지

---

2 문학 이외의 분야에서 지리산 유람록을 활용하여 연구한 성과(학술지 발표)는 다음과
같다. 정치영(2009), 「조선시대 사대부들의 지리산 여행 연구」, 『대한지리학회지』 44
집 ; 陸宰用(2009), 「朝鮮時代 士大夫들의 觀光行爲와 樣相 硏究−금강산·지리산 유람
록을 중심으로」, 『관광학연구』 33(7) ; 김지영(2010), 「지리산 성모에 대한 조선시대
유학자들의 인식과 태도−지리산 유람록을 중심으로」, 『역사민속학』 34 ; 이호승·한상
열·최관(2011), 「지리산 유람록을 통한 산림문화 연구」, 『한국산림휴양학회지』 15(1)
; 이창훈·이재근(2014), 「조선시대 지리산 유람록에 나타난 경관자원 연구」, 『한국전
통조경학회지』 32(1).

3 이와 관련된 선행 연구로서, 정치영(2006)은 지리산 유람록의 15편을 비교 검토하여
각 시기별 지리산지 농업의 양상과 촌락의 발달과정을 파악한 바 있다. 정치영(2006),
『지리산지 농업과 촌락 연구』, 고려대학교 민족문화연구원.

4 본문에 인용한 번역 글은 다음의 번역서에 의거했고, 필요한 경우 일부 수정하였음을
밝힌다. 최석기 외(2000), 『선인들의 지리산 유람록』, 돌베개 ; 최석기 외(2008), 『지리
산 유람록, 용이 머리를 숙인 듯 꼬리를 치켜든 듯』, 보고사 ; 최석기 외(2009), 『선인들

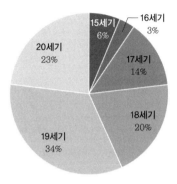

〈그림 1〉 지리산 유람록 자료의 시기별 비율

리산 유람록의 작성 년대인 15세기 중반에서 20세기 중반까지로, 1463년에 유람하고 작성한 이륙의 「지리산기」및 「유지리산록」에서 시작하여, 1941년에 양회갑의 「두류산기」를 끝으로 한다. 작품의 유람시기별 편수를 집계해 보면, 15세기 6편, 16세기 3편, 17세기 13편, 18세기 19편, 19세기 34편, 20세기 22편으로 시기별 차이가 있다. 그 중에서 19~20세기의 유람록이 큰 비중(57%)을 차지하고 있다(그림 1). 연구의 공간적 범위는 지리산지에 한정할 것이다.

지리산 유람록은 자료의 특성상 몇몇 특정 유람로를 중심으로 기행문 형태의 역사지리적 정보가 시간단면적으로 누적되어 반영되어 있다. 이 자료는 500여 년 두께의 시간적 범위를 포괄하고 있는 시간단면적(Time cross section) 자료의 집합이라는 점에서, 과거의 지리적 현상에 대한 복원이나 재구성뿐만 아니라, 시공간적 변천이나 변화 양상을 파악할 수 있는 통시적인 자료의 가치도 지니고 있다. 그래서 시간

의 지리산 유람록 3』, 보고사 ; 최석기 외(2010), 『선인들의 지리산 유람록 4』, 보고사 ; 최석기 외(2013), 『선인들의 지리산 유람록 5』, 보고사 ; 최석기 외(2013), 『선인들의 지리산 유람록 6』, 보고사.

의 흐름에 따라 몇몇 시점의 시간단면을 설정함으로써 지리적 변화를 시간적·계기적 관계로 서술하는 방식의 시간단면퇴적방법(successive cross section method) 가능성도 제시한다.[5]

지리산 유람록을 1차 자료로 지리산지의 주민생활사를 재구성하는 데 있어 유의해야 할 몇 가지 한계도 지적할 필요가 있다. 첫째는 자료 생산자의 계층적인 측면으로, 지리산 유람록의 필자는 거의가 조선시대 지식인(1, 2명을 제외하고는 모두가 유학자)라는 속성이 있다. 따라서 조선조 유교지식인의 시선에 비친 주민생활사의 단편이라는 점이다. 둘째는 자료 범위의 공간적인 측면으로, 지리산 유람로는 지리산지에서도 일부 코스로 한정되어 반복되고 있기 때문에 유람로 혹은 주변에 대한 서술이 위주를 이룬다는 한계가 있다. 그러나 같은 유람로 코스를 시간차를 두고 단면적인 섹션으로 볼 수 있다는 점은 변화 양상을 파악할 수 있는 방법론적 장점이 될 수 있다. 예컨대 지리산 천왕봉의 성모(사)는 많은 유람록에서 서술되고 있기에 변화상을 시간단면퇴적방법으로 재구성할 수 있다. 셋째는 자료의 해석적인 측면으로, 조선시대 특정 전문용어를 현대적으로 해석하는 데에 있어서의 어려움이다. 예컨대, 관련한 선행 연구에도 지적되었지만 식생으로서 '삼(杉)'이라는 한자는 삼나무가 아니라 전나무를 표기한 것이라는 점 등이다.[6]

그럼에도 불구하고 지리산 유람록은 전근대 지리산지의 주민생활

---

5 기꾸치 도시오 저, 윤정숙 역(1995), 『역사지리학방법론』, 이회, 300쪽.

6 이호승·한상열·최관(2011), 「지리산 유람록을 통한 산림문화 연구」, 『한국산림휴양학회지』 15(1)에 의하면, '杉'은 삼나무가 아니라 전나무를 나타낼 때 표기된 것이며, 당시의 지리산에는 일본 원산인 삼나무는 존재하지 않았다고 한다.

사를 담고 있는 가장 풍부하고 광범위한 문화역사적 자료원이라는 데
는 이견이 있을 수 없다. 이 글은 지리산 유람록에 등장하는 단편적
정보 조각을 1차적인 자료로 활용해, 지리산지 주민생활사의 모자이
크를 역사지리적으로 재구성하여 현대적으로 해석한 시도이다. 지리
산 유람록에 수록된 생활사적인 자료 가치를 주목해 활용한 본격적인
고찰이라는 점에서 연구사적 의의를 삼고자 한다.

Ⅱ. 환경과 생태적 배경

1. 산지환경 조건

지리산 유람록에서는 종종 지리산지의 기후, 지형, 토질, 생태, 식
생 등의 자연환경 조건에 대해 언급된다(표 1). 지리산지의 자연조건은
주민들이 산지환경에 적응하는 방식으로서 주거, 토지 이용 및 농경,
임산물 채취 등의 생업과 관련한 생활사의 기반을 이루는 1차적인 배

유람록명(유람연도)	저자	산지환경 지리정보
지리산기(1463)	이륙	기후조건 및 거주기간, 산지평탄지 및 산지습지
유두류록(1472)	김종직	산지평탄지 퇴적지형, 산지습지
유천왕봉기(1487)	남효온	자연생태적 배경 및 생업, 산물 일반
두류기행록(1489)	김일손	고산 기후조건
유두류록(1807)	하익범	암갈색토
유두류록(1910)	배성호	지형, 수질, 토양
유두류록(1917)	이수인	암괴류(巖塊流)
두류산유록(1934)	김택술	기후, 토질, 수량(水量), 산물

〈표 1〉 지리산지의 산지환경 지리정보

경을 이룬다. 지리산지의 생태조건도 주민들에 의해 먹거리, 입을 거리, 약재, 생활용구 및 재료 등으로 활용되었기 때문에 생활사의 기본적 요건이 되었다. 남효온은 「유천왕봉기」(1487)에서 지리산이 주민들에게 베풀어주는 생활사의 다양한 이로움을 아래와 같이 적었다.

> 산에서 나는 감, 밤, 잣은 과일로 쓰고, 인삼, 당귀는 약재로 쓰며, 곰, 돼지, 사슴, 노루와산나물, 석이버섯은 먹거리로 쓴다. 호랑이, 표범, 여우, 살쾡이, 산양, 날다람쥐는 그 가죽을 사용하며, 매는 사냥에 활용한다. 대나무는 대그릇을 만드는 데 쓰며, 나무는 집 짓는 재료로 사용하며, 소나무는 관을 만드는 데 쓰며, 냇물은 논에 물을 대는 데 이용하고, 도토리는 흉년이 들었을 때 활용한다. 대개 높고 큰 산은 움직이지 않고 그 자리에 있지만 인간에게 주는 이로움은 이처럼 풍부하다.
>
> – 남효온, 유천왕봉기(1487)

지리산 유람록에 나타난 기후, 지형, 토양(토질), 생태, 식생 언급을 차례대로 살펴보고 현대적으로 해석하기로 하자. 지리산은 산지 기후의 특색을 지니고 있어 주민들의 거주와 생활사에도 직접적인 영향을 주었다. 기후 조건과 관련하여, 16세기~19세기의 소빙기로 인해 빚어진 이상 저온과 기근은 지리산권역의 주민생활사에 사회경제적인 영향을 미치기도 했다는 연구도 있다.[7] 특히 겨울철의 산지 기후는 산간 주민들의 주거와 이동 패턴도 규정했는데, 15세기 중반의 유람록(a)에 의하면, 강설량이 많은 지리산지에서 왕래의 곤란으로 인해 가을

---

7 박용국(2010)은 「17세기 지리산권의 小氷期 現象과 사회·경제적 양상」, 『영남학』 17, 113~148쪽에서, 지리산 유람록에 나타난 여러 전거를 인용하면서 소빙기 현상이 지리산 居民의 삶에 미친 영향과 사회경제적 양상을 논구하였다.

에 산에 들어갔다가 늦봄에 내려왔다는 것이다. 같은 시기의 유람록 (b)에도 지리산 고지의 한랭한 기후가 개화시기에 비추어 표현됐다.

> (a) 골짜기에는 여름이 지나도록 얼음과 눈이 녹지 않는다. 6월에 벌써 서리가 내리고, 7월에 눈이 내리고, 8월에는 두꺼운 얼음이 언다. 초겨울만 되어도 눈이 많이 내려 …… 사람들이 왕래할 수 없다. 그 러므로 이 산에 사는 사람들은 가을에 들어갔다가 이듬해 늦봄이 되어서야 내려온다. — 이륙, 지리산기(1463)

> (b) 향적사까지 모두 층층의 비탈길을 돌고 돌았다. …… 두견화 한두 송이가 이제 막 피기 시작하였다. 아직 피지 못한 꽃망울이 가지에 가득하니 여기는 바로 2월 초순의 기후였다. 승려가 말하기를 "산 위에는 꽃과 잎이 5월이 되어야 비로소 한창이고, 6월이 되면 벌써 시들기 시작합니다."라고 하였다. — 김일손, 두류기행록(1489)

지리산지의 지형 및 토양 조건에 관해서도 몇몇 유람록에서 행로에 따라 형태나 상태, 수질, 토양 색깔, 비옥도 등을 표현했다.[8] 경우에 따라서는 경작 조건과 관련지어 언급하기도 했다. 「지리산기」(1463), 「유두류록」(1472) 등에서 말한 세석평전의 "평평하고 넓은 땅"(a,b)은 1,700미터 내외에 나타나는 평탄지를 가리킨다. 지리산의 평탄지는 제석봉과 함께 세석평전에 대표적으로 나타난다. 이 평탄지는 동절기 에 동결과 융해가 반복되면서 중력에 의해 사면으로부터 이동된 물질 이 피복되어 형성된 것이다.[9] 특히 세석평전의 "두툼한 흙"(c)은, 지리

---

8 이하 지형환경에 대한 해설은 경상대 지리교육과 기근도 교수의 도움으로 작성한 것임 을 밝힌다.

9 장호(1983), 「지리산지 주능선동부(세석–제석봉)의 주빙하지형」, 『지리학』 27, 대한지

산지의 편마암 풍화물이 이러한 과정을 거쳐 토심이 깊고 두텁게 이루
어진 사실을 일러준다. 또한 세석평전의 "검은 흙"(c)은 이러한 퇴적물
에 유기물이 섞여 암갈색토를 형성하고 있는 것으로 이해된다.[10] 산지
습지에 대한 언급도 눈에 띈다. 「지리산기」(1463)의 "습지(水濕)"(a), 「유
두류록」(1472)의 "습한 들(沮洳原)"(b)은 세석습지로 보이는데, 세석습
지는 왕등재습지, 정령치습지와 함께 지리산의 대표적인 산지 습지
다.[11] 세석평전이 갖춘 이러한 지형, 토양, 토질, 수(水) 조건은 「지리
산기」(1463)에도 지적했듯이, 농경이 가능하여 소규모 마을이 형성되
는 배경이 되었다. 그밖에도 봉우리 지형에 대한 가시적인 비교 중에
서, "돌로 된 산봉우리들"(b)은 기반암인 편마암의 표층 풍화된 물질이
침식, 삭박되어 드러난 것이다. 빙하기 화석지형으로 너덜경관에 대
한 표현도 있다(d). 너덜은 너덜겅 혹은 돌너덜이라고 하는 산지 지형
에서 특이한 모습의 암괴류(巖塊流, Block stream)다.[12]

> (a) 영신사(靈神寺)가 있다. 서쪽 아래로 20리 내려가면 널찍한 땅이
> 있다. 그곳은 사방 6~7리쯤 되는 평평하고 비옥한 땅으로, 이따금
> 습지[水濕]가 있어 곡식을 심기에 알맞다.   – 이륙, 지리산기(1463)

리학회, 38쪽을 참조하였다.

10 장호(1983), 같은 논문, 44쪽.

11 행정구역상으로 경남 산청군 시천면 내대리 산 325번지에 위치하고 용도지구는 자연환
　경지구로 지정되어 있다.

12 돌무더기 지형의 형성 과정은, 기반암을 뚫고 들어온 암석이 융기해 팽창하면서 압력에
　의해 갈라지고 틈이 생긴다. 땅 속에서 오랜 시간 풍화를 받아 쪼개진 돌덩어리들이
　만들어진다. 얼었던 땅에 기온이 오르면 반죽처럼 물러지면서 경사진 아래로 미끄러져
　내린다. 물에 의해 흙이 씻겨 내려가고 돌덩이들이 드러난다. 빙하기가 지나자 돌덩이
　들은 그 자리에서 화석처럼 고정된다.

(b) 중봉에 올랐다. 이 산 속에 우뚝 솟은 봉우리는 모두 돌로 되었는데, 유독 이 봉우리만은 흙으로 덮여 단정하고 무게가 있었다 …… 습한 들[沮洳原]은 산등성이에 있었고 평평하고 넓은 땅이 5~6리쯤 펼쳐져 있었다. — 김종직, 유두류록(1472)

(c) 세석평전에 이르렀다. 이곳은 산등성이에 있지만 흙이 검으면서도 두툼하였으며 ……. — 하익범, 유두류록(1807)

(d) 중산리 …… 위에 신선적(神僊磧)이 있었는데, 크고 작은 수많은 돌이 쌓여 누대를 이루고 있었다. — 이수안, 유두류록(1917)

그밖에 마을의 양호한 자연입지 조건으로 인한 높은 생산성에 대한 언급도 있다(a,b). 지형·지리적 조건이 미치는 인문·사회적 영향으로서, 수질 및 토질이 지역적인 장수 요인이 된다는 것, 지리적 오지가 사회적인 재난을 면한다는 사실 등이 인과적으로 표현되기도 했다(c).

(a) 음지촌, 양지촌 두 마을이 각각 자리 잡은 지형은, 물은 달고 땅은 비옥하며 ……. — 배성호, 유두류록(1910)

(b) 화개시장 위쪽에서부터 벽소령 밑에 이르기까지는 …… 산이 높고 골짜기가 깊으며, 북쪽을 등진 남향이고 풍기가 온화하며 토질이 비옥하고 물이 풍부하여 곡식과 과일이 모두 넉넉하고 연초가 많이 생산된다. — 김택술, 두류산유록(1934)

(c) 달궁은 …… 샘이 달고 토지가 비옥하여 주거하는 사람이 장수를 하고, 경계가 외지고 길이 험난하여 전쟁의 피해를 벗어날 수 있었다. — 조종덕, 두류산음수기(1895)

2. 삼림식생 조건

유람록명 (유람 연도)	저자	수종	지리정보
지리산기 (1463)	이륙	백(柏)	영신사 서쪽 20리
		세죽(細竹)	보암사에서 천왕봉 방향
		시(柿), 율(栗), 괴(槐), 삼(杉)·회(檜), 척촉(躑躅)	지리산
유두류록 (1472)	김종직	삼(杉), 회(檜), 송(松), 남(枏), 단풍(丹楓), 해송(海松), 독활(獨活), 당귀(當歸)	영랑재 가는 길
		오미자(五味子)	청이당 아래
		마가목(馬價木)	중산 인근
		풍수(楓樹)	세석평전
		죽(竹), 송(松)	실택리 인근
지리산일과 (1487)	남효온	시(柿), 죽(竹)	단속사 인근 마을
		매(梅)	단속사
		죽(竹), 시(柿), 율(栗)	양당(壤堂)마을
		위전(葦田), 뉴전(杻田)	회방령(檜房嶺) 남쪽
		시(柿), 죽(竹)	보암(普庵)
		죽(竹), 시(柿)	의신암
		죽(竹)	봉천사(奉天寺)
두류기행록 (1489)	김일손	시(柿)	등구사 10리 아래
		죽(竹)	암천사(巖川寺)
		상(桑), 율(栗)	단속사 인근 마을
		고죽(苦竹)	금대암에서 좌방사 행로
		고죽(苦竹), 남(枏)	좌방사 인근
		고죽(苦竹), 갈(葛), 척촉화(躑躅花)	세존암 가는 길
		삼(杉), 회(檜), 비목(枇木)	법계사에서 천왕봉 행로
		석심(石蕈), 두견화(杜鵑花)	상봉에서 향적사 행로
		죽(竹), 시(柿)	의신사
		괴(槐)	쌍계사
유두류록(1558)	조식	회(檜), 단풍(丹楓)	영원암

		사리(樝梨)	백장사
두류산기행록 (1586)	양대박	도(桃), 류(柳)	변사정(邊士貞) 은거지
		송(松), 괴(槐)	용유남 근저
		죽(竹), 시(柿)	초정동(初程洞)
		석포(石蒲)	제석당에서 천왕봉 행로
두류산일록 (1610)	박여량	시(柿)	실덕(實德), 마촌(馬村), 궁항(弓項)마을
		회(檜)	제석당
		회(檜), 백(柏), 단풍(丹楓), 마가목(馬價木)	소년대 지나 행랑굴(行 廊窟)
		오미자(五味子), 산포도(山葡萄)	초령(草嶺)
		죽(竹), 시(柿)	방곡촌(方谷村)
유두류산록 (1611)	유몽인	불등화(佛燈花), 춘백화(春栢花)	백장사
		송(松), 척촉화(躑躅花)	황계(黃溪) 하류
		회(檜), 단풍(丹楓)	환희령(歡喜嶺) 너머 30 리 길
		등(藤)	와곡(臥谷)
		죽(竹)	갈월령(葛月嶺)
		삼(杉), 송(松), 갈(葛)	용유담
		송(松), 백(柏)	영랑대에서 소년대 행로
		청옥(靑玉), 자옥(紫玉)	영랑대에서 소년대 행로
		백(柏)	소년대
		면죽(綿竹)	사자봉
		죽(竹)	불일암 가는 길

〈표 2〉 지리산 유람록의 수종 지리정보(1)

유람록명 (유람연도)	저자	수종	지리정보
방장산선유일기 (1616)	성여신	후도(猴桃, 月羅)	불일암 가는 길
		송(松)	녹반암(錄磻巖) 가
		죽(竹), 동백(冬柏)	사당(社堂)
유두류산록(1618)	조위한	송(松), 삼(杉), 회(檜), 측백(側柏)	불일암 가는 길

역진연해군현잉입두류상쌍계신흥기행록(1618)	양경우	송(松), 풍(楓), 저(樗), 력(櫟)	신흥동
지리산청학동기(1640)	허목	송(松), 죽(竹), 단풍(丹楓)	불일암
두류록(1680)	송광연	정공등(丁公藤, 마가목)	제석당
영남일기(1708)	김창흡	송(松), 삼(杉)	옥보대 곁
		송(松)	덕천서원 앞 못 남쪽
유두류일록(1719)	신명구	죽(竹)	살천(薩川)
		죽(竹), 시(柿)	동당곡
두류록(1724)	정식	은행목(銀杏木)	오대사
남유기(1727)	김도수	풍수(楓樹), 남(枏), 회(檜), 백(柏)	신흥동 위
두류산유행록(1744)	황도익	죽(竹)	환학대
유두류록(1752)	박래오	삼(杉), 회(檜)	중산촌 10리 위쪽
		회(檜), 백지(白芷), 마제초(馬蹄草)	중봉
		죽(竹), 풍수(楓樹), 송(松), 계수(桂樹)	섬진강
유두류록(1807)	하익범	송(松), 회(檜), 척촉화(躑躅花)	석문(통천문)
		청려(靑藜), 두견화(杜鵑花), 송(松), 회(檜), 백(栢)	사자항(獅子項) 가는 길
		송(松), 회(檜)	세석평전
두류기(1851)	하달홍	회(檜), 백(柏), 청려(靑藜), 상목(橡木), 청옥(靑玉), 당귀(當歸), 작약(芍藥), 사삼(沙蔘)	만경대(萬景臺, 磧石洞)
유두류록(1867)	김영조	시(柿), 저(楮), 상(桑)	세동(細洞, 함양)
지리산북록기(1869)	송병준	노송(老松)	원수(元水, 남원 원천마을)
		노송(老松), 주목(朱木), 경남(梗南), 예장(豫章)	내세석
두류유기(1872)	조성렴	풍림(楓林)	유두류(游頭流)
남유기행(1877)	박치복	풍림(楓林)	대원사에서 유평촌 행로
두류록(1877)	허유	사죽(莎竹)	신선너덜에서 국수봉 행로
유쌍계칠불암기(1883)	전기주	율(栗), 동백(冬柏), 단(檀)	국사암
두류산중문견기(1884)	김종순	예목(橡木)	지리산일대
두류록(1887)	정재규	회(檜), 송(松)	천왕봉

두류산음수기(1895)	조종덕	거재목(去滓木)	지리산지
화악일기(1901)	문진호	차(茶)	삼신동
유방장록(1902)	송병순	삼(杉), 회(檜), 예(橡), 력(櫟), 마가목(馬價木)	천왕봉 가는 길
두류록(1903)	안익제	풍림(楓林), 죽수(竹樹)	쌍계석문 입구
두류산기행록(1906)	김교준	재(梓)	지리산지
강우일기(1925)	장화식	골리목(骨理木)	지리산지
		죽전(竹田)	덕산동곡(德山洞谷)
유두류록(1935)	하겸진	단풍(丹楓), 백(柏)	신응동 서쪽

〈표 3〉 지리산 유람록의 수종 지리정보(2)

지리산 유람록에는 산지 곳곳에 분포하는 식생의 수종에 대한 언급
도 적지 않아 식물역사지리 연구의 자료원이 된다(유람록 연도별로 대체
적인 수종과 위치 정보를 정리하면 표 2, 3과 같다). 지리산 유람록에서 동물
정보는 상대적으로 희소하지만,[13] 식물 정보는 해발고도에 따라 삼림
식생의 분포와 경관이 달라지는 수직고도대 표현도 있고, 천연림과
인공림을 포함한 수종들의 장소 정보가 많이 나타난다. 이런 자료 가
치에 주목하여 임학 분야에서는, 15~17세기 초에 걸친 유람록 9편을
분석하여 초본류 9종과 목본류 36종에 대해 검토한 바 있다.[14]

지리산지 삼림식생에서 나타나는 수직고도대 분포에 관해 15세기
중반 기록(「지리산기」, 1463)에 의하면, "산 아래에는 감나무·밤나무가
많고 위로는 홰나무가 대부분이며, 높은 고도대로 올라갈수록 전나무

---

13 김일손, 「두류기행록」(1489)의 묵계사에서 세존암 행로에서 뱀을 보았다는 서술, 유몽
인, 「유두류산록」(1611)의 頂龍菴에서 裂裟魚에 대한 이야기 등 몇 가지 정도에 불과
하다.

14 이호승·한상열·최관(2011), 39~49쪽.

숲이고,[15] 맨 위에는 철쭉뿐"이라고 했다(a). 일반적으로 한국의 남부 산지에서 수직적 식생대는 위도와 해발고도에 따라 구릉대(상록활엽수 ·낙엽활엽수림)·산록대(낙엽활엽수림, 낙엽활엽수·상록침엽수림 혼합림)·아 고산대(침엽수림)·고산대(관목림대·초본대·지의식물대) 등으로 나뉜다.[16] 전술한 감나무와 밤나무는 구릉대 및 산록대의 낙엽활엽수림이고, 전 나무는 아고산대의 상록침엽수림이며, 철쭉은 고산대 관목림이니, 지 리산지의 수직적 식생대가 그대로 표현된 것이다. 고산대 관목림으로 철쭉은 「지리산기」(1463), 「두류기행록」(1489), 「유두류산록」(1611), 「유 두류록」(1807) 등에서도 등장한다. 고산지역의 혹독한 기후조건으로 인하여 전나무, 소나무, 녹나무 등이 말라죽은 것이 3분의 1이나 된다 는 「유두류록」(1472)의 기록도 있다(b).

목본류와 초본류의 장소별 분포 정보도 흔하게 눈에 띈다. 19세기 초중반의 세석평전에는 소나무, 전나무, 잣나무, 청려목, 상수리나무 가 많았다는 기록도 있다(c,d). 그 중 소나무, 잣나무 등은 아고산대에 분포하는 대표적인 침엽수이며, 자작나무(조종덕, 「두류산음수기」(1895)) 동일한 수직 식생대에 분포하는 식물이다. 지리산지 전역에 널리 분 포하는 상수리나무의 열매는 주민들의 구황작물로 흔히 이용되었고, 잣나무 열매는 관에 바칠 공물이기도 했다.

한편, 인공림으로서 집과 마을 뒤에 조성한 대숲에 대한 표현도 종 종 있다. "집집마다 큰 대나무가 숲을 이루고(양당마을)"(e), "마을마다

---

15 이호승·한상열·최관(2011), 46쪽에 의하면, '杉'과 '檜'는 과거에 전나무를 나타낼 때 표기했으며, 노송나무를 나타내는 '檜' 역시 전나무를 나타낼 때 쓰였다고 한다. 이 글 에서는 그 견해를 따라 모두 전나무로 표기했음을 밝힌다.
16 공우석(2007), 『우리 식물의 지리와 생태』, 지오북, 177쪽.

대나무밭을 등지고 있었다(덕산동곡)"(f)고 했다. 전통적으로 대숲은 남부지방에서 집 혹은 마을 뒤란에 심는 나무로, 먹거리(죽순), 우물의 수원(水源) 유지 및 공급, 토사 유출 및 유입 방지, 맹수로부터의 보호, 방풍(북서풍), 경관생태모듈의 요소 등 다양한 기능을 했다.[17]

(a) 이 산은 아래에는 감나무와 밤나무가 많고, 조금 위쪽에는 온통 홰나무(槐)뿐이다. 홰나무 숲 위쪽에는 전나무(杉·檜)인데 절반이나 말라죽어 푸르고 흰 것이 사이사이에 섞여 그림 같다. 맨 위에는 철쭉나무(躑躅木)뿐인데 키가 한 자도 채 안 된다. - 이륙, 지리산기(1463)

(b) 멀리 바라보니 잡목은 없고 모두 전나무(杉·檜), 소나무, 녹나무(枏)[18]였는데 말라죽어서 뼈대만 남아 있는 것이 3분의 1이나 되었다. - 김종직, 유두류록(1472)

(c) 세석평전에 이르렀다. …… 소나무와 전나무뿐이었다.
- 하익범, 유두류록(1807)

(d) (세석평전)의 나무는 전나무, 잣, 청려목이 많았고, 상수리나무가 절반쯤 되었다. 이곳의 풀은, 청옥, 당귀, 작약, 사삼 같은 것으로 이루 다 기록할 수가 없다. - 하달홍, 두류기(1851)

(e) 양당(壤堂)이라고 하였다. 집집마다 큰 대나무가 숲을 이루고 …….
- 남효온, 지리산일과(1487)

(f) 덕산동곡(德山洞谷)에는 마을마다 대나무밭을 등지고 있었다.
- 장화식, 강우일기(1925)

---

17 공우석(2007), 178~179쪽을 참고하여 보완 작성하였다.

18 이호승·한상열·최관(2011), 46쪽에 의하면, 枏은 상록활엽교목으로 따뜻한 남부지방에 분포하고 지리산에서 생존하기 어렵기 때문에, 녹나무라고 단정하기보다는 어떤 수종을 지칭하는지에 대해 심도 있는 연구가 필요하다고 했다.

Ⅲ. 취락과 주거

유람록명(유람연도)	저자	취락명	지리정보
지리산기(1463)	이륙	군현(郡縣)	지리산권 군현 분포
지리산일과(1472)	남효온	(세석평전)	주거 형태(매사냥꾼 초막)
유천왕봉기(1487)	남효온	군현 양당(壤堂)	지리산권 군현 분포 마을 경관
유두류산록(1611)	유몽인	영대촌(嬴代村)	
역진연해군현잉입두류상쌍계신흥기행록기행록(1618)	양경우		마을 형태
유두류산록(1643)	박장원	(함허정에서 용유담 일대)	촌락 및 논 경관
두류록(1680)	송광연	미라(彌羅), 보리(菩提), 범왕촌(梵王村), 대비동(大妃洞)	마을 형태
유두류일록(1719)	신명구	대차리(大次里)	마을 입지(산사면), 마을 규모
유두류록(1752)	박래오		마을 형태, 마을 규모
두류록(1767)	홍씨	강청촌(江淸村)	마을 형태
방장유록(1790)	이동항		마을의 사회적 변동(폐촌)
유두류록(1807)	하익범		지리산권 군현 분포
지리산행기(1807)	남주헌	하동읍(河東邑)	하동읍의 주민생활
두류산기(1810)	정석구		주거지역 및 평가
유두류록(1849)	민재남	율전곡(栗田谷)	마을 입지(계류변, 산사면)
유두류록(1867)	김영조		가옥 형태, 마을 규모
남유기행(1877)	박치복	군현, 유평촌(柳坪村)	지리산권 군현 분포, 마을 규모
두류산기(1879)	송병선	내세석(內細石)	마을의 사회적 변동(폐촌)
지리산중문견기(1884)	김종순	악양	도회지 구성 조건
두류산음수기(1895)	조종덕	달궁	마을 규모
유두류록(1910)	배성호	정장촌, 창촌	마을 규모
강우일기(1925)	장화식	덕산동곡(德山洞谷)	마을 경관
두류산유록(1934)	김택술	덕평	마을 규모 및 변천
방장산유행기(1940)	정덕영		마을의 사회적 변동(폐촌)

〈표 4〉 지리산 유람록의 취락과 거주 지리정보

1. 읍 취락(고을)

조선시대 취락의 계층적 공간 단위는 크게 고을(읍취락)과 마을로 구성된다. 지리산 주변 고을에 대한 서술은 지리산 유람록에서 일부 찾을 수 있으며, 지리산권 행정구역명 제시와 함께 주민들의 의식주가 지리산의 혜택을 입고 있다는 기본적인 인식이 드러난다. 지리산 주변 고을 권역에 대한 인식이 필자에 따라 9개~20개까지 각기 폭넓게 나타나는 현상도 흥미롭다(a~d).

19세기 초의 사실을 알려주는 「지리산행기」(1807)에 의하면(e), 읍치 주변에 수백 가구의 민가들이 산언덕 중턱에 분포해 있었으며, 주민들은 지리산지에서 생산된 죽순, 왕골 등의 임산물이나 섬진강과 남해안에서 얻은 생선이나 소금 등의 수익으로 생계를 유지했음도 알 수 있다. 유람록에서 당시 하동 고을은 쇠잔한 모습으로 기록되었다. 실제 하동읍치는 조선후기의 100여 년 남짓한 시기에 여러 가지 이유로 여섯 번이나 옮긴 내력이 있다. 그 과정에서 고을 재정은 파탄 나고 민간 생활은 곤궁하였을 것이다. 최종적으로 항촌(項村)으로 옮긴 때는 1745년(영조 21)으로, 당시 하동부사는 전천상이었고, 현재의 하동 읍사무소(읍내리 1198-1) 자리가 객사와 동헌이 있는 하동읍치의 공간적 중심이었다. "하동읍치가 벼랑 중턱에 붙어있었다"는 유람록의 표현은 현 읍내리의 지형적 조건에 연유한 것이다.

> (a) 지리산 주위에 목이 하나, 부가 하나, 군이 둘, 현이 다섯, 부읍(附邑)이 넷 있다. 동쪽은 진주와 단성이고, 남쪽은 곤양, 하동, 살천, 적량, 화개, 악양이고, 서쪽은 남원, 구례, 광양이고, 북쪽은 함양과 산음이다. - 이륙, 지리산기(1463)

(b) 지리산 기슭을 빙 두르고 있는 고을은 아홉 개로, 함양, 산음, 안음, 단성, 진주, 하동, 구례, 남원, 운봉이다. - 남효온, 유천왕봉기(1487)

(c) 맛있고 특이한 나물과 영험한 약재와 좋은 재목들이 다른 산보다 풍성하여 지리산 가까이의 수십 고을이 모두 그 이익을 누린다.

- 하익범, 유두류록(1807)

(d) 호남의 13개 고을과 영남의 7개 고을이 실제로 (지리산) 구역에 있다. …… 내가 살고 있는 곳은 이 산에서 1백 리도 떨어지지 않아, 먹고 사는 것이 이 산과 접해 있다. - 박치복, 남유기행(1877)

(e) 하동읍치는 벼랑 중턱에 붙어 있었는데, 가구 수가 겨우 수백에 불과했다. …… 죽순, 왕골, 생선, 소금 등의 수익으로 쇠잔한 민가가 그럭저럭 생계를 유지할 수 있었다. - 남주헌, 지리산행기(1807)

2. 산촌 형성과 사회적 변동

지리산권의 마을에 대해서는 지리산 유람록 자료로 다양한 역사지리적 정보를 얻을 수 있다(표 4). 우선 마을의 형성 및 변동과 관련하여, 자연적·사회적 배경, 인구의 유입과 유출, 사회적 변동의 역사적 계기, 지리산권 주거지역 평가 등이 있다. 그리고 마을의 입지와 경관에 관련하여, 자연적·지형적 입지유형, 마을경관 모습, 마을 형태와 규모 등이 나타난다.

지리산에는 정치, 사회, 경제 등의 다양한 이유로 피세(避世)하거나 숨어사는 사람들이 많았다. 한양과 지리적으로 멀리 떨어져 있고, 골짜기가 깊은 산지여서 사회적으로 관의 간섭에 자유로운 데다가, 경제적으로 농사도 자급자족해서 지어 먹을 수 있는 조건을 갖췄기 때문이었다. 이미 15세기 중반의 「유지리산록」(1453)에, 반야봉 주변에는 세상을 피해 사는 사람들이 많았다고 했다(a). 1610년의 「두류산일록」
을 보면, 임진왜란 이후 전란과 노역으로 피폐한 수많은 외부인들이
지리산지에 모여들어 흩어져 살았던 사실도 확인된다(b).

19세기 후반에 이르러서는 사회적 혼란으로 말미암아 『정감록』류
의 도참비결이 민간에 성행하였다. 특히 청학동과 풍수비결이 결합된
형태의 청학동 비결류는 유민(流民)들의 지리산지 유입과 마을 형성에
기폭제가 되었던 것으로 보인다. 「두류산중문견기」(1884)에서, "유민
들이 청학동 비결지를 찾아 구름같이 몰려들어 골짜기마다 마을을 이
루어 빈터가 없을 정도였다"(c)는 실상은 이러한 정황을 잘 말해준다.
「두류산유록」(1934)에는, 풍수명당지로 알려진 것이 주민 인구의 유입
과 유출에 영향을 주었다는 서술도 있다(d).

　(a) 반야봉: 세상을 피해 사는 사람들이 이곳에 많이 거주한다.

－ 이륙, 유지리산록(1463)

　(b) 임진왜란을 겪은 뒤 …… 노역을 피해 숨어든 무리와 복을 비는 백성
　　 들이 날마다 구름처럼 모여들어 봉우리와 골짜기에 어지러이 널려
　　 있는데 …….　　　　　　　　　　　　 － 박여량, 두류산일록(1610)

　(c) 청학동비결을 들먹이며 원근에서 구름같이 모여들어 골짜기엔 빈
　　 터가 없다. 산꼭대기의 바람 불고 서리 내려 추운 곳까지 찾아와서
　　 는, 조금 평평하고 넓은 곳을 구하여 온힘을 다해 집을 지어 거의
　　 촌락을 이루었다.　　　　　　　 － 김종순, 두류산중문견기(1884)

　(d) 구례 토지면을 지나면서 이른바 금환락지형(金環落地形)의 새로운
　　 명당 터를 보았다. 각처에서 사람들이 다투어 와서 집터를 잡았으
　　 나, 대부분 낭패를 보고 들락날락 하는 곳이다.

－ 김택술, 두류산유록(1934)

지리산권 마을이 대내외적인 계기로 말미암아 겪은 사회적인 축소
에는 몇 가지가 있었다. 대외적 요인으로 대표적인 것은 조선중기의
임진왜란이었다. 1610년에 쓰인 「두류산일록」을 보면, 임진왜란 당시
에 지리산권역 역시 많은 피해를 입어 수많은 사람들이 죽고 폐촌이
되었음이 확인된다(a). 그리고 조선후기에는 대내적으로 고을 관리들
의 착취나 과도한 공납의 요구로 인한 주민의 사회적 변동이 컸다
(b,c). 이후 일제강점기에는 화전의 금지 등과 같은 일제의 강압에 의
한 외부적 요인으로 마을이 축소되거나 폐동되는 경우가 많았다(d).

> (a) 임진왜란을 겪은 뒤 사람들이 백에 하나도 남지 않을 정도로 죽어
> 마을이 쓸쓸해져서 다시는 옛날의 모습이 아닌데 …….
>
> — 박여량, 두류산일록(1610)

> (b) 산 속에서 사는 백성들이 공납하는 벌꿀 및 각종 공물의 수량이 수십
> 년 전부터 해마다 증가하여 도망친 자들이 과반이나 된다고 하였다.
> …… 재물을 탐하는 관리들에게 착취를 당하여 편안히 살아갈 수 없
> 게 되었으니 안타깝다.   — 이동항, 방장유록(1790)

> (c) 내세석(內細石)으로 …… 예전에 수십 가구가 살았는데 관에 의해
> 집이 헐리고 쫓겨났다고 한다.   — 송병선, 두류산기(1879)

> (d) 장암(場巖)에는 예전에 서너 채의 집이 있었는데 화전이 엄격히 금
> 지되어 모두 쫓겨나고 산막 한 채만 남아 있네.
>
> — 정덕영, 방장산유행기(1940)

19세기 초반을 기준으로 지리산지의 대표적인 주거지역은 어디였
고, 어떻게 평가되는지의 견해를 밝힌 「두류산기」(1810)의 서술도 흥
미롭다. 산내(운봉), 엄천·마천(함양), 쌍령·생림(산청), 횡계·덕산·청

암(진주), 횡보·악양·화개(하동), 토지·마산·방광(구례), 소의·산동·
원천(남원)이 지리산권의 주요 주거지역으로 꼽혔고, 그 중에서 살기
좋은 곳으로는 토지가 세일이고, 이어 화개, 엄천·마천 순이라고 했
다(a). 그리고 악양은 넓은 들판과 많은 인구로 인해 물자의 유통이
원활하여 큰 도회지를 이룬다고도 했다(b).

> (a) 주거지로 운봉의 산내, 함양의 엄천·마천, 산청의 쌍령·생림, 진주
> 의 횡계·덕산·청암, 하동의 횡보·악양·화개, 구례의 토지·마산·
> 방광, 남원의 소의·산동·원천이 있는데, 살기 좋은 곳으로는 토지
> 가 제일이고, 화개가 다음이고, 엄천·마천이 다음이다.
>
> — 정석구, 두류산기(1810)

> (b) 진주재 이남은 큰 들판이 펼쳐진 악양으로 유명하다. 사람들이 많이
> 살고 물자가 유통되어 하나의 도회지가 되었으니, 쌍계사 등의 골짜
> 기와는 비할 바가 아니다.　　　　　— 김종순, 두류산중문견기(1884)

3. 산촌 입지와 경관

마을의 입지요인 중 자연조건으로는 물, 경사도, 풍향, 고도, 토양
등을 들 수 있고, 인문조건으로는 공동체, 교통, 문화적 요인 등이
있는데, 둘은 상호 영향을 미치며 결합되어 있다. 선행연구에 의하면,
지리산지의 촌락입지 유형은 지형적 조건에 따라 계류변 완경사면,
산사면, 산간분지, 고위평탄면의 네 가지로 분류된 바 있다.[19] 지리산
유람록에서도 촌락의 지형적 입지에 대한 관련된 다수의 묘사가 나온

---

19 정치영(2006), 367쪽.

다. 인용문(a)는 계류변 완경사면과 산사면 입지를 말하고 있고, (b)
는 산간분지의 입지, 그리고 (c)는 고위평탄면 입지를 묘사하고 있다.

> (a) 율전곡(栗田谷)에 이르자 양쪽으로 마을이 있었는데, 서쪽 마을은
> 개울가에 임해 있어 땅이 평평했고, 동쪽 촌락은 언덕 위 지세가
> 비스듬한 곳에 있었다.   – 민재남, 유두류록(1849)

> (b) 살천(薩川)으로 들어갔다. …… 동네 골짜기는 겹겹이 산으로 막혀
> 있는데, 그 형세가 아주 포위하여 감싼 듯하였다.
>   – 신명구, 유두류일록(1719)

> (c) 세석평전에 다다랐다. 평평하고 광활한 땅이 5~6리쯤 펼쳐져 있었
> 다. …… 물가의 초막 두어 칸을 살펴보니, 울타리를 둘러쳤고 흙으
> 로 만든 구들이 있었다.   – 김종직, 유두류록(1472)

지리산지 촌락의 형태를 나타낸 기록도 보인다. 촌락의 형태는 밀
집도에 따라 집촌(集村)·소촌(小村)·산촌(散村) 등으로 나뉜다. 지리산
지에는 화전이나 매사냥 등으로 인한 산촌이나 소촌 형태도 많았지
만[20], 지리산 유람록에는 행로 상에 분포한 집촌에 대한 표현이 대부
분이다. "촌락이 오밀조밀 붙어 있는데……"(a), "처마를 나란히 했
다"(d), "촌락이 모여 있었다"(e)는 등의 표현은 집촌의 형성 사실을
드러낸다. 지리산지 집촌의 가구 수(戶數)와 규모의 표현도 간간이 나
온다(표 5). 이들 자료는 유람기가 작성된 당시의 마을 가구 수 정보를
일러준다. 집촌에 대한 기록은 시기상으로 모두 17세기 후반 이후의
유람록에서 나타나는 것으로 보아, 당시 무렵 지리산지의 벼농사 발

---

20 김종직의 「유두류록」(1472)에, 세석평전에 매를 잡는 초막 두어 칸에 대한 기록이 있다.

달과 함께 집촌화가 진행된 것으로 보인다. 19세기 초반의 가구 수 통계에 의하면(표 6), 지리산지의 시천·삼장·마천지역에는 10~30호 규모의 마을이 절반을 차지했고, 60호 이상의 큰 마을은 희소했음을 알 수 있다.

유람록명(유람연도)	저자	마을 이름(위치)	규모(가구수)	인용문
유두류일록(1719)	신명구	살천 너머 마을	20호	(b)
		동당곡 깊은 곳 마을	40~50호	(c)
유두류록(1752)	박래오	신천리 협곡 안	수십 호	(d)
유두류록(1867)	김영조	두류암 주변	수십 농가	(f)
남유기행(1877)	박치복	유평촌	수십 채	(g)
두류산음수기(1895)	조종덕	달궁	70여 호	(h)
유두류록(1910)	배성호	창촌	백여 가구	(i)
두류산유록(1934)	김택술	덕평	6~7호	(j)

〈표 5〉 지리산 유람록의 마을 규모 지리정보

연도	군 면 명	가구 규모(戶數) 별 마을 수						
		10호 미만	10~ 29호	30~ 59호	60~ 99호	100~ 149호	150호 이상	계
	진주군 시천면	9	17	4	–	–	–	30
1904년	진주군 삼장면	9	10	5	–	–	–	24
	함양군 마천면	–	9	6	2	–	–	17
계		18	36	15	2	–	–	71
비율(%)		25.4	50.7	21.1	2.8	–	–	100

〈표 6〉 1904년도 지리산권 진주·함양의 가구 규모별 마을 수

慶尙南道晉州郡·咸陽郡家戶案(光武 8年)
출처 및 자료: 정치영(2006, 392쪽)

(a) 삼신동에서 10리쯤 가자 평평하고 넓은 동네가 나왔다. 촌락이 오밀
조밀 붙어 있는데, 동쪽 마을을 미라(彌羅)라 하고, 서쪽 마을을 보
리(菩提)라 하였다.   – 송광연, 두류록(1680)

(b) 살천(薩川)으로 들어갔다. …… 그 속에 한 마을이 있는데, 대략 20
여 호가 살고 있었다.   – 신명구, 유두류일록(1719)

(c) 동당곡으로 들어갔다. 마을은 산 속의 가장 깊은 곳에 있었다. ……
민가는 40~50호 정도였다.   – 신명구, 유두류일록(1719)

(d) 신천리 동구 밖에 이르렀다. …… 이런 곳에도 오히려 민가가 수십
호나 있었다. 이들은 처마를 나란히 하고 살며 …….
                                                   – 박래오, 유두류록(1752)

(e) 강청촌(江淸村)이 있었다. 골짜기의 형세는 매우 깊었고 촌락은 산
아래 모여 있었다.   –홍씨, 두류록(1767)

(f) 언덕을 넘어 두류암에 이르니 농가 수십 호가 있었는데 …….
                                                   – 김영조, 유두류록(1867)

(g) 띠집 수십 채가 자연스럽게 촌락을 이루고 있었다. 내가 마을 이름을
묻자 유평촌(柳坪村)이라 했다.   – 박치복, 남유기행(1877)

(h) 달궁은 …… 가구 수는 거의 70여 호에 이르며 경작을 할 수 있어
추위와 굶주림을 면할 수 있다.   – 조종덕, 두류산음수기(1895)

(i) 창촌에 이르렀다. …… 거주하는 사람이 백여 가구인데 …….
                                                   – 배성호, 유두류록(1910)

(j) 덕평은 모두 20호가 이주해 왔으나 현재 6~7호 남짓만 남아 있다.
                                                   – 김택술, 두류산유록(1934)

지리산 유람록에 표현된 지리산지의 마을 경관은 어떠한 모습이었

을까? 15세기 및 20세기의 유람록에 의하면, 지리산 외곽(산청 시천면) 마을 주위로는 감나무와 밤나무, 그리고 대나무가 둘러 있었다고 했다(a,b). "촌락에는 반드시 논이 있었다"(c)는 기술로 보아, 함양의 함허정에서 용유담에 이르는 일대의 마을에는 17세기 중반에 이미 벼농사가 일반적으로 행해지고 있었음도 확인된다. 산간 마을의 가옥 형태로서, 19세기 중엽의 유람록에는 띠를 얹은 지붕의 나무집 주거 모습도 드러난다(d,e).

(a) 양당(壤堂)[21]이라고 하였다. 집집마다 큰 대나무가 숲을 이루고 감나무와 밤나무가 뒤덮고 있었다.　　　　　– 남효온, 지리산일과(1487)

(b) 덕산동곡(德山洞谷)에는 마을마다 대나무밭을 등지고 있었다.
　　　　　　　　　　　　　　　　　　　– 장화식, 강우일기(1925)

(c) 이곳은 용유담에서 20여리쯤 되는데, 그 사이 왕왕 몇 채의 촌가가 보였다. 촌락에는 반드시 논이 있었는데, 모두 비옥하고 넉넉하여 살 만한 곳이었다.　　　　　　　　　– 박장원, 유두류산기(1643)

(d) 두류암(頭流菴)에 이르니 농가(田家) 수십 호가 있었는데, 모두 띠(茅)로 지붕을 얹고 나무를 얽어 살고 있었다.
　　　　　　　　　　　　　　　　　　　– 김영조, 유두류록(1867)

(e) 띠집(茆屋) 수십 채가 자연스레 촌락을 이루고 있었다. …… 유평촌(柳坪村)이라 했다.　　　　　　　　　– 박치복, 남유기행(1877)

---

21 현 경남 산청군 시천면 사리 양당마을이다.

Ⅳ. 토지 이용과 농경

유람록명(유람연도)	저자	산지 이용·농경 지리정보
유천왕봉기(1487)	남효온	관개(用水源)
유두류록(1489)	김일손	화전 개간
유두류산록(1611)	유몽인	관개용수의 운반(溪水路)
유두류산기(1643)	박장원	수전(水田)
방장유록(1790)	이동항	농지 개간, 나무 식재, 닥나무
두류산기(1810)	정석구	화전, 농경, 수공(手工), 양잠
유두류록(1849)	민재남	모내기, 개간
두류록(1877)	박치복	화전
유쌍계칠불암기(1883)	전기주	화전
두류산유록(1934)	김택술	화전의 사회적 금지
방장산유행기(1940)	정덕영	화전의 사회적 금지

〈표 7〉 지리산 유람록의 토지 이용과 농경 지리정보

지리산지 촌락의 형성과 경관은 농업 발달 및 농경지 개간 과정과 긴밀한 관계를 맺고 있다. 특히 조선시대의 촌락 발달은 수전 농업의 발달에 따른 농업생산력의 증대와 밀접한 관련을 지닌다.[22] 지리산 유람록에서도 주민들의 경작과 농지 개간에 대한 언급이 여러 차례 나온다. 고도대에 따른 토지 이용, 화전 개간 및 일제강점기의 사회적 축소, 벼농사와 관련한 관개 기술 및 모내기 등의 내용이 있고, 지리산지의 주요 농업지역에 대한 표현도 있다(표 7).

지리산지에서 농경의 기원은 고대로 거슬러 올라가지만, 조선초기

---

22 이전(1994), 「덕천강유역의 수전농업에 대한 역사지리적 연구」, 『사회과학연구』 12(1), 경상대학교 사회과학연구소, 15쪽을 참고하여 작성함.

에 와서 화전 등의 형태로 민간에 의해 본격화했고, 특히 농지 조성은 조선후기에 집중적으로 이루어졌다. 조선초기의 「유두류록」(1489)에는, 지리산지에 인구가 증가하면서 주민들이 생업을 위해 높은 지대와 깊은 골짜기까지 화전을 개간하려는 경작 압력의 사회적 한 단면이 나타나 있다(a). 이윽고 19세기의 「유두류록」(1849)에는 산비탈의 자투리땅까지 숙전(熟田·밭)이 조성된 상황이 표현됐다(b).

　지리산지의 주민들은 산지 지형에 적응하는 형태의 농경생활을 하면서 생계를 유지해 나갔다. 고도에 따른 토지 이용 방식에 관해 「두류산기」(1810)에는, "높은 지대는 화전을 일구고, 낮은 지대의 완만한 경사지는 논농사를 했다. 농사가 어려운 곳 주민들은 임산물을 활용한 목기, 양잠 등 제조업을 하며 생업을 꾸렸다"고 하였다(c). 지리산지의 주요 농업지역에 대해서, 특히 "엄천·마천은 많은 농지가 빈틈없이 경작되었다"고 「방장유록」(1790)은 언급했다(d).

> (a) 좌방사(坐方寺)에 도착하였다. 절 앞의 밤나무가 모두 도끼에 찍혀 넘어져 있었다. 승려에게 물었더니, "밭을 일구려는 사람들이 그렇게 한 것인데, 못하게 해도 소용이 없습니다."라고 했다. 내가 탄식하며 말하기를 "높은 산 깊은 골짜기까지 개간하여 경작하려 하니, 나라의 백성이 많아진 것이다."라고 하였다.　　　　－ 김일손, 유두류록(1489)

> (b) 밭도 산비탈의 자투리 땅 까지 조성되었던 것 같다. "율전곡(栗田谷)에 이르자 양쪽으로 마을이 있었는데 …… 산비탈의 조각조각 밭은 바위를 둘러싼 곳에 보리가 누렇게 익었고, 가파른 비탈에는 콩이 푸르렀다."　　　　－ 민재남, 유두류록(1849)

> (c) 산에서 생활하는 사람들이 의지하여 생계를 유지하기 위해 높은 지역은 화전을 일구고, 나지막이 경사가 완만한 곳은 논농사를 지으

며, 곡식 농사가 되지 않는 곳은 목기를 만들거나 누에를 칠뿐이다.
- 정석구, 두류산기(1810)

(d) 엄천과 마천은 60리 큰 골짜기에 벼와 보리를 심는 농지를 만들어 조금의 땅도 묵히는 것이 없었다.   - 이동항, 방장유록(1790)

지리산지의 화전 개간은 인구 유입이 본격적으로 시작된 17세기에 이르자 활발하게 진행되었다. 이후 19세기에 걸쳐 토지에서 유리된 농민, 각종 자연재해로 발생한 유민, 동학농민전쟁의 피난민 등으로 인구가 급증하게 되면서 화전 조성이 계속되었다.[23] 지리산 유람록에 서 화전 관련 기록은 「두류산기」(1810)(a), 「두류록」(1877)(b), 「유쌍계 칠불암기」(1883)(c) 등 19세기에 작성된 문헌에 집중되어 있다.

일제강점기에 들어서자 지리산지의 화전 경작은 급격히 위축되었 다. 일제는 합방 이듬해(1911)에 조선삼림령(朝鮮森林令)을 제정하고 화 전 개간을 금지하는 정책을 실시했다. 그 결과 유람록에도 언급하고 있지만, 지리산지에서 화전을 통해 생업을 유지하고 있던 주민들은 강제적으로 쫓겨나고 경작을 금지 당했다(d). 「두류산유록」(1934)에서 "일본의 법령은 미치지 않은 곳이 없다. 산을 국유지라고 하여 숲을 불태워 밭을 일굴 수도 없다"고 한 표현은 이러한 당시의 정황을 생생 히 반영한 것이다(e).

(a) 산에서 생활하는 사람들이 생계를 유지하기 위해 높은 지역은 화전 을 일구고 …….   - 정석구, 두류산기(1810)

---

23 정치영(2006), 같은 책, 74쪽.

(b) 신선너덜에 이르렀다. ······ 이곳은 모두 이전에 화전이었다고 한다.
　　　　　　　　　　　　　　　　　　　　　　　　　- 허유, 두류록(1877)

(c) (삼신동) 좌우의 집들은 언덕에 기대어 마을을 이루고 있었는데, 곳
곳마다 화전 연기가 일어났다.　　　- 전기주, 유쌍계칠불암기(1883)

(d) 장암(場巖)에는 ······ 화전이 엄격히 금지되어 모두 쫓겨나고 ······.
　　　　　　　　　　　　　　　　　　　　- 정덕영, 방장산유행기(1940)

(e) 지금은 일제가 집권하고 있어 백성들이 제대로 살 수가 없다. 그래서
떠돌아다니다가 이곳까지 흘러들어와 산을 개간해 감자로 연명한
다. 그런데 일본의 법령은 미치지 않은 곳이 없다. 산을 국유지라고
하여 숲을 불태워 밭을 일굴 수도 없다.　- 김택술, 두류산유록(1934)

　지리산지 농경의 대표적인 특징으로는 벼농사와 관개 기술을 꼽을
수 있다. 17세기 후반부터 지리산지에는 벼농사가 본격화되었다.[24] 일
반적으로 조선시대에 수전 농업은 개간이 용이한 소규모 하천유역에
서 보다 일찍이 발달할 수 있었다.[25] 17세기 유람기록으로, 「유두류산
기」(1643)는 함양 용유담 일대 지리산지 벼농사의 일반적인 상황을 적
었다(a). 특히 「방장유록」(1790)에서 언급한 대로 조선후기에 와서 특
정 지역은 벼농사가 매우 활발하였음도 알 수 있다(b).
　지리산지 벼농사의 관개(기술)에 대해 눈에 띄는 유람기의 대목을
보자. 관개에 쓰인 용수원(用水源)을 표현한 기록이 조선전기의 「유천
왕봉기」(1487)부터 나타난다(c). 「유두류산록」(1611)에도 "물 대는 도
랑"이라고 하여, 관개용수를 운반하는 수전 기술의 일반적 형태인 보

---

24 정치영(2006), 같은 책, 246쪽.
25 이전(1994), 같은 논문, 7쪽.

수로(洑水路) 표현이 나온다(d). 「유두류록」(1849)에는 주민의 모내기 풍경이 묘사되기도 하였다(e). 조선후기에 지리산지까지 일반화되었던 파종법으로 이앙법(移秧法)의 장면을 보여주는 것이다. 그 현장인 오봉촌은 현재 오봉마을(경남 산청군 금서면 오봉리)로서 해발 550미터 고지에 있는 산지촌이다. 이앙법은 조선 초기까지 영남지방의 일부 지역에서 실시되다가 17세기 이후에 전국적으로 확대되어 쌀 수확량의 증대를 가져왔다.[26]

> (a) 용유담에서 20여리쯤 되는데, 그 사이 왕왕 몇 채의 촌가가 보였다. 촌락에는 반드시 논(水田)이 있었는데 …… 경작지는 모두 벼농사에 맞네.　　　　　　　　　　　－박장원, 유두류산기(1643)
>
> (b) 엄천과 마천은 60리 큰 골짜기에 벼와 보리를 심는 농지를 만들어 조금의 땅도 묵히는 것이 없었다.　　　　－이동항, 방장유록(1790)
>
> (c) 냇물은 관개(灌漑)에 쓰이고 …….　　　　－남효온, 유천왕봉기(1487)
>
> (b) 실덕리를 지나면서 들밭(野田)이 보였다. 처음 물 대는 도랑에 맑은 물이 넘쳐 흘러내렸다.　　　　　　－유몽인, 유두류산록(1611)
>
> (e) 오봉촌을 지나는데 …… 농부 두 사람이 보였는데, 한사람은 모를 심고 한사람은 모를 지고 있었다.　　　－민재남, 유두류록(1849)

---

26 이전(1994), 같은 논문, 8쪽.

V. 생업과 산물

유람록명(유람연도)	필자	생업·산물 지리정보
유두류록(1472)	김종직	임산물 채취, 매 사냥(공물)
유천왕봉기(1487)	남효온	농산물 생산, 임산물 채취, 매 사냥, 공산품 제조
유두류록(1489)	김일손	공산품 제조
두류산일록(1610)	박여량	농산물 생산
유누류산록(1611)	유몽인	매 사냥(공물)
유두류록(1867)	김영조	닥나무 재배
두류록(1680)	송광연	매 사냥(공물)
남유기(1727)	김도수	유통과 교역
방장유록(1790)	이동항	임산물 채취, 공산물 제조, 농산물 생산
지리산기(1803)	응윤	임산물 채취, 농산물 생산
유두류록(1807)	하익범	유통과 교역
두류산기(1810)	정석구	유통과 교역
유두류록(1867)	김영조	닥나무
두류산중문견기(1884)	김종순	구황식물 채취
두류록(1887)	정재규	닥나무 재배
화악일기(1901)	문진호	차 재배
유두류록(1909)	정종엽	구황식물 채취
유두류록(1910)	배성호	농산물 생산
순두류록(1922)	곽태종	임산물 채취
강우일기(1925)	장화식	임산물 채취
두류산유록(1934)	김택술	농산물 생산

〈표 8〉 지리산 유람록의 생업과 산물 지리정보

　유람록에 나타난 지리산지 주민들의 주요 생업과 산물은 임산물 채취, 농작물(식량과 환금작물) 및 닥나무 재배, 공산품 제조 등으로 나뉘고, 그밖에도 관에 바치는 공물 등이 있었다(a~f. 표 8).

　주민들이 산에서 채취하는 임산물로는 산나물, 상수리, 쑥, 약초,

고로쇠 등이 있었다. 그 중에서 쑥과 상수리는 지리산지에 흔하여 구황 양식으로 널리 채취되었다(b,c). 감자는 19세기 이후에 도입된 후 재배되었는데, 「두류산유록」(1934)에 덕평(하동 대성리)의 감자 기록이 나오는 것으로 보아(f), 당시에 이미 산지의 높은 지대까지 널리 생산한 것으로 보인다.

(a) 산에서 나는 산물로는 약초와 산나물, 닥나무, 옥나무, 감, 밤 등이 많이 생산된다.   – 석응윤, 지리산기(1803)

(b) 깊은 산속의 사람들은 산에서 나는 나물과 과실을 먹고 산다. 산에 가득한 것은 상수리나무로, 가을이면 상수리가 골짜기에 가득하여 어린아이도 양식거리를 주울 수 있다.   – 두류산중문견기(1884)

(c) (학동은) 쑥과 도토리가 풍족해 구황 때 주린 배를 채울 수 있습니다.   – 정종엽, 유두류록(1909)

(d) (순두류는) …… 산약이나 피나무, 도토리나 개암 등을 먹고 …….   – 곽태종, 순두류록(1922)

(e) 지리산에는 고로쇠나무(骨理木)가 있는데 그 껍질을 벗기면 수액이 방울져서 …….   – 장화식, 강우일기(1925)

(f) 덕평은 오곡이 자라지 않고 감자만 생산된다고 하였다. 해마다 감자 수확량이 줄어서 식량 사정이 어렵다고 한다.   – 김택술, 두류산유록(1934)

주거지 주변에서 얻는 농작물로는 식량작물과 환금작물이 있었다. 식량작물로는 콩 등이 있고, 환금작물의 종류로는 감, 밤, 배, 연초, 차, 벌꿀 등이 기록됐다(a~f). 17세기 초반의 「두류산일록」(1610)에 의하면, 함양 마천지역 많은 주민들은 감을 따서 생계를 꾸렸음도 확인

된다(b). 지리산지의 대표적인 환금작물로는 연초, 약초, 차 등이 있었
다(c~f). 20세기 초반에 주민의 생업현장을 드러낸 사실적인 묘사로
서, "하동의 화개계곡(삼신동)에는 찻잎을 따는 아낙들이 산에 가득했
다"고 「화악일기」(1901)는 적었다(c).

(a) 음지촌, 양지촌의 토산물을 물으니 콩, 나물, 무라고 하였고, 돈벌이
　　되는 물건을 물으니 담사초(澹娑草) 뿐이라고 하였다.
- 배성호, 유두류록(1910)

(b) 실덕(實德)[27], 마촌(馬村), 궁항(弓項) 등의 마을이 있었다. 곳곳에
　　감나무가 서 있는데 …… 산 속에 사는 백성들이 이 감을 따서 생계를
　　꾸려간다.
- 박여량, 두류산일록(1610)

(c) 삼신동에 이르렀다. 차 싹이 한창 피어나 찻잎을 따는 아낙네가 산에
　　그득하였다.
- 문진호, 화악일기(1901)

(d) 창촌에 이르렀다. …… 청리(靑梨), 유목(油木), 호도가 생산된다.
- 배성호, 유두류록(1910)

(e) (순두류는) …… 좁은 집에서 담배나 목공으로 생업을 삼고 …….
- 곽태종, 순두류록(1922)

(f) 화개시장 위쪽에서부터 벽소령 밑에 이르기까지는 …… 곡식과 과실
　　이 모두 넉넉하고 연초가 많이 생산된다. - 김택술, 두류산유록(1934)

지리산지 주민들은 생업으로 닥나무 재배도 많이 했다. 닥나무는
제지의 원료가 된다. 지리산지는 곳곳에서 자생하는 닥나무와 맑고
풍부한 계류를 바탕으로 일찍부터 제지가 활발했고, 전역에 닥나무를

---

27 현 함양군 마천면 덕전리 실덕마을이다.

재배했다.[28] 조선초기의『세종실록』지리지에, 지리산권역 5개 군현
의 토공(土貢)으로 제지가 모두 포함되어 당시 정황을 잘 드러낸다.[29]
18세기 후반과 19세기 중반, 함양의 엄천과 마천, 그리고 세동마을에
닥나무가 있다는 유람록의 기록도 나온다(a, b). 1887년의 유람기에는
관청의 경작 독점과 방해로 인해 지리산지 민간인들의 생업이 되었던
닥나무 밭이 황폐해졌음도 적고 있다(c).

그밖에 산지 주민들이 제조하는 공산품으로 농기구 및 목기(d), 죽
전(竹箭)에 대한 언급(e)도 「유두류록」(1489)과 「방장유록」(1790)에 나
온다.

> (a) 엄천과 마천은 …… 뽕나무, 삼나무, 닥나무, 옻나무를 심고 ……
>
> — 이동항, 방장유록(1790)
>
> (b) 세동(細洞)에 이르니 …… 닥나무, 뽕나무가 양쪽으로 둘러있었다.
>
> — 김영조, 유두류록(1867)
>
> (c) 횡계마을이었다. …… 사방이 모두 닥나무 밭이었다. 기억해 보니 예
> 전 이 산에 사는 사람들에게 들은 말이 있는데, "산사람이 생업으로
> 할 것은 오직 닥나무를 기르는 것밖에 없는데, 근래 닥나무 또한
> 관청에서 독점하고 관인들이 은근히 농사를 못 짓게 하여 닥나무
> 밭이 거의 황폐해졌다."라고 하였다.   — 정재규, 두류록(1887)
>
> (d) 주민들이 나무를 휘거나 쇠를 달구어 농기구를 만드는 것으로 생업
> 을 삼고 있었다. 5리를 벗어나 묵계사에 당도하였다.
>
> — 김일손, 유두류록(1489)
>
> (e) 엄천과 마천은 ……죽전과 목기를 만들고……. — 이동항, 방장유록(1790)

---

28 정치영(2006), 335쪽.
29 『世宗實錄地理志』, 晉州牧·咸陽郡·河東縣·全羅道 南原都護府, 土貢.

한편, 지리산지 주민들이 관에 바쳐야할 공물로는 매, 잣, 벌꿀 등
이 있었다. 유람록에는 공물로 바치기 위한 목적의 매 사냥에 대한
자세한 묘사가 15세기 후반~17세기 후반의 기록에 나타나 인상적이
다. 「유두류록」(1472)에, 매를 잡기 위한 초막 시설 기록(a)이 나올 정
도로 매 사냥의 유래는 오래됐다. 「유두류산록」(1611)에서, 매사냥꾼
들은 매년 8~9월이 되면 그물을 치고 매를 잡는데, 움막에서 밤낮으
로 사냥하며 살다 생을 마친다고 했다(b). 그 이유는 관아에서 매사냥
꾼들에게 공납을 재촉하기 때문이라는 것이다(c). 지리산지 주민들이
관아에 바치는 공물은 매 뿐만이 아니라 잣, 벌꿀 등도 있었다(d,e).
18세기 후반에 와서는 관아의 착취로 인해 공물의 수량이 해마다 증가
하여, 결국 주민들이 살지 못하고 도망친 사람들이 과반수에 이른다
고 「방장유록」(1790)은 증언하고 있다(e).

> (a) 세석평전(沮洳原)에 다다랐다. …… 물가의 초막 두어 칸을 살펴보
> 니, 울타리를 둘러쳤고 흙으로 만든 구들이 있었다. 이 집은 매를
> 잡는 초막이었다.   - 김종직, 유두류록(1472)

> (b) 사당 밑에 작은 움막이 있었는데, 승려가 말하기를 "이는 매를 잡는
> 자들이 사는 움막입니다."라고 하였다. 매년 8~9월이 되면 매를 잡
> 는 자들이 봉우리 꼭대기에 그물을 쳐놓고 매가 걸려들기를 기다린
> 다고 한다. …… 그들은 눈보라를 무릅쓰고 추위와 굶주림을 참으며
> 이곳에서 생을 마치니 …….   - 유몽인, 유두류산록(1611)

> (c) 앞뒤 산 정상의 조금 평평하고 넓은 곳에 매사냥꾼들이 매 잡는 그물
> 을 설치해 놓고서, 소나무, 노송나무의 가지와 잎으로 항아리 모양
> 의 움집을 만들어 놓고 그 안에 몸을 숨기고 있다. …… 관아의 관원
> 들이 급하게 매를 공납하라고 하기 때문에 감히 안일하게 지내지

못하니, 그 또한 애처로울 따름이다.　　　　－송광연, 두류록(1680)

(d) 잣이 많아 이 지역 주민들은 매년 가을이 되면 잣을 따서 공물의
　　수량을 채워야 한다.　　　　－김종직, 유두류록(1472)

(e) 산 속에서 사는 백성들이 공납하는 벌꿀 및 각종 공물의 수량이 수십
　　년 전부터 해마다 증가하여 도망친 자들이 과반이나 된다고 하였다.
　　　　－이동항, 방장유록(1790)

VI. 시장과 유통

유람록명(유람연도)	저자	시장·유통 지리정보
남유기(1727)	김도수	(화개장)
유두류록(1807)	하익범	화개동
두류산기(1810)	정석구	두치시(豆峙市)

〈표 9〉 지리산 유람록의 시장과 유통 지리정보

　지리산 유람록에서 지리산권의 유통과 교역에 대한 서술은, 18세기
초~19세기 초반의 작품에서 구례와 하동의 경계에 있는 화개장터에
한정되어 서술되었다. 화개장터는 지리산권역에서도 산과 강, 바다에
서 나는 물산이 모이고 유통하는 가장 활발한 도회지였다. 지리산 유
람록에는 화개장터의 장날 풍경이 생생하게 묘사되었고, 매매 품목,
물산의 규모와 유통 범위 등이 기록됐다. 19세기 초의 지리산 유람록
에는 화개장터의 장날 풍경과 매매 품목, 어선과 상선의 규모 등에
대한 묘사가 있고(a, b), 「두류산기」(1810)에서는 장터의 모습, 물산의
규모, 물자 유통 범위 등이 기록되기도 했다(c).

(a) 장날이었다. 이곳은 영호남 사람이 교역하는 지점으로, 돈이 모여들고 장사꾼들의 물건 파는 소리가 시끄럽게 끊이지 않았으며, 산나물과 해산물이 매우 많았다.　　　　　　　　　　－ 김도수, 남유기(1727)

(b) 화개동에 이르렀다. 고깃배와 장삿배가 북적거리는 것을 보니 호남과 영남이 만나는 도회지였다. …… 천천히 걸어서 악양의 시장까지 갔다.　　　　　　　　　　　　　　　－ 하익범, 유두류록(1807)

(c) 섬진강 하류 동쪽 언덕이 이른바 두치시(豆峙市)인데 영남과 호남의 사람들이 크게 모이는 대도회지이다. 매번 장날이 되면 섬에서 온 수백 척의 배가 해산물을 싣고 거슬러 올라오고, 강에서 내려온 배 10여척은 육지에서 난 물산을 포장하여 강을 따라 내려와 긴 언덕에 줄지어 정박한다. …… 부유하고 큰 규모의 장사치와 거간꾼들이 줄지어 가게를 열고서 다투듯이 소란스럽게 외쳐댄다. …… 물자는 두치로부터 개치, 원탑교, 연곡, 구례읍, 산동, 남원부, 번암, 장수읍, 운봉읍, 인월, 마천 등의 시장까지 유통된다. － 정석구, 두류산기(1810)

Ⅶ. 신앙 풍속

유람록명(유람연도)	저자	신앙 풍속 지리정보
유지리산록(1463)	이륙	성모 사당
유두류록(1472)	김종직	성모 사당 건물 및 주위 경관, 성모 형태
두류산일록(1610)	박여량	백모당, 제석당, 천왕당, 용왕당, 서천당, 천왕당 형태
유두류산록(1611)	유몽인	성모당 주변 경관, 성모당 관리 및 운용
유두류록(1752)	박래오	신당(성모당) 형태, 법계당, 신앙 모습, 호귀당
두류록(1767)	홍씨	백무당 형태 및 신앙 모습, 성모당 관리 및 운용
방장유록(1790)	이동항	용왕당, 백무당(관리), 제석당, 성모당 이축 및 이전
지리산행기(1807)	남주헌	성모당 형태, 성모 석상 모양
두류산기(1879)	송병선	성모당 형태, 성모 석상 모양

〈표 10〉 지리산 유람록의 신앙 풍속 지리정보

지리산은 고대부터 국가의 제장(祭場)이었던 영산(靈山)의 상징성으로 말미암아 여러 민속신앙 경관도 형성되었다. 남악사와 같은 국가적 제의소도 있었지만, 민간신앙소도 다수 만들어졌고 조선후기까지 번성했음을 지리산 유람록에서 확인할 수 있다. 선행 연구에서는 지리산 유람록에 등장하는 신사(神祠)와 명칭, 사당의 형태 등에 대해 정리된 바 있지만,[30] 이 글은 주민생활사와 관련한 신앙소의 위치 및 형태, 신당의 관리 및 운영 주체 등에 초점을 두고 시계열적 변화 모습을 살펴보기로 한다.

「두류산일록」(1610)에 의하면, 지리산 민간신앙소로서는 천왕당(성모당)을 위시하여 백무당, 제석당 등이 조선중기 이전부터 있었고, 용왕당(龍王堂)[31]과 서천당(西天堂) 등은 후기에 새로이 조성되었다고 했다.

> 임진왜란을 겪은 뒤 …… 무당이나 승려 같은 무리들은 옛날에 비해 더욱 번성하고 있다. …… 백모당, 제석당, 천왕당 등은 모두 옛날에 지은 것이고, 용왕당, 서천당 등은 새로 지은 것이다.
>
> − 박여량, 두류산일록(1610)

그밖에도 지리산에는 산신당(山神堂),[32] 가섭전(迦葉殿),[33] 호귀당(護鬼堂)[34] 등의 여러 민간 신앙소가 있었다. 위 유람록 인용문에도 지적

---

30 김아네스(2010), 「조선시대 산신 숭배와 지리산의 神祠」, 『역사학연구』 39, 호남사학회, 86~119쪽.

31 이동항의 「방장유록」(1790)에 의하면, 용유담 서쪽 언덕에 있으며, 용신에게 제사지내는 곳으로 무당들의 기도처였다.

32 박래오의 「유두류록」(1752)에 의하면, "산신당은 중산리에서 천왕봉 오르는 길에 있으며 무당들이 소지전을 사르는 곳이었다"고 한다.

33 남효온의 「지리산일과」(1487)에 의하면, "가섭전은 영신암 뒤에 있는데 세속에서 영험이 있다고 말하는 곳이며, 돌덩이 하나가 놓여 있다"고 했다.

했듯이 임란을 겪고 난후 사회적인 혼란과 경제적 피폐로 인하여 지리산지에 무당이나 승려들이 더욱 많아지고 민간신앙소도 여러 개 새로 생겨났던 것이다.

성모당(상당·천왕당)은 지리산의 가장 대표적인 민간신앙소였다.「유지리산록」(1463)에, 조선 전기 때도 "산 인근의 사람들 중에 질병이 있다거나 큰 일이 있을 때에는 반드시 성모에 기도했다"고 했다. "산 속의 여러 사찰에서도 성모를 모시는 사당을 세우고 제사했다"는 기록이 있어 흥미롭다(a).

지리산 유람록에 의하면 조선시대에 성모당의 내·외부 시설은 여러 번의 변모 과정을 거쳤음을 확인할 수 있다. 우선, 건물 구조와 내부 모습이 어떠했는지 유람록 자료를 토대로 재구성해보자.「유두류록」(1472)에 의하면, 15세기 말의 사당 건물은 세 칸짜리 판잣집이었으며, 성모는 석상으로 목에는 갈라진 금이 있었고, 사당 동쪽의 돌로 쌓은 단에는 부처가 놓여 있었음을 알 수 있다(b). 이후 어느 시기에 성모당은 한 칸 판잣집으로 되었다가 다시 세 칸 판잣집으로 복원되었으며, 내부의 크기는 수십 명이 앉을 수 있을 규모였다는 사실이「두류산일록」(1610)에서 확인된다(c). 봉우리 밑에는 기도객들이 묵는 판잣집도 빙 둘러 있었다고 한다(d). 18세기 중반의 기록에 의하면, 대청 가운데에 불 피우는 곳이 있었고, 성모상은 탁상 위에 있었으며(e), 다시 18세기 후반의「방장유록」에는, 성모당의 자리 이전과 이축 사실을 전한다(f). 19세기 초의 기록으로는 성모상 정수리의 흠집 자국

---

34 박래오의「유두류록」(1752)에 의하면, "호귀당은 정상에서 5리 쯤 내려가서 위치하고, 당 안에는 신장과 당지지 및 무당 몇 명이 있었다"고 했다. 남주헌의「지리산행기」(1807)에는 호구당(虎口堂)으로 나와 있다.

이나(g), 19세기 후반에 한 칸 판잣집 사실도 확인된다(h).

(a) 산 인근의 사람들은 모두 천왕성모를 신령으로 여겨 질병이 있으면
반드시 성모에게 기도한다. 산 속에 있는 여러 절에서도 사당을 세우
고 성모에게 제사하지 않는 데가 없다.　　　- 이륙, 유지리산록(1463)

(b) 사당 건물은 세 칸뿐이었다. 엄천리 사람이 새로 지었는데, 나무판
자로 지은 집으로서 못질이 매우 견고하였다. 사당 안벽에는 두 승려
의 화상이 그려져 있었다. 성모는 석상인데, 눈과 눈썹 그리고 머리
부분에 모두 색칠을 해 놓았다. 목에 갈라진 금이 있어 그 까닭을
물으니, "태조께서 인월에서 왜구를 물리치던 해에 왜구들이 이 봉
우리에 올라 칼로 석상을 쪼개고 갔는데, 후세 사람들이 다시 붙여놓
았다고 합니다."라고 하였다. 동쪽으로 움푹 팬 곳의 돌로 쌓은 단에
는 부처가 놓여 있었다.　　　- 김종직, 유두류록(1472)

(c) 봉우리 위에 판잣집이 있는데, 이 또한 전에 본 그 모습이 아니었다.
전에는 단지 한 칸으로, 지붕은 판자를 덮고 돌로 눌러서 비바람에
날아가지 않게 한 정도였다. 그런데 지금은 그 규모를 넓혀 세 칸
집을 지었는데, 판자에 못을 박고 판자로 둘러친 벽 바깥에 돌을
에워싸 매우 견고하게 만들었다. 그 안에는 수십 명이 앉을 수 있다.
　　　- 박여량, 두류산일록(1610)

(d) 봉우리 밑에 벌집 같은 판잣집을 빙 둘러 지어놓았는데, 이는 기도하
러 오는 자들을 맞이하여 묵게 하려는 것이다.
　　　- 유몽인, 유두류산록(1611)

(e) 신당(성모당) 안으로 들어가니 무당 6~7인이 있었다. 건물의 구조
는 법계당과 조금도 차이가 없었으나, 온돌 한 칸이 없을 따름이었
다. 아래쪽 대청 가운데에 빈자리가 있었는데 불을 피우는 곳이었
다. 탁상 위에는 큰 소상(塑像) 한 구가 중간에 근엄하게 안치되어
있었다.　　　- 박래오, 유두류록(1752)

(f) 판옥으로 만든 이 당에도 부인 석상이 안치되어 있었는데, 예로부터 석가모니의 어머니 마야부인으로 일컬어졌다. 이 당옥은 일월대 위에 있었는데, 언제 일월대 아래로 옮겨 세웠는지 알 수 없다.

– 이동항, 방장유록(1790)

(g) 판자로 지은 집이 있는데 성모당이었다. 돌을 깎아 만든 석상이었다. 눈썹과 눈, 쪽머리는 모두 장식을 한 것이었다. 성모의 정수리에 흠집 난 자국이 있었는데…….

– 남주헌, 지리산행기(1807)

(h) 돌을 쌓아 울타리 친 보루에 한 칸의 판잣집만이 겨우 세워져 있었다. 그 집 안에 돌로 만든 부인상이 안치되어 있었는데, 이런 까닭으로 천황봉이라 이름 하게 된 것이다.

– 송병선, 두류산기(1879)

조선중기에 성모당의 실질적인 관리와 운용은 무당들이 담당했음도 알 수 있다. 「유두류산록」(1611)에 의하면, 무당들은 천왕봉 밑에 살면서, 기도하러 온 사람들이 가져온 가축으로 생계 수단을 삼았다고 했다(a). 「두류록」(1767)에도, 당지기의 생업은 기도꾼에 달려있다고 적었다(b).

「유두류록」(1752)에는 무당이 기도하고 굿판을 벌이는 모습이 생생하게 묘사되었고, 겨울철 하산 후에 신을 맞이하는 신목 이야기도 나온다(c). 무당들이 봄에서 가을까지는 천왕봉의 성모당에서 있다가 겨울에는 산 아래 신당으로 내려온다는 것이다. 조선중기에는 속리산 천왕봉에도 유사한 신앙 풍속이 있었다. 정상에 대자재천왕사(大自在天王祠)라는 사당이 있었는데, "산 속에 사는 사람들이 매년 10월 인일(寅日)에 법주사에 내려오면, 산중 사람들이 풍류를 베풀고 신을 맞이하여 제사지내는데, 신은 45일을 머물다가 돌아간다"고 『신증동국여지승람』은 기록하고 있는 것이다.[35]

경상도·전라도·충청도 각지에서 지리산으로 모여든 무당들의 제의 행태와 방식은 공간적인 위계가 있었음도 확인된다. 산아래의 용왕당에서 시작하여 산으로 올라가면서 백무당(하당)과 제석당(중당), 그리고 산정상(상당)의 성모당에 비는 위계질서를 갖추고 있었던 것이다(d).

(a) 기도하러 온 사람들이 소나 가축을 산 밑의 사당에 매어놓고 가는데, 무당들이 그것을 취하여 생계의 밑천으로 삼는다.

－유몽인, 유두류산록(1611)

(b) 원근에서 복을 빌러오는 남녀가 4월부터 8월까지 끊이지 않고 찾아오는데, 당지기는 이들로 인해 먹고 산다고 하였다.

－홍씨, 두류록(1767)

(c) 신당 안으로 들어가니 무당 6~7인이 있었다. …… 잠시 후 무당 두세 명이 신당에서 나와 소지전을 사르고, 대통밥을 올린 뒤 허공을 향해 두 손을 비비며 지극정성으로 기도를 올렸다. …… 밤이 되자 무당들이 다투어 굿판을 벌여 노래를 하고 춤을 추었다. …… 종추(鐘湫) 못가에는 세 길쯤 되는 서까래처럼 생긴 나무가 있었는데 그 몸통을 종이로 싸서 하얗게 만들어 놓았다. 일행이 괴이하여 묻자, 길을 안내하는 자가 말하기를 "이는 무당들이 신을 맞이하는 대나무입니다. 정상의 신인당(神人堂)에서 수직하는 자는 매년 3월 3일 산에 올라 10월 1일 하산을 합니다. 그가 하산하는 날 무당들이 몰려와 이 나무를 둘러싸고 신을 맞이하는 곡을 다투어 연주합니다."라고 하였다. －박래오, 유두류록(1752)

(d) 삼남 지역의 무당들이 봄, 가을이 되면 반드시 이 산에 들어와 먼저 용담(龍潭)의 사당에 빌고, 다음으로 백무당에 빌고, 또 제석당에

---

35 『新增東國輿地勝覽』, 報恩縣, 祠廟.

빌고, 그리고는 상당까지 올라가 정성을 바쳐 영험해지기를 빌었다.

- 이동항, 방장유록(1790)

지리산 유람록을 보면 이런 상·중·하당으로 위계를 이룬 지리산지 민간신앙소의 변모사실도 파악할 수 있다. 중당(제석당)에 관해「두류산일록」(1610)에 의하면, 규모는 들보가 6~7미터 크기의 세 칸 판잣집이었다(a). 18세기 중엽에 와서 제석당은 퇴락하고 무너져 내린 모습으로 기록된다(b).「방장유록」(1790)에 당시 제석당 안에는 부인석상이 안치되어 있었다고도 했다(c). 하당(백무당)은 군자사에서 20리 거리의 길가 숲 속에 제석당과 30리 거리에 있었고, 여러 신들이 모셔져 있었다(d). 18세기 후반의「방장유록」(1790)에 의하면, 당시에 관의 지나친 공출로 당주(堂主)의 유지가 어려워졌고 당옥도 무너져서 누추해졌음을 알 수 있다(e).

(a) 제석당의 규모는 제법 넓어 들보의 길이가 거의 23~24자 정도나 되었다. 좌우의 곁방을 제외하고 가운데 3칸의 대청이 있었다. 지붕은 판자로 덮었는데 못을 박지 않았고, 벽 또한 흙을 바르지 않고 판자로 둘러놓았다. - 박여량, 두류산일록(1610)

(b) 제석당은, 들보가 무너지고 서까래도 부셔져 지나온 두서너 곳보다 볼품이 없었다. - 박래오, 유두류록(1752)

(c) 제석당 역시 판옥인데, 얼굴에 분칠을 하고 몸에 채색을 칠한 부인석상이 안치되어 있었다. - 이동항, 방장유록(1790)

(d) 백문당(白門堂)에 도착하였다. 백무당(百巫堂)이라고도 한다. 이집은 길가 숲 속에 있는데, 잡신들이 모셔져 있고 무당들이 모이는 곳이다. - 양대박, 두류산기행록(1586)

(e) 백무당은 판자로 된 집으로 …… 10여 년 전부터 이 산에 오르는 무
당들이 예전보다 줄었는데, 관아의 독촉은 여전하고, 게다가 아가
위, 오미자, 잣, 표고버섯 등 전에 없던 공출을 해마다 내도록 독촉
하였다. 그러므로 당주가 편안히 달 수 없게 되자 당옥도 무너져서
누추해졌다.   – 이동항, 방장유록(1790)

Ⅷ. 요약 및 맺음말

한국의 산지 기록 고문헌 중에서 조선시대 유학자들이 남긴 유람록
은 양적으로나 질적으로, 시간적으로나 공간적으로 그 자료의 가치가
각별하다. 학계에서는 유산록에 수록된 내용을 주목하여 다양한 학문
분야에서 조명하는 추세에 있다. 그동안 개별 산지의 유람록이 분석,
연구되고 또 전체적으로 비교되면서 유산록이 지닌 공간적 특징과 정
체성이 무엇인지에 대한 관심도 생겨났다. 이 연구는 지리산 유람록
에 수록된 주민들의 생활사를 정리하여 재구성한 것으로서 여타 산의
유람록에 대비해 어떤 내용상의 특색이 있는지를 드러낸 연구사적 의
의가 있다.

지리산 유람록이 생활사 자료를 풍부히 수록하고 있는 이유는 지리
산지가 자연, 지형, 경제, 문화 등의 생활 조건에서 여타 산지와 다른
성격 때문이다. 지리산지에는 조선시대에 수많은 산촌 마을들이 형성
되었고, 인구가 밀집해 벼농사를 지으며 살았던 역사적 과정이 있었다.
그래서 조선시대 지식인들의 지리산 유람행로는 산길이면서 상당 부
분 마을과 마을을 연결하는 길이기도 했다. 그들의 지리산 유람은 산의
아름다움과 승경에 대한 유람이자 자신을 성찰하는 여행이었지만, 그

속에는 마을과 주민들의 생활상을 보고 살피는 시선도 포함되었다.

지리산 유람록의 자료 가치와 내용이 다른 산의 유람록과 다른 점은 여기서 뚜렷이 나타난다. 이 연구는 지리산 유람록이 조선시대 지리산지 주민의 생활사에 대해 풍부한 1차적 자료를 시계열적으로 제공하고 있는데 주목하였다. 지리산 유람록에 나타난 주민생활사를 환경과 생태, 취락과 주거, 토지 이용과 농경, 생업과 산물, 시장과 유통, 신앙 풍속으로 분류하고 재구성한 결과를 요약하면 다음과 같다.

지리산지의 기후, 지형, 토질, 생태 등의 자연환경 조건은 주민들이 산지환경에 적응하는 형태로서의 주거, 토지 이용, 농경, 임산물 채취 등의 생업과 관련한 생활사의 기반을 이루는 1차적인 배경이 된다. 기후 조건은 지리산지 주민들의 거주와 생활사에 직접적인 영향을 주었고, 겨울철 산지 기후는 산간 주민들의 주거와 이동 패턴도 규정했다. 지형 및 토양 조건은 수질, 토양, 비옥도 등이 경작 조건을 관련해 언급됐고, 관련한 인문·사회적인 영향으로 토지생산성, 장수요인, 사회적 피난지대 등이 표현됐다. 지리산 유람록에는 삼림식생의 수직 분포와 경관에 대한 표현도 있었고, 천연림과 인공림을 포함한 수종들 및 장소 정보가 많이 나타났다.

취락과 주거로는 고을, 마을 형성과 사회적 변동, 마을 입지와 경관으로 정리할 수 있었다. 고을의 주거생활사는 하동의 입지지형과 가구 수, 주민생활사에 대한 약간의 정보가 언급되었다. 지리산권 마을의 경우에는 다양한 역사지리적 정보를 수집해 재구성할 수 있었다. 마을의 형성 및 사회적 변동과 관련한 자연적·사회적 배경, 변동의 역사적 계기, 인구의 유입과 유출, 지리산권 주거지역 평가 등의 언급이 있었다. 마을 입지와 경관에 관련해서는, 자연적·지형적 입지유형, 마을 경관, 마을 형태와 규모 등에 대한 표현들이 나타났다.

지리산지의 촌락 형성과 경관은 농업 발달 및 농경지 개간 과정과 상응 관계를 맺는다. 지리산 유람록에서도 주민들의 토지 이용과 농지 개간에 대한 언급이 여러 차례 나왔다. 고도대에 따른 토지 이용, 화전 개간 및 일제강점기의 사회적 축소, 벼농사와 관련한 관개 기술 및 모내기 등의 내용이 있었고, 지리산지의 주요 농업지역에 대한 표현도 나타났다. 지리산지 주민들의 주요 생업과 산물로는 임산물 채취, 농작물(식량 및 환금작물) 및 닥나무 재배, 기타 공산품 제조 등과 그밖에도 관에 바치는 공물 등이 있었다.

지리산 유람록에서 유통과 교역에 대한 이야기는 구례와 하동 경계의 화개장터에 집중되었다. 화개장터의 장날 풍경이 생생하게 묘사되었고, 매매 품목, 물산의 규모와 유통 범위 등이 기록됐다. 지리산 유람록에는 지리산의 다수의 민간신앙소와 풍속을 기록하였는데, 이를 통해 조선후기까지 민간신앙이 번성했음을 알 수 있었다. 신앙 풍속의 민간생활사로서는, 신앙소의 지리적 위치 및 모습, 신당의 관리 및 운영주체 등에 초점을 두고 시계열적 변화 모습을 살펴보았다.

지리산권 문화연구는 기존의 인문학적 연구 성과와 범주에서 더 나아가 지리산지에서 살았던 주민들의 구체적인 생활사 연구로 발전해야 할 것이다. 지리산 유람록이라는 조선시대의 산지 문헌자료를 활용한 이 글이 지리산지의 주민생활사를 밝히는 앞으로의 본격적인 연구 여정에 한 초석이 될 수 있길 바란다.

이 글은 『남명학연구』 46집(2015), 299~344쪽에
게재한 글을 수정·보완한 것이다.

지리산 유람록을 통한
산림문화 연구

이호승·한상열·최관

Ⅰ. 서론

우리에게 여행은 중요한 의미를 가진다. 여행의 목적은 일상에서의
탈출, 재충전, 여가시간의 선용 등 다양하며, 우리들의 생(生)을 더욱
가치 있고 아름답게 가꾸어준다. 여행의 동기나 목적은 각각 다르겠
지만 여행의 경험을 통해 체득하는 삶의 의미와 다양성으로 자신을
한 단계 더 성숙시킬 수 있음은 분명하다.

최근에는 참살이에 대한 관심이 확산되면서 자연과 더불어 할 수
있는 국립공원탐방이나 자연휴양림 방문과 같은 여행 수요가 급격히
증가하고 있다. 자연을 찾는 여행의 목적은 사람마다 다양하지만 자
연과의 교감을 통하여 자신의 신체와 정신을 정화하는 공통된 경험을
갖는다. 옛 선인들 역시 자연과의 교감을 통하여 심신을 단련하고자
여행을 하였다. 지금처럼 다양한 형태의 여행이 존재하지 않았음으로
주로 산과 강, 바다를 벗 삼아 대자연을 여행하였다. 그렇다면 선인들

에게 여행이란 어떤 의미였을까? 과거 봉건사회에서는 일반 백성들이 여행을 한다는 것은 어려움이 있음으로 시간적·경제적 여유가 있는 양반계층에서 주로 이루어졌다. 학자로서 정치인으로서의 삶을 살았던 그들에게 여행은 현대인들의 여행보다 더 깊고 중요한 의미가 있었을 것으로 추측된다. 이러한 관점에서 선인들이 자연과 함께 한 여행의 의미와 여행 행태, 여행지 경로 등을 파악하여 현세대인 우리들의 자연으로의 여행과 어떤 차이점들이 있으며, 이러한 차이점들이 시사하는 바를 파악하는 것은 매우 중요한 의미를 지닌다.

선인들의 여행을 분석하기 위해서는 여행과 관련된 문헌자료가 필수적인데, 이는 주로 시, 소설, 일기, 여행기 등과 같은 문학작품에서 얻을 수 있다. 특히 이 가운데 여행기는 과거의 여행을 분석하는 기초자료로 활용되어 왔다.[1]

이와 관련된 외국의 선행 연구를 살펴보면, 일본에서는 '도중일기(道中日記)'라는 기행문을 통하여 18~19세기 여행자들의 여행경로를 복원·분석하고, 여행자들의 행동과 그들이 가진 장소, 이미지 등에 관한 연구들을 수행하였다.[2] 서양의 지리학에서도 18~20세기에 식민지를 여행하고 기록한 유럽인들의 여행기(travel writing)를 통하여 과거 특정지역의 사회현상을 분석하거나, 유럽인의 눈에 비친 식민지의

---

1 정치영(2009), 「조선시대 사대부들의 지리산 여행 연구」, 『대한지리학회지』 44(3), 대한지리학회, 260~281쪽.

2 岩鼻通明(1987), 「道中記にみる出羽三山参詣の旅」, 『歷史地理學』 139, 1~14쪽 ; 小野寺淳(1990), 「道中日記にみる伊勢参宮ルートの變遷−關東地方からの場合」, 『人文地理學研究』 14, 231~255쪽 ; 田中智彦(1987), 「愛宕越えと東國の巡礼者−西國巡礼路の復元」, 『人文地理』 39(6), 66~79쪽 ; 田中智彦(1988), 「大坂廻りと東國の巡礼者−西國巡礼路の復元쪽 ; 福田珠己(1991), 「場所の経驗−林芙美子「放浪記」を中心として」, 『人文地理』 43(3), 69~81쪽.

성격, 여행자의 특성에 따라 달라지는 장소 이미지 등을 규명하는 연구들이 진행되었다.[3] 최근 영국에서는 1500년대 이후에 발간된 여행기를 대상으로 지리학뿐만 아니라 역사학·인류학·문학 등 다양한 학문분야들 간의 학제적 연구를 수행한 결과물이 발표되기도 하였다.[4]

우리나라에서도 문학과 역사학에서 연구들이 진행되었으며, 최근에는 지리학과 관광학에서도 활발한 연구들이 진행되고 있다. 이들 연구들은 주로 선인들이 산(山)을 어떻게 인식하고 이를 문학적으로 어떻게 표현하고 있는지와 여행 동기와 여행의 성격 규명을 주로 다루고 있다. 이들 연구들은 선인들의 여행을 통하여 과거 사대부들의 자연관과 산행목적 등 다양한 정보들을 제공하고 있지만, 산림문화의 관점에서 과거 사대부들의 산림휴양 행태와 그들이 바라본 산림자원의 종류, 그리고 과거 여행경로와 현재의 등산로(탐방로)와의 일치성 등 산림휴양 정보를 파악하는 데에는 한계가 있었던 것이 사실이다.

따라서 본 연구에서는 타 분야에서 진행되어진 연구의 연장선상에서 산림문화 분야를 포함하여, 선인들의 지리산 유람록들을 대상으로 여기에 산림휴양학적 관점에서 바라본 그들의 여행동기, 여행경로(현재 지리산국립공원 탐방로와 지리산길과의 관계), 휴양 행태, 당시 지리산의

---

3 Duncan, J. and Gregory, D(1999), 『Writes of Passege-Reading Travel Writing』, Routledge, London ; Guelke, L. and Guelke, J. K(2004), 「Imperial eyes on South Africa-reassessing travel narratives」, 『Journal of Historical Geography』 30, 11~31쪽 ; Foster, J(2005), 「Northward. upward : stories of train travel and journey towards white South African nationhood. 1895~1950」, 『Journal of Historical Geography』 31, 296~315쪽.

4 Huime, P. and Youngs, T(2002), 『The Cambridge Companion to Travel Writing』, Cambridge Univ. Press, Cambridge.

식물학적 출현 수종(초본류 포함) 등을 파악하고자 수행되었다.

Ⅱ. 연구방법 및 자료

현재 전해지고 있는 선인들의 지리산 여행기인 '지리산 유람록'은 총 52편(篇)에 이른다. 본 연구에서는 이들 가운데 '선인들의 지리산 유람록'[5]에서 지적한 바와 같이 문학성이 떨어지고 이전 유람록과 중복되는 조선후기에 작성된 유람록을 제외한 총 9편의 유람록을 대상으로 연구·분석하였다. 또한 본 연구는 금강산·지리산 유람록에 나타난 조선시대 관광현상 연구[6]와 유산기로 본 조선시대 사대부의 지리산 여행 연구[7]를 참조하였다. 이외에도 조선시대 사대부들의 지리산 유람에 대한 총체적인 내용 파악을 위해 문헌연구와 '조선시대 유람기' 인터넷 사이트를 통해 자료를 수집·분석하였다.

다음은 선인들의 지리산 유람 경로를 분석하기 위하여 지리산국립공원과 지리산길을 경계로 하여, 지리산국립공원 내 주요 이동 경로를 지도에 표시하여 연결하였다.

지리산 유람록에서 기술된 식물학적 출현 수종 파악은 지리산 유람록의 번역문과 원문(原文)을 참조로 모두 발췌하였으며, 원문 분석에서 정확한 한자의 뜻을 파악하기 위해 수목도감 및 한자사전과 한한대

5　최석기 외(2000), 『선인들의 지리산 유람록』, 돌베개.
6　육재용(2009), 「금강산·지리산 유람록에 나타난 조선시대 관광현상연구」, 『한국관광학회 제66차 학술심포지엄 및 연구논문 발표자료집 2호』, 496~511쪽.
7　정치영(2009), 앞의 논문.

자전(漢韓大字典)을 활용하여 분석하였다. 이외에도 수집한 자료를 분석하여 현재의 산림문화 분야에서 활용 가능한 다양한 정보들을 도출하였다.

Ⅲ. 분석 결과

1. 연구에 이용된 유람록

본 연구에서 이용된 유람록은 총 9편인데, 이륙을 시작으로 김종직·남효온·김일손·조식·양대박·박여량·유몽인·성여신 등 9명의 유람록을 분석하였다. 유람록의 저자·제목·저작연도·출전을 정리한 것은 〈표 1〉과 같다.

〈표 1〉 연구 자료로 사용된 지리산 유람록 목록

저 자	유람록 제목	저작연도*	출 전
이륙(李陸)	지리산기(智異山記)	1463년	청파집(靑坡集)
김종직(金宗直)	유두류록(遊頭流錄)	1472년	점필재집(佔畢齋集)
남효온(南孝溫)	지리산일과(智異山日課)	1487년	추강집(秋江集)
김일손(金馹孫)	두류기행록(頭流紀行錄)	1489년	탁영선생문집(濯纓先生文集)
조식(曺植)	유두류록(遊頭流錄)	1558년	남명집(南冥集)
양대박(梁大樸)	두류산기행록(頭流山紀行錄)	1586년	청계집(靑溪集)
박여량(朴汝樑)	두류산일록(頭流山日錄)	1610년	감수재문집(感樹齋文集)
유몽인(柳夢寅)	유두류산록(遊頭流山錄)	1611년	어우집(於于集)
성여신(成汝信)	방장산선유일기(方丈山仙遊日記)	1616년	부사집(浮査集)

* 유람록 저작연도는 지리산 유람연도와 동일함.

연구대상 지리산 유람록은 유람을 실행한 연도와 저작연도가 동일
하며 그 기간은 1463년부터 1616년으로 조선 전기에서 중기에 걸쳐
저술되었다. 따라서 지리산 유람은 150여 년 동안 지속적으로 지리산
을 유람하였고, 그 흔적을 꾸준히 남겼음을 알 수 있다.

또한 지리산을 유람한 선인들이 자신의 유람에 앞서 이전에 지리산
을 유람한 선인들의 자료를 읽었을 것으로 추측되는데, 그 이유는 박
여량과 유몽인, 성여신의 유람록 본문 중에 잘 나타난다. 첫 번째로
박여량이 김일손의 유람기에 빗대어 농담을 하는 내용이 나오고, 두
번째로 유몽인이 화개동에 이르러 김종직과 김일손의 유람록을 읽었
다고 서술한 것이 나오며, 세 번째로 성여신은 쌍계석문 앞의 비석을
표현한 구절이 조식의 표현과 동일하다는 것을 알 수 있다.

2. 유람록 저자들의 인물 개관

다음은 본 연구에 사용된 유람록 저자들의 인물 개관을 정리한 것
이다. 총 9편의 유람록 저자들은 모두 사대부 계층임을 알 수 있는데
이는 유람록을 남긴 인물만을 대상으로 한 데에도 원인이 있으나, 당
시 유람을 위한 장거리 여행은 비용과 시간 등을 고려할 때 일반 백성
에게 유람 자체가 쉽지 않은 일이었기 때문이다(정치영, 2003).

〈표 2〉는 유람록 저자들의 인물에 대한 대략적인 내용으로, 유람
당시 연령과 거주지, 생졸년, 이력, 주요 저서 등을 기술한 것이다.

〈표 2〉인물 개관

성명	생졸년	연령	거주지	이력	주요 저서
이륙	1438년(세종20)~ 1498년(연산군4)	26	지리산 단속사	조선 초기의 문신으로 공조참의, 충청도관찰사, 형조참판, 예조참판 등을 지냄	청파집 청파극담
김종직	1431년(세종13)~ 1492년(성종23)	42	경남 함양	조선 초기의 문신이자 영남학파의 종조로 함양군수, 선산부사, 이조참판 등을 지냄	점필재집 청구풍아
남효온	1454년(단종2)~ 1492년(성종23)	34	명확치 않음	조선 초기의 문신으로 생육신의 한 사람임	추강집 추강냉화
김일손	1464년(세조10)~ 1498년(연산군4)	26	경북 청도	조선 초기의 문신으로 홍문관 등에서 관직생활을 함	탁영집
조식	1501년(연산군7)~ 1572년(선조5)	58	경남 삼가	조선 중기의 학자로 관직에 나아가지 않고 강학에 전념하며 많은 제자를 배출함	남명집 학기유편
양대박	1544년(중종39)~ 1592년(선조25)	43	전북 남원	조선 중기의 의병장으로 임진왜란이 일어나자 의병을 모아 전북 담양에서 고경명을 맹주로 군사를 동원함	청계집
박여량	1554년(명종9)~ 1611년(광해군3)	57	경남 함양	조선 중기의 문신으로 예문관검열, 북청판관 등을 지내고 임진왜란 때 곽재우의 의병소식에 격문을 돌려 지원	감수재문집
유몽인	1559년(명종14)~ 1623년(인조1)	53	전북 남원	조선 중기의 문신으로 이조참판 등을 지냈으며 1593년 세자시강원문학이 되어 왕세자에게 글을 가르침	어우야담 어우집
성여신	1546년(명종1)~ 1632년(인조10)	71	경남 진주	조선시대 문인으로 1609년 64세로 사마시에 합격함	부사집

주) 연령과 거주지는 지리산 유람 당시를 기준으로 작성되었으며, 한국학중앙연구원의 한국역대인물 종합정보시스템을 참조하였음.

여기서 남효온의 거주지는 불명확한데, 그 이유는 1478년(성종 9) 세조에 의해 물가에 지장된 단종의 생모 현덕왕후의 능인 소릉의 복위를 상소하였으나, 도승지 임사홍, 영의정 정창손의 저지로 상달되지 못하자 실의에 빠져 유랑생활을 하다 생을 마쳤기 때문에 지리산을 유람할 당시의 거주지를 정확하게 추측하는 것은 불가능하였다.

3. 지리산 유람의 동기

유람록을 살펴보면 대부분 유람록 앞부분에 유람 동기가 기술되어 있는데, 지리산 유람을 평소의 소원으로 간직하고 있었던 경우, 단순한 휴양의 목적으로 유람한 경우, 그리고 지리산 유람을 수양 내지는 공부(工夫)의 다른 방식으로 간주했던 경우이다(표 3). 세 번째의 경우는 현재 산림휴양의 본질적인 의미와 잘 부합이 된다고 할 수 있다. 따라서 선인들의 유람은 단순히 여행을 목적으로만 둔 것이 아니라,

〈표 3〉 지리산 유람의 동기

인물	유람 동기
이륙*	–
김종직	고향의 산인 지리산을 한 번도 유람해 보지 못하여 평소의 소원으로 가지고 있었음
남효온*	–
김일손	천하를 두루 보고서 자신의 소질을 기를 수 없다면, 자기 나라의 산천쯤은 마땅히 탐방해야 할 것이라 함
조식	지리산을 자신의 일생을 마칠 곳으로 삼으려 했음
양대박	가슴속 티끌과 세속의 근심을 없앨 방법의 하나로 생각함
박여량	글을 읽는 것과 산을 유람하는 것을 동일하다고 여김
유몽인	지리산 유람이 자신의 오랜 숙원이었음
성여신	벗들과 더불어 휴양·오락에 목적을 둠

* 이륙과 남효온의 유람록에는 명확한 유람 동기가 서술되어 있지 않음.

대자연을 접하며 그 과정에서 자신을 되돌아보며 한층 성숙한 자아를 만드는 것에 참뜻을 둔 듯하다.

4. 지리산 유람의 여정

산림문화적 측면에서 선인들의 지리산 유람 경로는 좋은 자료가 될 수 있다. 과거의 지리산 유람 경로의 추적을 통해서 현재 지리산국립공원의 탐방로 혹은 지리산길(지리산 둘레길)을 좀 더 개선·발전시킬 수 있기 때문이다. 현재 조성된 숲길에 과거 선인들의 역사·문화적 요소를 추가시킨다면 훨씬 더 가치 있는 산림문화자원으로 발전시킬 수 있을 것이다.

그러나 본 연구자료에서 나타나는 선인들의 유람 여정을 살펴보면, 현재의 지명과도 다소 차이가 있고, 특히 그들이 숙박 장소로 지낸 사찰의 경우는 현재 존재하지 않는 곳도 있다. 이러한 이유로 유람 경로를 추적하는 일이 쉽지 않았다. 〈표 4〉는 9편의 지리산 유람록에 나타난 인물별 지리산 유람 전체 경로를 정리한 것이고, 〈그림 1〉은 지리산국립공원 권역 내에서의 유람 일정을 표시한 것이다.

〈표 4〉 지리산 유람의 여정

인물	유람일시*	전체 여정 경로
이륙	1463년 8월 ~ 8월 25일	단속사→살천현→법계사→천왕봉→향적사→영신사→의신사→신흥사→쌍계사→불일암→쌍계사→악양→삼태령→묵계사→오대사→소남진→단속사
김종직	1472년 8월 14일 ~ 8월 18일	함양군 관아→엄천→화암→지장사→환희대→선열암→신열암→고열암→쑥밭재→청이당→영랑재(下峯)→해유령→중봉→마암→천왕봉→성모사→통천문→향적사→통천문→천왕봉→통천문→중산(帝釋峯)→습한평원(沮汝原)→창불대→영신사→영신봉→한신계곡→백무동→실택리→등구재→함양군 관아

남효온	1487년 9월 27일 ~ 10월 13일	진주 여사등촌→광제암문→단속사→조연→광제암문→불령→백운동→태연→양당→시천동→덕산사→용연→부연→금장암→해회령→석상암→백왕암→도솔암→내원암→회방령→보암→문수암→중산리→향적암→통천문→천왕봉→향적암→소년대→계족봉→빈발암→영신암→의신암→내당제→칠불사→금륜암→청굴→벌초막 움막→반야봉→벌초막 움막→연령→고모당→보월암→당굴암→극륜암→봉천사→황둔사→봉천사→구례 정정촌→화개동→쌍계석문→쌍계사→불일암→보주암→불일암→보주암→불지령→묵계동→오서연→광암연→용회연→비문령→사자암→오대사→사자암→오대사→하숙부의 집→여사등촌
김일손	1489년 4월 14일 ~ 4월 28일	함양 남문→제한역→등구재→등구사→금대암→용유담→엄천사→사근역→산청 환아정→단성→광제암문→단속사→오대산 수정사→묵계사→좌방사→동상원사→세존암→법계사→천왕봉 성모사→향적사→영신사→의신사→신흥사→쌍계사→청학동
조식	1558년 4월 10일 ~ 4월 26일	삼가 계부당→진주 금산 이공량의 집→사천 이정의 집→장암 쾌재정→사천만→곤양 앞바다→하동포구→악양→삽암→도탄→정여창 구거지→화개→쌍계석문→쌍계사→불일암→지장암→쌍계사→신흥사→쌍계사→화개→악양현 현창→삼가식현→횡포역→두리현→정수역→칠송정→다회탄→뇌룡사
양대박	1586년 9월 2일 ~ 9월 12일	청계→양길보의 집→운봉현→황산 비전→인월역→이화정→옹담수→백장사→변사정 구거지→도탄→실상사→두모담→군자사→용유담→군자사→의촌→초정동→백문당→곡암→제석당터→제석신당→제석봉→천왕봉 성모사→제석신당→하동바위→백문당→군자사→용유담→사담→엄천리→목동 이모댁→목동 우중평의 집→사기현→팔량원→황산 비전→안신원→귀가
박여량	1610년 9월 2일 ~ 9월 8일	함양 도천→어은정→목동 박춘수의 집→탄감촌→용유담→군자사→백모당→우리동→하동바위→제석당→향적사→천왕봉 천왕당→중봉→마암→소년대→행랑굴→상류암→쑥밭재→방곡촌→신광선의 정자→최함의 계당→함양
유몽인	1611년 3월 29일 ~ 4월 8일	남원부 관아→재간당→반암→운봉 황산 비전→인월→백장사→황계→영대촌→흑담→환희령→내원→정룡암→월락동→황혼동→와곡→갈월령→영원암→장정동→실덕리→군자사→의탄촌→원정동→용유담→마적암→두류암→옹암→청이당→영랑대→소년대→천왕봉→향적암→영신암→의신사→홍류동→신흥사→만월암→여공대→쌍계사→불일암→화개동→섬진강→와룡정→남원 남창→숙성령→남원부 관아

| 성여신 | 1616년 9월 24일
~ 10월 8일 | 부사정→검호→이천→정촌→관율→구암마을→하영견의 초정
→진현→박민의 낙천와→낙천와→수곡 강사순의 집→유경지의
모정→봉계→맥동촌→황현→횡포→공돌원→계동 하홍의의 집
→하영견의 초징→손유경의 성사→홍롱 하응일의 집→군산→
삽암→도탄→가정→쌍계사→불일암→향로봉 고령대→쌍계사
→화개현→신흥사→가정촌→도탄→삽암→평사역 촌가→홍롱
촌→배를 타고 내려감→장변 나루→강가 정자→우현→하천→
공돌원→횡포→황현→대야천→동곡 정희숙의 집→후방→원당
→곤명→박민의 낙천와→약동령→임천탄→황류탄→부사정 |

* 유람 일시는 모두 음력으로 작성된 날짜임.

    연구대상인 9명 선인들의 당시 지리산 유람 경로는 전반적으로 상이하지만, 공통적으로 거쳐 간 장소가 있다. 그곳은 제석봉에서 천왕봉으로 이어지는 경로로 현재의 법정 탐방로와도 일치하는데, 총 9명 중 7명(이륙, 김종직, 남효온, 김일손, 양대박, 박여량, 유몽인)이 이 경로를 거쳐 유람을 했다. 이렇게 대부분의 인물이 천왕봉에 오른 이유는 다음과 같이 추측된다. 지리산의 최고봉인 천왕봉은 우리나라에서 백두산 다음으로 높은 해발고도를 자랑한다. 앞서 말한 듯 선인들은 산에 오르는 것을 단순한 등산·휴양으로 생각한 것이 아니라 내면의 수양이나 공부의 방법으로 여겼기에 천왕봉에 오른 이유는 남다르다. 천왕봉에 올라 대자연을 조망하거나, 과거의 대선비들을 떠올리며 수신제가(修身齊家) 했을 것이다.

    유람록 본문 중에 당나라의 시인 '두보'가 몇 번씩 언급이 된다. 그의 시 '봉증태상장경계이십운(奉贈太常張卿垍二十韻)'이라는 시의 첫 구에 '방장산(方丈山)[8]은 바다 건너 삼한(三韓)에 있네.'라는 구절이 있다.

---

8 삼신산(三神山)의 하나인 방장산(方丈山)은 지리산의 다른 이름이다.

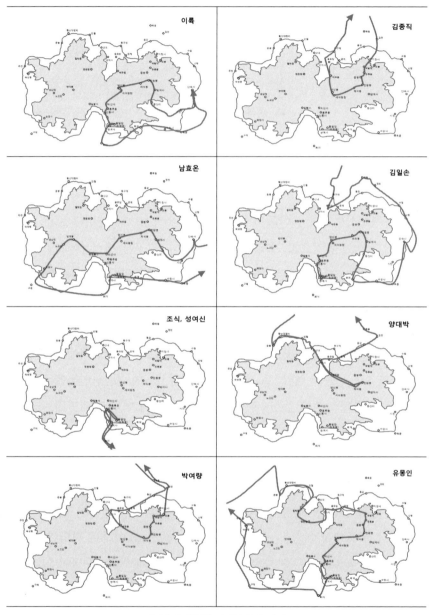

〈그림 1〉 인물별 지리산 유람 여정

옛 말에 전하기를 지리산은 백두산, 한라산과 함께 우리나라 삼신산(三神山)의 하나로 진산(鎭山)으로 여겼다.[9] 그렇기에 중국 최고의 시인이라 불리는 두보의 시에도 지리산이 언급되었고, 사대부였던 선인들이 지리산으로의 유람을, 더 나아가 천왕봉 등반을 고집했으리라 생각된다.

〈그림 1〉을 통해 알 수 있듯 인물별로 지리산을 유람한 여정의 길이도 다양하다. 남효온과 유몽인의 경우는 지리산 일주에 가까운 긴 여정을 소화해냈다. 반면에 조식과 성여신의 경우는 지리산 유람 중 지리산 권역 내에서의 여정은 굉장히 짧다. 그 이유는 유람록을 저작하기 이전 수차례 지리산을 유람한 적이 있어서 유람록에 나타난 여정이 짧은 것으로 추측된다.

또한 전체 여정 경로를 추적하다 보면 현재 '지리산길'의 코스와도 중복되는 지역이 몇 군데 있다. 김종직과 김일손의 유람 경로에는 인월~금계 구간의 등구재와 등구사, 곧 산청의 '지리산길'이 포함되어 있고, 양대박과 유몽인의 유람 경로에는 운봉~인원 구간의 운봉과 인월을 경유하는 경로가 포함되어 있다.

5. 지리산 유람의 행태

1) 지리산 유람의 계절적 분포

연구에 사용된 유람록을 살펴보면 선인들의 유람 시기를 알 수 있다. 유람록에 나타난 날짜는 모두 음력으로 작성되었고, 9명 중 봄철

---

9 최석기 외(2000), 앞의 논문 참조.

에 3명, 가을철에 6명이 지리산을 유람하였다. 현재의 봄꽃놀이와 단풍철과도 비슷한 양상을 나타내고 있다. 이로 미루어 볼 때, 선인들 역시 온화하고 청량한 계절에 맞추어 유람을 갔던 것으로 추측이 된다.

〈표 5〉는 선인들의 지리산·금강산·청량산 유람의 계절적 분포를 비교한 것이다. 표에 나타난 바와 같이 금강산과 청량산 역시도 봄철과 가을철에 많이 유람을 한 것을 알 수 있다.

〈표 5〉 지리산·금강산·청량산 유람의 계절적 분포 비교

구분	봄	여름	가을	겨울	계
지리산	3	–	6	–	9
금강산	8	2	10	–	20
청량산	5	–	9	3	17

주) 지리산 유람의 계절적 분포는 유람록의 시기를 분석해서 작성하였고, 금강산과 청량산의 경우는 정치영(2009)을 참조하였음.

2) 지리산 유람의 휴양 행태

● 이동 수단

유람록을 남긴 인물들은 당시 조선시대 사대부들이다. 그렇기에 그들의 유람간의 이동수단을 보면 대체적으로 말을 타고 이동한 경우가 가장 많다. 지리산에 들어와서는 좁고 험한 산길이 많아 주로 지팡이를 짚고 도보로 이동하였고, 평지 혹은 산길이 아닌 경우는 말을 타거나 남여(藍輿)[10]를 타고 이동하였다. 간간이 시내를 건너야 할 경우에

---

10 남여(藍輿)는 의자와 비슷한 뚜껑이 없는 가마이다.

는 승려의 등에 업혀 건너기도 하였고, 가파른 길을 내려올 때는 나무를 잘라 만든 기구를 타고 내려오기도 하였다. 이들의 신분이 양반계층이었기에 유람간의 이동을 비교직 수월하게 했던 것으로 사료된다.

● 숙박 장소

지리산 유람은 긴 시간이 소요되는 일정이다. 그렇기에 말과 도보로 이동하던 당시에는 숙박 장소가 반드시 필요했다. 숙박 장소는 대부분이 지리산에 위치하고 있는 사찰이고, 간혹 친척과 지인들의 집에서 묵었던 것을 알 수 있다. 앞의 이동수단에서 볼 수 있듯이 조선시대에는 승려가 지금과는 다른 사회적 신분을 가졌다. 그래서 사대부인 양반이 사찰을 방문할 경우 숙박 장소의 제공을 물론 술과 음식까지 대접하였다. 물론 이튿날 사찰을 떠날 때 승려에게 시주의 형식으로 돈이나 쌀 등을 건네는 경우도 간간이 있으나, 지금의 사회적 배경에 비추어 볼 때 조금 독특한 경우로 여겨진다.

● 유람간의 휴양 행태

선인들의 유람록을 보면 등산, 계곡에서의 물놀이, 자연경관 조망 외에도 다양한 휴양활동들이 나타난다. 휴양활동은 주로 이동 간에 휴식을 취하거나 숙박지에 도착하여 이루어진다. 구체적인 내용은 다음과 같다.

첫 번째는 식사와 음주 행위로 유람록의 내용 중에 가장 많이 나타나는 활동이다. 특히 음주는 거의 매일 이루어진 만큼 그 빈도가 잦다. 이동을 하며 쉬는 중간 중간 술을 한 순배씩 돌렸다거나, 일정 간에 지인을 만나 음주를 하였다거나, 숙박지에 이르러 저녁식사를 마친

후 일행들과 함께 술을 마셨다는 구절을 쉽게 찾을 수 있다. 사찰에서 숙박을 하는 경우도 마찬가지로 승려들이 제공하는 술과 음식을 먹었다. 사찰에서 음주를 할 때는 승려가 흥을 돋우기 위해 춤과 노래를 하기도 하며, 어떠한 경우는 악공들의 연주와 기생들의 시중을 받으며 술을 마시기도 하였다. 그래서 유람을 하는 기간 동안 악공과 기생들이 대부분 동행을 했으며, 이동 간에는 그들로 하여금 풍악을 울리게 했다.

두 번째는 문학 행위이다. 숙박을 위해 사찰에 머물 때 승려들과 심오한 대화를 나누거나, 독서 혹은 글을 외고, 일행들과 강론을 하는 등 당시 사대부들의 면모를 나타냈다. 또한 대부분의 인물들에게 공통적으로 나타난 행위인데 '시(詩)'를 짓는 것이다. 천왕봉 정상에 올라 주변을 조망하며 시를 읊고, 승려와의 대화를 마친 후 시를 지어주기도 했으며, 음주를 하며 일행들과 시를 지어 주고받기도 하였다.

마지막으로 '제명(題名)' 행위를 들 수 있다. 제명은 명승지에 자신의 이름을 기록하는 행위인데(육재용, 2009), 유람 간에 제명을 한 흔적이 나타난다. 9인의 인물이 모두 제명 행위를 한 것은 아니고, 2명은 제명을 하였고, 다른 2명은 이 행위에 대해 비판을 했다.

우선 제명을 한 인물은 김종직과 박여량이다. 김종직은 쑥밭재를 지나며 바위에 이름을 새기게 하였으며, 박여량은 상류암 암자의 벽에 일행들의 이름을 썼다. 이에 반해 제명을 비판을 한 인물은 조식과 성여신이다. 조식은 바위에 이름을 새겨 자신을 만고에 알리려는 선비의 정신을 비판했고, 성여신 역시 조식의 제명에 대한 비판을 언급하며 간접적으로 자신의 뜻을 나타냈다.

6. 지리산 출현 수종

지리산 유람록의 본문에는 여러 가지 수종이 출현한다. 이를 정확히 파악한다면 조선시대 지리산 권역의 수종을 유추할 수 있는 정보를 제공할 수 있다. 정확한 수종 파악을 위해 번역문에 나타난 수종과 원문을 비교하여 초본 및 식물도감을 찾아보았고, 한자로 표기된 원문의 명확한 해석을 위해 한자사전과 한자자전을 참조했다. 유람록을 통해 찾은 수종들은 초본류와 목본류로 구분을 하였다.

1) 출현 초본류

유람록의 본문에 나타나는 초본류는 총 9종류로 세부내용은 〈표 6〉과 같다. '용수초(龍須草)'는 골풀로, 백합목 골풀과의 다년생초본이다. '서대초(書帶草)'는 백합목 백합과의 맥문동을 가리키는 듯하지만 명확하지는 않다. '서대(書帶)'가 맥문동을 나타내는 단어이기는 하지만 자료의 해석만을 신뢰하기엔 무리가 따른다. '국(菊)', '백국(白菊)',

〈표 6〉 유람록 출현 초본류

초본류	원문 출현 초종
골풀	용수초(龍須草)
맥문동	서대초(書帶草)
국화	국(菊), 백국(白菊), 황국(黃菊)
마	마(麻)
당귀	당귀(當歸)
돌창포	석포(石蒲)
고사리	궐(蕨)
땅두릅	독활(獨活)
취나물	청옥(靑玉), 자옥(紫玉)

'황국(黃菊)'은 초롱꽃목 국화과의 국화를 나타내고, '마(麻)'는 현재에
도 널리 이용되는 백합목 마과의 마이다. '당귀(當歸)'와 '석포(石蒲)'는
한자 그대로 산형과의 당귀와 백합목 백합과의 돌창포를 나타내며,
'궐(蕨)'은 고사리목 고사리과의 고사리를 나타낸다. '독활(獨活)'은 땅
두릅 혹은 멧두릅이라 불리는 산형화목의 두릅나무과의 풀이다. 국화
과의 취나물로 추측되는 '청옥(靑玉)'과 '자옥(紫玉)'이 있는데, 이는 줄
기의 색깔에 따라 청옥과 자옥으로 나눠진다고 하나 명확하지는 않
다. 국화의 경우는 주로 사찰의 마당이나 마을 정자 주변에서 자라고
있어 인위적으로 심어 가꾼 것으로 보인다. 마 역시도 마을을 지나다
보았다고 서술되어 있어 위와 동일한 이유로 사료된다.

2) 출현 목본류

지리산 유람록에 출현하는 목본류는 총 36종이다. 원문의 한자만으
로 정확한 수종을 유추할 수 없는 6종을 제외한 30종의 목본류는 〈표
7〉과 같이 정리하였다.

유람록 번역문에 출현하는 수종 중 원문과 비교하여 정확하게 서술
되지 않은 것을 발견할 수 있었다. 예를 들면 '삼(杉)'과 '회(檜)'가 대표
적이다. 과거의 경우에는 흔히 삼나무라 알려진 '삼'을 전나무를 나타
낼 때 표기하는데, 조선시대라는 시간적 배경에 미루어 볼 때 당시의
지리산에는 일본 원산인 삼나무는 존재하지 않았다. 노송나무를 나타
내는 '회' 역시도 과거 '삼'과 더불어 전나무를 나타낼 때 쓰이곤 했다.

그리고 녹나무라 번역된 '남(枏)' 역시 상록활엽교목으로 주로 따뜻
한 남부지방에 주로 분포한다. 가을철만 되어도 쌀쌀한 기후의 지리
산에서 녹나무가 생존한다는 것은 어렵다고 보인다. 원문에 '남'이라

쓰여 있는데, 이에 대한 이유나 과연 '남'이 어떤 수종을 지칭하는지는
대하여는 심도 있는 연구가 필요하다.

　다음은 원문에 나타났지만 정확한 수종 파악이 힘든 한자들이다.
첫 번째는 '홍수(紅樹)'라 표현된 구절이다. 흔히 '홍수'라 하면 붉은
나무 혹은 붉은 잎의 나무를 나타낸다. 본 표현이 사용된 유람록은
계절적으로 가을철이므로 붉게 물든 잎을 가리킨다. 그러나 이것이
단풍나무, 복자기나무, 혹은 옻나무 등의 붉은 잎을 가지는 수종인지
쉽사리 유추할 수 없다. 단순히 '홍수'라는 표현만으로 정확한 수종을
파악하는 것은 어렵다.

〈표 7〉 유람록 출현 목본류

목본류	원문 출현 수종	목본류	원문 출현 수종
잣나무	백(栢)	마가목	마가목(馬價木)
감나무	시목(枾木)	모란	목단(牧丹)
밤나무	율(栗)	차나무	차주(茶樹)
전나무	삼(杉), 회(檜)	매화나무	매(梅)
철쭉	척촉(躑躅)	칡	갈(葛)
등나무	등(藤)	비파나무	비목(枇木)
담쟁이덩굴	나(羅)	진달래	두견화(杜鵑花)
소나무	송(松)	석류	석류(石榴)
녹나무	남(枏)	산초나무	천초(川椒)
단풍나무	풍(楓)	복사나무	도(桃)
오미자나무	오미자(五味子)	돌배나무	리(梨)
왕대(참대)	운당(篔簹)	머루	산포도(山葡萄)
솜대	면죽(綿竹)	줄사철나무	벽(薜)
오죽	오죽(烏竹)	다래	미후도(獼猴桃)
동백	동백(冬柏)	버드나무	류(柳)

두 번째는 '호초(胡椒)'이다. '호초'는 인도 남부가 원산인 덩굴성 식물로, 후추의 한자어인데, 열대성으로 지리산에서 살 수 없는 수종이다. 이러한 이유로 볼 때 당시에 '호초'를 심어 가꾸었는지, 그 열매만을 구해서 가지고 있었는지는 알 수 없는 일이다.

세 번째는 '기수(琪樹)'이다. 유람록 중 '법당을 나와 기수 밑에 둘러앉아'라는 구절이 나오는데, 이는 옥(玉)처럼 아름다운 나무를 나타낼 때 흔히 쓰는 단어이다. 하지만 번역문의 '기수'에 대한 주석을 보면 '남천촉(南天燭)'이라 설명하고 있다. '남천촉'은 남천을 가리키는데 남천이 2~3m까지 자라긴 하지만 정확히 남천을 가리키는 것 같지는 않다. 국어사전에 '기수'의 같은 말로 '옥수(玉樹)'가 나오는데 '옥수'의 뜻 중에는 회화나무도 포함되어 있다.

Ⅳ. 결론 및 고찰

본 연구는 조선 전기에서 중기까지 저작된 9편의 지리산 유람록을 중심으로 인물과 유람의 동기, 유람간 출현 수종 분석 등 전반적인 내용분석이 이루어졌다. 더불어 유람간의 휴양 행태를 살펴보고, 유람 경로를 추적하여 현재의 지리산국립공원 탐방로와 지리산길에 문화·역사적 요소의 적용이 가능한지를 유추해 보고자 하였다. 총 9편의 지리산 유람록에 대한 분석 결과는 다음과 같다.

지리산 유람록의 저작연도는 조선 전기에서 중기에 해당하는 1463년부터 1616년이다. 약 150여 년의 시간 동안 선인들은 지리산을 유람하였고, 유람록을 통하여 그 흔적을 꾸준히 남겼다. 선인들이 유람록

을 저작한 이유는 산과 바다의 위대한 경관과 유람의 즐거움을 후대에
알리기 위함이라 추측된다. 이러한 역사적 기록을 통해 현세에서도
유람의 의미와 당시 지리산에 대한 여러 가지 모습을 추측할 수 있는
좋은 계기가 된 것이다.

　선인들의 지리산 유람 동기를 살펴보면 다음의 세 가지로 나눌 수
있다. 첫 번째는 지리산 유람을 평소의 소원으로 간직하고 있었던 경
우, 두 번째로 단순한 휴양의 목적으로 유람한 경우, 세 번째로 지리
산 유람을 자신의 수양 혹은 공부의 다른 방식으로 간주한 경우를 들
수 있다. 특히 세 번째의 경우는 휴식을 하며 자신의 내면을 발전시킨
다는 '휴양'이란 단어의 본질과 잘 부합이 된다. 이것으로 알 수 있듯
이 선인들의 유람은 단순한 여행에 목적을 둔 것보다 자연을 접하며
그 과정에서 한층 더 성숙한 자아를 만드는 것에 유람의 참뜻을 둔
듯하다.

　지리산 유람의 경로를 살펴보면 9명 중 7명의 경로가 중복되는 구
간이 있다. 제석봉에서 천왕봉으로 이어지는 경로로, 이는 현재의 지
리산국립공원의 탐방로와도 일치한다. 대부분의 인물은 유람 당시 사
대부로서 관직에 몸을 담고 있었다. 그렇기에 그들의 유람의 출발지
는 당시 관직을 맡고 있던 지역인데 함양, 남원 등 모두 지리산에서
멀리 않은 곳이다. 그렇기에 유람의 목적지가 지리산으로 선택된 것
이 당연했던 것이라 추측되기도 한다.

　또한 유람 중 청학동에 들른 인물들이 있는데, 청학동과 관련된 일
화에는 대부분 '최치원'이 등장함을 알 수 있다. 당시의 서술에 따르면
청학동은 '고운(孤雲)이 신선이 되어 노니는 곳' 혹은 '이상향'으로서
간주했던 것 같다. 이러한 이유에서 청학동을 유람 일정에 포함시킨

것으로 간주된다.

지리산 유람은 여름이나 겨울보다는 주로 야외활동에 적합한 봄과 가을에 주로 이루어졌다. 봄꽃이나 가을 단풍을 보기위해 이 시기에 유람을 선택하기도 했을 것이다. 선인들은 지리산 유람 간에 산길이나 계곡을 걷는 경우를 제외하고는 대체적으로 말을 타고 이동을 했다. 가끔 가마나 남여를 이용하기도 하였고, 물이 불어난 시내를 건널 때는 승려나 다른 이의 등에 업혀서 건너기도 했다. 이들의 이동수단을 보더라도 당시가 엄격한 계급사회였음을 알 수 있다.

지리산 유람 중에 주로 이용된 숙박 장소는 사찰이 많은 부분을 차지한다. 간간이 친척이나 지인의 집에서 숙박을 하기도 했으나, 지리산 권역 내에서는 사찰 외에 마땅히 숙박을 할 만한 곳이 없었기 때문이라 추측된다. 식사와 음주 행위 역시 사찰에서 많이 이루어졌다. 숙박 장소인 사찰에 이르면 승려가 저녁식사와 식사 후의 술자리를 제공했기 때문이다. 사찰에 머무르는 동안에는 사찰을 관람하거나, 승려들과 대화를 나누기도 하고, 독서를 하거나 일행들과의 강론도 펼쳤다. 이렇듯 휴양 행태 역시도 사찰에서 가장 다양하게 이루어졌다. 이 외에 대부분의 휴양 행태는 이동 간에 이루어졌는데 주로 악공과 기생을 동반해 음주가무를 하거나, 시를 짓거나, 주변 풍경을 조망하였다. 또 다른 행위로는 '제명(題名)'이 있다. 제명은 명승지에 자신의 이름을 기록하는 것인데 김종직과 박여량은 유람 중 바위와 암자의 벽에 제명을 했다고 나타난다. 반면에 조식과 성여신은 이러한 제명 행위에 대해 비판을 했음을 알 수 있다. 당시도 명승지에서의 제명 행위가 있었던 것으로 보이며, 이는 현재에도 유사하게 나타난다. 이는 예나 지금이나 비슷한 양상을 나타내는데, 결코 옳은 행위는 아니기에 건전한 휴양문화 확립을 위해 근절되어야 할 행위이다.

지리산 유람록에 나타나는 수종은 9종의 초본류와 36종의 목본류로 나눌 수 있다. 초본류로는 골풀, 맥문동, 국화, 마, 당귀, 돌창포, 고사리, 땅두릅, 취나물이 출현한다. 목본류로는 잣나무, 감나무, 밤나무, 전나무, 왕대, 마가목, 진달래, 철쭉 등이 출현한다.

초본류인 국화와 마, 목본류인 매화나무, 석류나무는 사찰이나 마을의 정자 부근에 주로 보이는데 이는 인위적으로 심어 가꾼 것으로 생각된다. 또한 한자로 기록된 원문에 맞춰 수종을 유추해야 하는데 정확한 유추가 어려운 수종이 있었다. 지리산의 자연환경에서 살기 어려운 녹나무와 후추나무 등이 그 예이다. 당시 지리산 권역의 정확한 수종 파악을 위해서 좀 더 심도 있는 연구가 필요한 것으로 사료된다.

현재 산림문화에 대한 사회적 수요와 분위기는 계속 증가하고 있지만 산림문화에 대한 자료 제공은 부족한 실정이다. 이러한 측면에서 본 연구는 산림문화의 다양한 스펙트럼 제시라 말할 수 있다. 그러나 산림문화의 다양성 증진을 위해 시작된 본 연구 역시도 아직은 취약한 점이 많다. 현존하는 52편의 지리산 유람록에 대한 좀 더 구체적이고 체계적인 분석도 이루어져야 할 것이다. 정확하고 다각적 측면에서의 접근을 위해 지리학, 관광학 등 타 분야와 연계한 연구 역시도 필요하다. 또한 당시 지리산의 출현수종 유추와 지리산국립공원 탐방로와 지리산길의 질적 향상을 위해서 좀 더 심오한 연구가 필요하다고 사료된다. 이미 조성되어 운영 중인 지리산길은 물론, 아직 미조성된 전라권의 지리산길에 선인들의 유람 경로를 포함시켜 코스를 개발해낸다면, 현재 지리산을 찾는 사람들에게 훨씬 더 가치 있고 의미 있는 시간

이 될 것이다. 지리산국립공원의 탐방로에도 지리산길과 동일한 방식
을 적용시킨다면 단순한 등산의 개념이 특별한 산림문화의 체험으로
변모할 수 있는 좋은 계기가 될 것이다.

이 글은 『한국산림휴양학회지』 15집(2011), 39~49쪽에
게재한 글을 수정·보완한 것이다.

지리산 유람록에 나타난
이상향의 경관 특성

소현수 · 임의제

I. 서론

1. 연구의 배경과 목적

서양의 '유토피아(Utopia)'에 해당하는 이상향은 물리적 공간에 방해받지 않는 자유로운 여건 하에서 인간의 가치를 표현한 개념이다. 이상향은 이와 같이 세상에 존재하지 않는 환상의 세계를 나타내지만 속세와 구별되는 특별한 곳도 포함한다. 서양의 에덴동산이 담장을 둘러 자연과 격리된 것과 달리 '무릉도원(武陵桃源)'으로 대표되는 동아시아의 이상향은 자연에 귀속되어 이상적 삶의 조건이 완비된 최적의 입지처를 선택하는 실천적 방식으로 전개된다. 한 집단의 이상향에 대한 양상은 자연에 대한 인식과 태도, 시·공간적 환경심리, 가시적 문화경관 형성이라는 속성에 의해서 드러난다.[1]

---

1 최원석(2009), 「한국 이상향의 성격과 공간적 특징-청학동을 사례로-」, 『대한지리학회

우리 선조들이 찾은 '속세와 구별되는 특별한 곳'은 지리산의 '청학
동(靑鶴洞)', 금강산의 '이화동(梨花洞)', 바다 어딘가의 섬 '단구(丹邱)',
속초 영랑호 근처의 '회룡굴(回龍窟)' 등 셀 수 없이 많다.[2] 이렇게 지역
적 특성이 개입된 이상향의 사례들은 지형·지리적으로 동천복지형(洞
天福地型)과 해도형(海島型)이라는 두 가지 양상으로 구분된다.[3] 청학동
은 동천복지형 이상향의 원형으로서 삼신산(三神山) 중에서 '방장산(方
丈山)'이라는 상징성을 가진 지리산과 관련하여 통일신라 말기 최치원
(崔致遠, 857~?)과 고려시대 이인로(李仁老, 1152~1220)의 설화[4]가 전승
되면서 구체화되었다.

선조들에게 지리산은 신비로운 경관에 의해서 신선이 사는 곳으로
인식되었고, 조선시대 영남 사림들은 지리산을 방문함으로써 인간 세
상을 벗어나 물외(物外)에서 노니는 것을 경험하면서 현실의 고통을
잊었다.[5] 이러한 문인들의 산행은 새로운 문화가 되었으며, 유람 후
체험과 감흥을 새로운 서술 체계로 작성한 문학 장르인 유람록[6]이 만
들어졌다. 함축적 언어로 작성된 시문과 달리 상세한 서술이 특징인

지』 44(6), 745~760쪽.

2 서신혜(2010), 『조선인의 유토피아』, 문학동네.

3 최원석(2009), 앞의 논문, 748쪽.

4 李仁老, 『破閑集』 제1권, 「智異山遊覽記錄」.

5 16~17세기에 지리산 유람록을 기록한 변사정, 양대박, 양경우는 전라도 남원에 살던
   士人이었고, 성여신과 박민은 진주에 살던 재야 사족으로서 이들은 권력으로부터 소외
   되거나 집권 세력과 뜻이 맞지 않았던 경우가 대부분이다. 18세기에 유람록을 창작한
   신명구, 정식, 황도익, 이주대도 정치권에서 밀려난 사족들이다. 최석기 외(2000), 『선
   인들의 지리산 유람록』, 돌베개, 388~389쪽.

6 산수 기행문은 다양하게 불린다. 실제 작품에 나타난 '유○○산기, 유○○산록, 遊記,
   遊錄, 山水記' 이외에도 '기행록, 기행문' 등이 사용되고 있다. 본 연구는 '유람록'으로
   지칭한다.

유람록은 당시 경관에 대한 그들의 인식과 가치관을 파악할 수 있는 자료로써 연구의 가치를 가진다. 일례로, 이상향과 관련하여 여러 편의 지리산 유람록에서 청학동이 현재 알려진 하동군 청암면 묵계리가 아니라 불일암·불일폭포가 있는 쌍계사 일대를 지칭하였다. 지리산 유람록에는 청학동뿐만 아니라 무릉도원, 별천지(別天地), 동천(洞天) 등 여러 가지 키워드로 이상향이 묘사되어 있다. 그러므로 유람록은 당시 문인들이 도가적 자취를 내포하면서 인간 세상 속에 감춰진 신선 세계를 지향하였던 '선유(仙遊)'의 내용을 담고 있다.

본 연구의 목적은 조선시대의 지리산 유람록을 통해서 선조들이 인식한 이상향을 탐색하는데 있다. 이것은 이상향에 대한 추상적 접근에 집중된 선행연구에서 나아가 이상향의 물리적 구성 요소와 구체적 경관 요소를 도출함으로써 전통적 이상향을 설명하는 작업이다. 이를 위해서 문인들의 유산(遊山) 문화와 선경(仙境)의 관련성을 이해하고, 선조들이 선계(仙界)로 인식한 지리산의 여건을 규명하여 중국에서 전래된 전형적 이상향과 다른, 우리 국토를 기반으로 풍토에 적용한 이상향의 양상과 경관 특성을 정리하고자 한다.

2. 연구의 방법과 내용

지리산 유람록은 이륙(李陸, 1438~1488)이 1463년 지리산을 방문하고 기록한「유지리산록(遊智異山錄)」을 효시로 하여 20세기 중반까지 약 100여 편이 만들어졌다.[7] 그런데 19세기 중반 이후의 지리산 유람

---

7 『지리산과 유람문학』 부록에 15세기, 16세기, 17세기 전반기, 17세기 후반기, 18세기, 19세기, 20세기로 구분된 유람록 정보가 정리되어 있다. 최석기 외(2013), 『선인들의

록은 문학적 가치가 떨어지고, 최치원이 불가(佛家)에 심취한 점에 대하여 비판하는 내용이 반복하여 등장함으로써 이상향에 대한 문인들의 인식이 달라졌음을 파악할 수 있다.[8] 따라서 본 연구는 연구 대상의 시간적 범위를 문인들이 지리산 유람을 다녀온 시기를 기준으로 하여 15세기부터 18세기까지로 한정한다.

한문으로 작성된 유람록을 연구하기 위해서 이를 발굴하고 고증, 번역하는 선행 작업이 요구되는데, 본 연구 대상이 된 지리산 유람록은 지리산권문화연구단 번역총서로서 총 6권으로 구성된 『선인들의 지리산 유람록』에 소개되었다.[9] 1권 책머리에 "원문의 의미를 멋대로 해석하지 않고, 원의를 충실히 살리려고 하였다. 따라서 학술적 자료로도 활용할 수 있을 것이다. 또한 유람록에 보이는 특정한 곳이나 특정 인물들의 유적에 대해서는 부록 자료를 실어 참고하게 하였다."[10]라고 밝혔다. 이 밖에도 지리산 유람록 별로 유람 일시와 일정이 정리되고, 유람 행로가 간략한 도면으로 제시되었으며, 기록 중 등장하는 예전 지명에 대한 현재 소재지를 각주로 달아 이해를 돕는다. 여기에 유람록 작가의 연혁 등 연구 진행을 위해 도움이 되는 정보가 부가되었다. 본 연구는 6권의 책 중에서 15세기부터 18세기까지 작성된 지리산 유람록이 실린 두 권의 책, 『선인들의 지리산 유람록』(2000)과 『지리산

지리산 유람록 6』, 보고사, 417~423쪽.

8 최석기 외(2013), 앞의 책, 161~165쪽.

9 『선인들의 지리산 유람록』(2000)-15~17세기, 『지리산 유람록-용이 머리를 숙인 듯 꼬리를 치켜든 듯』(2008)-15~18세기, 『선인들의 지리산 유람록 3』(2009)-18~19세기, 『선인들의 지리산 유람록 4』(2010)-18~19세기, 『선인들의 지리산 유람록 5』(2013)-19~20세기, 『선인들의 지리산 유람록 6』(2013)-20세기.

10 최석기 외(2000), 앞의 책, 6~7쪽.

유람록』(2008)에 소개된 27편의 지리산 유람록 중에서 이상향에 대한 묘사가 있는 〈표 1〉의 유람록 23편을 선정하여 연구를 진행하였다. 또한 한국고전번역원에서 제공하는 3편의 지리산 유람록 원문과 원문 해석 자료를 연구에 보조적으로 활용하였다.

본 연구는 지리산 유람록을 대상으로 하는 문헌 연구 방법으로 이루어지며, 연구의 내용은 23편의 지리산 유람록에서 이상향과 신선 세계를 묘사한 문장을 추출하여 그 문장을 토대로 문인들이 인식한 지리산 이상향의 양상을 정리하는 것이다. 고찰 결과로서 이상향으로 지목된 지리산의 공간과 이상향을 구성하는 지리산 경관의 특성을 제시한다.

〈표 1〉 연구 대상의 지리산 유람록

출처	연번	유람록의 명칭	유람록의 작가	참조	유람 시기(음력)		주요 방문 장소
선인들의 지리산 유람록 (2000)	1	유두류록 (遊頭流錄)	김종직(金宗直, 1431~1492)	○	1472. 8. 14~8. 18	가을	함양, 엄천, 화암, 고열암, 천왕봉, 통천문, 영신사, 등구재
	2	지리산일과 (智異山日課)	남효온(南孝溫, 1454~1492)	○	1487. 9. 27~10. 13	가을	단속사, 천왕봉, 영신암, 의신암, 칠불사, 화개동, 쌍계사, 불일암
	3	듀류기행록 (頭流紀行錄)	김일손(金馹孫, 1464~1498)	●	1489. 4. 14~4. 28	봄	용유담, 단속사, 법계사, 천왕봉, 영신사, 신흥사, 쌍계사, 청학동
	4	유두류록 (遊頭流錄)	조 식(曺 植, 1501~1572)	●	1558. 4. 10~4. 25	봄	하동, 악양, 삽암, 쌍계사, 불일암, 신응사, 악양현
	5	두류산기행록 (頭流山紀行錄)	양대박(梁大樸, 1543~1592)	●	1586. 9. 2~9. 12	가을	백장사, 실상사, 두모담, 군자사, 용유담, 제석봉, 천왕봉
	6	두류산일록 (頭流山日錄)	박여량(朴汝樑, 1554~1611)	●	1610. 9. 2~9. 8	가을	함양, 용유담, 군자사, 제석당, 천왕봉, 상류암, 방곡촌

선인들의 지리산 유람록 (2000)	7	유두류산록 (遊頭流山錄)	유몽인(柳夢寅, 1559~1623)	●	1611. 3. 28~4. 8	봄	정룡암, 용유담, 천왕봉, 의신사, 신흥사, 쌍계사, 불일암, 화개동
	8	방장산선유일기 (方丈山仙遊日記)	성여신(成汝信, 1546~1632)	◎	1616. 9. 24~10. 8	가을	삽암, 도탄, 쌍계사, 불일 암, 화개현, 신응사, 평사 역 촌가
지리산 유람록 (2008)	9	두류산선유기 (頭流山仙遊記)	박 민(朴 敏, 1566~1630)	◎	1616. 9. 24~10. 8	가을	삽암, 도탄, 쌍계사, 불일 암, 화개현, 신응사, 평사 역 촌가
	10	유두류산록 (遊頭流山錄)	조위한((趙緯韓, 1567~1649)	●	1618. 4. 11~4. 17	봄	남원, 곡성, 구례, 화개동, 쌍계사, 불일암, 신흥사
	11	상쌍계신흥기행록 (賞雙溪神興紀行錄)	양경우(梁慶遇, 1568~1629)	◎	1618. 4. 15~5. 18	봄	하동, 악양, 화개, 쌍계사, 불일암, 완폭대, 신흥동
	12	지리산청학동기 (智異山靑鶴洞記)	허 목(許 穆, 1595~1682)	○	1640. 9. 3	가을	악양, 섬진강, 삼신동, 쌍 계사, 불일암, 청학동, 완 폭대
	13	유두류산기 (遊頭流山記)	박장원(朴長遠, 1612~1671)	●	1643. 8. 20~8. 26	가을	안음현, 함허정, 용유담, 군자사, 제석당, 천왕봉, 금대암
	14	두류산기 (頭流山紀)	오두인(吳斗寅, 1624~1689)	●	1651. 11. 1~11. 6	겨울	악양, 화개협, 쌍계사, 불 일암, 옥소암, 신흥사, 신 계촌, 덕산서원
	15	유두류산기 (遊頭流山記)	김지백(金之白, 1623~1670)	◎	1655. 10. 8~10. 11	가을	화엄사, 연곡사, 화개동, 쌍계사, 불일암, 청학동, 삼신동, 칠불암
	16	두류록 (頭流錄)	송광연(宋光淵, 1638~1695)	●	1680. 8. 20~8. 27	가을	쌍계사, 청학동, 불일암, 완폭대, 삼신동, 칠불사, 천왕봉, 군자사
	17	유두류일록 (遊頭流日錄)	신명구1(申命耉, 1666~1742)	◎	1719. 5. 16~5. 21	여름	덕산, 살천, 진주담, 남대 암, 무위암, 동당곡, 덕산 사, 세심정
	18	유두류속록 (遊頭流續錄)	신명구2(申命耉, 1666~1742)	◎	1720. 4. 6~4. 14	봄	삽암, 화개, 쌍계사, 청학 동, 완폭대, 불일암, 삼신 동, 신흥사

지리산 유람록 (2008)	19	두류록 (頭流錄)	정 식1(鄭 拭, 1683~1746)	◎	1724. 8. 2~8. 27	가을	덕천서원, 남대암, 천왕 봉, 쌍계사, 불일암, 칠불 암, 신흥암, 삽암
	20	청학동록 (靑鶴洞錄)	정 식2(鄭 拭, 1683~1746)	◎	1743. 4. 21~4. 29	봄	악양, 화개동, 쌍계사, 내 원암, 향로봉, 불일암, 칠 불암, 신흥암
	21	두류산유행록 (頭流山遊行錄)	황도익(黃道翼, 1678~1753)	◎	1744. 8. 27~9. 9	가을	화개, 쌍계사, 완폭대, 불일암, 삼신동, 칠불암, 신흥사, 선유동
	22	유두류산록 (遊頭流山錄)	이주대(李柱大, 1689~1755)	◎	1748. 4. 1~4. 24	봄	덕천서원, 하동, 악양, 화개동, 쌍계사, 신흥암, 칠불암, 불일암
	23	남유기 (南遊記)	김도수(金道洙, 1699~1733)	●	1727. 9. 12~10. 5	가을	삽암, 화개장터, 쌍계사, 불일암, 신흥사, 칠불사, 연곡사, 화엄사

○ : 한국문집총간 원문과 번역 자료 참조
● : 한국문집총간 원문 자료 참조
◎ : 최석기 저서의 원문과 번역 자료 참조

3. 연구사

국문학과 한문학 등 인문학 분야에서 유람록에 대한 발굴 및 번역 작업을 진행함으로써 지리산, 청량산, 금강산, 한라산, 가야산, 무등 산, 계룡산, 속리산 등 우리나라 명산을 방문하고 작성한 문인들의 유람록이 소개되었다. 이와 함께 작가인 문인들의 성향과 유산의 목 적, 내용상 함축하는 의미 외에 유람록의 시공간적 추이, 새로운 문학 장르로서 유람록의 구성과 서지적 특성을 고찰한 연구들이 이루어졌 다.[11] 또한 이들 연구를 토대로 하여 사학, 미술학, 교육학, 관광학,

---

11 호승희(1995), 「조선전기 유산록 연구」, 『한국한문학연구』 18, 한국한문학회, 97~126

임학, 건축학 등에서 다방면으로 응용한 연구가 확대되는 추세이다. 조경학 분야에서는 소현수(2003)가 지리산 유람록에서 묘사된 문인들의 조경적 인식을 산수관, 승경관, 가거관으로 정리하면서 유람록 연구가 시작되었고,[12] 이창훈(2014)도 지리산 유람록에서 현대의 명승 개념에 적정한 14개의 대상지를 추출하였다.[13] 또한 안계복(2011)은 희양산 경관에 대한 역사적 인식을 고찰하기 위한 자료로써 유람록을 도입하는[14] 등 다수 연구자들이 연구 자료에 유람록을 포함하고 있다.

 본 연구의 주제인 이상향이나 선경 역시 인문학 분야 연구가 주를 이루며, 시, 소설, 그림, 음악 등 다양한 문화의 결과물에서 전통적 이상향을 파악하였다. 조경학 분야에서 이진희(1995)가 조선시대 산수화에 표현된 이상향의 경관이 실제 경관을 수용한 현실 속 유토피아라는 특징을 제시하였으며,[15] 심우경(2007)은 동서양 고분벽화에서 이상향을 살핀 바 있다.[16] 김영모·진상철(2002)은 방장선도와 함께 승경지

쪽 ; 이종묵(1997), 「유산의 풍속과 유기류의 전통」, 『고전문학연구』 12, 한국고전문학회, 385~408쪽 ; 이혜순, 정하영, 호승희, 김경미(1997), 『조선중기의 유산기 문학』, 집문당 ; 박종익(1999), 「유산기 고찰」, 『어문연구』 31, 어문연구학회, 145~181쪽 ; 박영민(2004), 「유산기의 시공간적 추이와 그 의미」, 『민족문화연구』 40, 고려대학교 민족문화연구원, 73~98쪽.

12 소현수(2003), 『조선시대 「유산기」를 통해 본 전통경관 연구—지리산을 중심으로』, 서울시립대학교 석사학위논문.

13 이창훈(2014), 『조선시대 유람록에 나타난 지리산 경관자원의 명승적 가치』, 상명대학교 박사학위논문.

14 안계복(2011), 「희양산 경관의 역사적 인식에 관한 연구」, 『한국전통조경학회지』 29(4), 한국전통조경학회, 40~48쪽.

15 이진희(1995), 「유토피아적 경관해석에 관한 연구—조선시대 산수화를 중심으로」, 『한국전통조경학회지』 13(1), 한국전통조경학회, 61~71쪽.

16 심우경(2007), 「고분벽화에 표현된 이상향이 정원문화에 미친 영향」, 『한국전통조경학회지』 25(2), 한국전통조경학회, 11~24쪽.

에 은일처로써 동천을 경영한 고대 원림 문화의 양상을 설명하였다.[17] 이혁종(2010)은 우리나라 동천의 입지 유형을 제시하고 '심산동구형(深山同口型)' 동천을 무릉도원형 이상향의 공간구조라고 정리하였다.[18] 개별 전통공간에 집중하여 노재현·신상섭(2010)은 한라산의 방선문(訪仙門),[19] 박성주 외(2010)는 선유구곡,[20] 노재현 외(2011)는 갈은구곡의 선경을 대상으로 연구하였다.[21] 김덕현(2007)은 내앞마을을 유교적 이상향 만들기로 설명하였으며,[22] 김태수(2009)는 17세기 선비 다섯 명이 산수에 경영한 은거지를 이상향으로 이해하여 경관 처리 방식을 정리한 바 있다.[23] 이 연구는 본 연구에서 은거지를 지리산 이상향과 연계시켜 고찰한 부분과 동일한 맥락을 가진다.

특히 강정화(2009)는 지리산 유람록 작가들이 지리산을 선계로 인식하고 유선(儒仙)으로서 유람이 이루어진 것[24]이라고 설명하여 본 연

---

17 김영모·진상철(2002), 「신선사상에 영향 받은 전통 조경문화의 전개양상에 관한 연구 －고대시대의 조경문화를 중심으로」, 『한국전통조경학회지』 20(3), 한국전통조경학회, 78~91쪽.

18 이혁종(2010), 『전통조경공간에서 나타난 동천의 조영 특성』, 서울시립대학교 석사학위논문.

19 노재현·신상섭(2010), 「제주 방선문의 선경적 이미지와 명승적 가치」, 『한국조경학회지』 38(1), 한국전통조경학회, 98~106쪽.

20 박성주·노재현·심우경(2010), 「선유구곡 원림에 나타난 신선지향적 모티프」, 『Journal of Korean Institute of Traditional Landscape Architecture』 8, 한국전통조경학회, 30~38쪽.

21 노재현·박주성·심우경(2011), 「구곡원림에서 찾는 신선경의 경관 스토리보드-괴산 갈은구곡을 대상으로」, 『한국전통조경학회지』 29(1), 한국전통조경학회, 90~104쪽.

22 김덕현(2007), 「'내앞'의 유교적 이상향 만들기」, 『건축역사연구』 16(5), 한국건축역사학회, 118~135쪽.

23 김태수(2009), 『조선시대 은거선비들의 산수경영과 이상향』, 고려대학교 박사학위논문.

24 강정화(2009), 「지리산 유산시에 나타난 명승의 문학적 형상화」, 『동방한문학』 41, 동방한문학회, 363~427쪽.

구에서 주제를 설정하는 기반을 제공하였다. 하혜숙(1994)은 지리산 지역의 이상향으로 최치원과 조식이 언급한 화개동천과 묵계, 그리고 이후 조성된 도인촌과 덕산동을 고찰하였다.[25] 여기서 조선후기 실학 자들이 현실적 사회 개혁에 관심을 두고 이상적으로 구상한 사회를 잘 나타낸 것이 이중환의 『택리지』 「복거총론」에 기술된 가거지론(可居地論)이라고 규정하였다. 이것은 본 연구에서 문인들이 지리산의 민촌을 살만한 곳으로 인식한 조건을 살펴 이상향과 연계시키는데 바탕이 되었다. 또한 최원석(2009)은 지리산 청학동이 한 군데가 아니라 시간이 흐름에 따라 여러 곳으로 전개된 양상을 제시하여 청학동에 대한 이해를 도왔다.[26]

본 연구는 축적된 연구 성과를 토대로 하되 이상향을 설명하기 위하여 다수의 지리산 유람록에 구체적으로 기술된 문장을 분석하는 방식을 도입한다는 차별성을 지닌다. 또한 이미 인지하고 있는 이상향의 상징성에서 나아가 문인들이 지칭한 지리산 이상향의 물리적 공간을 탐색하고 경관 요소 및 입지 특성을 도출하여 구체화한다는 의의가 있다. 이것은 동시대 다수의 문인들이 지리산이라는 같은 곳을 체험하면서 인식했던 여러 가지 이상향을 한꺼번에 비교·고찰할 수 있는 유람록이라는 문헌의 내용적 속성을 발견함으로써 가능해졌다.

---

25 하혜숙(1994), 『지리산지역의 이상향에 대한 연구』, 경상대학교 석사학위논문.
26 최원석(2009), 앞의 논문 참조.

II. 지리산 유람과 선경의 관련성

1. 지리산 유람의 양상

〈표 1〉에 정리한 정보에 따르면, 겨울에 방문한 오두인(14)과 여름에 방문한 신명구1(17)를 제외하면 문인들이 지리산을 방문한 시기가 봄에 8명, 가을에는 13명이어서 자연의 미감을 만끽할 수 있는 봄과 가을에 집중되었음을 알 수 있다. 유람 여정을 살펴보면, 문인들은 지리산에 인접한 여러 고을에서 출발하여 천왕봉을 오르거나 청학동을 찾는 두 가지 방식으로 나누어진다. 출발지는 경상남도에 소재한 함양, 거창, 합천, 안의, 산청, 진주, 함안, 하동, 악양 등이며, 전라북도에 소재한 남원, 장성, 운봉과 전라남도 구례, 순창이다. 양경우는 전라남도 영암에서 진도, 강진, 보성, 순천을 거쳐 하동, 악양, 쌍계사에 이르는 긴 일정으로 유람하였다. 여기서 영남과 호남에 걸쳐 넓은 영역을 차지하는 지리산의 위상을 인지할 수 있다. 여정 중 방문 장소에는 화엄사, 연곡사, 백장사, 실상사, 군자사, 단속사, 덕산사, 법계사, 신흥사, 의신사, 영신암, 칠불암, 쌍계사, 불일암 등 지리산 일대 사찰 및 암자가 많았다. 이외에도 문인들은 덕천(덕산)서원, 세심정, 악양리 등 유학자를 기리는 서원이나 은거지, 그리고 용유담, 두모담, 용추, 섬진강 화개동, 삼신동, 불일폭포, 완폭대 등 하천 주변 자연 승경지를 방문하였다.

2. 지리산 유람의 목적

조선시대 문인들이 지리산을 유람하게 된 동기 중 하나가 청학동

·삼신동 등 선계에서 노닐며 탈속적 정취를 즐기는 것이다.[27] 이와 관련하여 속박된 현실을 떠나 자유로운 선계를 유람하고 싶다는 문인들의 유람 목적이 연구 대상의 유람록 중 12편에서 기술되었다. 이를 세 가지로 구분할 수 있는데, 첫 번째는 '인간세상과 차별화된 신선세계 즐기기'라는 목적이다. 이와 관련하여 '만약 산 속의 꽃이 지기 전에 선계를 찾아 시를 수창하며 명승지를 기행한다면 이는 평생 얻기 힘든 좋은 기회라네(양경우)'라고 하였다. 또한 병을 앓게 된 일행때문에 '이곳에서 곧장 돌아간다면 신선이 사는 곳을 유람하고 싶어했던 소원을 끝내 풀 날이 없을 것입니다. 이 기회를 놓쳐서는 안 됩니다(황도익)'라고 언급한 내용에서 동일한 지리산 유람 목적을 확인할 수 있다.

두 번째 유람 목적으로 '신선이 사는 지리산 유람'에 대한 희망이 드러난다. 이에 대하여 '두류산은 곧 삼신산의 하나이다. 진시황과 한무제는 배를 타고 바다를 건너 삼신산을 찾게 하느라 쓸데없이 공력을 허비하였는데, 우리들은 앉아서 이를 구경할 수 있다. 나는 올 봄에 두류산을 마음껏 유람하여 오랜 숙원을 풀고 싶소(유몽인)'라고 하였다. 또한 '구루의 수령이 되었던 갈지천(신선술에 능통했던 진나라 갈홍)의 마음도 일찍이 단사(선약의 재료)에 없었던 것이 아니었다. 진주에 도착하고 나서 매일같이 두 짝의 나막신을 준비하였으니, 두류산의 운무와 원학(원숭이와 학)이 모두 나의 단사이기 때문이었다(김일손)'라고 유람 목적을 설명하였다. 역시 '지금까지 한 번도 방장산을 유람하지 못했네, 일에 얽매였기 때문만은 아니고, 속세의 인연이 다 하지 못해

---

27 최석기 외(2013), 앞의 책, 57쪽.

마귀들이 방해해서일 것이네(조위한)'라고 묘사하였다.

　세 번째로 '지리산의 이상향 청학동 방문' 목적을 가진 유람 빈도가 높았다. '나는 남쪽으로 내려온 이후 쌍계사를 한 번 찾아가 평생 가보고 싶었던 소원을 풀고 싶었으나 그렇게 하지 못하였다. …… 다만 발걸음을 두류산에 들이지 못한 것이 한스러울 따름입니다(오두인)'라고 하였는데, 쌍계사는 당시 청학동이 위치하였던 불일계곡으로 접근하기 위해 거쳐야 하는 장소였다. 이에 대하여 '나는 한 번만이라도 기이한 곳을 찾고 진경을 탐방하여 '쌍계석문' 큰 네 글자를 손으로 만져보고, 팔영루 아래의 맑은 물에 발을 씻고, 아득한 옛날의 유선을 불러보고, 천 길 절벽에서 학의 등에 올라타고서 선경을 유람하여 내 평생의 소원을 풀고 싶었다(박여량)'라는 청학동을 향한 유람 목적이 제시되었다.

3. 지리산 유람 후 소회

　문인들은 지리산 유람록 마지막에 '선경이라는 특별한 체험의 즐거움'을 밝히고 있다. 이에 대하여 '패랭이를 쓰고 짚신을 신고서 신선이 사는 산을 바라보니 맑은 흥이 가슴에 가득하고 차림새가 산뜻하여, 마치 가을 숲에서 매미가 허물을 벗고 나온 듯, 구만리 상공으로 기러기가 날아가는 듯했다(정식1)'라고 기술하였다. 또한 '선경을 떠남에 대한 아쉬움'을 드러내기도 하였다. 이것은 '대나무 숲과 감나무 밭 사이사이에 채소밭이 있는 것을 보고서야 비로소 인간 세상임을 깨달았다. 그러나 머리를 돌려 청산을 바라보니, 안개와 노을이 드리우고 원숭이와 학이 노니는 선경을 떠나온 회포가 벌써 가슴속에 밀려들었

다(김일손)'라는 서술과 '날이 이미 저물어 그곳에서 묵었다. 나흘간의
유람에 처음으로 촌가에서 묵은 것이다. 하루 사이에 선계에서 속세
로 바뀌어버렸다. 구름 덮인 산을 바라보니 씁쓸한 마음을 지울 수
없었다(오두인)'라는 유람 후 소회로 알 수 있다. 여기서 인간 세상은
대나무 숲, 감나무 밭, 채소밭 등 식생 경관과 촌가라는 문화경관으로
구체화하고, 신선 세계는 청산, 안개, 노을, 구름 등 기상 현상과 원숭
이와 학이라는 상징 동물로 묘사하여 대비시켰다.

　살펴본 바와 같이 문인들이 지리산 유람 목적과 유람 후 소회를 기
록한 글을 통해서 지리산과 선경의 관련성을 확인하였다. 이에 대하
여 김지백은 '두류산은 일명 방장산으로 불리니 삼신산 가운데 하나임
은 분명하다, 그 크기는 열두 고을에 걸쳐 있어 빼어난 경치를 한두
군데로 꼽을 수 없다. 남으로는 바다와 가까워 더욱 맑은 기운이 쌓여
흩어지지 않아 그 기운이 서려있고 빙빙 돌며 충만하니, 신선이 사는
곳이라 믿을 만하다'라고 기록하였다. 문인들이 지리산을 삼신산 중
하나인 방장산이라고 부른 것은 김종직이 「유두류록」에 '방장산은 바
다 밖 삼한에 있네[方丈三韓外]'라고 읊은 구절을 인용한 뒤이며, 조선
시대 지식인들은 이 두보(杜甫)의 시구[28]를 전거로 삼아 방장산이 곧
지리산이라고 인식하였다.[29]

---

28 두보, 「奉贈太常張卿垍二十韻」이라는 시의 첫 구이다. 최석기 외(2013), 앞의 책, 27쪽
　참조.
29 위의 책, 27쪽.

Ⅲ. 지리산에서 찾은 이상향의 경관

1. 지리산 이상향의 유형 분석

23편의 지리산 유람록에서 추출한 이상향과 신선 세계를 묘사한 문장들을 고찰한 결과, 이들 문장에 묘사된 '무릉도원', '별천지', '동천', '청학동'이라는 네 가지 키워드를 지리산 이상향의 유형으로 추출하였다. 연구 대상의 지리산 유람록별로 추출된 이상향 키워드를 〈표 2〉에 제시하였다.

〈표 2〉 지리산 유람록에 나타난 이상향의 유형

연번	유람록의 명칭	이상향의 유형			
		무릉도원	별천지	동천	청학동
1	유두류록	○			○
2	지리산일과	○			○
3	두류기행록				○
4	유두류록				○
5	두류산기행록			○	
6	두류산일록		○		
7	유두류산록	○			○
8	방장산선유일기				○
9	두류산선유기				
10	유두류산록	○	○	○	○
11	상쌍계신흥기행록			○	○
12	지리산청학동기				○
13	유두류산기	○			
14	두류산기		○	○	○
15	유두류산기				○
16	두류록	○		○	○
17	유두류일록	○	○		

18	유두류속록	○	○	○	
19	두류록		○		
20	청학동록				○
21	두류산유행록		○		○
22	유두류산록			○	
23	남유기	○		○	○
계(편)		9	7	9	14

　무릉도원은 9편, 별천지는 7편, 동천은 9편, 청학동은 14편의 지리
산 유람록에 묘사되었다. 청학동에 대해 묘사한 유람록이 많은 수를
차지하는 것이 특징인데, 이것은 '무릉도원', '별천지', '동천'은 방문
한 유람 장소를 기술하는데 사용하고, 청학동은 문인들이 인지한 이
상향의 장소로서 지리산 유람의 목적지였기 때문이다. 조위한의 「유
두류산록」에는 네 가지 이상향이 모두 표현되었는데, 이것은 그가 남
원에서 은거하던 중에 화개동, 쌍계사, 불일암, 신흥사를 거치는, 청
학동을 향하는 주요 경로를 유람하였던 결과라고 추정된다. 진주에
거주하며 남명 조식 문하의 학자들과 교유하였던 박민의 「두류산선유
기」에는 묘사된 이상향이 없었다. 이것은 박민 역시 청학동에 이르는
하동, 악양, 쌍계사, 불일암, 신흥사를 유람하였으나 유람록이 상대
적으로 짧은 분량이었기 때문이라고 사료된다.

2. 지리산 이상향의 유형별 경관

1) 무릉도원에 대한 묘사

　중국 동진시대 시인 도연명(陶淵明, 365~427)이 「도화원기(桃花源記)」
에 기록한 무릉도원에서 복숭아나무 숲, 동굴 안쪽에 있는 넓고 확

트인 평평하고 기름진 땅, 연못, 뽕나무, 대나무, 닭 울고 개 짖는 소
리, 농사짓는 사람들이라는 주요 경관 요소를 추출할 수 있다. 지리산
유람록에 기술된 무릉도원의 가치는 '예컨대 신선들이 사는 곳이 아니
면, 필시 도망쳐 온 백성들이 사는 곳이리라. 이곳은 결코 평범한 사
람들이 사는 마을은 아닐 것이다(송광연)'에서 알 수 있듯이 '신선이
사는 곳'에 있다. 나아가 '만약 닭·개·소·송아지를 끌고 이곳에 들어
와 나무를 베어내고 밭을 개간하여 기장·찰벼·삼·콩 등을 심는다면
무릉도원보다 못할 것이 없으리라(김종직)'와 '산속 외딴 마을은 무릉
도원인 듯 했으니, 집을 옮겨와 살 수 없음이 한스러웠다(조위한)'처럼
자신이 은거할 곳을 희망하는 마음으로 전개된다.

　문인들은 지리산을 본 뒤 자신이 알고 있던 중국의 이상향 '무릉도
원이 진경이 아닌 줄 알았으며(김도수)', 청학동이 있는 곳으로 알려진
쌍계사 앞에 '무릉계라는 명칭이 붙은 시내가 있다(조위한)'고 기록한
바와 같이 지리산 유람록에는 무릉도원으로 묘사된 다수의 장소가 등
장한다. 다음 예시문에 제시된 바와 같이 청학동 근방에 위치한 하동
화개동, 삼신동, 신흥사 마을 외에도 산청 단속사에서 덕산 가는 길에
마주친 양당과 남원 인월에 위치한 영대촌, 함양 소재의 용유담 하류
마을, 산청 법계사에서 덕산 가는 길에 위치한 살천 주변 마을이 무릉
도원으로 묘사되었다.

> • (화개동) 강을 따라 벼랑길이 나 있기도 하고, 돌길은 매우 험하며,
>   맑은 강에는 백석이 여기저기 있어서 좋아할 만했다. 산속 외딴 마
>   을은 <u>무릉도원</u>인 듯했으니, 집을 옮겨와 살 수 없음이 한스러웠다.
>   (入花開洞 沿江遷路 石逕巉巖 淸江白石 處處可愛 崦中孤村 髣髴桃
>   源 恨不得移家而來卜也) (조위한)

- 삼신동에서 10리쯤 가자, 평평하고 넓은 동네가 나왔다. 촌락이 오밀조밀 붙어 있는데, 동쪽 마을을 미라라 하고, 서쪽 마을을 보리라 하였다. 협곡 안의 전원은 하나의 <u>무릉도원</u>이나 다를 바 없었다. 다시 5리쯤 가니, 목통촌이 나왔다. 산은 굽이굽이 돌고 길은 다했으니, 이곳은 결코 평범한 사람들이 사는 마을은 아닐 것이다. 예컨대 신선들이 사는 곳이 아니면, 필시 도망쳐 온 백성들이 사는 곳이리라. (還出三神洞 行十里許 洞府平曠 村落稠密 東曰彌羅 西曰菩堤 峽裏田園 亦一桃源 又行五里許 至木通村 山回路窮 決非凡人所居 若非僊侶 必是逋民) (송광연)

- 산은 더욱 기이하고 물은 더욱 맑았다. (신흥사 인근) 두서너 개의 마을이 있었는데, 어떤 경우는 바위에 의지해 골짜기에 형성되어 있기도 했다. 우뚝한 산봉우리는 첩첩이 막혀있고, 대나무 숲은 싱그러웠다. 그 옛날 <u>진나라 세상을 피해 숨은 백성들의 모습</u>과 흡사하였다. 어찌하면 이런 곳에 풀을 베어 터를 잡고 나의 남은 인생을 보낼 수 있을까? (山益奇水益淸 數三村落 或依巖架壑 峰巒重阻 竹林瀟灑 有若昔時避世之秦民 安得誅茅卜居於此中 以送吾餘年耶) (신명구2)

- 동구를 다 지나서 양당(壤堂)이라는 한 마을에 들어갔다. 집집마다 큰 대나무가 숲을 이루고 감나무와 밤나무가 뒤덮고 있었다. 사립문이나 닭과 개들이 영락없이 <u>무릉도원</u>이나 <u>주진촌</u>(朱陳村: 중국 강소성(江蘇省) 풍현(豊縣)에 있는 마을 이름으로, 백거이(白居易)의 〈주진촌〉 시에 등장한다. 깊은 산속에서 외부와의 왕래 없이 자급자족하며 평화롭게 살아가는 주씨(朱氏)와 진씨(陳氏)의 마을이다.)인 듯하였다. (行盡洞口入一村 曰壤堂 家家戶戶 鉅竹成林 柿栗掩翳 柴門鷄犬 依然如武陵朱陳然) (남효온)

- 골짜기에는 두세 집이 있는데 영대촌이라 하였다. 닭이 울고 개가 짖는 마을로, 깊은 골짜기와 숱한 봉우리들 사이에 있었다. 참으로

하나의 <u>무릉도원</u>이었다. 이 마을이 이런 이름을 갖게 된 것은 그럴 만한 이유가 있구나. (谷中有兩三人家 號嬴代村 鷄鳴犬吠 在幽谷 亂峰之間 眞一桃源也 村之得名 有以哉) (유몽인)

- (용유담 하류) 촌락에는 반드시 논이 있었는데, 모두 비옥하고 넉넉하여 살 만한 곳이었다. 물은 비록 근원지이지만 물고기가 살아 작살질 할 수 있었다. 그러니 참으로 두보의 시에서 이른바 "무릉도원 사람들은 제도가 바뀌었고, 귤주의 논은 그래도 기름지네"라고 한 것과 "땅이 궁벽하여 그물이 없고, 맑은 물엔 도리어 고기가 많구나"라고 한 것과 같다. 내 비록 <u>무릉도원</u>을 알지 못하지만 사람 사는 생리가 또한 이와 같지 아니하겠는가. (此乃龍遊潭下流也 村必有水田 皆肥饒可居 水則雖窮源 亦有魚可叉 眞杜詩所謂橘洲田土仍膏腴 水淸反多魚者也 未知武陵桃源 人居生理亦如此否也) (박장원)

- (살천 주변) 산은 더욱 높고 물은 더욱 맑았으며, 바위는 더욱 기이하고 장엄하였다. 동네 골짜기는 겹겹이 산으로 막혀 있는데, 그 형세가 아주 포위하여 감싼 듯하였다. 그 속에 한 마을이 있는데, 대략 20여 호가 살고 있었다. 온 산이 대나무 숲이고 대나무 울타리는 소슬하여 마치 <u>무릉도원</u> 같았다. (入薩川 山益高峻 水益淸澈 石益奇壯 洞壑重阻 勢甚圍抱中有一村 約可二十餘戶 滿山皆竹林 籬落瀟灑 依然若桃源) (신명구1)

상기한 문장을 보면, 무릉도원의 경관은 첫 번째로 입지와 관련하여 우뚝한 산봉우리가 첩첩이 막혀있고(신명구2), 맑은 강에 기이하고 장엄하게 생긴 바위가 있고(신명구1, 조위한), 시냇물 소리가 들리는(김종직) 깊은 산속 아름다운 경관을 가진 곳이다. 두 번째는 겹겹이 산봉우리가 포위하여 감싼 깊은 골짜기 사이에(신명구1, 유몽인) 평평하고 널찍한 곳(김종직, 송광연)이어서 협곡 안에 마련된 넓고 평평한 터라는 공간 구조를 가진다. 세 번째는 마을의 집들(남효온, 신명구1, 유몽인)과 울타리(신명구1), 대나무숲(남효온, 신명구1), 감나무와 밤나무(남효온), 닭과 개(김종직, 남효온, 유몽인)로 구성되는 토속적 주거 경관과 향토식생이 무릉도원의 구성 요소다. 마지막으로 논(박장원), 밭(김종직), 물고기(박장원), 닭 소, 송아지(김종직)와 같이 생리(生利)를 만족시키는 경물이 무릉도원의 경관을 만든다.

2) 별천지에 대한 묘사

'별천지'는 중국 당(唐)나라 시선(詩仙) 이백(李白, 701~762)의 한시[30]에 묘사된 '별유천지(別有天地)'의 개념에 의해서 속계를 떠난 경지이자 신선이 노닐었던 곳을 말한다. 경치나 분위기가 좋은 세상을 비유적으로 이르기도 한다. '골짜기가 깊고 봉우리는 우뚝 솟아 있으며, 시내와 폭포는 어지러이 물소리를 내며 옥설 같은 하얀 물보라가 흩날렸다. 모두들 정신이 저절로 맑아지게 되니, 이른바 이곳 외에 별천지가 어디에 있으랴(황도익)'와 같이 별천지는 승경지가 강조된 선경이라는 개념을 가진다. 지리산 유람록에 기록된 별천지에 대한 묘사 중에서 쌍계동과 쌍계사, 불일암, 신응동(신흥동)과 신응사(신흥사), 방곡촌, 동당곡, 덕산서원(덕천서원) 주변에 실재하는 승경지를 확인할 수 있다.

> • 주점에서 쌍계사까지는 10여 리였는데, 산수의 빼어난 경관은 진정 세상 밖의 <u>별천지</u> 같았다. 시냇가 한 모퉁이에 갔는데, 회강동이라

---

30 問余何事棲碧山, 笑而不答心自閑. 桃花流水杳然去, 別有天地非人間. (『李太白文集』 「山中問答」)

이름하였다. 바위와 골짜기가 매우 기이하고도 깊었다. (自酒店 距
雙磎 十餘里 山水之勝 眞世外別區 臨溪一曲 名以會講洞者 巖壑尤
奇邃) (신명구2)

- 무릉교를 건너 신흥동으로 들어가려 하였다. 골짜기가 깊어 별천지
  같았으니, 옥빛 땅과 금빛 모래는 걸음걸음 볼 만했고, 옥색 못과
  비취빛 물은 곳곳이 명승이었다. (渡武陵橋 入神興洞 洞深谷邃 境
  異界別 玉地金沙 步步可翫 瓊潭璧水 處處皆勝) (조위한)

- 신계촌에서 출발하여 15리를 가니(덕산서원 주변), 큰 산 아래에
  깊은 골짜기는 굽이굽이 뻗어 내리고 시냇물은 평평하게 흘러내려,
  바로 신선이 사는 별천지 같았다. (朝發新溪村 行十五里 則太山之
  下 深谷逶迤 川流平遠 正是壺中天也) (오두인)

　　살펴본 바와 같이 별천지가 승경지에 설정된 것은 지리산 청학동에
서 기원이 된 이상향의 관념이 전파된 결과 청학동이 승경지를 대변하
는 지명으로 확대되어 전국적으로 많은 청학동이 만들어졌다는 연구[31]
를 통해서 정리된 바와 같다. 또한 별천지와 관련하여 '한동안 그곳에
서 서성거리니 마치 호공(壺公)이 살던 별천지 같기도 하고, 물외의
빼어난 명승지처럼 느껴지기도 하였다(정식1)'는 묘사는 중국 한대(漢
代)에 선인(仙人) 호공이 항아리를 집으로 삼고 술을 즐기며 세속을 잊
었다는 고사를 언급한 것이다. 항아리 속의 하늘이라는 '호중지천(壺中
之天)'도 별천지·별세계·선경을 비유한 것이고 여기서 연유하여 별천
지가 은거지를 묘사하기도 하였다. 이에 대한 유람록의 기록이 있다.

---

31 함경북도 8곳, 함경남도 3곳, 평안남도 2곳, 황해도 7곳, 강원도 6곳, 경기도 8곳, 충청
　북도와 충청남도에 각 1곳, 전라남도 2곳, 경상남도 7곳이다. 최원석(2009), 앞의 논문,
　754쪽.

• 마을은(거림골로 추정되는 무위암 인근 동당곡) 산 속의 가장 깊은 곳에 있었다. 일전에 지나 온 대차리·살천 마을과 비교해 보면 이곳은 별천지이다. 마치 무리를 떠나 세상을 피해 숨은 자들이 고반(은둔)을 노래하고 물고기 잡고 땔나무 하는 것을 즐기며 사는 곳인 듯하였다. (午入東堂谷 村在山中最深處 觀日前所大次里薩川築處 更是別區正宜離群遯世者之歌考槃而樂漁樵也) (신명구1)

지리산 유람록에 묘사된 별천지의 구성 요소에는 입지를 결정하는 높은 산봉우리가 둘러싼 깊은 골짜기(신명구1, 신명구2, 조위한, 오두인), 승경을 형성하는 시냇물, 바위, 모래(황도익, 신명구2, 조위한, 오두인), 그리고 토속 경관을 이루는 마을 집들, 대나무 숲, 감나무 숲(박여량, 신명구1), 마지막으로 생리를 만족시키는 물고기 잡고 땔나무 하기(신명구1)가 포함된다. '이 마을의 집들은 모두 대나무를 등지고 감나무가 둘러 있으며 닭이 울고 개가 짖는 정경이 흡사 하나의 별천지였다(박여량)'로 묘사되었다.

3) 동천에 대한 묘사

동천에서 '동(洞)'은 골, 골짜기이며, 여기서 파생하여 마을, 동네라는 뜻을 가진다. 지리산 유람록 원문에 표현된 '동부(洞府), 동학(洞壑)'이 동천과 동일한 의미로 사용되었다. 자의(字意)로 보면, 동천은 '낙원과 같은 골짜기 혹은 마을'로서 '신선이 사는 곳'이다. 우리나라에서 동천은 1251년 이규보의 시에서 '깊숙한 골짜기에 위치한 신선이 정한 집'으로 묘사되었으며,[32] 『신증동국여지승람』에는 '사람의 자취

---

32 李奎報, 『東國李相國集』後集 권10. "기쁨에 넘친 이 자리를 깊숙한 골짝 신선 집을

가 드물게 이르는 깊은 산골짜기에서 은자가 숨어사는 곳'[33]으로 사용
되기도 하였다.[34] 동천이 심산계곡이 발달한 한반도의 지형 특색을
배경으로 하여 현실에 구현된 이상향이라는 점을 알 수 있는데, 이에
대하여 조선 헌종 때 실학자 이규경(李圭景, 1788~?)은 다음과 같이 기
술하였다.

- 우리나라 자연의 형세는 매우 험하다. 산이 서리고 물이 휘감고 있
  어 양의 창자처럼 굽이굽이 돌고 새만이 날아 넘을 수 있는 험한
  고개가 없는 곳이 없다. 그러므로 그 사이에 동천과 복지가 많다.
  중국의 무릉도원이나 휘이초귀와 같은 데가 한두 곳이 아니다. 당나
  라 두광정이 지은 「동천복지기」에 36동천과 72복지가 있다고 되어
  있다. 중국은 천하의 큰 나라인데, 이른바 동천·복지가 어찌 그리
  적단 말인가? (海東形勢險阻 山盤水廻 無非羊腸鳥道 故間多洞天
  福地 如中原武陵桃源 徽黟樵貴者 不可一二道也 唐杜光庭著〈洞天
  福地記〉有三十六洞天 七十二福地 以天下之大 其所謂洞天福地 一
  何尠也)『오주연문장전산고(五洲衍文長箋散稿)』제35권, 「청학동
  변증설(靑鶴洞辨證說)」[35]

점쳤거니……[多喜開筵別占洞天仙宅]"
33 崔瀣의 중을 전송하는 序文에, "깊은 산골짜기 사람의 자취가 드물게 이르는 곳에는
마땅히 異物이 있어서 여기에 모이기 마련인 것이다. 그런 까닭에 張道陵의 학문을 하
는 자는 어느 산을 몇 번째 洞天이라고 하고, 아무개 眞君이 다스리는 곳이라고 한다.
이에 道를 사모하고 세상을 싫어하며 修鍊하여 곡식을 먹지 않는 자가 이따금 그 가운
데 깃들어 살면서 돌아오기를 잊는다(『신증동국여지승람』제47권 강원도 회양도호부
산천편).
34 이혁종(2010), 앞의 논문, 16쪽.
35 최석기 외(2000), 앞의 책, 364쪽. 두광정은 '동천'과 '복지'를 명확하게 구분하고 있으
나 이규경의 기록은 '동천복지'라는 다른 개념으로 해석할 수 있는 여지가 있다.

지리산 유람록에는 '두류산을 돌아보니 벌써 어디 있는지 보이질 않았다. 멀리 백무동천을 생각해보니 어딘지 아득하기만 했다(양대박)' 와 '석문을 나온 뒤 다시 무릉계를 건너 신흥동으로 들어갔다. 신흥동 천은 골짜기는 넓었으며, 흰 돌이 여기저기 널려 있었다(양경우)'에서 동천으로 이름 붙여진 백무동천과 신흥동천이라는 지명이 소개되었 다. 이밖에도 동천은 화개협, 불일암, 불일폭포, 신흥사, 내원암, 칠 불암, 원정동과 같은 승경지의 일정한 영역을 한정하는 보통명사로 사용되었다. 다음 예시문을 보면, 동천은 좁은 길에 대비되어 트인 위요된 지형 특성을 가진다.

- 화개협에서 법화탄을 지나 거석교를 건너니, <u>동천이 매우 깊숙하고 맑아</u> 산을 절반도 채 오르지 않았지만, 나도 모르게 가슴이 상쾌해 졌다. (由花開峽 過法華灘 渡擧石橋 則洞天深巖淸絶 入山未半 自 不覺胸次之爽然) (오두인)

- 그곳을 지난 뒤에는 길이 더 험하였다. 꼭대기로 기어오르니 <u>확 트 인 하나의 작은 동천(불일암)</u>이 열렸다. (旣歷重險 而陟其嶺 則曠 然闢一小有洞天) (이주대)

- 수없이 울리는 천둥처럼 우렁찬 소리가 <u>동천 안(불일폭포)으로 쏟 아지며</u> 내리치니, 참으로 천하의 장관이었다. 송악산의 박연폭포와 자웅을 겨룰 만하였는데, 골짜기의 기이하고 웅장함은 박연폭포보 다 더 나았다. (如千雷萬霆 奔薄闘擊於洞天之中 眞天下之壯觀也 直與松岳朴淵 爭爲甲乙 而洞壑之奇壯 朴淵亦不得及焉) (조위한)

- (불일폭포) 뒷산을 넘어 보문암을 지나 몇 리를 가서 내원암에 이 르렀다. 문루를 새로 지었는데, <u>동천도 기이하고 빼어났다.</u> (佛日 庵 千丈飛瀑 踰後山 歷普門庵 行數里到內院 新搆門樓 洞壑亦奇

勝) (송광연)

- 동천(칠불암)이 넓고 툭 트여 더욱 별천지처럼 보였다. (望七佛菴 洞天曠閬 益別境也) (김도수)

- 이 연하동천(신흥사)에 앉아 있으니, 인간 세상의 속된 생각이 말끔 히 사라짐을 문득 느꼈다. (坐此煙霞洞府 世間一種塵念 斗覺消盡) (신명구2)

- 곧장 3-4리를 가서 원정동에 닿았다. 동천이 넓게 열려 있으며, 갈수록 경관이 아름다웠다. (徑行三四里 至圓正洞 洞天弘敞 去去 加勝) (유몽인)

- 이곳에서 40리를 가면 동천이 나오는데, 안은 매우 깊숙하고 어두 우며 특별히 볼만한 것은 없습니다. (此行四十里 盖有一洞府 而中 甚邃黑 別無可觀云) (김도수)

4) 청학동에 대한 묘사

지리산 유람록에서 '석문 밖 3-4리쯤 못 가서 동쪽에 큰 동네가 있 는데 그 동네 안에 청학암이 있습니다. 아마도 그곳이 옛날의 청학동 인 듯합니다. 성문 안 쌍계사 안쪽을 청학동이라고 여긴 것은 아닐까? 쌍계사 위 불일암 아래에도 청학연이란 곳이 있으니, 이곳이 청학동 인 것은 의심할 나위가 없다(남효온)'로 묘사되었다. 청학동이 묘사된 예시문에서 청학동을 구성하는 경관 요소를 추출한 결과, 불일암이 입지한 깎아지른 석벽을 만드는 향로봉, 청학봉, 완폭대라는 지형 요 소와 깊은 골짜기 아래로 떨어지는 불일폭포, 학연, 용추로 구성된 수경요소가 정리되었다. 또한 소나무, 대나무, 단풍나무, 삼나무[36], 노송나무, 측백나무로 이루어진 식생경관 요소가 청학동에 깊은 숲을 만든다. 여기에 신선이 되어 사라졌다는 최치원의 설화와 '삼선동'이라는 바위글씨, 그리고 구름과 안개와 같은 기상 현상이 더해져 청학동의 신비스러운 분위기를 완성시켰다.

- 해공이 또 악양현의 북쪽을 가리키면서 청학사동이라고 하였다. 아, 이것이 옛날에 이른바 신선이 산다는 곳인가 보다. 해공이 또 그 동쪽을 가리키면서 쌍계사동이라고 하였다. 최고운이 일찍이 이 곳에서 노닐었으므로 각석(刻石)이 남아 있다. 깊고 그윽한 계산의 지경은 모두 그가 유력한 곳이었으니, 세상에서 그를 신선이라 칭하는 데에 부끄러움이 없겠다. (又指岳陽縣之北曰 靑鶴寺洞也 噫 此古所謂神仙之區歟 又指其東曰 雙溪寺洞也 崔孤雲嘗遊于此 刻石在焉 溪山幽閴之地 皆其所遊歷 世稱神仙 無愧矣) (김종직)

- 험준한 고개 하나를 오르니 벼랑 사이에 암자 하나가 붙어있는 것이 보였으며, 아래로는 가늠할 수 없는 골짜기였으니, 이른바 청학동과 불일암이었다. 벼랑을 부여잡고 나아가 암자 앞에 이르니, 붉은 벼랑과 푸른 병풍 같은 산이 천 길 절벽처럼 서 있고, 두 개의 봉우리가 빼어나게 솟아 좌우로 마주보고 있었다. 동쪽에 있는 것이 향로봉이고, 서쪽에 있는 것이 청학봉이다. 봉우리의 허리에는 층층의 바위들이 매우 기이하였다. (登一峻嶺 望一小菴寄在懸崖之間 下臨不測之洞 所謂靑鶴洞也 佛日菴也 緣崖而行 至於菴前 丹崖翠屛 壁立千仞 雙峰秀出 相對左右 在東曰香爐峰 在西曰靑鶴峰 峰之腰 層

---

36 우리나라는 낙우송과 비슷한 시기인 1924년에 삼나무를 도입했고, 학명에는 삼나무가 일본 원산으로 표기되어 있지만 중국에도 삼나무에 관한 이야기가 『이아(爾雅)』에 등장할 만큼 아주 오래전부터 뿌리내려왔으며, 우리나라에서도 『본초강목(本草綱目)』을 비롯하여 서거정(徐居正, 1420~1488), 김시습(金時習, 1435~1493), 이건창 등 조선시대 문인들의 글에서 삼나무의 흔적을 확인할 수 있다. 여러 편의 지리산 유람록에서도 삼나무가 언급되었다. 강판권(2010), 『역사와 문화로 읽는 나무사전』, 글항아리, 101~105쪽.

巖甚奇) (오두인)

- 완폭대는 1백 척이나 되는 낭떠러지 위에 있고, 동쪽에는 폭포가 떨어진다. 그 앞으로 폭포수가 흘러가기 때문에 완폭대라고 한다. 폭포가 흘러내려 학연이 되고, 학연의 아래에 용추가 있다. 완폭대 아래에 실같이 가는 길이 있는데, 이 길을 따라 나무를 부여잡고 곧장 내려가 이끼를 긁어내면 '삼선동' 석 자가 바위 면에 새겨져 있다. (臺臨百尺 東有瀑布 有流過臺前 故謂之翫瀑 瀑之流下而爲 鶴淵 鶴淵之下 有龍湫 臺之下 有線路 攀緣直下 刮剔苔封 則三仙洞 三字 刊在石面) (성여신)

- 불일암 앞 대의 석벽 위에 이르러 남향해 서면 바로 청학동이 내려 다보인다. 돌로 이루어진 골짜기에 깎아지른 암석들이 우뚝 서 있고, 암석 위에는 소나무·대나무·단풍나무가 많이 있다. (至佛日前 臺石壁上 南向立 乃俯臨靑鶴洞 石洞嶄巖 巖石上 多松多竹多楓) (허목)

- 그 아래에 동네가 있는데, 청학동이라고 부른다. 깊은 그늘이 만 길이나 되어 그 밑을 볼 수 없었다. 소나무·삼나무·노송나무·측백 나무 등이 우거져 어두침침하여 단지 뿌연 운기만 보일 뿐이었다. (其下有洞 名曰靑鶴洞 陰沈萬仞 不見其底 松杉檜柏 闇昧冥漠 但 見雲霞晦濛而已) (조위한)

청학동의 선경은 조선시대 문인들에게 이상향의 전형이 되었다. 이에 대하여 이규경은 '청학동은 우리나라의 작은 한 골짜기에 불과한데, 천하에 이름이 나게 되었다. …… 대체로 우리나라는 비경(秘境)으로 이름난 곳이 매우 많은데, 청학동이 유독 세상에 이름이 났다'[37]라

---

37 최석기(2000), 앞의 책, 371쪽.

고 기록하였다. 지리산 유람록에는 불일암 일대 승경 묘사를 위해 예시문에서 볼 수 있는 신선 세계와 관련된 용어들이 사용되었다.

- 봉우리는 깎아 세운 듯이 높았다. 모두 벌여 앉아 있다가 소나무 뿌리를 베고 눕기도 하고, 늘어서 있다가 소나무 가지를 잡아당기기도 하였다. 표연히 낭풍(신선이 사는 곳)에 올라 신선 세계에 가까이 온 듯하고, 공동(신선이 사는 산)에 올라 광성(공동산에 사는 신선의 이름)을 방문한 듯하였다. (峰之高如削立 諸君列坐而或枕松根 羅立而或挽松梢 飄然若登閬風而近帝居 上崆峒而訪廣成矣) (성여신)

- 천봉만학의 괴이한 나무와 기이한 바위가 구름과 노을이 일었다 걷히는 사이에서 숨었다가 드러나곤 했다. 정신이 서늘해지고 등골이 오싹해졌다. 고요하고 적막한 가운데 홀연히 신옹(신선)과 우객(날개가 있는 신선)을 만난 것 같았으니, 참으로 신선의 세계였다. (千峰萬壑 怪樹奇岩 或隱或現於雲霞卷舒之間 凄神凜骨 悄愴幽邃 怳然與神翁羽客相遇 眞仙界也) (양경우)

- 완폭대에 앉으니 위치가 더욱 높아 세상과 멀리 떨어져 있음을 외롭게 느끼었다. 옥빛처럼 푸른 멧부리와 비단결처럼 펼쳐진 골짜기가 아름다움을 다투며 시선을 끌어당겨 사람들의 눈길을 빼앗으니, 진실로 신령과 진인이 사는 은밀히 간직된 곳이었다. (坐玩瀑臺 地位益高 孤覺與人寰逈隔 瓊岡綺峀 競秀爭挐 奪人眼目 信是靈眞之所窟宅 天地之所秘藏也) (황도익)

- 노새만한 산양이 향로봉 꼭대기에 한가히 누워 있는 것이 보였다. 비파와 피리 소리를 듣고서 귀를 기울이며 서성이고, 사람을 보고서도 피하지 않았다. 아, 금화산의 신선(한나라 때 신선 적송자)이 기르던 짐승으로 흰구름 속에서 지금까지 몇 년 동안이나 한가로이

잠을 자다가 감히 이곳에서 당돌하게 나로 하여금 양 타는 법을 배우게 하려 한단 말인가? (忽有山羊如驢子 大閑臥香爐峰頂 聞琵琶長笛之聲 傾耳彷徨 見人不避 吁 金華仙客之所牧 閑眠白雲今幾年 而乃敢於此唐突 欲使我學騎羊子耶) (유몽인)

- 만고의 신선들이 노니는 이곳에서 운보 같은 시인을 만나 함께 놀고, 두 사람의 아름다운 퉁소 소리까지 곁들였으니, 신선의 인연이 있는 사람이 아니면 어찌 쉽게 얻을 수 있겠는가? 마치 요지(신선이 사는 상상의 연못)에서 신선의 음악을 들은 듯하여 온갖 염려가 다 녹아 없어지니 세상의 소식은 어떠한지를 알지 못했다. (地是萬古仙區 而得此文人而遊 兼以雙簫之美 苟非有仙分者 豈易易得之 如聞瑤池仙樂 而萬慮都消 不知世間消息何如也) (정식2)

- 늙은이가 진경 찾아 너무 늦게 왔지만, 학의 자태 원숭이 울음소리 응당 없지 않으리. 청아한 옥피리 소리 사람은 보이지 않고, 밤 깊으면 푸른 학이 올는지 안 올는지? (白首探眞今已晚 鶴倚猿怨未應無 吹澈玉簫人不見 夜深靑鶴正來無) (정식2)

신선이 사는 곳과 관련된 '낭풍', '공동', '금화산', '요지'와 신선을 일컫는 대상으로서 '신령', '진인', '신옹', '우객', '광성', '적송자' 등이 다양하게 사용되었으며, '신선의 음악'으로 비파, 퉁소, 피리 소리, '학'과 '원숭이', '산양'이 신선 세계와 관련되어 청학동의 절경을 묘사하였다. 이러한 특징은 앞서 살펴본 바와 같이 문인들이 현실 세계에 대한 탈출구나 이상향으로서 선경에 대한 욕구를 가지고 지리산을 유람한 목적과 관련된다. 신비스러움이 가득한 아름다운 경관을 체험하면서 신선을 연상하여 신선고사(神仙故事)를 인용하게 되고 스스로 신선이 되는 감흥을 갖게 되는 것이다.[38]

3. 실현된 지리산 이상향, 문인들의 은거지

살펴본 바와 같이 문인들은 중국 문화로 전래된 '무릉도원', '별천지', '동천'의 개념을 지리산 현장에 적용하였으며, 지리산에 설정된 '청학동'을 방문함으로써 신선 세계를 경험하였다. 더불어 자신이 지리산에 은거하여 이상향을 실현하고 싶어 하였다. 이와 관련하여 이들이 은거를 희구하는 내용, 유람 중 마주친 아름다운 민촌을 은거지로 인지한 내용, 실제 지리산에 자리 잡은 문인들의 은거지에 대한 묘사로 구분하고, 이것으로 실현된 지리산의 이상향을 고찰하였다.

1) 문인들의 은거지에 대한 갈망

유몽인과 양경우는 자연 속 은거에 대한 의지를 천명하고, 황도익은 은거를 실행하지 못함을 탄식하였으며, 양대박은 이번 유람으로 자신의 은거지를 정했다.

- 내 발자취가 미친 모든 곳의 높낮이를 차례 짓는다면 두류산이 우리나라 첫 번째 산임은 의심할 나위가 없다. 인간 세상의 영리를 마다하고 영영 떠나 돌아오지 않으려 한다면, 오직 이 산만이 편히 <u>은거할 만한 곳이리라</u>. 조만간 허리에 찬 긴 끈(수령의 직책)을 풀고 내가 생각한 애초의 일을 이루리라. <u>물소리 조용하고 바람소리 한적한 곳에 작은 방 한 칸을 빌린다면</u>, 어찌 유독 고흥의 옛집에서만 나의 지리지를 쓸 수 있으랴. (擧余足跡所及者 第其高下 頭流爲東方第一山無疑 如欲謝人間榮利 長往而不返 惟此山可安菟裘 朝夕解腰間長組 以遂吾初服 苟借一間方丈於泓靜蕭瑟之境 豈獨高興舊

---

38 김영모, 진상철(2002), 앞의 논문, 87쪽.

貫可志我輿地哉) (유몽인)

- 돌아가면 벼슬을 버리고 일에서 물러나 백운이 서린 <u>산수에서 노년을 보내며</u>, 나막신과 죽장으로 이 산의 봉우리와 골짜기를 두루 찾아다니면서 내 소원을 풀어야겠다. (行當投紱謝事送老白雲之邊 棕鞋竹杖 遍尋此山之峰壑 以畢余志焉) (양경우)

- 이 산속의 빼어난 경치는 여기(세이암)에 이르러 극에 달한다. <u>은거할 곳을 찾아 깊은 자연 속에서 살겠다는 기약을 맺고</u> 싶지만 그렇게 할 수가 없으니, 어찌하랴! (山中之勝 至此而極矣 雖欲尋考槃之地 結幽棲之約 而不可得 何) (황도익)

- 사담 근처에다 <u>터를 잡은 일</u>은 내가 전에 열 번이나 오가면서도 얻지 못했던 것인데 이번에 문득 얻게 되었다. (至於蛇潭之卜居 余嘗十往來未得者 而今忽有之) (양대박)

2) 살 만한 곳으로 인식된 지리산의 민촌

문인들은 유람 중 탄촌, 단속사 마을, 화개, 실덕탄, 덕산사, 덕천서원이 있는 마을을 발견하고 다음 예시문과 같이 살만한 곳으로 인식하였다.

- 돌아서서 동네(단속사 마을)를 바라보니, <u>물이 감싸고 산이 에워싸서 집터는 그윽하고 지세는 아늑하였다.</u> 참으로 은자가 살 만한 곳이었다. 대나무 울타리를 한 띠집과 피어오르는 연기와 <u>뽕나무 밭</u>이 보였다. 시내 하나를 건너 1리를 가니 <u>감나무</u>가 겹겹이 둘러 있고, 산에는 모두 <u>밤나무</u>뿐이었다. (回望則水抱山圍 宅幽而勢阻 眞隱者之所盤旋也 見其竹籬茅屋 煙火桑柘 渡一溪進一里 柹樹環匝而山之木 皆栗也) (김일손)

- 산이 북쪽에서 뻗어 내리다 우뚝 솟아 세 봉우리가 된 곳이 있었다. 그 아래 겨우 10여 호쯤 되는 민가가 있었는데, 탄촌이라고 하였다. 그 앞에 큰 시내가 흐르고 있었다. 이 마을은 살 만한 곳입니다. 앞으로 5-6리를 더 가니 대숲 속에 오래된 절이 있었는데, 암천사 라고 하였다. 토지가 평평하고 넓어 집을 짓고 살 수 있었다. (有山 自北而斗起爲三峯 其下居民僅十數屋 名曰炭村 前臨大川 伯勖曰 此可居也 余曰 文筆峯前 尤可卜也 前行五六里 篁竹林中 有古寺曰 巖川 土壤平廣 可以廬其居也) (김일손)

- 바닷물이 이곳까지 드나들었고, 고기잡이배와 상선이 끊임없이 오 가고 있었다. 살기 좋은 곳이 여기(화개)보다 더 좋은 데는 없을 것이라 생각되었다. (海潮出入於此 漁航商舶 往來不絶 可想生居之 樂 無踰於此土也) (신명구2)

- (덕천)서원은 두 시내가 교차하는 지점에 위치하고 있었다. 기운은 웅장하고 경관은 그윽하여 은자가 살기에 가장 알맞은 곳이었다. (則院臨兩川交會之處 氣雄境幽 最宜隱者盤旋之地) (이주대)

- 절터와 계담·암석이 매우 볼만하였으나, …… 여기서부터(덕산사) 아래로는 수석이 그윽하고 빼어나, 연못이나 폭포에서 물고기 잡 으며 노닐거나 깃들어 살 만한 곳이었다. (有德山寺 古基溪潭巖 石 極可玩 …… 自此以下 水石幽絶 或淵或瀑 無非釣遊棲止之地) (신명구1)

- 실덕탄의 좌우에 실덕·마촌·궁항 등의 마을이 있었다. 곳곳에 감 나무가 서 있는데, 감이 한창 익어 산골짜기를 붉게 물들이고 있었 다. 산 속에 사는 백성들이 이 감을 따서 생계를 꾸려간다. (灘之左 右 乃實德馬村弓項等村也 處處柿木 結子方紅 照耀明谷 山內之民 以是而資生) (박여량)

여기서 문인들이 인식한 은거지의 조건을 추출하면, 풍수지리적 입지를 대표하는 배산임수형 지세, 교역이 가능한 하천, 대숲으로 위요된 평평한 토지, 감나무·밤나무·뽕나무와 같은 유실수 위주의 식생 등 생리 조건과 함께 아름다운 경관까지 더해진다. 이것은 이중환이 『택리지』에 제시한 지리, 생리, 인심, 산수라는 가거지 조건과 일치한다.[39] 따라서 지리산이 가거지로 적합한 조건을 갖추었음을 알 수 있는데, 이에 대하여 이규경은 다음과 같이 기술하였다.

> 두류산 골짜기의 동네는 주위를 둘러싼 산세가 깊고도 크다. 토질이 두텁고 비옥하여 온 산이 사람이 살기에 모두 알맞다. 산 안에는 백리나 되는 긴 골짜기가 많은데, 왕왕 사람의 발길이 닿지 않아 국가에 세금을 내지 않는 곳도 있다. 땅이 남해에 가까워 기후가 따뜻하다. 산 속에는 대나무가 많으며 감나무와 밤나무도 많다. 이런 나무들은 사람이 가꾸지 않아도 저절로 꽃이 피었다가 진다. 높은 봉우리 위에서도 서속(黍粟)을 거두는데, 농사가 잘 되지 않는 곳이 없다. 힘들여 농사짓지 않아도 먹을 것이 넉넉하다. (頭流洞府 盤互深鉅 土性肉厚膏沃 一山皆宜人居 內多百里長谷 往往有人所不到處 不應官稅 地近南海 氣候溫暖 山中多竹 又多柿栗 自開自落 撒黍粟於高峯之上 無不苗茂 村居與僧居相雜 農功不勞而周足)『오주연문장전산고(五洲衍文長箋散稿)』제35권,「청학동 변증설(靑鶴洞辨證說)」)[40]

고려시대부터 지리산지 토착민, 승려 및 영호남 문인들에 의해 선

---

39 하혜숙(1994)은 동양에서 이상향 추구를 현실도피적 儒家의 遁世地, 超世的이고 道仙的 무릉도원, 실학의 현실적 이상사회 건설을 설명하는 可居地論, 지리산의 이상향 청학동이라는 네 가지로 정리하였다.

40 최석기 외(2000), 앞의 책, 366쪽.

경·복지라는 장소 이미지로 인지되었던 지리산에는 임진왜란과 병자
호란을 겪은 이후 민중들이 정치사회적 혼란과 피폐한 생활상을 피하
기 위하여 청학동 인근의 의신, 덕평, 세석, 묵계 등지에 마을을 이루
게 되었다. 이것이 문인들이 이상적 거주지라고 보았던 지리산의 민
촌이 형성된 배경이다.

3) 지리산에 입지한 문인들의 은거지

가거지 조건을 갖춘 지리산에는 최치원 이후 고려말 한유한(韓惟
漢), 조선시대의 정여창(鄭汝昌, 1450~1504) 등 은거한 문인들이 많았
다.[41] 지리산 유람록에는 변사정, 노진, 최온, 김성운, 하숙부, 최함
씨의 은거지가 묘사되었다. 여기에는 산을 등진 작은 시냇가에 터를
잡은 입지 조건과 연못을 만들고 집 주변에 선비가 좋아하던 매화,
대나무, 소나무, 국화와 복숭아나무, 버드나무를 심고 즐긴 정황이
드러나 있다.

> • (변사정의) 은거지는 대나무 울타리에 띠집이었고, 복숭아나무·버
> 드나무가 줄지어 있었다. 곁에 초라한 몇 채의 민가가 있었는데 닭
> 울음소리와 개 짖는 소리가 들리니, 완연히 진나라 때의 풍속(무릉
> 도원) 그대로였다. 이곳은 초막이 잘 어우러진 산간마을, 곡식이
> 잘 자라는 토양, 과일이 잘 되는 밭, 고기잡이하기에 제격인 시내가
> 있다. 참으로 넉넉하고 한가로운 동네로 한적한 물가에 위치하여
> 은자가 노닐 만한 곳이었다. (訪邊山人隱處 竹籬茅舍 桃柳成行 傍

---

41 조식의 「유두류록」, 유몽인의 「유두류산록」, 성여신의 「방장산선유일기」 등에서 볼 수
있듯이 한유한이 은거한 삽암(평사리)과 정여창이 은거한 악양정은 지리산을 유람한
문인들이 섬진강을 따라 청학동을 찾아가는 도중에 반드시 들리는 코스였다.

有數家荒店 鷄鳴犬吠 宛然秦餘俗矣 大凡山宜廬 土宜粟 園林宜果
溪澗宜漁 眞寬閑之境 寂寞之濱 而隱者之所盤旋也) (양대박)

• 옛날 옥계 노진 선생이 자손들을 위해 지은 것이다. 선생도 봄날의
꽃구경과 가을날의 단풍놀이를 하러 왔으며, 흥이 나면 찾은 것이
여러 번이었다. 아, 새소리도 들리지 않는 깊은 산 속 외딴 곳에
자제들을 위해 집을 짓고 거처하게 했으니, 선생의 깨끗한 지취는
후학을 흥기시킬 수 있겠구나. (昔盧玉溪先生禛爲子孫營之 先生亦
於春花秋楓 乘興往來者數矣 吁 山深境絶 一鳥不聞 而爲子弟築室
而居之 先生淸致 可以起後學也) (유몽인)

• 정오 무렵 섬진강을 따라 서쪽으로 나아가 와룡정에서 쉬었다. 이
정자는 생원 최온의 장원이었다. 큰 둔덕이 강 속으로 뻗어 마치
물결을 갈라놓은 것 같았다. 말을 타고 반석 위로 나아가니 솜을
타놓은 듯한 수백 보의 백사장이 보였다. 그 둔덕 위에 초당 서너
칸을 지어놓고 비취빛 대나무와 검푸른 소나무를 주위에 심어놓았
다. 그림 같은 풍광이 둘러쳐져 초연히 속세를 떠난 기상이 있었다.
(亭午傍蟾江而西 歇馬于臥龍亭 亭卽生員崔蘊庄也 大堆入江心 如
截滄波 駕出盤石上 重以白沙如拭綿數百步 構草堂三四間於其上
衛以翠竹蒼松 匝以圖畫 有蕭瑟出塵之象) (유몽인)

• 김성운이 은거하는 곳(진주담)이다. 천석의 빼어남은 여태껏 지나
온 곳 가운데 으뜸이었다. 자못 산 속에 사는 예스러운 정취가 있었
다. (夕到眞珠潭 卽金聖運幽居也……泉石之勝 甲於所經 頗有山居
古色) (정식1)

• 오대사를 지나 또 부윤(府尹) 하숙부의 집을 들렀다. 집이 산을 등
지고 물을 마주하였으며 채소밭이 앞에 일구어져 있고 대나무 숲이
두루 펼쳐졌으니, 중장통(후한(後漢) 때의 사람으로, 공명에 뜻을
두지 않고 자연 속에 한가히 노니는 것으로 즐거움을 삼아 〈낙지론〉

을 지어 자신을 뜻을 밝혔다.)이 〈낙지론〉에서 말한 것과 다름이 없었다. (過五臺 又過河府尹叔孚宅 宅背山臨流 場圃築前 竹林周布 仲長統所稱樂志篇無異也) (남효온)

- (최함 씨의) 계당은 작은 시냇가에 있는데 시냇물을 끌어다 연못을 만들고, 매화나무·대나무·소나무·국화가 그 주위에 가득했다. (堂臨小溪 因溪爲池 蒔以梅竹松菊盈階焉) (박여량)

4. 지리산 이상향의 경관 특성

1) 지리산 이상향 분포와 입지 특성

지리산 유람록에는 문인들이 유람 경로를 따라가며 방문한 장소에 대한 기술이나 지명이 구체적으로 명시되어서 그 위치를 추정할 수 있다. 현재 남아있는 장소 이외의 일부 옛 지명은 유람록의 전후 문맥과 유람 여정, 원문에 제시된 거리 척도를 기준으로 비정하였다. 그 결과로 다섯 가지 이상향으로 지칭된 장소들을 국립지리원에서 발행한 1/25,000 지형도를 이용하여 〈그림 1〉로 도면화하였다.

이상향의 분포를 고찰하여 지리산 이상향의 입지 특성을 분석한 결과, 이상향과 관련된 장소가 화개, 쌍계사, 불일암, 신흥사, 칠불암 영역에 집중되었음을 확인하였다. 이 일대에 당시 문인들이 청학동이라고 인식한 불일암과 불일폭포가 있으며, 이를 중심으로 무릉도원, 별천지, 동천으로 묘사된 마을과 사찰, 그리고 정여창의 은거지까지 모든 유형의 이상향이 설정된 결과이다. 그밖에 지리산으로 진입하는 산청, 함양, 인월, 구례 등 주변 고을에 문인들의 은거지가 분포한다. 가장 큰 특성은 하천 인근에 소재한 마을, 사찰, 승경지에 무릉도원,

별천지, 동천이 인식되었다는 점이다. 즉 쌍계사와 불일암 등은 섬진강 화개천·덕산서원·양당·살천 마을은 남강 상류 덕천강(德川江), 그리고 탄촌·용유담·실덕탄·영대촌은 임천강(臨川江)에 위치한다. 이로써 협곡과 하천이 발달한 지리산의 지형에서 기인한 이상향의 입지 특성을 확인하였다.

2) 지리산 이상향의 유형별 개념과 경관 특성

문인들이 가졌던 신선 세계에 대한 갈망이 무릉도원, 별세계, 동천, 청학동, 은거지라는 다섯 가지 이상향으로 묘사되었음을 살펴보았다. 다음으로 지리산 이상향의 경관을 종합하기 위하여 이상향을 기술한 문장에서 추출한 경관 요소들을 크게 자연경관 구성 요소와 인문경관 구성요소로 구분하고, 자연경관 구성 요소는 지형 요소, 식생 요소, 동물 요소라는 세부 항목으로 구분하여 이상향별로 묘사된 경관 요소를 〈표 3〉과 같이 정리하였다.

이상향의 유형별 경관 요소 분포를 보면, 무릉도원과 별천지의 경관 요소는 동일하게 지형 요소, 식생 요소, 동물 요소 등 자연경관 구성 요소에 집중된다. 동천은 천연적인 지형 요소로 구성되지만, 청학동의 경관 요소는 항목별로 고른 분포를 보인다. 또한 은거지는 대부분의 경관 요소들을 포괄함으로써 나머지 네 가지 이상향의 경관 요소들을 만족시키는 이상향을 구성한 것으로 이해할 수 있다. 이때, 자연경관 구성 요소 중에서 지형 요소는 승경 기능에 집중되고, 식생 요소는 승경과 생리를 만족시키는 경관 요소들로 구분된다. 또한 선경과 관련된 원숭이와 학을 제외한 동물 요소와 인문환경 구성 요소의

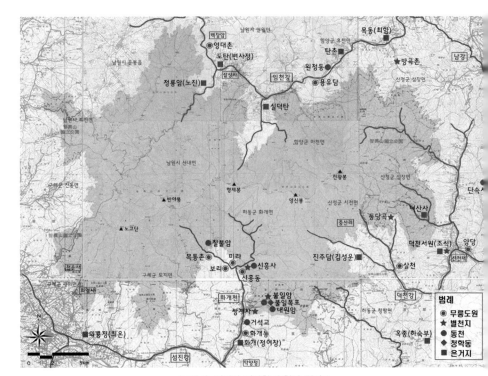

〈그림 1〉 지리산 이상향 유형별 위치도

대부분은 생리를 만족시키는 기능을 한다. 이를 종합하면, 지리산 이
상향은 지리산을 특징짓는 자연이 제공하는 승경지에 터를 잡고 먹고
살 수 있는 거주 환경을 조성한 토속 경관이라고 정리된다.

이상의 고찰 결과를 통해서 지리산 유람록에 나타난 이상향의 유형
별 개념 특징을 정리하였다. 먼저 문인들은 중국에서 유래한 무릉도원
을 이상향의 원형으로 이해하였으며, 지리산 협곡 안쪽 전원에 자리
잡은 민촌을 무릉도원으로 묘사하였다. 그러나 무릉도원을 대표하는
복숭아나무숲 대신 향토수종인 대나무숲이 강조되고, 무릉도원과 관
련 없는 감나무와 밤나무, 물고기와 닭이 묘사된 것은 생리를 만족시

〈표 3〉 지리산 이상향의 경관 요소

구분		경관 요소	이상향의 유형				
			무릉도원	별천지	동천	청학동	은거지
자연 경관 구성 요소	지형 요소	산봉우리, 대	○			○	○
		협곡, 골짜기	○	○	○	○	○
		(호리병 모양) 평지	○		○		○
		하천, 시내	○	○			○
		폭포, 계담(溪潭)		○	○	○	○
		천석(泉石), 반석	○	○	○		○
	식생 요소	대나무숲	○	○		○	○
		감나무, 밤나무	○	○			○
		뽕나무밭					○
		소나무				○	○
		단풍, 노송, 측백, 삼나무				○	
		복숭아나무, 매화, 국화					○
		버드나무					○
	동물 요소	개, 닭	○	○			
		소, 송아지					
		물고기	○	○			○
		학, 원숭이				○	
		산양				○	
인문 경관 구성 요소		촌락, 주거지	○	○			○
		논, 밭	○				○
		사찰, 암자			○	○	○
		서원, 정자, 초정					○
		배, 상선					○
		연못					○
		대나무 울타리	○				○
		각자(바위글씨)				○	

키는 우리나라 토속 경관을 대입시킨 결과이다. '별유천지'에서 기인

한 별천지는 승경지가 강조된 특성을 지닌 이상향이며, 동천은 은일에 적합한 위요된 지형 구조로 승경지의 일정한 영역을 한정하고 개별 공간에 이름을 붙인 이상향이다. 이와 같이 중국에서 전래된 세 가지 이상향이 지리산 일대의 아름다운 공간을 지칭하는데 적용된 것과 달리 지리산에 설정된 청학동은 우뚝 솟은 석벽과 깊은 골짜기의 폭포, 기상 현상이 어우러진 신비스러운 자연경관을 배경으로 하고 바위글씨[42]와 최치원의 설화가 더해져 만들어진 이상향이다. 문인들은 더 나아가 이상향을 현실에 구현한 결과로서 은거지로 인식하였으며, 은거지는 배산임수형 지세, 교역이 가능한 하천, 대숲으로 위요된 토지, 유실수 위주의 향토 식생, 아름다운 경관 등 가거지 조건이 갖추어진 곳에 연못을 만들고 대나무, 소나무, 매화, 국화, 복숭아나무, 버드나무 등을 심어 즐기는 곳으로 표현되었다.

살펴본 바와 같이 향토수종과 산촌의 토속 경관이 강조된 무릉도원, 지리산 수석이 돋보이는 승경지에 설정된 별천지, 은일에 적합한 승경지의 영역을 한정하고 이름을 붙인 동천, 신비로운 경관에 설화가 부가되어 설정된 청학동과 가거지 조건을 만족시키는 곳에 이상향을 실현한 은거지라는 지리산 이상향의 개념별 특성을 정리하였다.

---

42 연구 대상의 지리산 유람록에는 각자(바위글씨)가 청학동의 경관 요소로만 등장하였으나 전국에 산재한 원림에 'ᄋᄋ동천'이라는 각자가 많음을 미루어보면 지리산 일대에도 동천에 대한 각자 행위가 있었을 가능성이 농후하다.

Ⅳ. 결론

본 연구는 15세기부터 18세기까지의 지리산 유람록 23편을 분석하여 문인들이 지리산에서 인식한 이상향의 경관 특성을 다음과 같이 정리하였다.

1. 지리산 유람록을 통해서 무릉도원, 별천지, 동천, 청학동이라는 전통적 이상향 네 가지를 동시에 비교·고찰하고, 문인들이 구체적 장소를 묘사하며 선택한 이상향별 개념과 경관의 특성을 이해하였다.

2. 조선시대 문인들이 방장산으로 불리던 지리산에서 꿈꾼 신선 세계는 중국에서 유래한 무릉도원에서 연유하지만, 지리산의 무릉도원은 신비감을 주는 자연성을 간직한 깊은 산속, 협곡 안에 마련된 넓고 평평한 터, 향토 식생과 산촌의 토속 경관, 생리를 만족시키는 우리 풍토 조건이 반영되었다.

3. '별유천지'의 별천지는 지리산 유람록에서 쌍계사, 불일암, 신흥사, 방곡촌, 동당곡, 덕산서원 주변의 승경지 묘사에 사용되었다. 즉 별천지는 승경 개념이 강조된 이상향이다.

4. 동천은 은일에 적합한 위요된 지형 구조를 가진 곳에 백무동천과 신흥동천 등으로 이름을 붙이거나 화개협, 불일암, 불일폭포, 신흥사, 내원암, 칠불암, 원정동이라는 승경지의 일정한 영역을 한정하는 개념으로 사용되었다.

5. 지리산 유람록에서 문인들은 청학동의 승경을 신선이 사는 곳, 신선을 지칭하는 용어, 신선의 음악, 학, 원숭이, 산양 등으로 묘사하여 탈속적 선취(仙趣)를 즐겼다. 지리산에 설정된 청학동은 불일암 일대의 협곡과 폭포가 만드는 신비스러운 자연경관과 소나무, 대나무

등 식생경관, 그리고 최치원의 설화와 바위글씨가 전승되면서 완성되었다.

6. 문인들은 탄촌, 단속사 마을, 화개, 실덕탄, 덕산사, 덕천서원 마을을 이상적 은거지로 묘사하였다. 여기서 배산임수형 지세, 교역이 가능한 하천, 대숲으로 위요된 평평한 토지, 유실수 위주의 식생, 아름다운 경관이라는 조건을 파악하였다. 이것은 당시 문인들이 지리산이 가거지에 적합한 산세, 토질, 기후, 먹거리를 만족시켰음을 인지하였기 때문이다.

7. 지상에 실현한 이상향으로서 지리산에는 변사정, 노진, 최온, 김성운 등 문인들의 은거지가 있었으며, 이들은 산을 등진 작은 시냇가에 터를 잡고 연못을 조성하며 대나무, 소나무, 매화, 국화, 복숭아나무, 버드나무를 심고 즐겼다. 지리산의 은거지는 아름다운 자연 안에서 노동하며 먹고 살 수 있는 바탕이 마련된 인간 세상의 모습이다.

8. 문인들이 인식한 지리산 이상향의 장소는 청학동을 중심으로 한 섬진강 화개천 일대에 집중적으로 분포하였으며, 덕천강과 임천강 등 지리산의 협곡과 하천이 만든 승경지에 터를 잡고 생리를 만족시키는 거주 환경을 가진 곳이다.

이 글은 『한국전통조경학회지』 32집(2014), 139~153쪽에 게재한 글을 수정·보완한 것이다.

조선시대 선인들이 바라본 지리산 유람 장소의 경관적 해석

이창훈

Ⅰ. 들어가며

인간은 과거로부터 경치가 빼어난 산에 주목하였고, 이러한 명산(名山)은 자연의 덕을 배우고 실천하는 심신수양(心身修養)의 장소로 활용되었다. 우리 민족은 한반도를 삶의 근거지로 자리 잡은 이래, 수천년에 걸쳐 삶의 터전의 한 부분으로 산을 이용하고 오르내렸다. 특히 삼한(三韓)이 위치하였던 한반도 남쪽지역의 지리산은 그 산세에서 뿜어져 나오는 위용이 단연 으뜸이었으며, 여타 산들과 달리 역사 속에서 많은 이들이 찾아오는 명산 중의 하나로 잘 알려져 왔다.

현재까지 전하는 옛 문헌을 살펴보면 지리산의 명성은 다수 확인된다. 우선 우리에게 잘 알려져 있는 신라시대의 기인(奇人)으로 불린 고운 최치원(崔致遠, 857~?)은 사회적 진출이 좌절되자 세상을 버리고 은둔의 삶을 선택하였는데, 그가 은둔한 장소가 바로 지리산인 것이다. 실제로 지리산에는 현재까지도 그와 관련된 많은 기록이 전해지고 있다. 또한 고려시대 무신정권이 들어서자 이에 반발하여 중국 진

(晋)나라의 7명의 현인인 죽림칠현(竹林七賢)을 표방하며 지리산 일원을 유람한 죽림고회(竹林高會)에 대한 기록도 전해진다. 이 밖에도 여타 수많은 선행연구에서 소개된 것처럼 조선시대 수많은 학자들이 지리산을 방문하고 작성한 유람 기록이 전해지고 있다.[1]

조선시대에 지리산을 찾은 대표적인 학자들은 이륙(李陸, 1438~1498), 김종직(金宗直, 1431~1492), 남효온(南孝溫, 1454~1492), 김일손(金馹孫, 1464~1498), 정여창(鄭汝昌, 1450~1504), 조식(曺植, 1501~1572), 유몽인(柳夢寅, 1559~1623), 조위한(趙緯韓, 1567~1649) 등 선인의 이름을 다 거론하기 어려울 정도로 많다. 이들은 자신의 여정을 유람록(遊覽錄)으로 남겼으며 친분이 있는 벗들과 산에 오르며 감흥을 시로 읊고, 그 기록을 후세에 전하였다.[2]

특히 조선시대 지리산 유람과 관련하여 김종직의 「유두류록」은 후배 학자들에게 지침서와 같이 활용되었다. 존숭(尊崇)할만한 선배가 다녀갔던 장소를 찾아 답습하며 그분들의 생각까지 배우고자 하는 행위 등에서, 넓게는 순례지의 개념도 포함한다는 해석이 가능하다.

이후 조선시대 지리산 유람에 대한 의미는 시대가 흘러가면서 변화를 거듭하였는데, 일제강점기에는 도전정신이 가미된 알피니즘(Alpinism)[3]의 도입으로 지리산은 정복의 대상으로 바뀌기도 하였으며,

---

1 이창훈(2014), 『조선시대 유람록에 나타난 지리산 경관자원의 명승적 가치』, 상명대학교 박사학위논문.
2 박언정(2004), 『15~16세기 지리산 유람록 연구』, 동국대학교 석사학위논문.
3 알피니즘은 여느 때보다 높은 산, 새로운 산, 험난한 산에 오른다든지, 등산하는 자체에서 기쁨과 즐거움을 찾고, 기술적이고도 종합적인 지식을 기르며, 강렬한 정열로 전인격적(全人格的)으로 산에 도전하는 태도를 가리키며, 그와 같은 마음가짐으로 등산하는 사람들을 알피니스트라고 한다. 알피니즘이란 말은 1786년, 스위스의 학자 H.B.소쉬르가 몽블랑을 등정한 무렵부터 사용하게 되었는데, 실제로 일반화된 것은 19세기

또한 현대 문명의 발달로 인한 기존의 시간과 공간의 개념을 뛰어넘는 이동수단의 변화와 일련의 사건들은 지리산에 대한 의미를 다양하고 풍부하게 해주었다. 그러나 지리산에 대한 조선시대 선인(先人)들이 지녔던 장소에 대한 애착과 동기는 일제강점기 등 전화기적 상황의 사람들의 생각 및 현대인이 바라보는 시선과는 다른 의미를 지닌 것으로 보인다.

그리고 조선시대 지리산 유람과 함께 유람록을 작성하는 행위는 인상 깊었던 장소에 대해 간직하고자 하는 기억장치의 한 수단으로 보았을 때, 지리산을 방문한 선인들이 바라보았던 장소에 대해 주목해 볼 필요가 있다. 인간의 지식 정보처리가 어떻게 일어나는지 연구하는 학문인 인지과학 분야에서는 장소 지향적 기억의 가치를 인식하여 '장소기억'이란 이름으로 인간의 기억을 연구하고 있다. 앞서 말한 장소를 기억하는 일련의 과정은 인간이 경관을 인지하는 과정과 흡사하다 볼 수 있다. 이에 조경학 분야에서는 이러한 경관을 재현해보는 시각에서 장소에 대한 관심을 가지고 있으며, 최근에는 역사와 문화를 포함하는 인문학적 배경을 기초에 두는 경관개념의 연구로 확대되고 있다. 그러나 실제 연구과정에서 나타나는 결과는 인문경관 분석에 치우친 나머지 경관구조 및 시각적인 특징에 관한 결과물의 도출은 미흡한 실정이다.

이러한 사회적 배경과 함께 경관을 공부하는 자의 시각에서, 선인들이 지리산을 오르면서 머무르고 바라보았던 장소를 조선시대 유람록의 내용을 바탕으로 살펴보고자 한다.

후반부터이며 한국에서는 1920년경에 비로소 이와 같은 풍조가 일어났다.

Ⅱ. 연구방법

　조선시대 선인(先人)들이 지리산 유람을 다녀와 작성한 기록에는 경관을 단순히 보고 즐기는 이상으로 삶의 의미와 본질을 느끼게 하는 내용이 잘 나타나 있다. 당시 지리산 유람은 지극히 주관적인 성향을 지니며, 그에 따라 유람방법에서 많은 차이를 보인다. 유람 형태도 크게는 지리산 내부에서 이루어지는 형태와 외부에서 지리산을 조망하는 형태로 구분이 가능하다. 또한 조선시대의 지리적 개념은 현대와 달리 지리산권 외부까지도 지리산의 일부로 보았다. 현재에 보편적으로 간주하는 '지리산의 범위'는 국립공원관리공단에 의해 설정된 면적으로 이해하고 있지만 조선시대에 인식하는 지리산 영향권은 훨씬 넓었던 것이다. 따라서 조선시대 선인의 시각으로 연구의 대상지를 선정하여 살필 경우 지리적 범위가 한정짓기 모호해지고, 그 안에서 이뤄지는 행위 또한 다양해져 자료 수집과 분석에 있어 어려움이 따른다.

　이러한 문제점을 해결하기 위한 구체적인 범위 두 가지를 설정하여 진행하고자 하였으며, 첫째, 현대개념의 지리산 경계 내부에서 이루어진 유람인 경우와 둘째, 천왕봉을 목적지로 계획한 유람의 내용만을 선별하였다.

　연구에 사용한 유람록은 지리산권문화연구단 번역총서 최석기 등(2000~2013)이 해석한 『선인들의 지리산 유람록』 등 총 6권으로 하였다. 이 책들에는 총 90편의 지리산 유람록과 13편의 지리산권의 사찰 기록이 수록되어 있다. 이중 위에서 제시한 두 가지의 지리산 유람 형태를 충족시키는 유람록을 선별한 결과 총 31편으로 나타났다(표 1).

〈표 1〉 연구에 선정된 유람록

연번	성 명	유람연도	문집	기사제목
1	김종직(金宗直, 1431~1492)	1472	점필재집(佔畢齋集)	유두류록(遊頭流錄)
2	남효온(南孝溫, 1454~1492)	1487	추강집(秋江集)	지리산일과(智異山日課)
3	김일손(金馹孫, 1464~1498)	1489	탁영집(濯纓集)	두류기행록(頭流記行錄)
4	변사정(邊士貞, 1592~1596)	1580	도탄집(桃灘集)	유두류록(遊頭流錄)
5	양대박(梁大樸, 1544~1592)	1586	청계집(靑溪集)	두류산기행록(頭流山紀行錄)
6	박여량(朴汝樑, 1554~1611)	1610	감수재집(感樹齋集)	두류산일록(頭流山日錄)
7	유몽인(柳夢寅, 1559~1623)	1611	어우집(於于集)	유두류산록(遊頭流山錄)
8	허 목(許 穆, 1595~1682)	1640	기언(記言)	지리산기(智異山記)
9	박장원(朴長遠, 1612~1671)	1643	구당집(久堂集)	유두류산기(遊頭流山記)
10	송광연(宋光淵, 1638~1695)	1680	범허정집(泛虛亭集)	두류록(頭流錄)
11	조귀명(趙龜命, 1693~1737)	1724	동계집(東谿集)	유지리산기(遊智異山記)
12	정 식(鄭 栻, 1683~1746)	1724	명암집(明菴集)	두류록(頭流錄)
13	박래오(朴來吾, 1713~1785)	1752	이계집(尼溪集)	유두류록(遊頭流錄)
14	이갑룡(李甲龍, 1734~1799)	1754	남계집(南溪集)	유산록(遊山錄)
15	홍 씨(洪 氏, 생몰년도불명)	1767	삼우당집(三過堂集)	두류록(頭流錄)
16	이동항(李東沆, 1736~1804)	1790	지암집(遲庵集)	방장유록(方丈遊錄)
17	유문룡(柳汶龍, 1753~1821)	1799	괴천집(傀泉集)	유천왕봉기(遊天王峰記)
18	안치권(安致權, 1745~1813)	1807	내옹유고(乃翁遺稿)	두류록(頭流錄)
19	남주헌(南周獻, 1769~1821)	1807	의재집(宜齋集)	지리산행기(智異山行記)
20	하익범(河益範, 1767~1815)	1807	사농와집(士農窩集)	유두류록(遊頭流錄)
21	민재남(閔在南, 1802~1873)	1849	회정집(晦亭集)	유두류록(遊頭流錄)
22	김영조(金永祚, 1842~1917)	1867	죽담집(竹潭集)	유두류록(遊頭流錄)
23	송병선(宋秉璿, 1836~1905)	1879	연재집(淵齋集)	두류산기(頭流山記)
24	배 찬(裵 瓚, 1825~1898)	1871	금계집(錦溪集)	유두류록(遊頭流錄)
25	박치복(朴致馥, 1824~1894)	1877	만성집(晩醒集)	남유기행(南遊記行)
26	허 유(許 愈, 1833~1904)	1877	후산집(后山集)	두류록(頭流錄)
27	정재규(鄭載圭, 1843~1911)	1887	노백헌집(老柏軒集)	두류록(頭流錄)
28	강병주(姜柄周, 1839~1909)	1896	두산집(斗山集)	두류행기(頭流行記)
29	송병순(宋秉珣, 1839~1912)	1902	심석재집(心石齋集)	유방장록(遊方丈錄)
30	김회석(金會錫, 1856~1934)	1902	우천문집(愚川文集)	지리산유상록(智異山遊上錄)
31	이택환(李宅煥, 1854~1924)	1902	회산집(晦山集)	유두류록(遊頭流錄)

앞서 선정된 31편의 유람록에서 '선인들이 방문한 장소의 해석'을 위해 지리산을 오르는 동기와 행위에서 보이는 현대인과의 인식 차이를 살펴보고, 이를 통해 조선시대 선인들이 가졌던 지리산 유람의 장소애착에 대해 말하고자 한다. 다음으로 유람록에서 묘사된 여러 장소 중에서 가장 많이 언급되었던 장소에 대한 기록을 구체적으로 살펴, '선인들이 바라본 장소의 빈도 분석'에서 도출되는 주요 장소에서 나타나는 경관적 의미를 해석해보자 한다.

Ⅲ. 지리산 유람의 장소적 해석

1. 지리산 유람의 동기 형성과정

지리산은 문헌으로 전해지기 이전인 태고부터 우리 민족의 명산으로 주목을 받았다. 특히 불교에서는 신라시대부터 여러 사찰들이 지리산에 터를 잡았고, 화랑들은 학문도야 및 심신수양을 목적으로 이곳을 찾았다. 한편 통일신라 말기 최치원 또한 지리산에 들어가 신선이 되었다는 설화도 전해졌다. 이러한 역사적 사실들로 인해 지리산은 진작부터 많은 이들이 주목하는 공간이 되었다.

조선시대에 이르러 사대부를 중심으로 북한산, 백두산, 금강산, 지리산 등 명산을 찾아다니는 유행이 전개되었다. 그 중 지리산은 당시 문인들이 오르던 여러 대표적인 산 중의 하나였다. 지리산을 오르는 자들은 천왕봉 일월대에 올라 '등태산 소천하(登泰山小天下)'의 기분을 만끽하며 호연지기를 기르고, 첩첩히 쌓인 산과 운해 사이에 일어나는 일출의 광경을 바라보며 정신을 맑게 하고자 하였다.

지리산을 오른 많은 이들 가운데 사림파의 거장 남명 조식은 지리산을 열두 번 오른 대표적인 인물이다. 이후 많은 후학들은 당시 가문과 학맥, 당색이라는 요소에 따라 조식을 이어 지리산에 올랐다. 이러한 풍조들은 소속감을 고취시키면서 자아의식 속에 자연스럽게 침투되어 '지리산을 올라야겠다.'는 욕구와 동기가 부여되었다고 볼 수 있다. 남명을 이은 학통계열이 아니더라도 남명 이후 지리산을 찾는 이들 대부분은 남명의 발자취를 따르는 것을 특별하게 여겼다.[4]

조선시대 지리산 유람은 선인에 대한 존숭정신에 기초한 유람이 주를 이룬 반면, 이후에는 유럽의 도전정신에 바탕을 둔 등반으로 변화하였다. 이러한 서양풍의 등반형태는 일제강점기 이후 근·현대에 지리산에도 적용되었다. 그 중에서도 1970년대 「관광기본법」에 기초한 관광개발기본계획과, 2000년대에 시행된 주5일 근무제도는 지리산 접근의 패러다임 자체를 바꾸어 놓았다. 이로 인해 지리산을 찾는 연간인원은 연간 300만 명으로 최고의 등반장소로 자리매김 하게 된 것이다.[5] 이렇듯 시간이 지남에 따라 변화된 환경적 변화는 지리산을 유람한 조선시대 선인들과는 달리 산을 찾는 원인이나 계기가 부여될 수밖에 없었을 것으로 보인다.

사람들이 지리산을 오르는 이유는 그들만의 필요한 가치를 충족시키려는 데서 비롯된다. 조선시대 문인들은 지리산을 찾기 위해 '유람'

---

4 이창훈(2015), 「조선시대 선인들이 바라본 지리산 장소의 경관적 해석」, 『경상대학교 경남문화연구원 지리산유람록 학술대회 발표자료집』, 93~107쪽.

5 2012년 국립공원 관리공단에서 조사한 '지리산의 자산 가치'는 8조 2천억 원으로 국민들의 관심을 받는 대상임이 확인되었다. 가치분석은 한 가구가 공원 보존을 위해 1년간 기꺼이 지불하겠다고 의사를 표명한 금액과 한사람이 공원을 방문할 때 얻어지는 가치를 합산해 계량화하였다(출처: 국립공원 관리공단 홈페이지, 경남일보 2013년 2월 19일).

이라는 수단을 선택하였고, 현대의 사람들은 등반(登攀)이란 의미로
지리산에 오르고 있다. 여기서 '지리산을 오르는 필요'와 '지리산을
오르는 욕구'의 두 개념으로 구분할 수 있으며, 이는 같은 의미로 보여
질 수 있으나 실제로는 '인식'으로 인해 선후가 구분되는 개념이다.
다시 말하면 필요와 욕구를 같은 개념으로 여기는 경우도 있으나 엄밀
히 말하자면 '인식(perception)'으로 인해 양자의 선후관계가 다르다는
것을 말한다.

　사람들은 필요한 것을 인식할 때 비로소 필요가 욕구로 변화하는
것이며, 조선이라는 시대적 상황에서 지리산은 이와 같은 변화를 유
발할 장소로 충분한 요건을 지니고 있었다고 볼 수 있다.[6] 다시 지리산
을 예를 들어 '지리산을 올라 가겠다'는 필요와 욕구가 충분해도 동기
가 없으면 행위는 일어나지 않으며, 이러한 동기를 부여받기 위해서
는 뚜렷한 목표가 있어야 한다(Figure 1).[7]

　여러 선행연구에서 조선시대 문인들이 지리산에 오른 것은 선배에
대한 존숭에서 비롯된 것으로 보고 있으며, 이는 선인의 발자취를 따
름으로 인해 자신의 학문적 근원에 다다르려는 의도도 함께 포함한
것이다. 조선시대의 선인의 지리산 유람을 정신에 기초한 유람이라
평가하는 것도 이러한 이유를 따른 것으로, 현대인이 정복을 위해 오
르는 등반과 분명히 비교되는 부분이 있으리라 생각된다.

6　김정만(1997), 『관광학개론』, 형설출판사, 60~62쪽 내용 재구성.
7　이창훈(2014), 「조선시대 유람록에 나타난 지리산 경관자원의 명승적 가치」, 『상명대학
　　교 박사학위 논문』 33 재인용.

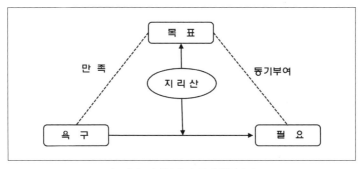

〈그림 1〉 지리산 유람 동기 형성과정

2. 지리산 유람에서의 행위

조선시대 선인들은 산과 계곡이 어우러지는 수려한 경관을 감상하기 위해, 또는 자신들이 동경하는 이상향을 만끽하기 위해 지리산을 찾았다. 지리산을 오를 때 뜻이 맞는 사람들과 어울려 담화도 나누고 음식을 나누며, 자신들의 심상에 담고 있는 생각들을 교유하였다.

지리산 유람록의 교유 내용을 살펴보면 지리산을 동행하였던 여러 부류 중에서 스님들이 자주 등장한다. 그들은 지리산 암자나 사찰에 기거하는 스님으로 지리산을 찾아오는 선인에게 안내자의 역할을 담당하였다. 유람록에서 조선시대 선인은 스님과 생각을 나누고, 종교적인 차원의 토론도 서슴없이 주고받았던 내용이 남아있다. 그 일례로 남효온은 화엄사·봉천사에서 승려들과 『소학(小學)』·『근사록(近思錄)』을 강론하였고, 정식은 불일암에서 승려들을 따라 사흘 동안 면벽수도를 경험하기도 하였다. 다양한 형태의 유람과 산을 오르는 다양한 대상자들은 공통적으로 시를 읊고 짓는 행위를 빼놓지 않았다. 남효온·유몽인 등은 승려와 시를 지어 주고받았고, 양경우는 지리산 유람을 마칠 동안 27편을, 조위한은 무려 102편의 시를 지었다고 기록하고 있다.[8] 그 밖에 박여량 등은 산행의 피로를 잊게 하는 방법의 하나로, 이동하거나 휴식하는 도중에 동행한 악공에게 악기를 연주하게 하고는 시를 지은 기록들도 찾을 수 있다.

이와 같이 특정 장소에서의 행위와 감흥에 대한 유람 기록은 시간차원을 넘어 장소에서 나타나는 행위누적의 소산으로, 지리산 유람이 가지는 특징으로 볼 수 있다. 이와 같이 장소는 그 '안'에서 무엇을 경험한다 혹은 느낀다라는 의미가 함축되어 있는 데 비하여 경관은 그 '밖'에서 조망한다라는 의미가 함축되어 있다. 다시 말해 장소는 '경험 (experience)' 한다는 의미가 함축되어 있는 데 비하여 경관에는 '지각 (perception)' 한다는 의미가 담겨있는 내용과 맥락이 같다하겠다.[9]

조선시대 선인들이 지리산을 방문하고 작성한 기록을 인상 깊은 기억에 대한 표현방법의 하나로 볼 때, 유람록에서 이러한 행위들이 언급되는 배경이 되는 장소는 역사·문화적 경관자원으로 가치를 크다하겠다.

3. 지리산 유람의 장소애착

장소애착[10]은 장소적 환경이라는 측면과 사회학의 인간적 측면이

---

8 정치영(2009), 「조선시대 사대부들의 지리산 여행 연구」, 『대한지리학회지』 44권 3호, 대한지리학회, 260~281쪽.

9 임승빈(2003), 『경관분석론』, 서울대학교출판부, 3~4쪽.

10 장소에 대한 애착으로부터 명쾌하게 구분되는 부분, 구성요소, 차원, 요인 등과 같은 것을 분리해 낼 수는 없다. 다만 장소에 대한 애착의 개념구조는 상호의존성이 있다는 관점과 전후관계적 지향성을 염두에 두고, 현상학적 접근과 그리고 철학적 관점을 가지고 탐구되어야 한다(Low, Setha M. & Irwin Altman, 1992).

결합된 애착의 개념으로 살펴볼 수 있다. 장소는 공간(space)과 구별되는 보다 광범위한 개념이며, 물리적 속성 이외에도 특정한 활동과 상징성을 포함하는 사회문화적 성격이 강한 개념이다. 이렇듯 장소는 지리학적 개념인 공간에 특정 활동이 지속적으로 장기간 발생하였을 때 만들어 진다. 이러한 장소에 대한 이해는 사람들이 가진 경험과 정서, 지식 등에 따라 다르며 사회나 시대상황에 따라 다르게 나타난다.[11]

장소는 개인이나 집단 또는 사회의 기본적 욕구를 실현시키는 지리적 배경이 된다. 다시 말하면 장소는 장소가 소재하는 곳의 자연환경, 인문환경 및 문화적 산물 등에 의해서 그곳에 살고 있는 사람들의 욕구를 접촉시키고 유지시킨다. 한편 인간활동과 경험은 자신과 관련이 있는 공간적 맥락 안에서 제한되기 마련이다. 그러므로 장소란 한 인간의 정체성 형성과 깊은 연관을 맺는다.[12]

이는 지리산 유람에서도 찾아볼 수 있는데, 자신들의 출신지역, 학문적 경향, 사승관계, 당색 등이 유람의 구조와 문화 외에도 유람 동기 부분에서 상당한 영향을 끼치기도 하였다.

이러한 경향이 나타나는 대표적인 유람의 사례로 지리산과 청량산이 있다. 남명 조식이 거주한 지역의 지리산과 퇴계 이황이 거주한 지역에 위치한 청량산의 경우를 살펴보면 특정인물의 유람이 다른 이들의 유람 동기형성에 얼마만큼의 영향을 미치는지를 미루어 짐작할

---

11 이진국(2010), 『도시환경에서 건축물과 장소의 인지태도 및 유형에 관한 연구』, 영남대학교 박사학위논문 ; 박누리(2014), 『장소개념의 재설정과 적용에 관한 연구』, 부산대학교 석사학위논문.
12 이은숙(2004), 「장소에 대한 애착의 기본구조」, 『사회과학연구』 20호, 상명대학교 사회과학연구소, 1~16쪽.

수 있다.

조선시대 선인들의 유람 동기에는 강한 가문의식과 학파 및 당파의 유대감으로부터 발휘되는 감성이 깊이 내재하고 있었다. 지리산이 조선시대 선인들에게 아름다운 산수지리의 공간이기도 했지만, 여러 지리산 유산록들에서 나타난 바와 같이 사회적 부류에 따른 상징적인 공간으로 인식되기도 하였다.

이렇듯 지리산을 유람하였던 당대 명인의 자취나 기록이 남아있을 경우, 그분들이 다녀간 이후에 지리산을 유람하는 이들로 하여금 시간과 지역을 넘어서 지리산은 각광받는 장소가 되었다.

일례로 남명 조식과 관련한 출신들의 경우 대개가 진주·산청·거창 인근 출신들이었고, 퇴계와 혈연 또는 지연으로 연결된 경우는 안동·예안의 거주자들이 많았다.

이들은 자신의 학문적·사회적 입지에 의거하여 지리산이나 청량산을 남명이나 퇴계의 행적을 따르는 정신적 순례지(巡禮地)처럼 여기기도 하였다.[13]

이러한 장소애착의 대표 외국 사례지인 「카미노 데 산티아고」[14]는 1993년 세계문화유산으로 지정될 만큼 그 중요성과 가치를 인정받은 사례라 할 수 있다. 이곳은 지정 후 유럽을 비롯한 전 세계의 관심을

---

13 최은주(2010), 「조선후기 영남선비들의 여행과 공간감성」, 『동양한문학연구』 31호, 동양한문학회, 373~ 409쪽.
14 카미노 데 산티아고는 1,000년이 넘은 순례길로 유명하며, 1189년 교황 알렉산더 3세는 예루살렘, 로마 그리고 산티아고 데 콤포 스텔라를 성스러운 도시로 선포했다. 1986년 세계적인 베스트셀러 작가 파울로 코엘료가 산티아고 순례길을 여행한 후 집필한 '순례자'가 출간된 이후 더욱 유명해졌고, 1987년 유럽연합이 첫 유럽문화유산으로 지정하고 1993년 유네스코가 세계문화 유산으로 등록하였다. 2000년에는 유럽 문화 도시(European City of Culture)로 지정되었다.

받게 되었으며, 당초에는 종교적 순례자를 위한 길이었지만 현재는 세계적으로 가장 유명한 도보 여행길(둘레길)로서 많은 방문객들이 종교적인 이유 이외에도 방문하는 명소가 되었다. 또한 「카미노 데 산티아」의 방문객의 색다른 경험으로는 여정을 따라서 순례자가 다녔던 길을 걷는 의미와 더불어 카톨릭 문화 체험의 경험을 제공하는 테마관광의 제공처가 되기도 한다. 예를 들어 수녀원에 소속 되어있는 알베르게는 각각의 나라 기도문을 갖고 기도하는 시간을 제공하는 등 사색 여행의 기회가 제공된다.[15]

이는 조선시대에 저명한 선인들의 유산기를 안내 삼아서 자취를 추적하는 과거에의 답습을 목적에 둔 유형과 비교가 가능한 부분이다. 다시 말하면 과거에 선배들이 유람하면서 경험했었던 장소를 찾아다니면서 생각과 행동까지 닮아보려는 애착이 문화적 의미와 가치를 부여한 형태로 볼 수 있겠다.

Ⅳ. 지리산 유람 장소의 고찰

1. 선인들이 바라본 장소의 빈도 분석

조선시대 선인들이 지리산을 오르면서 바라보는 경관은 각자의 시야에 의하여 한정되며, 움직임에 따라서 계속적으로 변화함으로 경관은 항상 눈앞에 전개된다. 이러한 유람과정에서 보이는 경관은 눈앞

---

15 김보나(2011), 『수단-목적 사슬 이론을 적용한 도보여행객의 가치추구 분석』, 세종대학교 석사학위논문.

에 펼쳐지며, 눈앞에 펼쳐진 경관은 유람하는 이에게 지각되는 것이라 말할 수 있다.

지리산 유람록에서 선인들이 언급된 장소의 출현 빈도가 실제 장소가 갖는 절대적 가치평가의 기준이 될 수는 없을 것이다. 그러나 지리산을 오르면서 기록하였던 주변 경관에 대한 묘사나 행위가 나타나는 장소는 선인들이 유람 도중에 인상 깊게 살피던 장소였다는 측면에서 중요한 가치를 지니므로 기록에서 언급된 횟수를 확인하는 작업을 실시하였다(표 2).

Table 1에 언급된 총 31편의 유람록에서 조망하거나 조망점에 서 언급되는 장소는 56개소로 나타났다. 이를 문화재청 '명승문화재 지정기준'과 국립공원관리공단의 '경관자원 유형'을 참고하여 비슷한 장소의 성격으로 분류하면 ① 봉우리, ② 령·재, ③ 대, ④ 바위·기암, ⑤ 계곡, ⑥ 폭포, ⑦ 샘·연못, ⑧ 암자·사찰, ⑨ 사당으로 크게 9가지로 구분이 가능하였다.

지리산 유람록에 나타나는 장소에 대한 기록은 한 곳에 가만히 서서 바라보거나 쳐다보는 순간적인 구도를 떠올리게 되지만, 실제로는 움직이면서 보는 '연속 경관'인 것이다.

지리산의 수목이 우거진 오솔길을 지나, 계곡을 건너고, 아찔한 벼랑을 지날 때의 기록들은 연속된 경관 속에 기억되는 '고정 경관'인 것이다. 오르기 험준한 지리산 산행 중에 큰 숨도 돌리면서 주변을 내려다보거나 바라다 볼 수 있는 장소가 유람록에서 나타나는 조망점이 되고, 그곳에서 보는 경관 대상이 조망대상이 되는 것이다.

한 가지 주목할 부분은 지리산 유람을 통해 작성된 31편의 기록에 나타난 장소에 대한 기록상황이다. 장소에 대한 기록이 10개소 이하

로 언급된 유람록은 31편 중 25편이었다. 이는 여행 과정 및 특징을
위주로 기록하는 현상학적 작성형식보다는 인상 깊은 장소에서의 감
흥을 글로 남기는 서정적 부분에 중점을 둔 것을 의미한다 하겠다.

〈표 2〉 유람록에 나타난 장소 빈도 분석

연번	장소유형	세부장소	인물														
			1	2	3	4	5	6	7	8	9	10	11	12	13	14	15
1	봉우리	천왕봉	●	●	●	●	●	●	●	●	●	●	●	●	●	●	●
2		중봉	●														
3		하봉	●				●										
4		제석봉	●				●	●		●		●					
5		영신봉	●														
6		촛대봉		●					●								
7	령, 재	사자정							●		●						
8		당재		●							●						
9		쑥밭재	●														
10		사립재															
11		세석고원	●	●					●								
12	대	일월대											●	●	●	●	●
13		문창대			●												
14		영신대															
15		좌고대	●	●	●												
16		창불대	●		●												
17		영랑대	●						●								
18		소년대	●						●								
19	바위, 기암	신선너덜															
20		통천문	●	●	●		●				●	●			●	●	
21		마암	●														
22		하동바위					●				●			●			
23		칼바위															
24		배바위	●								●						
25		삼신동바위				●						●			●		
26		세이암							●			●			●		
27		독녀바위	●														

번호	분류	장소	1	2	3	4	5	6	7	8	9	10	11	12	13	14	15
28	계곡	백무동계곡	●				●	●		●		●					●
29		한신계곡	●														
30		홍류동계곡						●									
31	폭포	법천폭포													●	●	
32	샘, 연못	천왕샘													●		
33		산회샘	●		●			●									
34		세석천	●		●										●		
35		선비샘											●		●		
36		참샘															
37		청학연못															
38	암자, 사찰	법계사			●										●	●	
39		영신사	●	●	●			●				◉			◉		
40		칠불사		●		●						●			●		
41		의신사		●				●				◉					
42		신흥사		●	●			●				◉			●		
43		대원사															
44		영원암			●												
45		고열암	●														
46		신열암	●														
47		선열암	●														
48		두류암			●			●									
49		향적사	●	●	●			●				◉					
50		상류암					●										
51	사당	천왕당	●	●	●		●	●	●		●	●	●		●		●
52		제석신당					●	●			●	●					●
53		제석당터				◉	◉				◉						
54		호귀당													●	●	
55		청이당						●									
56		백문당					●	●			●	●					●
		계	25	11	12	6	9	10	15	3	8	15	5	3	15	6	6

* 유람록 인물과 유람연도 범례: 1. 김종직(金宗直, 1472), 2. 남효온(南孝溫, 1487), 3. 김일손(金馹孫, 1489), 4. 변사정(邊士貞, 1580), 5. 양대박(梁大樸, 1586), 6. 박여량(朴汝樑, 1610), 7. 유몽인(柳夢寅, 1611), 8. 허목(許穆, 1640), 9. 박장원(朴長遠, 1643), 10. 송광연(宋光淵, 1680), 11. 조귀명(趙龜命, 1724), 12. 정식(鄭式, 1724), 13. 박래오(朴來吾, 1752), 14. 이갑룡(李甲龍, 1754), 15. 홍씨(洪氏, 1767).

** '●'의 표기는 유람록 기록에서 언급된 장소이며, '◉'의 표기는 유람록 기록에서 언급된 당시 폐허가 된 장소를 나타낸 것이다.

〈표 2〉 계속

연번	장소유형	세부장소	16	17	18	19	20	21	22	23	24	25	26	27	28	29	30	31	계
1	봉우리	천왕봉	●	●	●	●	●	●	●	●	●	●	●	●	●	●	●	●	31
2		중봉							●	●	●	●		●					6
3		하봉									●								3
4		제석봉	●										●						7
5		영신봉																	1
6		촛대봉					●				●								4
7	령, 재	사자정																	2
8		당재																	2
9		쑥밭재								●		●		●					4
10		사립재								●									1
11		세석고원											●						4
12	대	일월대	●	●	●	●	●		●	●	●	●	●	●			●	●	18
13		문창대													●	●	●	●	5
14		영신대				●	●												2
15		좌고대																	3
16		창불대																	2
17		영랑대																	2
18		소년대																	2
19	바위, 기암	신선너덜											●			●			2
20		통천문		●		●	●				●		●						13
21		마암	●																2
22		하동바위	●																4
23		칼바위													●		●		2
24		배바위																	2
25		삼신동바위																	3
26		세이암											●						4
27		독녀바위																	1
28	계곡	백무동계곡																	6
29		한신계곡																	1
30		홍류동계곡																	1
31	폭포	법천폭포																	2
32	샘, 연못	천왕샘								●	●		●		●				5
33		산회샘	●							●									5
34		세석천																	3
35		선비샘					●												3
36		참샘	●																1
37		청학연못								●									1

번호	구분	명칭	16	17	18	19	20	21	22	23	24	25	26	27	28	29	30	31	계
38	암자, 사찰	법계사											◉	●		●			6
39		영신사																	6
40		칠불사					●						●						6
41		의신사																	3
42		신흥사											◉						6
43		대원사										●	●		●				3
44		영원암																	1
45		고열암																	1
46		신열암																	1
47		선열암																	1
48		두류암									●								3
49		향적사		◉		◉													7
50		상류암																	1
51	사당	천왕당	●			●			●										14
52		제석신당	●			●													7
53		제석당터																	3
54		호귀당									●	●							4
55		청이당												◉					2
56		백문당	●																6
계			10	4	2	7	9	1	5	7	7	7	9	6	4	5	3	5	

* 유람록 인물과 유람연도 범례:16. 이동항(李東沆, 1790), 17. 유문룡(柳汶龍, 1799), 18. 안치권(安致權, 1807), 19. 남주헌(南周獻, 1807), 20. 하익범(河益範, 1807), 21. 민재남(閔在南, 1849), 22. 김영조(金永祚, 1867), 23. 송병선(宋秉璿, 1879), 24. 배찬(裵瓚, 1871), 25. 박치복(朴致馥, 1877), 26. 허유(許愈, 1877), 27. 정재규(鄭載圭, 1887), 28. 강병주(姜柄周, 1896), 29. 송병순(宋秉珣, 1902), 30. 김회석(金會錫, 1902), 31. 이택환(李宅煥, 1902)

** '●'의 표기는 유람록 기록에서 언급된 장소이며, '◉'의 표기는 유람록 기록에서 언급된 당시 폐허가 된 장소를 나타낸 것이다.

2. 천왕봉 일원에서의 조망

조선시대 유람록에 출현하는 조망점과 조망대상[16]을 살펴보면 천왕

---

16 조망점은 경관통제점(Im, 1991), 시점(Shinohara, 1999) 등으로도 불리며, 사전적 의미는 '먼 곳을 바라보는 지점'이라 할 수 있다. 시노하라 오사무는 '시점(視點; view point)'은 '경관의 성질을 규정하는 기본적인 요소'로서 동일한 대상이라도 대상을 바라보는 시점의 위치에 따라 경관이 달라지며, 따라서 시점의 위치는 경관의 성질을 규정

봉을 비롯한 천왕봉 일원에 위치한 일월대, 천왕당 등의 장소가 가장 많이 나타났다. 장소에서의 감흥에 대한 문학적 묘사가 아닌 실제 경관에 대한 내용이 확인되는 내용을 살펴보면 다음과 같다.

먼저 천왕봉 일원이 조망점이 되어 주변을 바라보는 기록에 대한 내용이다. 김종직의 「유두류록」에서 천왕봉에 올라 주변의 지리적 상황을 열거하는 기록이 등장한다. 천왕봉에서 사방을 조망하여 각지의 이름 난 산을 열거하고, 국토산하에 대한 애정을 드러냈으며, 왜국의 침입으로 국토가 유린당한 역사를 상기시켜가며 국가의 안녕을 생각하였다. 그의 유람을 한마디로 정리하면 '지리산을 등정하여 가슴이 확 트이고 시야가 넓어지게 되었다'는 것으로 볼 수 있다.[17]

김종직은 주변을 조망하는 방법에 있어 북, 북동, 동, 동남, 남, 남서, 서, 북서, 8방위 순서로 바라보아야 한다고 하였다. 당시 천왕봉을 함께 등반한 해공 스님이 지리산 주변 지형의 방위별 근경과 원경에 대해 설명해 준 부분을 유호인(兪好仁, 1445~1494)에게 적으라 하였고, 다음과 같이 조망하였다.

> 북쪽에 있는 산으로 가까이 있는 것들은 바로 황석(黃石)(安陰에 있다)과 취암(鷲巖)(함양에 있다)이고, 멀리 있는 것들은 덕유(德裕)(咸陰에 있다), 계룡(鷄龍)(공주에 있다), 주우(走牛)(錦山에 있다), 수도(修道)(知禮에 있다), 가야(伽耶)(星州에 있다)이다. 또 동북쪽에 있는 산으로 가까이 있는 것들은 황산(皇山)(山陰에 있다)과 감악(紺嶽)(三嘉에 있다)이고, 멀리 있는 것들은 팔공(八公)(대구에 있다), 청량(淸凉)(안동에 있다)이다. 동쪽에 있는 산으로

하는 가장 기본적인 요인이라고 규정하였다. '시점장(視點場; view target)'이란 경관이 얻어질 때, 시점이 존재하는 '장', 즉 시점부근의 공간을 의미한다.

17 박언정(2004), 『15~16세기 지리산 유람록 연구』, 동국대학교 석사학위논문.

가까이 있는 것들은 자굴(闍崛)(의령에 있다)과 집현(集賢)(진주에 있다)이고, 멀리 있는 것들은 비슬(毗瑟)(현풍에 있다), 운문(雲門)(청도에 있다), 원적(圓寂)(양산에 있다)이다.[18]

기록에서 언급되는 28개의 산의 조망여부의 판단을 위해 2013년 5월·9월의 비가 온 뒤 시계가 양호한 날의 오후 2시부터 4시 사이에 현장조사를 통해 비교한 결과 덕유산, 가야산, 금오산, 팔공산, 백운산, 월출산 무등산이 조망되었다.

그 외 기록에는 없지만 육안으로 식별이 가능한 지역은 남해, 금산, 통영, 진주, 여수 등이다. 이를 바탕으로 김종직이 천왕봉에서 바라보았다고 기록한 장소가 실제로도 조망이 가능한지 비교해 보고자 한다. 김종직의 기록에서 계립령(鷄立嶺) 이북과 대마도(對馬島) 이남의 경관은 보이지 않고, 그 경계 안쪽은 모두 조망이 가능하며, 무등산(1,187m)과 팔공산(1,192m)이 다른 산들보다 약간 높게 보인다고 기록하고 있다.[19]

천왕봉은 해발 1,915m의 봉우리로 주변의 산들을 360° 둘러볼 수 있는 장소이다. 위의 기문의 내용에서 서남쪽 방향은 다른 봉우리에 가려져 육안으로는 조망이 어렵다고 기술하였으며, 그 중 팔공산과

---

18 김종직,『점필재집』권2,「유두류록」. "山之在北而近曰黃石安陰 曰鷲巖咸陽 遠曰德裕咸陰 曰雞龍公州 曰走牛錦山 曰修道知禮 曰伽耶星州 東北而近曰皇山山陰 曰紺嶽三嘉 遠曰八公大丘 曰淸凉安東 在東而近曰闍崛宜寧 曰集賢晉州 遠曰毗瑟玄風 曰雲門淸道 曰圓寂梁山 東南而近曰臥龍泗川 在南而近曰甁要 河東 曰白雲光陽 西南而遠曰八顚興陽 在西而近曰荒山雲峯 遠曰無等光州 曰邊山扶安 曰錦城羅州 曰威鳳高山 曰母岳全州 曰日出靈岩 西北而遠曰聖壽長水"

19 김종직,『점필재집』권2,「유두류록」. "或若培塿 或若龍虎 或若釘鈒 或若劍鋩 而唯東之八公 西之無等 在諸山稍爲穹隆也"

무등산의 조망에 대해 '우뚝 솟은 활'에 견주어 묘사하고 있다.

김종직의 기록 외에도 천왕봉에서 팔공산과 무등산이 보인다는 기록은 다른 선인들의 기록에서도 나타나고 있다.

천왕봉에서 무등산까지는 약 80km, 팔공산까지는 약 120km이므로, 연구자가 천왕봉에서 바라본 주변 지형의 물리적 거리에 대한 소견은 조선시대 당시의 가시권에 대한 환경차이를 감안하고도 100km 지점까지는 조망이 가능하다고 판단된다.[20]

유람록에서 언급된 장소를 실제 지도상에 표시하여 비교한 결과, 대마도 이북까지 보인다고 한 것은 통영과 바다가 만나는 지점까지 조망을 하였던 것으로 보인다. 거리가 멀어 질수록 사물이 불명확하게 보이는 현상과 함께 장소에 대한 가시적인 판단이 잘못되었던 것으로 사료된다.

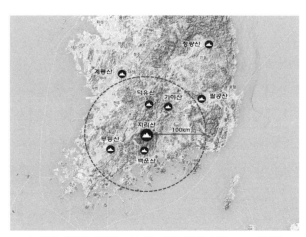

〈그림 2〉 천왕봉에서의 가시거리 개념도(출처: 구글 지도 재구성)

---

20 이창훈(2014), 『조선시대 유람록에 나타난 지리산 경관자원의 명승적 가치』, 상명대학교 박사학위논문, 53쪽.

1640년 허목의 「지리산기」에서도 김종직과 같은 천왕봉에서 바라본 내용에 대해 문제 제기가 되는 내용이 나타난다.

> 천왕봉 꼭대기에서 둘러보니, 동쪽으로는 해 뜨는 곳까지 보였다. 근해에는 검매도(黔魅島)와 욕지도(蓐芝島)의 절경이 보이고, 그 바깥은 대마도(對馬島)인데 왜구들이 사는 곳이다. 그 서쪽으로는 연(燕)나라와 제나라의 동해 바다인데, 천리 너머가 중원 대륙이다. 남쪽 끝은 탐탁라(耽乇羅)이다. 그 밖은 더 이상 보이지 않았다.[21]

허목은 천왕봉에서 바라본 지리적 내용 중 근거리에 검매도와 욕지도[22] 등의 섬들이 보인다고 하였다. 그리고 서쪽으로 연(燕)나라 제(齊)나라의 중국 대륙, 남쪽 끝은 제주도가 보인다고 기술하고 있다. 그러나 조망환경이 양호하더라도 물리적으로 육안식별은 불가능한 거리로 보인다.

그 외 다른 유람록에서도 천왕봉에 올라 주변 지형을 조망하고 기록한 내용이 확인된다. 박래오는 『이계집』 「유두류록」에서 천왕봉의 일월대에 올라 일몰을 구경하며 계룡산, 속리산, 안음(安陰) 덕유산, 강양(江陽)[23] 가야산, 광주 무등산, 나주 금성산, 영암 월출산, 무장 취령 등을 기록하였다. 다음날 일출을 보며 단성 집현산, 의령 자굴산, 진주 월아산, 사천 와룡산, 남해 금산, 광양 백운산은 선명하게 보이

---

21 허목, 『기언』 권28, 「지리산기」. "其觀望東盡日域 近海黔魅, 蓐芝絶影 其外馬島 爲日本之倭 其西燕, 齊之海 大陸千里 極南耽乇羅 以外眼力不及"
22 검매도에 대한 기록은 미상이며, 욕지도는 통영의 욕지도(欲知島/欲智島)를 가리키는 것으로 보인다.
23 안음은 현 경상남도 함양군과 거창군의 일부 지역을 관장하였던 조선 초기의 행정 구역명이고 강양은 현 경상남도 합천군의 옛 지명이다.

고, 여수의 전라 좌수영은 희미하게 보인다고 하였다.

장소에 대한 빈도는 천왕봉 다음 순으로 일월대가 많았다. 일월대에 대한 기록은 1611년 3월 천왕봉에 올랐던 유몽인의 「유두류산록」에는 보이지 않다가, 1643년 8월 천왕봉에 올랐던 박장원(朴長遠, 1612~1671)의 『구당집(久堂集)』 「유두류산기(遊頭流山記)」에 처음으로 등장한다.

일월대에 대해 박래오는 "이곳에 오른 뒤에야 해와 달이 뜨고 지는 것을 볼 수 있어 옛 사람들이 일월대라 명명하였으니, 어찌 이유가 없겠는가?"라고 하여, 해와 달이 뜨고 지는 것을 볼 수 있는 장소로 그 이름을 풀이하고 있다.

그런데 일월대는 해와 달이 뜨고 지는 것을 구경할 수 있는 장소일 뿐만 아니라, 천왕봉의 최고봉이라는 이미지도 갖고 있다. 이동항(李東沆, 1736~1804)은 「방장유록」에서 일월대를 천왕봉의 제일봉으로 인식하고 그 위에 올라 사방을 조망하였으며, 정석귀(丁錫龜, 1772~1833)도 "산줄기가 다시 불쑥 솟구쳐서 천왕봉 일월대가 되니, 이것이 두류산의 최고 봉우리이다"라고 하였다. 이처럼 일월대는 천왕봉 일원에서도 가장 높은 장소로 인식된 것을 알 수 있다.

다음으로 배찬(裵瓚, 1825~1898)이 일원대 일원에 올라 주변을 바라본 것을 적은 내용이다.

> 일월대에 이르러, 상하를 둘러보니 수많은 산이 눈 아래 가득하였다. 영호남의 높은 봉우리들은 모두 주먹만 하였고, 바다 여기저기 펼쳐진 바둑돌 같은 것은 모두 바다 위에 있는 큰 섬들이었다.[24]

---

24 배찬, 『금계집』, 「유두류록」. "直抵日月臺 周觀上下 衆山撲地 嶺湖之最高峰 皆不過之

배찬은 일월대에서 내려다보이는 주변 지형에 대해 주먹과 바둑돌에 비유하였다. 또한 천왕봉 일출 때 운무로 인해 구름에 비춰진 아침놀을 붉은 담장이라 하고 지평선의 어두운 부분을 바다색이 감도는 연못이라 표현하였다. 또한 주변에서 보이는 세석고원, 쌍계사, 칠불사(七佛寺), 하동방향의 섬진강 등이 내려다보인다고 기록하고 있다.

박치복(朴致馥, 1824~1894)은 일월대에서 조망되는 내용을 사물에 비유하여 표현하였다.

> 상서로운 구름이 어지러이 돌면서 요동쳤는데, 비낀 것은 수도(隧道)와 같고, 선 것은 아독(牙纛)25과 같았다. 때론 우산 덮개처럼 흔들리고, 때론 장막처럼 감쌌다. 그 모습이 마치 은으로 만든 누대와 금으로 장식한 대궐에 모난 지붕이 빽빽하게 늘어선 것 같기도 하고, 천자가 타는 수레의 깃발과 뒤따르는 수레들이 정연하게 호위하며 이어지는 듯하기도 하였는데, 모두가 한곳을 향해 모였다.

박치복은 일출을 바라보며 운해가 주변 골짜기를 따라 길게 펼쳐진 것을 좁은 통로라 비유하고 있다. 그리고 그 사이로 봉우리들이 솟은 것을 대장 진영의 깃발이라 하였고, 봉우리에 구름이 걸쳐있는 것을 우산, 장막, 궁궐의 지붕 모습이라 표현하고 있다.

끝으로 천왕봉이 조망점이 아닌 조망대상으로써 보이는 유람기록 사례를 살펴보면, 김종직 일행이 산행을 하는 동안 천왕봉을 자주 바라본 기록이다. 유람 도중 구름에 의해 천왕봉이 조망되지 않았다가,

---

一拳 而海色環圍 往往山出棋置者 皆海中巨島也"
25 아독(牙纛)은 장수의 진영에 거는 깃발을 말한다.

날이 개이면서 천왕봉을 볼 수 있는 순간을 기록한 내용이다.

> 저물녘에 운무가 천왕봉으로부터 순식간에 걷혀내려 먼 하늘에 반사
> 되는 빛이 보이기도 하였다. 나는 손을 흔들며 매우 기뻐하였다.[26]

이렇듯 천왕봉은 정상에서 주변 지형을 내려다 볼 수 있는 조망점
인 동시에 봉우리 자체가 지리산을 오르는 선인들에게 상징적인 의미
를 지니는 랜드마크적 조망대상인 것이다.

'가장 높이 나는 새가 가장 멀리 본다.'는 속담이 있으며, 높은 곳에
올라서면 열린 시야로 세상을 달리 볼 수 있음을 말한 것이다. 우리의
선인들은 좌정관천(坐井觀天) 등의 속담을 상기하며 좁은 시야로 세상
을 보는 것을 경계하였다. 이는 맹자가 공자의 행위를 떠올리며 언급
한 "등태산 소천하(登泰山小天下)"와도 일맥상통하는 것으로 해석이 가
능하다. 조선시대 문인들은 천왕봉에 올라 세상을 바라보는 것이 호
연지기(浩然之氣)을 키우는 하나의 방편으로 인식하며 내면을 수양하
는 도구의 하나로 지리산에 올랐던 것이다.

〈그림 3〉 무등산에서 바라본 지리산 천왕봉

〈그림 4〉 일월대에서 바라본 일출

---

26 김종직, 『점필재집』 권2, 「유두류록」. "薄暮 雲靄自天王峯倒吹 其疾不容一瞥 遙空或有
　 返照 余擧手喜甚"

V. 나가며

이 글은 조선시대 지리산 유람록에 나타난 내용을 중심으로 선인들이 지리산을 오르면서, 어느 장소에서 어떠한 경관을 바라보았는지에 대한 의문으로부터 시작하였다. 사실 '경관'이란 일상적인 용어로도 사용되고 있음에도 불구하고 경관에 대해 한마디로 정의하거나 설명하기에는 그 의미 해석이 다의적이고 모호하다. 이는 경관과 관련하여 학제간에 서로 다른 시각에서 재해석되는 것을 큰 이유로 볼 수 있다. 따라서 이 글을 통해 경관을 접하는 학제간의 인식의 폭을 넓히고, 서로 이해할 수 있는 기회를 제공하고자 하였다. 이를 위해 단순히 보고 즐기는 유람의 차원을 넘어 지리산에 출현하는 장소에 대해 실제적 조망이 가능한 경관과 그 표현에 나타난 의미들을 고찰한 것이다.

지리산 유람록을 재료로 선정하여 지리산 유람록에서 언급되는 장소가 갖는 의미를 파악하기 위해 조선시대 선인들이 지리산을 유람하는 과정에서 이뤄진 동기와 행위를 살펴보았다. 이에 도출된 주요 결과는 다음과 같다.

먼저, 지리산을 오르는 동기와 행위에서 조선시대의 유람과 현대인들의 등반이 분명하게 비교되는 부분은 정신수양에 비중을 두는 형태가 반영된 것이라 해석이 가능하였다. 조선시대 사람들이 지리산 유람과정에서 방문하는 장소는 사회적 관계, 정체성, 상징성 등의 이해를 바탕으로 하고 있으므로, 현대인들에게는 통시대적인 문화화 과정 속에 담겨진 지리산을 오르는 의미를 살펴보는 시각이 필요하다. 따라서 등반을 '험한 산이나 높은 곳의 정상에 오르기 위해 기어이 올라가는 일'로 정의할 때, 조선시대에 지리산 정상까지 오르는 일이란 시간적·경제적 비용을 포함한 모든 여건이 열악했음이 분명하다. 그럼에도 불구하고 지리산을 오르기 위해서는 합당한 동기가 필요했을 것이며, 그 동기 중의 하나로 조선전기에 영남사림의 큰 스승으로 존경받았던 김종직·김일손·정여창·조식이 지리산을 오른 발자취를 찾고자 하는 목적에 기인할 수 있다. 후대에 지리산을 찾은 사람들은 이들의 유산기를 안내서 삼아 선인들의 자취가 남아있는 장소를 방문하려는 순례개념이 지리산 유람의 중요한 동기 중의 하나로 작용했다는 해석이 가능하게 된 것이다. 지리산을 오르겠다는 필요와 욕구가 충분하더라도 동기부여가 되지 않으면 행위도 일어나지 않는다. 또한 지리산을 오를 필요성을 충족시키기 위한 동기를 부여받기 위해서는 뚜렷한 목표가 존재해야 하는 것이다.

다음으로 선인들이 바라보았던 지리산 유람 장소의 빈도 분석으로 '천왕봉 유람 구간'을 다녀온 31명의 유람록을 중심으로 살펴보았다. 지리산 유람을 통해 기록된 내용은 지리산을 오른 감흥에 대한 문학적 표현이 주를 이루는 특징을 보이며, 실제 유람과정에서 보이는 현상학적 경관에 대한 묘사는 비교적 적게 나타나고 있다. 이는 지리산 경관연구에 있어 경관분석 내용이나 지리적 정보를 유추하는 작업이 어려움을 겪는 이유 중 하나이다.

유람록에 작성된 내용을 인상 깊은 기억에 대한 표현방법의 하나로 볼 때, 그 표현이 천왕봉, 일월대, 천왕당(터), 통천문 등과 같이 천왕봉 일원이라는 특정 장소에서 집중적으로 나타난 것을 알 수 있었다. 또한 31개의 유람록 중에서 10개 이상의 장소에서의 경관묘사를 기록한 인물은 김종직·남효온·김일손·유몽인·송광연·박래오로 나타났다. 지리산 유람 도중에 문학적인 표현에 대한 내용 외 주변 경관에 관한 사실적인 묘사를 기록한 6개의 유람록은 지리산 관련 경관분석 및 지리정보를 연구 분야에서 접목이 가능한 사료로써 잠재가능성을 보였다.

이에 조선시대 지리산 유람록을 바탕으로 선인들에게 인식되었던 장소에 대해 현상학적 관점에서의 접근을 시도한 것에 의의를 두고자 한다. 이러한 작업은 앞으로 지리산이 조선시대 유람을 통해 역사·문화의 장으로 활용된 사례를 이해하는데 도움이 되리라 생각된다. 그러나 연구의 범위 설정에 있어서 '유람록'이라는 문헌에 한정하고, '지리산 천왕봉 유람 구간'이라는 일부를 설정하여 지리산 유람의 부분적 연구라는 한계를 지니고 있다. 추후 지리산 내부가 아닌 외부의 범위까지 아우르는 지리산 유람록 관련 경관 연구가 필요한 것으로 생각된다.

이 글은 『Journal of Korean Institute of Traditional Landscape Architecture』 13집(2015), 65~76쪽에 게재한 글을 수정·보완한 것이다.

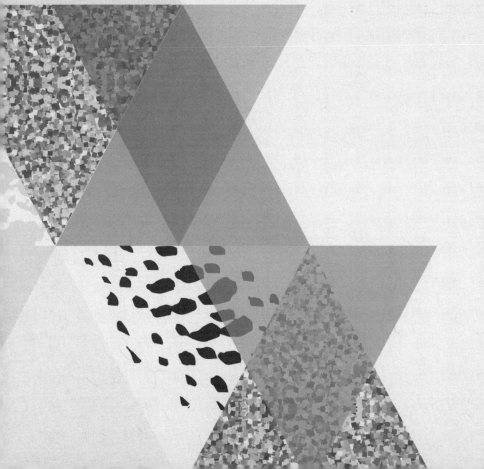

제3부

지리산 유람록 연구의
전망

지리산 유람록 연구의 현황과 과제

강정화

I. 연구의 현황

우리나라의 유산록(遊山錄)은 고려시대에 문헌상 처음 등장하였고,[1] 조선조에 유산(遊山)이 성행하면서 본격적인 유람 기록이 산출되었다. 국토에 대한 인식이 고조되고 감식안이 높았던 조선 초기에 전국의 명산(名山)이 유람 대상으로 부상하였고, 이를 기록으로 남기려는 지적 욕구와 함께 많은 작품이 산출되었다. 후기로 가면서 사(士)의 유산은 더욱 성행하였고, 유람 작품 또한 폭발적으로 증가하는 양상을 보인다.[2] 이러한 대략적인 추세는 지리산도 예외가 아니었다. 현재까지 발굴된 지리산 유람록은 100여 편이며, 이를 시대별로 정리하면 대략

---

[1] 이전까지 고려시대 林椿이 쓴 「東行記」가 유산기의 최초 작품이라 알려져 있었으나, 최근 1243년에 眞靜國師가 쓴 「遊四佛山記」가 발견되어 훨씬 이전부터 있었음을 확인하였다.

[2] 이종묵(1997), 「遊山의 풍속과 遊記類의 전통─藏書閣本 『臥遊錄』과 奎章閣本 『臥遊錄』을 중심으로」, 『고전문학연구』 12집, 한국고전문학회, 385~389쪽.

15세기 6편, 16세기 5편, 17세기 15편, 18세기 20편, 19세기 33편, 20세기 23편이다. 현재 이들 작품은 모두 완역되어『선인들의 지리산 유람록』시리즈[전6권]로 출간되었다.

이 시리즈는 논자가 속한 경상대학교 경남문화연구원에서 10여 년의 장정(長程)으로 완성하였다. 시기적으로는 최초의 지리산 유람록으로 알려진 청파(青坡) 이륙(李陸, 1438~1498)의「유지리산록(遊智異山錄)」에서부터 양회갑(梁會甲, 1884~1961)의「두류산기(頭流山記)」[3]에 이르는, 조선 초부터 일제시기까지 수백 년에 걸친 기록이다. 2000년에 첫 번역서가 출간되고 수 년 간의 공백기를 거쳐 2008년에 두 번째 성과물이 나왔으며, 이후 매년 한 권씩 출간하여 2010년 4책까지 완료하였고, 2013년에 한말과 일제시기의 유람록 수십 편을 두 책으로 출간하면서 일단락되었다. 작품은 대략 유람 시기 순으로 번역하였고, 번역문과 한자 원문 외에도 유람 일정·작자 해제 등 관련 자료를 실어 대중성과 전문성을 동시에 고려하였다. 이를 정리하면 다음과 같다.

- 자료총서
-강정화 외,『지리산 유산기 선집』, 브레인, 2008.

- 번역총서
-최석기 외,『선인들의 지리산 유람록』, 돌베개, 2000.
-최석기 외,『지리산 유람록, 용이 머리를 숙인 듯 꼬리를 치켜든

---

3 강정화 외(2008).『지리산 유산기 선집』, 브레인. 이륙은 단성 단속사에서 공부하고 있던 1463년 8월 지리산을 유람하고「遊智異山錄」과「智異山記」를 남겼으며, 양회갑은 1941년 4월 30일부터 5월 6일까지 지리산을 유람하고「頭流山記」를 남겼다.

듯』, 보고사, 2008.
  -최석기 외, 『선인들의 지리산 유람록 3』, 보고사, 2009.
  -최석기 외, 『선인들의 지리산 유람록 4』, 보고사, 2010.
  -최석기 외, 『선인들의 지리산 유람록 5』, 보고사, 2013.
  -최석기 외, 『선인들의 지리산 유람록 6』, 보고사, 2013.

  지리산 유람록 연구는 이 시리즈의 출간과 그 맥을 함께 하고 있
다. 1985년 장덕순에 의해 첫 성과[4]가 나온 이후 2015년 6월까지, 번
역서 6권을 제외하고도 대략 63편이 확인된다.[5] 학위논문 10권, 연구
논문 46편,[6] 단행본 7권이다. 우리나라의 명산 중 유람록 번역과 전
문 연구가 병행된 것은 지리산이 유일하고, 양적인 면에서도 적잖은
성과라 할 수 있다. 본고는 지리산 유람록과 관련하여 지난 30년간의
연구사를 정리하는 첫 번째 자리이다.
  2000년에 첫 번역서가 출간되고 선현들의 지리산 또는 지리산 유
람에 대한 관심이 높아졌으나, 학술적 접근의 전문 연구는 2008년 이
후에야 본격적으로 나타난다. 번역서의 연속 출간으로 자료의 접근이
용이해지면서 한문학뿐만 아니라 역사·민속·지리·조경·건축·관광
학 분야에서 지리산 유람록을 주요 텍스트로 한 연구 성과가 꾸준히

---

4 장덕순(1985), 「15세기의 지리산 등반 기행」, 『한국수필문학사』, 새문사, 150~157쪽.
5 지리산 유람록 연구 성과를 어디까지 포함할 것인가는 간단치 않다. 예컨대 요즈음 성
  행하는 '산' 연구에서 '사이드 자료'로 지리산 유람록을 활용하는 것까지 포함할 지는
  의문이다. 그러나 어느 분야든 초창기 연구는 대개 이러한 단편 서술에서부터 출발하므
  로, 다소 논리성이 부족한 단편 연구나 작품을 소개한 것이라 하더라도 포함시키지 않
  을 수 없다. 본고에서는 초창기 연구 성과 중 이러한 몇몇 경우를 제외하고는 한문으로
  쓰인 지리산 유람록을 주요 텍스트로 한 것만을 분석 대상으로 하였다.
6 이 수치는 이 책에 수록된 2015년 6월 학술대회 원고 8편을 포함한 것이다.

보고되고 있다.

2000년 이전의 초창기 논의는 주로 조선초기 '김종직(金宗直, 1431~
1492)·남효온(南孝溫, 1454~1494)·김일손(金馹孫, 1464~1498)·조식(曺植,
1501~1572)' 등의 유산록을 소개하거나 그 내용을 서로 비교하는 정도
였다. 유람보다는 개별 작가에 치중한 측면이 강하다. 유산록에 집중
한 논의는 90년대에 와서야 보이고, 연구 범주도 19세기 초까지 확대
되었다. 주로 지리산 유람록이 조선조 사인(士人)의 작품이라는 점에
주안하여 그들의 사유체계와 그 체계 안에서의 '지리산'에 대한 인식
등을 살피고 있다. 이렇듯 초창기 연구가 시대의 흐름에 따라 시기적
으로도 양적으로도 확대되는 측면이 있었으나, 연구의 범주에서는 조
선중기를 넘어서지 못하였다. 그렇지만 우리 국토 또는 유람록에 대
한 관심이 1990년대 중반에 와서야 나타나기 시작하는 학계 전반의
사정을 감안한다면,[7] 지리산 유람록 연구는 비교적 이른 시기에 이루
어졌다고 할 수 있다.

2000년 이후의 연구 경향은 대략 네 가지로 분류할 수 있다. 먼저
유람 전반에 대한 통합 연구가 진행되었는데, 유람로 상의 명승과 지
리산의 인물 등에 대해 전(全) 조선시기를 관통하는 인식을 살피기도
하였다. 초창기 연구의 연속선상에서 작가 및 작품을 위한 개별 연구
도 꾸준히 이어졌다. 무엇보다 타 분과 학문에서의 새로운 접근이 시
도된 점은 주목해 볼 만하다. 그리고 근년에는 타 명산과의 비교 연구
가 시작되었다. 이처럼 지리산 유람록을 중심에 둔 다양한 시각에서

---

7 호승희(1995), 「조선전기 유산록 연구」, 『한국한문학연구』 18집, 한국한문학회,
   97~126쪽. 이 글은 그해 〈국토산하와 한문학〉이라는 주제로 열린 한국한문학회 추계
   학술대회에서 우리나라 전체 산을 대상으로 유산록을 살피고 있다.

의 연구는 매우 고무적인 현상이라 할 수 있다.

본고에서는 현재까지의 연구 경향을 위 네 가지로 분류하여 살피고, 이에 의거해 연구의 향후 과제를 점검해 보고자 한다. 본고가 연구사 점검의 첫 번째 자리임을 감안하여 경향별로 관련 연구 성과물을 모두 제시하되, 서술에 있어서는 논지 전개에 필요한 몇몇 성과만을 다룰 것이다. 이 과정을 통해 현재까지 진행된 지리산 유람록 연구의 문제점이 자연스레 드러날 것이며, 나아가 향후의 연구 방향과 과제들이 모색될 것으로 기대한다.

Ⅱ. 연구의 경향

1. 유람 전반에 대한 통합 연구

여기서의 '통합 연구'라 함은 다음 장에서 다룰 '개별 연구', 곧 단일 작가 및 작품에 한정한 연구와 상대적 의미로 사용하였다. 따라서 이에는 특정 시대 또는 명승에 대한 유람자의 인식을 유람록 전반에서 살핀 연구까지도 포함하고 있다. 특히 초창기 연구의 특수성을 감안하여 몇몇 작품을 대상으로 한 경우도 이에 포함하여 논의한다. 모두 24편이 확인되며, 이에서도 몇 가지 분류가 가능하다.

첫째, 조선조 사(士)의 지리산에 대한 인식 전반을 살핀 견해이다.

> (1) 이재익, 『두류산 유산기 연구』, 부산대학교 교육석사학위논문, 1988.
> (2) 이정희, 『두류산 유람록에 나타난 영남사림의 정신세계 : 조선전기 경상우도 사림을 중심으로』, 경상대학교 교육석사학위논문, 1995.

(3) 장석우, 『한문기행연구-두류산기행록류를 중심으로』, 홍익대학교 교육석사학위논문, 1995.

(4) 이지영, 「조선전기 지리산 기행문 연구」, 『한국 기행문학 작품 연구』, 국학자료원, 1996, 33~65쪽.

(5) 이혜순 외, 『조선중기의 유산기 문학』, 집문당, 1997.

(6) 최석기, 「조선중기 사대부들의 지리산 유람과 그 성향」, 『한국한문학연구』 26집, 한국한문학회, 2000, 237~270쪽.

(7) 최석기, 「남명학파의 지리산 유람과 남명정신 계승 양상」, 『장서각』 6집, 한국학중앙연구원, 2001, 61~91쪽.

(8) 박언정, 『15~16세기 지리산 유람록 연구 : 김종직의 「유두류록」, 김일손의 「속두류록」, 조식의 「유두류록」을 중심으로』, 동국대학교 교육석사학위논문, 2004.

(9) 강정화, 「지리산 유산기에 나타난 조선조 지식인의 산수인식」, 『남명학연구』 26집, 경상대 남명학연구소, 2008, 255~300쪽.

(10) 최석기, 「조선시대 사인들의 지리산 유람을 통해 본 사의식 : 15~16세기 지리산 유산기를 중심으로」, 『한문학보』 20집, 우리한문학회, 2009, 9~42쪽.

(11) 정치영, 「조선시대 사대부들의 지리산 여행 연구」, 『대한지리학회지』 44집, 대한지리학회, 2009, 260~281쪽.

(12) 강정화 외, 『지리산, 인문학으로 유람하다』, 보고사, 2010.

(13) 최석기, 「함양지역 사대부들의 지리산 유람록에 나타난 정신세계」, 『경남학』 31집, 경상대 경남문화연구센터, 2010, 4~47쪽.

(14) 최석기, 「지리산 유람록을 통해 본 인문학의 길 찾기」, 『남도문화연구』 18집, 순천대 남도문화연구소, 2010, 197~238쪽.

(15) 강정화, 「한말 지식인의 지리산 유람」, 『동방한문학』 53집, 동방한문학회, 2012, 55~82쪽.

(16) 강정화, 「유람록으로 본 지리산 유람과 그 형상」, 『지리산과 한국문학』, 보고사, 2013, 169~206쪽.

(17) 강정화, 「19~20세기 강우학자의 지리산 유람과 그 특징」, 『남명학보』 13호, 남명학회, 2014, 1~30쪽.

초창기 성과 중 (1)과 (2)는 김종직·김일손·조식의 작품을 비교 분석하였고, (4)는 김종직·남효온·김일손·조식의 작품을 다루었고, (3)은 김종직에서부터 1803년 3월 기록인 경암(鏡巖) 응윤(應允, 1743~1804)의 「두류산회화기(頭流山會話記)」에 이르기까지 모두 13편의 유람록을 소개하였다. (5)는 이륙(李陸)의 「지리산기(智異山記)」(1463)를 포함해 조위한(趙緯韓, 1558~1649)의 「유두류산록(遊頭流山錄)」(1618)까지 모두 9편을 대상으로 하고 있다.

이 가운데 (5)는 주목해 볼 만하다. 이 책에서는 이륙·김종직·남효온·김일손·조식·양대박(1586)·조위한·박장원(1643)의 지리산 유람록을 대상으로 유람자에 대한 개괄, 유람록이 지닌 특징과 가치, 그 속에 투영된 작가의식 등을 다루고 있다. 개별적·단편적 수준의 선행 연구에서 벗어나 조선중기까지의 작품을 종합적으로 분석한 첫 성과라 하겠다.

(6)은 그 연장선상에 있는 연구이다. 같은 '조선중기'를 다루었음에도, 작가의식이 시대사조(時代思潮)나 그 시대의 정치적 상황과 밀접하게 관련되어 있음에 주안하여 세기(世紀)가 아닌 왕조별로 분류하였다. 예컨대 조식의 「유두류록」은 명종연간 사화기(士禍期) 재야학자의 도학적 경향에 맞추어 살폈고, 선조·광해연간의 작품으로는 변사정(1580)과 양대박에게서 은일의식(隱逸意識)을, 박여량(1610)의 유산여독서(遊山如讀書), 유몽인(1611)의 국토산하에 대한 인식, 성여신(1616)·박민(1616)의 유선적(儒仙的) 선취(仙趣), 조위한·양경우(1618)의 선계 유

람(仙界遊覽) 등을 살폈고, 인조반정 이후의 작품에서는 박장원과 오두인(1651)의 탕척흉금(蕩滌胸襟), 김지백(1655)의 선계 몰입(仙界沒入), 송광연(1680)의 국토예찬 등의 키워드를 중심으로 분석하였다. 그중에서 조식·양대박·박여량·유몽인·성여신·송광연의 작품을 문학성이 탁월한 명작으로 꼽기도 하였다.

이에서 발전된 논의가 (7)이다. 지리산은 민족의 영산(靈山)이자 우리 지역의 명산으로 이름났다. 또한 남명 조식이 1561년 지리산 천왕봉 아래 덕산에 기거하면서부터 남명학파 인물에게 지리산은 '남명의 산'으로 인식되어 왔다. 이는 남명 사후 지리산 유람이 강우(江右) 지역 남명학파에게서 두드러지게 나타나는 원인이기도 하였다. (7)은 이러한 점에 천착하여 20세기까지 지리산 유람록을 통해 남명학파의 지리산 유람을 살피고, 나아가 지리산을 통해 남명 정신을 계승하려는 여러 활동을 확인하고 있다. 주로 남명과 지리산과의 긴밀성, 남명의 「유두류록」에 나타난 정신세계 등을 먼저 살피고, 이후 남명학파의 유람과 그 계승 양상을 살피고 있다. 전체 지리산 유람의 8할 이상이 지리산권역 남명학파에게서 산출된 점[8]에 주목한다면, 이 글은 전체 조선시기를 관통한 첫 연구 성과라 평가할 만하다. 이에 비해 (13)은 지리산권역 함양 지역과 관련한 여섯 인물의 작품만을 다루고 있다.[9]

지리산 유람록은 전체 분량 중 절반 이상이 19~20세기에 집중되어 있고, 유람 저자 또한 강우학자가 절대 다수를 차지한다. 이에 천착한

---

8 최석기 외(2013), 『선인들의 지리산 유람록 6』, 보고사, 248~254쪽, 「지리산 유람록 목록」 참조.

9 함양군수로 부임했다가 지리산을 유람한 김종직(1472)·박장원(1643)·南周獻(1807), 함양의 벗 鄭汝昌과 함께 유람한 김일손(1489), 함양 사람 박여량(1610)과 盧光懋(1840)를 대상으로 그들의 유람록에 담긴 士意識을 시대 순으로 파악하고 있다.

연구가 (15)와 (17)이다. 이를 종합하면 '인조반정으로 북인(北人) 정권
이 몰락하면서 남명학파도 쇠퇴하였고, 이에 따라 수백 년 간 침체의
늪에 빠졌던 지리산권 강우지역이 이 시기에 이르러 수많은 인재의
활동 중심지로 부상하였고, 그들의 교유와 회합을 위한 방편으로 지
리산 유람이 성행하였으며, 그때 그들의 주요 코스는 남명 유적이 남
아있는 덕산 일대를 반드시 경유하였다'로 요약할 수 있다.

이처럼 특정 시기나 부류가 아닌, 유람록 전체를 관통하는 사인의
정신세계를 찾는 포괄적 연구도 일찍부터 시도되었다. (9)에서는 지
리산의 산수자연을 통해 '유자(儒者)로서의 유람자가 느낀 다양한 유
가적 지취를 선현 존숭으로 압축하여 살폈고, 불가적(佛家的) 무속적
(巫俗的) 유적을 통해 이단을 배척하고, 현실과 이상의 괴리에서 오는
불만을 해소하기 위해 선경(仙境)을 찾고, 유람에서 그들의 문학적 지
취가 우리 국토에 대한 예찬으로 표출되고 있음을 확인하였다.

(14)는 지리산 유람록을 통해 이 시대 인문학이 추구해야 할 인문정
신을 찾는 연구 성과이다. 크게 '산수에서 구한 드높은 정신세계, 자
연에 대한 외경과 문학적 상상력, 자아에 대한 성찰, 유적지에서 느끼
는 역사인식, 국토 산하에 대한 지리적 식견, 종교·민속에 대한 비판
과 기록, 민간의 생활에 대한 인식, 생태와 식생에 대한 고찰' 등 8가
지로 나누어 살폈다.

(12)는 학술적으로만 접근하던 지리산 유람을 대중적 차원으로 이
끈 첫 성과이다. 지리산의 여러 명칭들, 지리산을 찾은 유람자들, 그
들이 올랐던 유람로, 유람로 상의 명승들, 천왕봉을 노래한 한시들을
소개하였고, 또한 지리산 유람록에 나타나는 에피소드, 유람 도중 연
주한 음악 등을 포괄적으로 다루고 있다.

둘째, 지리산 명승에 관한 연구로, 전체 5편이 확인된다.

(18) 강정화, 「지리산 유산시에 나타난 명승의 문학적 형상화」, 『동방한
문학』 41집, 동방한문학회, 2009, 363~411쪽.

(19) 김지영, 「지리산 성모에 대한 조선시대 유학자들의 인식과 태도
: 지리산 유람록을 중심으로」, 『역사민속학』 34집, 한국역사민속
학회, 2010, 319~353쪽.

(20) 강정화, 「19~20세기 강우학자의 지리산 인식과 천왕봉」, 『한문학
보』 22집, 우리한문학회, 2010, 509~543쪽.

(21) 최석기, 「조선시대 사인들의 지리산·천왕봉에 대한 인식」, 『남도
문화연구』 21집, 순천대 남도문화연구소, 2011, 79~109쪽.

(22) 김동협, 「15~16세기 지리산 유람록에 나타난 청학동」, 『어문논집』
56집, 중앙어문학회, 2013, 127~147쪽.

조선시대 사인의 지리산 유람은 최고봉인 천왕봉과 이상향으로 인
식되어 온 청학동 방면에서 집중적으로 나타난다. 수백 년에 걸쳐 유
람자가 같은 길을 따라 이 두 곳을 찾았다. 이 외에도 두 곳을 찾는
과정에서 반드시 거치는 몇몇 명승이 있다. 예컨대 중산리 코스에서
는 남명 유적지 덕산이, 청학동 방면에서는 한유한(韓惟漢)의 유적지
삽암(鈒巖)과 정여창(鄭汝昌)의 강학처(講學處)인 악양정(岳陽亭), 그리
고 천왕봉 언저리에 있던 성모(聖母) 등은 수백 년의 시차에도 불구하
고 지속적으로 나타나고 있다.

(18)은 이를 총괄하는 성과에 해당한다. 특히 '명승'을 '장소나 자연
대상에 인간의 감정을 이입하여 세상의 이치를 투사하고 역사적·철
학적 의미를 반추하며, 나아가 선현들의 사상과 행적 등을 상상하는

인문적 산수감상을 가능케 하는 대상'이라 전제하고, 천왕봉·청학동
·성모 등을 포함한 지리산의 명승이 문학적으로 어떻게 형상화하여
표현되고 있는가를 살폈다. 또한 이러한 '명승'의 정의가 성립하기 위
해서는 '경관·명작(名作)·명인(名人)'이라는 세 요소가 복합적으로 작
용해야 한다는 독특한 시각을 제기하고 있어 주목할 만하다.

천왕봉과 관련해서는, (18)은 '상제(上帝)와 가장 가까이 있어 천상
의 세계로 여기던 곳, 그래서 역대의 임금들이 하늘을 공경하여 제사
를 받들던 그 신성성(神聖性)'에서 의미를 찾고 있으며, (21)에서는 '백
두산 이남의 제일 높은 산 또는 천왕이 주재하는 봉우리'라는 두 가지
인식을 소개하였다. (20)은 지리산 유람이 폭증했던 19~20세기 강우
학자의 천왕봉에 대한 인식을 살핀 것으로, 천왕봉을 '도반(道伴)·천
제(天帝)·성현(聖賢)'의 형상으로 표현하였다.

지리산 성모는 조선초기부터 20세기까지 줄곧 나타나는 대표적 명
승이다. 민속학 분야의 연구에서 김종직·김일손 등의 유람록이 일부
인용되곤 하였으나,[10] 지리산 유람록 전체를 통관한 사례로는 (19)가
최초이다. 이륙부터 정재규(鄭載圭, 1843~1911)에 이르기까지 18명의
유람록을 통해 성모와 성모사(聖母祠)의 변천 과정, 그리고 이를 대하
는 유람자들의 사의식 등을 세세히 살폈다.

셋째, 지리산의 인물에 관한 연구이다. 이는 유람자가 아닌 유람록
에 지속적으로 등장하는 '지리산의 인물'에 대한 연구를 일컫는다.

---

10 송화섭(2007), 「지리산의 老姑壇과 聖母天王」, 『道教文化研究』 27집, 한국도교문화학
　회, 245~278쪽 ; 송화섭·김형준(2011), 「지리산의 山神, 老姑에서 聖母까지」, 『남도문
　화연구』 20집, 순천대 남도문화연구소, 63~90쪽.

(23) 강정화, 「지리산 유람록으로 본 최치원」, 『한문학보』 25집, 우리한
문학회, 2011, 173~209쪽.

(24) 강정화, 「유람록으로 본 지리산의 인물과 그 형상」, 『동양한문학연
구』 37집, 동양한문학회, 2013, 5~31쪽.

'사물은 사람을 통해 귀해진다'고 하였다. 빼어난 경관도 그 자체로
존재하는 것이 아니라 명인을 만나 그들 작품에 의해 세상에 기억될
수 있기 때문이다. 지리산 유람록에는 수백 년에 걸쳐 지리산을 대표
할 만한 인물들이 등장한다. 지속된 유람에서 유람자는 기록과 현장
의 유적을 통해 그 인물들을 기억하였다. 가장 대표적인 인물이 바로
최치원(崔致遠)이다.

지리산 유람록 속 최치원과 관련한 유적은 하동 청학동과 삼신동(三
神洞)에 집중되어 있다. 유람자들은 진감선사대공탑비(眞鑑禪師大功塔
碑)를 비롯해 최치원의 일화와 전설이 남아전하는 유적, 예컨대 쌍계
석문(雙磎石門)   석각·청학루(靑鶴樓)·고운영당(孤雲影堂)·환학대(喚鶴
臺)·불일폭포·완폭대(翫瀑臺)·세이암(洗耳嵒) 석각 등에서 줄곧 그에
대해 피력하고 있다.

(23)은 최치원에 투영된 유람자의 인식을 시대별로 구분하여 살폈
다. 초기사림은 그의 불우한 삶에서 연민을 느끼고 동시에 위무를 받
았으며, 임진란 이후로는 청학동의 신선으로 인식하여 그와의 공유(共
遊)를 선망하고 있으며, 한말시기 이후로는 영·호남 유학자에 의해
'불가(佛家)에 심취하여 유가자(儒家者)가 아니니 문묘(文廟)에서 삭제
해야 한다'는 혹평을 하기에 이른다. '최치원'이란 인물을 통해 지리산
을 찾은 조선조 지식인의 시대정신을 확인하였다.

　지리산에는 최치원 외에도 위 명승에서 언급한 세 곳의 주인공, 곧 한유한·정여창·조식도 대표적 인물로 거론되고 있다. 이들 네 인물은 지리산에서 서로 다른 시대와 공간을 살았고 또 길지 않은 삶의 족적을 남겼을 뿐이지만, 조선조 사인의 집단적 기억에 의해 그들 각각에 맞는 다른 형상이 만들어졌다. (24)에서는 이들에 의해 형성된 지리산의 네 가지 형상, '최치원에 의한 이상향의 산, 한유한에 투영된 은자(隱者)의 산, 정여창에 투영된 도학군자의 산, 조식에 투영된 구도(求道)의 산'으로 후인에게 기억되었음을 살폈다. 물론 지리산 유람록이 조선조 유자(儒者)의 기록이고, 따라서 네 인물에 의해 형성된 유람록 속 지리산의 형상이 단조로울 수밖에 없는 한계도 지적하였다.

2. 작품 및 작가에 대한 개별 연구

(25) 장덕순, 「15세기의 지리산 등반 기행」, 『한국수필문학사』, 새문사, 1985, 150~157쪽.

(26) 소재영·김태준, 『여행과 체험의 문학』, 민족문화고, 1987, 195~213쪽.

(27) 정석용, 「김종직의 〈유두류록〉 소재 한시 연구」, 『한문학논집』 6집, 단국한문학회, 1988, 53~72쪽.

(28) 최강현, 「지리산 기행, 〈방장유록(方丈遊錄)〉을 살핌」, 『한국 기행문학 작품 연구』, 국학자료원, 1996, 493~516쪽.

(29) 정우락, 「남명의 〈유두류록〉에 나타난 기록성과 문학성」, 『남명학연구』 4집, 경상대 남명학연구소, 1994, 195~219쪽.

(30) 최석기, 「부사 성여신의 지리산 유람과 유선시(遊仙詩)」, 『한국한시연구』 7집, 한국한시학회, 1999, 107~137쪽.

(31) 홍성욱, 「조선전기 〈유두류록〉의 지리산 형상화 연구」, 『한문학논

집』 17집, 근역한문학회, 1999, 23~53쪽.

(32) 정용수, 「산수유록으로서의 '록(錄)'체와 〈두류기행록(頭流紀行錄)〉」, 『반교어문연구』 11집, 반교어문학회, 2000, 71~88쪽.

(33) 최석기, 「어우 유몽인의 〈유두류산록〉에 대하여」, 『한문학보』 3집, 우리한문학회, 2000, 153~179쪽.

(34) 안세현, 「유몽인의 〈유두류산록〉 연구」, 『동양한문학연구』 24집, 동양한문학회, 2007, 231~258쪽.

(35) 최석기, 「남명의 산수유람에 대하여-〈유두류록〉을 중심으로」, 『남명학연구원총서』 1집, 남명학연구원, 2009, 319~347쪽.

(36) 전병철, 「감수재 박여량의 지리산 유람과 그 인식」, 『경남학』 31집, 경상대 경남문화연구센터, 2010, 182~211쪽.

(37) 강정화, 「탁영 김일손의 지리산 유람과 〈속두류록〉」, 『경남학』 31집, 경상대 경남문화연구센터, 2010, 152~181쪽.

(38) 이성혜, 「사림들의 유람 입문서, 김종직의 〈유두류록〉」, 『경남학』 31집, 경상대 경남문화연구센터, 2010, 126~151쪽.

(39) 노은지, 『남명 조식의 「유두류록」에 나타난 유산(遊山)의 의미 연구』, 중앙대학교 교육대학원 석사학위논문, 2010.

(40) 강정화, 「청계 양대박의 지리산 읽기, 〈두류기행록〉」, 『동방한문학』 47집, 동방한문학회, 2011, 43~69쪽.

(41) 정출헌, 「추강 남효온과 유산: 한 젊은 이상주의자의 상처와 지리산의 위무」, 『한국한문학연구』 47집, 한국한문학회, 2011, 339~375쪽.

(42) 강정화, 『남명과 지리산 유람』, 경인문화사, 2013.

개별 연구는 전체 18편이 확인되었다. 장덕순(25)은 김일손의 「속두류록」 한 편만을 간략히 소개하였고, 최승범(26)은 김종직과 김일손의 작품을 대비시켜 15세기 후반 선인들의 지리산 체험을 살폈다. 인물

별로 분류하면 김종직에 대한 연구가 5편(26,27,31,32,38), 김일손이 3
편(25,26,37), 조식이 4편(29,35,39,42), 유몽인이 2편(33,34)이고, 그 외
남효온(41)·성여신(30)·양대박(40)·박여량(36)·이동항(28) 연구가 각
1편이다. 100여 편의 작품 중 9편만이 단일 연구의 대상이 되었다.

　이로써 연구 대상이 극히 제한적이고 편중되어 있으며, 게다가 동
일 인물의 연구가 반복적으로 행해졌으며, 시기적으로도 1600년대를
넘어서지 못하는 한계를 발견할 수 있다. 이러한 현상은 성과물이 산
출되는 계기와 깊은 관련이 있다. 김종직·김일손·조식은 조선 전반
기 지리산권역 영남사림을 대표하는 인물이고 또 지리산과의 깊은 인
연을 배제할 수 없으므로, 대개 해당 지역 연구자에 의해 성과물이
산출되었다. 예컨대 조식의 경우 경상대학교 남명학연구소가 지역의
선현을 집중 조명하면서 관심 대상으로 부상하였고, 김종직·김일손
·박여량·양대박 등은 경상도 함양과 관련이 깊은 인물로 해당 지역
의 학술대회에서 산출된 성과물이 주를 이룬다.[11]

　먼저 김종직의 사례부터 살펴보자면, (27)은 규장각에 소장된 『유
두류록』을 저본으로 하여 살폈다. 이 책은 『점필재집』에 수록된 「유
두류록」과 같은 제목이나, 이 속에는 31제 54수의 한시를 포함하고
있다. 유람록뿐만 아니라 유람 도중 주변 경관을 읊고, 민생고를 접한
감회를 노래하거나, 제자와 친지에게 화답하고 증여한 시를 중심으로

---

11 김종직은 1471년 함양군수로 부임하여 이듬해에 지리산을 올랐고, 그의 문하인 김일
　손은 함양 출신의 동문 정여창과 함께 1489년 지리산을 유람하였다. 박여량은 함양
　출신의 사인이었고, 양대박은 인근 남원에 은거해 살다가 함양→백무동 코스로 천왕
　봉에 올랐다. 이들에 대한 연구 성과(13,36,37,38,40,41)는 함양에 위치한 (사)지리산
　문학관과 경남문화연구원이 공동으로 주관한 〈지리산 기행문학 학술대회〉에서 산출
　된 것이다.

살폈다. (32)에서는 기체(記體)에서 파생된 이러한 일록체(日錄體) 형식
이 15세기 말 관료문인에게 큰 반향을 불러일으켰고, 그 원형이 송나
라 주희(朱熹)의「유형악록(遊衡嶽錄)」이며, 김종직의 유람록이 우리나
라 록체(錄體)의 출발점이라는 관점에서 살폈다. 김종직의「유두류록」
은『속동문선』에「두류기행록(頭流紀行錄)」으로 편입되어 있는데, (38)
에서는 이 작품에 나타난 구성과 주제의식 등을 살펴 이후 지리산 유
람의 입문서가 되었다고 강조하였다.

김일손의 유람은 그의 행로에서 그 특징을 찾을 수 있다. (37)에서
는 정례화된 산행 코스로 오르지 않고 지리산권역 북부·동부·남부지
역을 에둘러서 올라가는 일정을 통해, 김일손의 유람이 산을 오르는
데 목적이 있지 않고 주변의 문화와 역사를 두루 섭렵하는 데 있었음
을 확인하였다. 15세기 당시 지리산권역 서부지역에서의 산행이 발견
되지 않음을 감안한다면, 그는 지리산권 전역을 유람한 것에 다름 아
니었다.

조식의 경우, (29)(35)(39)는 공통적으로 사화기 재야학자의 심성
수양과 현실인식에 기반하여 산수 유람을 살피고 있다. 조식은 수양
론을 근간으로 한 실천주의적 학자였으므로, 유람에서 접하는 자연
경물은 자아성찰을 위한 도구였다. 빼어난 경관을 보는데 머물지 않
고 자아에 대한 깊은 성찰을 게을리 하지 않았으며, 항상 자신을 돌아
보고 높은 정신세계를 고취한 점에서 차별화하고 있다. 이에 반해
(42)는 '대중적 교감'을 중시한 교양서의 성격을 지닌다.

그 외 유몽인은「유두류산록」에서 탁월한 문장력과 높은 식견으로
우리 국토에 대해 예찬하였다. 또한 여느 유람록보다 유람자의 감회
를 드러낸 우의적 풍자가 많으며, 무엇보다 말미에 부록된 유람과 지

리산에 대한 총평은 별도의 한 편으로 엮어도 좋을 만한 명문(名文)이다. (33)(34)에서도 이러한 특징에 주안하여 기발한 경물 묘사와 비유법·의인법을 동원한 그의 현란한 표현법 등을 부각시켰다.

그러나 이러한 각각의 특성에도 불구하고 개별 연구의 서술 경향은 대개 유람의 동기, 유람 코스와 일정을 소개하고, 유람록에 표출된 사의식을 살피는 것으로 일관하고 있다.

3. 타 분과 학문에서의 연구

지리산 유람록을 텍스트로 한 타 분과의 연구는 관광학 2편, 조경학 3편, 임학 3편, 건축학 1편이 보인다. 대체로 첫 번역서가 출간된 2000년 이후 시작되어 2008년부터 본격적으로 나타난다. 지리산에 한정하지 않고 우리나라의 '명산 유람'으로 범주를 확대하면 사학이나 지리학 분야에서의 성과도 여럿 확인할 수 있다.[12]

> (43) 소현수, 『조선시대 유산기를 통해 본 전통경관 연구 : 지리산을 중심으로』, 서울시립대학교 대학원 석사학위논문, 2003.
> (44) 육재용, 『조선시대 사대부들의 여가문화에 나타난 관광현상 연구 : 유람과 와유를 중심으로』, 경기대학교 관광전문대학원 석사학위 논문, 2008.

---

12 박영민(2004), 「유산기의 시공간적 의미와 추이」, 『민족문화연구』 40집, 고려대 민족문화연구원, 73~99쪽 ; 이상균(2011), 「조선시대 사대부의 유람 양상」, 『정신문화연구』 34집 4호, 한국학중앙연구원, 37~62쪽 ; 정치영(2013), 「조선시대 사대부들의 교통수단」, 『문화역사지리』 25집, 한국문화역사지리학회, 74~87쪽 ; 이경순(2013), 「조선후기 사족의 산수유람기에 나타난 승려 동원과 불교전승 비판」, 『한국사상사학』 45집, 한국사상사학회, 373~405쪽.

(45) 육재용, 「조선시대 사대부들의 관광행위와 양상 연구 : 금강산·지리산 유람록을 중심으로」, 『관광학연구』 제33권 제7호, 한국관광학회, 2009, 31~55쪽.

(46) 이영훈, 『17~18세기 하동 쌍계사의 배치와 전각 구성의 변화 : 지리산유람기 분석을 중심으로』, 경기대학교 대학원 석사학위논문, 2011.

(47) 이호승·한상열, 「지리산 유람록을 통한 지리산 유람의 최종가치 분석」, 『한국산림휴양학회 학술발표회 자료집』, 한국산림휴양학회, 2011, 72~80쪽.

(48) 이호승·한상열·최관, 「지리산 유람록을 통한 산림문화 연구」, 『한국산림휴양학회지』 15집, 한국산림휴양학회, 2011, 39~49쪽.

(49) 이호승, 『지리산 유람록으로 본 산림문화 가치 분석』, 경북대학교 대학원 석사학위논문, 2012.

(50) 이창훈, 『조선시대 유람록에 나타난 지리산 경관자원의 명승적 가치』, 상명대학교 대학원 박사학위논문, 2014.

(51) 소현수·임의제, 「지리산 유람록에 나타난 이상향의 경관 특성」, 『한국전통조경학회지』 32집, 한국전통조경학회, 2014, 139~153쪽.

(52) 이창훈·이재근, 「조선시대 지리산 유람록에 나타난 경관자원 연구」, 『대한전통조경학회지』 32집, 대한전통조경학회, 2014, 53~62쪽.

가장 먼저 성과를 산출한 조경학 분야의 키워드는 '경관'이다. (43)은 첫 번역서의 작품을 텍스트로 하여 지리산의 전통 경관을 살폈고, 6권의 번역서가 완간된 후의 성과인 (51)에서는 15~18세기 유산록 중 23편을 선별하여 지리산의 이상향으로 언급된 곳의 경관 특성을 살폈다. 이를 '무릉도원·별천지·동천·청학동·은거지'라는 다섯 키워드로 집약하였는데, 결론적으로는 조선시대 유람자가 인식한 지리산 이상향의 장소는 '청학동을 중심으로 한 섬진강 화개천 일대에 집중적으로 분포하였고, 덕천강과 임천강 등 지리산의 협곡과 하천이 만든 승경지에 터를 잡고 생리(生理)를 만족시키는 거주 환경을 가진 곳'이라 주장하였다.

이에서 한 걸음 더 나아간 성과가 바로 (50)과 (52)의 견해이다. 천왕봉을 유람한 지리산 유람록 31편을 대상으로 하여 유람 경로를 ①백무동–천왕봉, ②동강마을–천왕봉, ③대원사–천왕봉, ④중산리–천왕봉, ⑤삼신동–천왕봉 코스로 유형화하여 살피되, 명승 개념의 가치가 있는 14개 대상지를 적출하였다. 이로써 지리산의 경관자원을 보존하고 나아가 콘텐츠의 개발과 활용을 통해 지역의 활성화 및 경제적 자립 강화에도 도움이 될 것이라 강조하였다.

관광학 분야의 연구도 주목해 볼 만하다. (44)는 한국관광사가 정립되지 않은 상황에서 사료(史料)의 부족을 보완하기 위해 인접 학문으로 시야를 확장한 경우로, 과거 선현들의 유산(遊山)을 '관광행위'로 규정하고 지리산 유람록을 통해 살폈다. 유람록에 나타난 조선시대 사인의 의식이나 정신세계를 살피기보다는 '관광'이란 키워드에 맞게 '일시·동기·동행인·이동수단·숙식·경비·준비물' 등 여러 행위와 양상 등에 대해 상세히 언급하고 있다. (45)는 위와 동일한 항목으로 금강산과 지리산 유람 기록을 대비시켜서 살폈다.

건축학 분야의 연구 성과인 (46)은 지리산 유람록을 통해 17~18세기 하동 쌍계사의 변화에 초점을 맞춰 살폈다. 쌍계사는 청학동 유람자의 숙소로 활용된 지리산의 대표적 대찰이었다. 주로 쌍계사 내 건축물의 건축적인 큰 변화들, 예컨대 1540년부터 1640년까지 금당(金堂) 영역만 유지되던 시기, 1640년부터 1740년까지 금당 영역을 정비하고 대웅전 영역으로 확대하여 가장 융성했던 시기, 1740년 이후 퇴락하는 시기로 나누어 살폈다.

임학 분야(48) 또한 유람에 대한 여러 행위를 개괄한 점은 관광학과 유사하다. 차이라면 이를 통해 지리산에 출현하는 수종(樹種)을 조사하여 초본류 9종, 목본류 36종을 확인한 점이다. (49)에서는 특히 지리산 유람의 최종 가치를 '국토에 대한 사랑, 학문적 성취감, 삶의 질 향상, 호연지기 함양, 자아실현'이라는 5가지 코드로 요약하여 제시하였다.

4. 타 명산과의 비교 연구

근년에 '산의 인문학'에 대한 관심이 높아지면서 각 산이 지닌 정체성에 대한 연구도 병행되고 있다. 이는 '비교 연구'를 통해 보다 명확해질 수 있는데, 지리산과 타 명산과의 비교 연구도 같은 맥락에서 이해할 수 있다. 아직은 초기 단계라 국내의 금강산·청량산·한라산과 중국의 태산 정도에 머물고 있다.

(53) 김종구, 「유산기에 나타난 유산과 독서의 상관성과 그 의미 : 지리산과 청량산 유산기를 중심으로」, 『어문논총』 51호, 한국문학언어학회, 2009, 125~157쪽.

(54) 강정화, 「지리산과 태산, 한중 유람문학의 두 초상」, 『동방한문학』 55집, 동방한문학회, 2013, 303~337쪽.

(55) 강정화, 「유산기로 본 조선조 지식인의 지리산과 한라산 인식」, 『남도문화연구』 26집, 순천대 남도문화연구소, 2014, 141~167쪽.

지리산과 청량산은 영남을 대표하는 명산이자, 조식과 이황(李滉, 1501~1570)의 산으로 상징되기도 한다. (53)에서는 이들 두 산을 통해 조선조 사인의 유산과 독서의 상관성을 살피되, 특히 유람 도중의 독서 경향에 있어 두 산의 차이를 확인하고 있다. 지리산 유람자들은 김종직·조식의 학맥과 관련이 있어, 주로『소학』·『근사록』과 역사서 등 기초적이고 실천적인 독서를 통해 심성을 수양하고 학문을 완성한다고 하였다. 반면 청량산 유람자들은 주세붕(周世鵬, 1495~1554)과 이황의 학맥이어서『대학』·『주역』·『근사록』·『시경』과 경서 등을 읽는다고 하였다.

(55)에서는 지리산과 한라산이 일찍부터 삼신산(三神山)의 선계로 인식되어 왔으나, 두 산에 투영된 그 인식이 전연 다른 것임을 확인하였다. 지리산은 해당 권역 지식인에게 선호 받는 지역의 명산이었고, 그래서 내 가까이 있는 친숙한 존재였다. 반면 한라산은 독특한 위치 환경으로 인해 줄곧 신선사상과 연계한 신비의 공간으로 인식되어 왔다. 게다가 부임이나 유배 형식을 빌어 극히 소수의 인원만이 기록을 남겼고, 그 기록 속 한라산은 기후·식생·풍물까지도 모두 낯선 경험이었기에 언제나 '낯선 공간'이었다고 하였다.

선현들의 유람록에 가장 많이 등장하는 국외의 산은 단연 중국의 태산(泰山)이다. 공자(孔子)의 '요산요수(樂水樂山)'[13] 언급과 '등태산 소천하(登泰山小天下)'[14] 의식으로 인해 태산은 우리 민족에게 특히 가까운 산이 되었다. 한자와 유교문화를 공유해 온 한국과 중국은 태산을

---

13 『論語』,「雍也」. "子曰 知者樂水 仁者樂山 知者動 仁者靜 知者樂 仁者壽"
14 『孟子』,「盡心 上」. "孟子曰 孔子登東山而小魯 登太山而小天下"

통해 산이 주는 의미를 오랜 기간 공유해 왔다고 할 수 있다. (54)는 두 산의 유람록을 비교하여 한·중(韓中) 두 나라 유산의 특징을 살폈다. 지리산 유람은 조선조 지식인이라는 특정 부류에 의해 수백 년간 지속되었고, 특히 지리산권역 인물에 의해 유람 작품이 집중적으로 산출되었다. 반면 태산은 역대 황제를 비롯해 다양한 부류의 명인이 유람하였고, 따라서 수세기에 걸쳐 다양한 성향의 인물에게서 유람 작품이 나왔다. 또한 태산권역의 인물보다는 원지(遠地)에서 찾아온 인물이 절대 다수를 차지하였다. 이것이 지리산과 태산 유람의 뚜렷한 차별성이자 특징이라 하였다.

Ⅲ. 논의에 대한 검토

현재까지 발굴된 지리산 유람록은 승려 응윤의 「두류산회화기」를 제외하면 모두 조선조 유자(儒者)의 작품이다. 이는 유람록에 나타난 지리산 인식이 조선조 사인 부류에 한정된 것임을 전제한다. 엄밀히 말하면 「두류산회화기」도 이에서 벗어나지 않는다. 이 작품은 1803년 3월 표충사에 있던 응윤이 천왕봉으로 향하던 순창군수 및 함양군수 일행과 동행하면서 창수한 시를 중심으로 기록하였다. 현전하는 유일의 승려 작품이나, 산문 중심이 아닌 승려와 유자의 창수시가 20여 수나 포함되었고, 무엇보다 승려와의 대화를 통해 두 군수의 사의식이 돋보이는 점 등이 특이사항이라 할 수 있다. 결국 발굴된 지리산 유람록은 '내용'으로 본다면 모두 조선조 사인의 기록이라 해도 과언이 아니다.

　주지하듯 조선은 성리학적 세계관을 견지한 사인에 의해 운영되었고, 조선초기 이들의 국토에 대한 인식이 고조되면서 『동국여지승람』 등의 지리지 편찬과 함께 산수 유람도 성행하였다. 정용수(32)의 언급에서도 확인되었듯 선초 관료문인에게 일록체가 특히 유행하면서 유람록 창작이 흥성하게 일어났다.

　조선조 사인은 성리학에 침잠한 지식인이었다. 이들의 속성은 자신들이 우주의 보편적 원리를 체득하고 실천하는, 곧 사문(斯文)·사도(斯道)를 자임하는 사의식에 그 특징이 있다. 이들에게 있어 자연은 성리학적 세계관에 부합되는 삶을 지향하고, 나아가 그들의 철학적 이념인 천리(天理)를 실천할 터전이었다. 때문에 끊임없이 자연과의 융합을 추구하고, 그 속에서의 자적적(自適的) 삶을 문학작품으로 승화시켜 표현하였다.

　게다가 이들은 유람과 문장을 불가분의 관계로 인식하였다. 조선시대 대표적 문장가의 한 사람이었던 유몽인은, 우리나라 산하의 모든 경관을 두 발로 밟고 두 눈으로 확인함으로써 자신을 일러 천하를 두루 유람한 사마천에 비유해도 뒤지지 않을 것이라 자부하였던 인물이다. 그의 말에 의하면, 역사상 중국에서 이름났던 학자나 문인의 학문과 문장력은 '유람'을 통해 완성되었다고 하였다. 공자의 높은 학문과 세상을 보는 직관력이 주유천하(周遊天下)를 통해 완성되었고, 이백(李白)과 두보(杜甫) 같은 대시인은 물론이고 한유(韓愈)·유종원(柳宗元)·소식(蘇軾) 같은 대문장가에 이르기까지, 특히 사마천의 탁월한 문장력이 그의 원유(遠遊)에서 비롯되었다고 확신하였다.[15] 이는 조선시대

---

15 柳夢寅, 『於于集』 권4, 「贈金剛山三藏菴小沙彌慈仲序」, "古之人周觀博遊 恥匏繫一隅

사인에게 공유된 인식이었고, 때문에 유산에서도 그들의 이러한 사의
식이 표출될 수밖에 없었다.

조선조 사인의 명산 유람은 예로부터 공자의 '등태산 소천하'의 정
신에서 비롯되었다. 단순히 아름다운 풍광이나 수려한 경관을 보고
가슴속의 답답함을 풀어내기보다는, 명산 속의 유적을 통해 사대부
지식인으로서의 사의식을 고양하려 노력하였다. 특히 사화기를 거친
16세기 중반 이후의 유산록에는 이러한 의식이 더욱 뚜렷이 드러난
다. 그것은 시대적 상황과도 무관하지 않았다.[16] 유산에서의 사의식
중 유적을 통해 표출되는 역사의식과 성리학자로서의 자아성찰이 특
히 두드러지게 나타났다.

유산록 연구 또한 이러한 패러다임 내에서 유람자의 사의식을 살피
는 것으로 일관되게 진행되었다. 이러한 사의식을 구체화시키면 '불
교 및 무속에 대한 비판, 경세제민의 현실인식, 역사에 대한 회고와
논평, 자아성찰과 심성수양, 국토산하에 대한 예찬' 등으로 집약할 수
있다. 이는 초창기 연구에서부터 현재까지도 지속적으로 이루어지고
있다. 초창기의 김종직·김일손·남효온 연구에서는 초기사림으로서
의 성리학적 세계관에 입각하여 그들의 유람을 살폈다. 조식 또한 사
화기의 대표적 재야학자이자 실천적 수양론자라는 점을 강조하여 위

故夫子轍環天下 一則登泰山小天下 一則欲乘桴浮海 一則欲居九夷 是則求行其道 不泥
於安土也 司馬遷生長河山 足跡遍梁宋齊魯 而又泛江淮 過洞庭 使巴蜀 是以 遂其文章
也 李太白生巴蜀 鍾山川之秀 又因謫遊吳會楚越之郊 杜子美遭難流徙 避地於錦里 又轉
而遊巫峽 遍蒼梧瀟湘之間 此皆因播越增益其詩才也 韓退之不謫潮陽 柳子厚不遷百粵
其文章豈臻其閫奧 蘇東坡竄惠州 而後文益高 邵康節歷覽無際 而後道成於洛下"

16 최석기(2000), 「朝鮮中期 士大夫들의 智異山遊覽과 그 性向」, 『경남문화연구』 22집,
경상대 경남문화연구소, 109~112쪽.

의 의식들을 확인하였다. 통합 및 개별 연구에서의 주요 시각도 대개
이에서 크게 벗어나지 않았다.

물론 그동안 이러한 연구의 한계를 인식하지 않았던 것은 아니다.
지리산 유람록이 수백 년 간의 기록이므로 시대별 변화 양상을 살피는
선행 연구에서 특히 이 문제에 대해 지적하기도 했으나, 대개 유람자
가 '조선조 사인'이라는 한계를 전제하는 정도(10,19,23,24)여서, 궁극
에는 동일한 결론에 이르게 되었다.

개별 연구에서는 보다 선명한 한계를 보인다. 그동안 성여신(30)의
'유선(遊仙) 의식'과 유몽인(33,34)의 '탁월한 표현법'에 천착한 연구에
서 보듯 참신한 시도가 있었지만, 이 역시 '유자로서의 의식'이었다고
결론내림으로써 귀착점은 대동소이하였다. 필자 또한 지리산권역의
인물 양대박의 개별 연구(40)에서 '양대박의 작품이 지리산에서 나왔
고, 그의 작품에서 지리산의 모습을 알 수 있으며, 때문에 양대박의
기질과 성품도 지리산에서 연원했다'[17]는 조위한의 말을 통해 '양대박
의 지리산 의미'를 찾아가는 도발적인 접근을 시도했으나, 종국에는
'지리산에 대한 선계 인식, 성찰의 공간, 은거의 공간'이라는 세 각도
에서 해명함으로써 '사의식 범주'를 벗어나지 못하였다. 현재까지의
연구 경향에서는 조선시대 사인의 유산을 성리학적 심성수양과 그것
의 실천적 행위로, 나아가 개인을 집단적 성향으로 일반화하려는 통
념이 내재해 있었음을 부인할 수 없다.

---

17 趙緯韓, 『玄谷集』 권12, 「靑溪集跋」. "其元氣混混 神變不測 至於雄深宏壯處 如天王般
若兩峯相峙 撑拄半空 吐納雲烟 其富麗典雅處 如神興洞裏 春日暄暖 百花爛熳 水石粼
粼 其剛勁峻決處 如靑鶴高峯 霜落葉脫 大瀑垂空 萬壑雷鳴 盖知一吟一詠 皆出於頭流
八萬四千之峯 而氣象雍容 法度森嚴 觀公之詩 則亦可知方丈之形勝 以此益驗公之稟氣
專出於玆山者"

이와 관련해서는 정출헌(41)의 논의를 주목해 볼 만하다. 그는 남효온의 지리산 유람을 추적하는 연구에서 기존의 연구 성향이 대체로 "거창한 성리학적 수양 및 실천적 모색의 일환으로 일반화하려는 도식화된 접근 태도"의 거대 담론에 치우쳤다고 지적하고, 이에 대해 유산 행위의 그 미세한 떨림을 "그들 각각이 처했던 삶의 여정 위에서 꼼꼼하게 감지해 보려는" 미시사적 관점에서의 접근을 시도하였다. 그리고 입론의 근거로 남효온의 지리산 유람은 여느 인물의 유산 행위와 달리, 자신의 삶에서 얻었던 깊은 상처를 달래기 위한 '혼자만의 산행'이었음을 강조하였다. 또한 유람 도중의 세 가지 일화를 내세워 선행연구에서 흔히 언급되는 '사의식·호연지기·선계 취향'이 나타나지 않고, 현실에서 굶주림에 떠는 가족을 잊기 위한 절망적 상황과, 좌절과 고립으로 내몰린 자신의 처지를 감내하기 위한 정신적·정서적 위무를 지리산에서 찾고 있다고 주장하였다.

각자의 처지에서 살아 움직이던 개별적 인간을 시대·집단·유파로 뭉뚱그려 파악하려는 거대 담론의 한계를 극복하고 그 '미세한 떨림'을 찾아가는 미시사적 접근은, 실상 지리산뿐만 아니라 현재 명산을 대상으로 한 여타 산 문화 연구에서도 절실히 요청된다. 예컨대 김종구(53)는 지리산과 청량산 산행 도중의 독서 행위를 살피면서 그 차이점을 찾으려 애쓰면서도, 그 역시 유람의 주체가 '사인'이라는 측면에서 동일한 한계에 맞닥뜨리게 되었다. 결국 '이는 여타의 산에서도 동일하게 나타날 수 있다'고 인정하면서, 궁여지책으로 '지리산은 남명의 산이고, 청량산은 퇴계의 산'임을 강조하는 것으로써 '두 산이 지닌 차이의 특징'을 변론하였다. 그러나 이 또한 개인의 취향을 '유파'로 묶어 파악하는 한계를 범하고 있다.

또한 육재용은 금강산 유람록을 통해 선인들의 관광의식을 고찰하면서 '금강산을 찾은 사인이 합리적 사고로 불교의 허탄함을 비판하고, 비로봉 정상에 올라서는 등태산 소천하 의식을 통해 호연지기를 느끼고, 애민의식과 은일의식을 표출하며, 자아계발 및 심성수양, 자연의 위대함과 인간의 왜소함 등을 느낀다'고 결론지었다.[18] 이러한 결론은 지리산 유람록 연구에서 얻어낸 일반적인 결론이기도 하려니와, 연구 과정상의 현격한 차이에도 불구하고 임학 분야(49)에서 도출한 지리산 유람의 최종가치와도 크게 다르지 않는 결론이다.

Ⅳ. 남은 과제들

지리산 유람록 연구는 30년 동안 적지 않은 성과를 축적하였으나, 위의 논의에서 보듯 지나치게 편중된 현상을 면치 못하고 있다. 일찍부터 관심의 대상이 되었음에도 이러한 현상이 나타나는 것은, 우선 한문 자료에 대한 접근성의 어려움으로 작품 발굴의 한계가 있었고, 이후 번역이 시작되고도 완역까지 10여 년이 소요되었으며, 무엇보다 관련 연구자의 편중 및 부재 등이 연구의 촉진을 저해하였다. 그러나 국내의 여타 명산이 유산기 번역과 연구를 근년에 시작한 상황을 감안한다면, '지리산'이 선도적 역할을 했다고 판단된다. 위 논의에 의거해 부차적인 문제들은 차치하고 큰 범주 내에서 연구의 향후 방향을

---

18 육재용(2010), 「산수유람록에 나타난 선인들의 관광의식 일고찰」, 『관광연구』 제25권 4호, 대한관광경영학회, 16~18쪽.

살펴본다.

무엇보다 논의의 시각을 바꿔서 접근해야 한다. '산과 유람자'의 이 중구조에서 선행연구가 산을 오른 '유람자의 의식'에 맞추었다면, 이제는 유람자가 아닌 '그 산'에 집중해야 한다. 예컨대 지리산을 오른 유람자도 금강산을 오른 유람자도 조선조 사인이다. 유산 당시의 개인적 상황이나 그들이 산에서 풀어내는 유자로서의 정감을 모두 인정한다 하더라도, 그들이 서 있는 좌표에서 이미 '지리산'과 '금강산'이라는 차별성이 존재한다. 유람자의 사의식이 향한 '그 지점'으로 연구의 시각이 바뀌어야 한다.

이를 지리산과, 선행연구가 있는 여타 명산에 천착시켜 살펴본다. 조선조 사인의 유산은 공자의 태산과 주희의 형산 유람과 깊은 관련을 지닌다. 유산을 통해 이들의 기상과 정신을 배우고 호연지기를 기르고자 했던 것이다. 이는 지리산 유람의 목적에도 포함되어 있다. 그런데 지리산의 경우 이들에게서 머물지 않고, 청학동의 주인 최치원과 이인로를 거쳐 앞 시대에 지리산을 올랐던 김종직·김일손·조식 등 선현들의 삶과 유람 자체가 하나의 지남으로 남아 전승되는 특징을 지닌다. 뿐만 아니라 민간인의 삶이 그대로 닿아있는 우리 가까이 있는 산이었기 때문에, 지리산 유람은 치자(治者)로서든 재야지식인으로서든 유람자의 현실적 기반과 불가분의 관계에 있었다.

그러나 금강산과 한라산과 태산은 다르다. 이들 산은 그곳에 위치하는 것만으로도 이미 인간 삶과 별개의 존재 의미가 가능하였다. 금강산과 한라산은 지리산과 함께 삼신산으로 일컬어졌으나, 금강산은 빼어난 경관으로 인해 '지상의 선계'로, 한라산은 독특한 위치와 주변 경관으로 인해 '해상의 선계'라는 차별성을 지녔다. 태산 또한 고대로

부터 천자가 '봉선(封禪)' 의식을 행하던 신성한 곳으로 인식되었다. 이들 산은 각각 완전히 다른 별개의 산이었던 것이다. 그리고 각 산의 유람록에도 그 산이 가진 '그 특성'을 드러내고 있다.

선행연구에서는 이를 부각시키기보다 유람자인 '조선조 사인'의 감회에 천착한 연구를 진행해 왔던 것이다. 이러한 시각에서 접근한다면 우리나라 각 산의 유람에서 나타난 '정신세계' 내지 '유람의 가치'는 하나같이 '조선조 유자의 사의식 해명'이라는 일관된 결과가 도출될 수밖에 없을 것이다.

또한 지리산 유람록 연구의 형평성을 지향해야 할 것이다. 조선초기, 그것도 몇몇 작가에 매몰되어 있는 연구 시각을 확대해서 18세기 이후로 그 영역을 넓혀야 한다. 초·중기의 유람자가 전국적 명망을 얻는 인물이었음에 비해, 18세기 이후의 유람자는 대개 지리산권역의 지방사족이었고, 그래서 인지도가 높지 않았다. 또한 유람 연대순으로 번역 작업을 진행하다 보니 뒤 시기의 유람록 번역이 근년(2013)에 와서야 완료되어 연구 기간이 짧았으며, 게다가 내용상 수백 년에 걸쳐 반복되는 유람로와 유적 등에 대한 식상함이 연구자를 자극시키지 못한 점 등이 연구의 부진으로 이어졌다.

사실 18세기 이후 지리산 유람록의 내용과 가치는 이전 시기와 다른 적극적인 평가를 필요로 한다. 이 시기에 이르면 유산기가 양적으로 폭증했음에도 불구하고, 선행연구(7,16)에서는 정치권에서 소외된 지방사족이 여전히 현실의 불만을 토로하고 해소하는 공간으로서만 지리산을 인식하고 있다. 실상 18세기 이후가 되면 지리산 유람록에는 앞 시대 선현의 유산이 하나의 전통으로 작용한다. 김종직·김일손 조식의 유산 경로를 따라 오르고 또 그들의 유산 기록을 반복해서 언

급하게 되는데, 이는 유산기가 전승되면서 후인에게 어떤 영향력을
행사했던 것임을 의미한다. 그리고 19세기에는 '강우지역'이 학문적
중심지가 되어 '남명'이라는 정신적 지주를 중심으로 동질적 집단으로
성장하였고, 강우학자에게서 유산기가 대거 나타났다. 요컨대 18세기
이후의 '지리산'은 '앞 시대 선현의 존재를 담지하고 있는 공간'이라는
인식론적 층위가 한층 강화되고 숭앙되어 향유되었음을 알 수 있다.
이처럼 유산기 속 '지리산'은 동일하지 않았다. 이에 대한 정치(精緻)한
접근이 절실하다.

　나아가 유람록 전반에 대한 이런 연구의 필요성은 궁극적으로 '왜
지리산인가'에 대한 해답을 찾는 데에 있다. 특별하게 구획된 특정
공간에 대한 담론은 필연적으로 그 공간을 중심으로 하는 지역과 사
람에 대한 문화적 역사적인 탐구를 지향하게 된다. 그리고 시간의
수직적 흐름, 동시대 다른 공간과의 수평적 구획의 교차 속에서 보
다 다층적인 지역 및 공간 담론이 산출될 수 있다. 이는 결국 우리
민족의 정신을 이루는 패러다임과 그 변화를 짚어내는 작업이 될 것
이다.

　지리산은 영남의 지식인에겐 내 가까이 있는 '우리의 산'이었다. 이
러한 지리적 근접성은 지리산과 그 유람, 그리고 그에 대한 기록물로
공유되는 어떤 정신적 결집의 원천이 되었을 것이다. 따라서 '영남의
산'으로서의 '지리산'에 대한 인식이 갖는 특성이나 결집력을 더 구체
적으로 살필 필요가 있다. 이것은 궁극적으로 지리산의 '정체성'을 찾
아가는 작업과도 일맥상통한다.

　우리는 지난 수 년 간의 지리산 연구에서 이 근원적인 물음에 대해
아직 답을 찾지 못하였다. 이는 유산기 연구만으로는 불가능하고 여

타 분과의 연구가 집성될 때 가능할 것이다. 그리고 여타 명산과의
비교 연구가 심화되고 확산되어야만 가능할 것이다. 개별 연구의 심
화도 병행되어야 할 것이다. 단일 연구 성과의 축적이 있어야만 결국
통합적 연구로 확산될 수 있기 때문이다. 특히 다양한 분과에서의 비
교 연구가 절대적으로 필요하다. 해당 분과의 밀착 연구로 정수(精髓)
를 심화시키고, 인접 분과에서의 비교 연구를 통해 동이(同異)를 찾아
확산시켜서는, 궁극적으로 이를 통합함으로써 '지리산'의 특수성이
부각될 수 있기 때문이다. 그 중심에 지리산 유람록이 있다.

덧붙이자면, 유산기에 비해 상대적으로 유산시(遊山詩)의 번역 및
연구가 저조한 실정이다. 유산기는 동행했던 유람자를 대표한 1인이
기록하는 반면, 유산시는 각자의 몫이었기 때문에 양적인 측면에서
비교할 수 없을 만큼 많다. 특히 유산기를 대신할 만한 장편시와 연작
시(聯作詩)가 다수 제작되었다.[19] 이 작품들은 유람 일정별 기록이면서
도 개인적 감회를 읊었기 때문에 유산기와는 다른 접근이 가능할 것이
다. 따라서 유산기를 기본 텍스트로 하고, 나아가 명승별 또는 코스별
유산시를 통시적 관점에서 접근하면 미시적 접근의 연구 성과와 유사
한 결과를 기대할 수 있을 것이다.

학술적 접근에 비해 대중적 성과 또한 부실하다. 근년에 등산 인구
의 천만시대가 도래하면서 역사문화 등 배움의 장으로서의 산이 각광
을 받고 있다. 이에 힘입어 학계에서도 '산의 인문학'이 21세기의 미래
지향적 연구 영역으로 부상하고 있다. 이에 따라 인문서 또는 교양서

---

19 최석기·강정화, 『선인들의 지리산 기행시 1』, 보고사, 2015 ; 『선인들의 지리산 기행시
   2』·『선인들의 지리산 기행시 3』, 보고사, 2016.

에 대한 수요도 급증하고 있다. 이러한 수요에 제대로 부응하기 위해
서는 지리산과 지리산 유람에 대한 근원적이고 심층적인 연구가 전제
되어야 할 것이다.

이 글은 『남명학연구』 46집(2015), 345~376쪽에
게재한 글을 수정·보완한 것이다.

조선시대 지식인의 지리산 읽기
『선인들의 지리산 유람록 1-6』

강정화

1.

산은 오랜 시간 인간에게 다양한 존재로 인식되어 왔다. 정상을 오르는 등반의 산, 호연지기를 기르는 수양(修養)의 산, 삶의 터전과 안식을 제공해주는 생장(生長)의 산, 현실을 등지고 깊이 침잠하던 은거의 산, 새로운 세계를 꿈꾸며 찾아들었던 이상향의 산 등. 산은 이렇듯 인간의 삶과 밀착된 생존의 공간으로 함께 해 왔다. 그래서 산은 늘 외경(畏敬)과 숭배의 대상이었다. 우리 민족은 이러한 숭배와 외경을 다양한 유형의 문학적 상상력으로 표출해 왔다. 유람록은 그중 가장 대표적인 유형이다.

'유람록'은 작자의 산행을 '동기 → 여정 → 총평(후기)'의 형식에 따라 시간별로 기록한 산문이다. 유산기(遊山記)·유산록(遊山錄)·유기(遊記)라고도 일컫는다. 우리나라에서는 고려시대에 문헌상 처음 나타났고, 조선시대에 들어와 국토인식이 고조되고 지리에 대한 감식안이 높아지면서 지식인의 유산(遊山)이 성행하였다. 유람록은 조선시대 지식인의 산에 대한 역사적·문화적·종교적 의미가 함축된 자료이다. 따라서 이의 연구는 궁극적으로 '산의 인문학'이 가진 가치와 의미를 탐색하는 작업이라 할 수 있다.

우리나라의 명산 가운데 문학적 상상력의 대상이 된 산은 백두산·금강산·지리산이 대표적이다. 금강산은 빼어난 경관으로 인해 조선 초기부터 가장 빈번한 유람 대상이었고, 작품도 가장 많이 축적되었다. 백두산은 오래 전부터 우리 국토의 조종(祖宗)이자 성산(聖山)으로 숭앙받았지만, 18~19세기에 이르러서야 유람이 나타난다. 이처럼 유람이 늦었던 것은 함경도의 험한 산세와 추운 날씨가 그 원인으로 거론되기도 하나, 17세기 후반 청(淸)나라와의 국경분쟁이 제기되면서 관심의 대상으로 부상했기 때문이었다.

그에 비해 지리산은 조선초기부터 유람록이 나타나기 시작하였다. 특히 우리가 사는 인근에 위치하고 있어, 두 산에 비해 인간의 삶과 보다 밀착된 '내 가까이 있는 산' 또는 '우리 고장의 산'으로 인식되어 왔다. 따라서 보다 다양하게 그리고 빈번하게 문학적 대상으로 자리 매김해 올 수 있었다. 문학이 인간 삶의 다양한 측면을 특별한 장치를 이용해 형상화하는 작업이라면, 천 년 이상 '산과 인간의 삶'이 어우러 진 지리산만큼 적절한 문학적 소재도 없을 것이다.

2.

지리산은 예로부터 금강산·한라산과 함께 삼신산(三神山)의 하나로 일컬어져 왔다. 삼신산은 신선이 산다는 중국 전설 속의 신성한 공간 이다. 사마천(司馬遷)의 『사기(史記)』에 처음 등장한 이후 동아시아의 수많은 지식인에게 동경과 선망의 장소로 인식되어 왔다.

이는 우리나라도 예외가 아니었다. 특히 당나라 시인 두보(杜甫)가 삼신산의 하나인 '방장산(方丈山)이 삼한(三韓)에 있다'고 언급한 이후, 조선시대 지식인들은 삼신산이 우리나라에 있다고 생각하였다. 방장 산은 지리산의 다른 이름이다.

지리산 유람록은 현재 100여 편이 발굴되었다. 이를 시대별로 분류 하면 15세기 6편, 16세기 5편, 17세기 15편, 18세기 19편, 19세기 33 편, 20세기 24편이다. 조선후기로 갈수록 작품 수가 폭증하고 있는 데, 이는 이 시기 지식인의 지리산 유람이 성행했음을 일컫는다.

근년(2013)에 100여 편의 지리산 유람록이 모두 6책으로 번역 및 출 간되었다. 일명 『선인들의 지리산 유람록』 시리즈는 2000년에 첫 번째 번역서가 출간된 이후 13년 만에 마무리되었다. 최초의 작품은 1463년 8월 청파(靑坡) 이륙(李陸, 1438~1498)이 지리산을 유람하고 쓴 「유지리산록(遊智異山錄)」이고, 양회갑(梁會甲, 1884~1961)이 1941년 4월 30일부터 5월 6일까지 지리산행을 하고 기록한 「두류산기(頭流山記)」가 마지막 작품이다. 따라서 시기적으로는 조선 초기부터 일제강점기까지 수백 년 간의 조선시대 지식인의 산행 기록이다. 먼저 6책에 대한 개략적인 서지사항을 소개하면 다음과 같다.

번역진	제목	출판사	출간 연도	작품 수	작품 시기	쪽수
최석기 외 4인	선인들의 지리산 유람록	돌베개	2000	9편 (부록: 관련자료 15편 + 해설 1편)	15~17세기 중 명작 선별	423
최석기 외 7인	지리산 유람록, 용이 머리를 숙인 듯 꼬리를 치켜든 듯	보고사	2008	12편	17~18세기 중반	391
최석기 외 7인	선인들의 지리산 유람록 3	보고사	2009	15편 (부록: 사찰기문 12편)	18세기 중반~ 19세기 중반	328
최석기 외 7인	선인들의 지리산 유람록 4	보고사	2010	20편	19세기 말	439
최석기 외 4인	선인들의 지리산 유람록 5	보고사	2013	15편	19세기 말~ 20세기 초	335
최석기 외 6인	선인들의 지리산 유람록 6	보고사	2013	16편 (부록: 유람록 전체 목록)	20세기 초~ 중반	320

위 표를 통해 작업과정에서의 몇 가지 변동사항을 확인할 수 있다. 먼저 번역진의 출입이 있었고, 출판사가 도중에 바뀌었으며, 출간 일정에 있어서도 두 번의 긴 공백기가 있었다. 6책의 수록 순서가 유람 시기라는 대원칙이 있었음에도 불구하고, 각 책에 수록된 작품의 작

성 시기가 일정부분 섞여 있음을 발견할 수 있다. 장기간의 번역 과정에서 나타나는 불가피한 어려움이었다.

3.

지리산 유람록의 번역 작업은 1998년 경상대학교 한문학과의 최석기 교수가 동양 및 한국의 고전을 연구하고 번역하기 위해 만든 두류고전연구회에서 시작되었다. 이 모임은 당시 경상대학교 한문학과에서 석사학위를 받은 후 지속적으로 공부하는 사람들에게 한문고전에 대한 해독능력을 향상시키고 실무능력을 높이기 위해 결성한 연구회였다. 우선 우리 지역의 자료부터 발굴하여 정리하자는 취지로 '지리산 유람록'을 선택하여 번역을 시작하였다.

애초 한문으로 쓰인 지리산 유람록을 모두 발굴해서 완역한다는 목표로 자료를 조사하였고, 매주 주말과 휴일에 모여 강독과 윤문 작업을 병행하였다. 그러기를 2년 여 만에 조선중기까지의 작품을 모두 번역하였으나, 당시 출판사와의 여러 사정으로 인해 명문(名文)이라 할 작품 9편만을 선별하여 한 책으로 출간하였다. 그것이 2000년에 출간한 『선인들의 지리산 유람록』이다.

이후 6년 동안 작업을 중단하였고, 2007년 인문한국(HK)지원사업을 시작하면서 번역을 재개하였다. '인문한국(HK)지원사업'이란, 한국을 넘어 세계적인 인문학연구소 육성을 목표로 한국연구재단이 주관하는 10년간의 연구 사업이다. 필자가 소속된 경상대학교 경남문화연구원은 순천대학교 지리산권문화연구원과 공동으로 〈지리산권 문화 연구〉라는 아젠다agenda로 이 사업을 수행하고 있다. 지리산이 영·호남의 5개 시군에 포진해 있으니, 두 지역을 대표하는 두 대학 연구소가 컨소시엄하여 연구단을 형성한 것은 필연이라 할 수 있겠다.

이후 지리산 유람록 번역 작업은 인문한국 사업의 일환으로 전환되었다. 이전의 방식대로 작품을 분담하여 각자 번역하고, 매주 주말과 휴일에 모여 교정 및 윤문 작업을 하였다. 그리하여 매년 1책씩 번역하여 3년 간『선인들의 지리산 유람록』시리즈 4권까지 출간하였고, 그로부터 3년 후인 2013년에 한말과 일제시기의 유람록 수십 편을 두 책으로 출간하면서 마무리하게 되었다.

그 과정에서 번역과 동시에 새로운 작품의 추가 발굴도 병행하였고, 이렇게 새로이 발굴된 작품까지 함께 번역을 진행하였다. 이는 각각의 번역서에 수록된 작품의 작성 시기가 시대 순으로 일관되지 않고 뒤섞이게 된 이유이다.

4.

『선인들의 지리산 유람록』시리즈는 한국고전번역원의 번역 기준을 텍스트로 삼아 작업하였다. 번역문은 고등학생이라면 읽고 이해할 수 있을 정도로 원문에 충실하게 번역하려 노력하였다. 옛 지명이나 인물, 본문 속 난해한 고사(故事), 인용문의 출처 등에 대해 상세한 주석을 달았다. 개별 작품마다 유람일정, 유람지도, 동행인 등을 일목요연하게 제시하였고, 작자에 대한 상세한 인물 해제를 덧붙였다. 그리고 내용과 관련한 고지도 및 사진 등의 시각자료를 첨부하였고, 아울러 색인을 덧붙여 독자의 이해와 편의를 도모하였다. 보다 심도 있는 연구를 원하는 전문연구자를 위해 고증을 거쳐 구두(句讀)를 뗀 원문을 첨부하였다. 각각의 작품은 유람지도→유람시기→동행자→번역문→작자를 소개하고, 마지막으로 원문을 싣는 일관된 체재로 구성하였다.

이들 시리즈 가운데 첫 번째 책은 특히 주목해 볼 만하다. 이 책에는 지리산 유람록 중 명작으로 꼽히는 9편, 곧 최초의 지리산 유람록인 이륙의 작품과, 김종직(金宗直)·남효온(南孝溫)·김일손(金馹孫)·조식(曺植)·양대박(梁大樸)·박여량(朴汝樑)·유몽인(柳夢寅)·성여신(成汝信)의 작품이 수록되어 있다. 이들 작품은 여느 명산의 유람록과 비교해 보아도 결코 뒤지지 않는 명작이다.

그 외에도 지리산과 관련한 여러 부록 자료를 실어 독자의 호기심을 자극하였다. 예컨대 하동 청학동(靑鶴洞) 유람에서는 수백 년 간 유람자가 빼놓지 않고 거론하는 것이 바로 최치원(崔致遠)의 「진감선사대공탑비(眞鑑禪師大功塔碑)」인데, 이의 전문(全文)을 번역하여 실었다. 현재 쌍계사 대웅전 뜰에 위치하고 있는 이 탑비는 최치원이 통일신라 고승(高僧)인 혜소(慧昭, 774~850)의 행적을 짓고 쓴 것이다. 국보 제47호로 지정되었다. 최치원은 유학자로 자처하면서도 불가에서 일가(一家)를 이루었고 문묘(文廟)에도 배향된 인물이다. 때문에 조선시대 내내 유자(儒者)들의 구설수에 오르내렸는데, 이 진감선사대공탑비가 그 중심에 있었다.

이 외에도 지리산 청학동의 위치와 공간을 비정(比定)하는데 결정적 역할을 했던 고려시대 이인로(李仁老)의 관련 기록, 이규경(李圭景)의 『오주연문장전산고(五洲衍文長箋散稿)』의 「청학동변증설(靑鶴洞辨證說)」 등을 번역하여 실었다.

또한 지리산의 대표 인물인 정여창(鄭汝昌)과 김일손이 지리산을 유람하고 하동 악양에서 읊은 한시 두 편을 비롯해 유람 경로 상에 나타나는 몇몇 이름난 유적 자료를 번역하여 실었다. 끝으로 전6권의 제1번역자인 최석기 교수의 지리산 유람록 관련 해제를 부록으로 실었다. 이 해제는 당시 발굴된 작품 전체를 통관(通貫)하여 살폈을 뿐만 아니라 조선시대 지식인의 산에 대한 인식을 집약적으로 다루고 있다.

5.

지리산 유람록은 지리산권의 문학을 비롯하여 역사·지리·생태 등을 살필 수 있는 전방위의 1차 사료이다. 이의 번역 출간은 지리산권 문화 연구를 위한 대표적 성과라 할 수 있다. 실제 그동안 대내외적으로 지리산권 문화와 관련한 연구논문 및 보고서 등에서 이 지리산 유람록이 널리 활용되어 왔다.

그동안 우리나라 명산의 유람록 연구는 대개 명작으로 이름난 몇몇 작품을 선별하여 번역하거나 부분적으로 인용되어 왔다. 이와 달리 지리산은 조선초기부터 20세기 중반까지 발굴된 유람록을 모두 완역하여 개별연구를 넘어 시대적 변화 추이에 따른 통시적 접근이 가능하게 되었다. 그 중심에 『선인들의 지리산 유람록』 시리즈가 있다.

국내의 명산 가운데 유람록을 완역하여 대중화한 것은 지리산이 최초이다. 더구나 유람록 완역과 전문 연구를 병행한 명산은 지리산이 최초이자 유일한 사례일 것이다. 지리산 유람록 번역 출간은 다양한 분과 학문으로 연구를 확산시키는 촉매제 역할을 하였다. 이 책의 출간 이후 지리산권 문화와 관련하여 민속·종교·관광·역사·조경 등의 분과에서 전문 연구실적이 폭증했을 뿐만 아니라, '산의 인문학' 등 대중화 방면에서도 폭발적인 반응을 불러 왔다. 나아가 향후 이를 토대로 지리산 관련 지식의 사회적 확산에 크게 기여할 것으로 기대된다.

지리산 유람록 목록(2016. 06)

15세기

저 자	작품 및 문집명	유람 시기
이륙 (李陸 1438~1498)	유지리산록(遊智異山錄) 『청파집(青坡集)』	1463.08.○~08.25
이륙 (李陸 1438~1498)	지리산기(智異山記) 『청파집(青坡集)』	1463.08.○~08.25
김종직 (金宗直 1431~1492)	유두류록(遊頭流錄) 『점필재집(佔畢齋集)』	1472.08.14~08.18
남효온 (南孝溫 1454~1494)	지리산일과(智異山日課) 『추강집(秋江集)』	1487.09.27~10.13
남효온 (南孝溫 1454~1494)	유천왕봉기(遊天王峯記) 『추강집(秋江集)』	1487.09.30
김일손 (金馹孫 1464~1498)	속두류록(續頭流錄) 『탁영집(濯纓集)』	1489.04.11~04.26

16세기

저 자	작품 및 문집명	유람 시기
조식 (曺植 1501~1572)	유두류록(遊頭流錄) 『남명집(南冥集)』	1558.04.10~04.26
하수일 (河受一 1553~1612)	유청암서악기遊青巖西嶽記) 『송정집松亭集)』	1578.04.
변사정 (邊士貞 1529~1596)	유두류록(遊頭流錄) 『도탄집(桃灘集)』	1580.04.05~04.11

| 하수일
(河受一 1553~1612) | 유덕산장항동반석기(遊德山獐項
洞盤石記)
『송정집(松亭集)』 | 1583.08.18 |
| 양대박
(梁大樸 1544~1592) | 두류산기행록(頭流山紀行錄)
『청계집(靑溪集)』 | 1586.09.02~09.12 |

17세기 전반기

저 자	작품 및 문집명	유람 시기
박여량 (朴汝樑 1554~1611)	두류산일록(頭流山日錄) 『감수재집(感樹齋集)』	1610.09.02~09.18
유몽인 (柳夢寅 1559~1623)	유두류산록(遊頭流山錄) 『어우집(於于集)』	1611.03.29~04.08
박민 (朴敏 1566~1630)	두류산선유기(頭流山仙遊記) 『능허집(凌虛集)』	1616.09.24~10.08
성여신 (成汝信 1546~1631)	방장산선유일기(方丈山仙遊日記) 『부사집(浮査集)』	1616.09.24~10.08
조위한 (趙緯韓 1558~1649)	유두류산록(遊頭流山錄) 『현곡집(玄谷集)』	1618.04.11~04.20
양경우 (梁慶遇 1568~ ?)	역진연해군현 잉입두류 상쌍계 신흥기행록(歷盡沿海郡縣 仍入頭 流 賞雙溪神興紀行錄) 『제호집(霽湖集)』	1618.윤4.15~05.18
조겸 (趙豏 1569~1652)	유두류산기(遊頭流山記) 『봉강집(鳳岡集)』	1623.02.10~02.16

17세기 후반기

저 자	작품 및 문집명	유람 시기
허목 (許穆 1595~1682)	지리산기(智異山記) 『기언(記言)』	1640.09.03
허목 (許穆 1595~1682)	지리산청학동기(智異山靑鶴洞記) 『기언(記言)』	1640.09.03

박장원 (朴長遠 1612~1671)	유두류산기(遊頭流山記) 『구당집(久堂集)』	1643.08.20~08.26
오두인 (吳斗寅 1624~1689)	두류산기(頭流山記) 『양곡집(陽谷集)』	1651.11.01~11.06
김지백 (金之白 1623~1671)	유두류산기(遊頭流山記) 『담허재집(澹虛齋集)』	1655.10.08~10.11
송광연 (宋光淵 1638~1695)	두류록(頭流錄) 『범허정집(泛虛亭集)』	1680.08.20~08.27
정협 (鄭悏 1674~1720)	유두류록(遊頭流錄) 『기행록(紀行錄)』	1691.04.16~04.17

18세기

저 자	작품 및 문집명	유람 시기
김창흡 (金昌翕 1653~1722)	영남일기(嶺南日記) 『삼연집(三淵集)』	1708.02.03~윤03.21
신명구 (申命耈 1666~1742)	유두류일록(遊頭流日錄) 『남계집(南溪集)』	1719.05.16~05.21
신명구 (申命耈 1666~1742)	유두류속록(遊頭流續錄) 『남계집(南溪集)』	1720.04.06~04.14
조구명 (趙龜命 1693~1737)	유지리산기(遊智異山記) 『동계집(東谿集)』	1724.08.01~08.03
조구명 (趙龜命 1693~1737)	유용유담기(遊龍游潭記) 『동계집(東谿集)』	1724.08.01
정식 (鄭栻 1683~1746)	두류록(頭流錄) 『명암집(明菴集)』	1724.08.02~09/ 08.17~27(2차)
김도수 (金道洙 1699~1733)	남유기(南遊記) 『춘주유고(春洲遺稿)』	1727.09.12~10.05
하대명 (河大明 1691~1761)	유두류록(遊頭流錄) 『한계유고(寒溪遺稿)』	1736.08.21~08.30
정식 (鄭栻 1683~1746)	청학동록(靑鶴洞錄) 『명암집(明菴集)』	1743.04.21~04.29

황도익 (黃道翼 1678~1753)	두류산유행록(頭流山遊行錄) 『이계집(夷溪集)』	1744.08.27~09.14
이주대 (李柱大 1689~1755)	유두류산록(遊頭流山錄) 『명암집(冥庵集)』	1748.04.01~04.24
하필청 (河必淸 1701~1758)	유낙수암기(遊落水巖記) 『태와유고(台窩遺稿)』	미상
권길 (權佶 1712~1774)	중적벽선유기(中赤壁船遊記) 『경모재집(敬慕齋集)』	○년.09.16
박래오 (朴來吾 1713~1785)	유두류록(遊頭流錄) 『니계집(尼溪集)』	1752.08.10~08.19
이갑룡 (李甲龍 1734~1799)	유산록(遊山錄) 『남계집(南溪集)』	1754.윤5.10~05.16
홍씨 (洪氏 ? ~ ?)	두류록(頭流錄) 『삼우당집(三友堂集)』	1767.07.16~07.30
이만운 (李萬運 1736~1820)	촉석동유기(矗石同遊記)·덕산동 유기(德山同遊記)·문산재동유기 (文山齋同遊記) 『묵헌집(默軒集)』	1783.11.26~11.28
이동항 (李東沆 1736~1804)	방장유록(方丈遊錄) 『지암집(遲庵集)』	1790.03.28~05.04
유문룡 (柳汶龍 1753~1821)	유천왕봉기(遊天王峯記) 『괴천집(槐泉集)』	1799.08.16~08.18

19세기

저 자	작품 및 문집명	유람 시기
유정탁 (柳正鐸 1752~1829)	두류기행(頭流紀行) 『청천가호집(菁川家稿集)』	○년.03.10~03.14
응윤 (應允 1743~1804)	두류산회화기(頭流山會話記) 『경암집(鏡巖集)』	1803.03.
응윤 (應允 1743~1804)	지리산기(智異山記) 『경암집(鏡巖集)』	미상

안치권 (安致權 1745~1813)	두류록(頭流錄) 『내옹유고(乃翁遺稿)』	1807.02.
남주헌 (南周獻 1769~1821)	지리산행기(智異山行記) 『의재집(宜齋集)』	1807.03.24~04.01
하익범 (河益範 1767~1815)	유두류록(遊頭流錄) 『사농와집(士農窩集)』	1807.03.26~04.08
유문룡 (柳汶龍 1753~1821)	유쌍계기(遊雙磎記) 『괴천집(槐泉集)』	1808.08.08~08.16
정석구 (丁錫龜 1772~1833)	두류산기頭流山記) 『허재유고虛齋遺稿)』	1818.01
정석구 (丁錫龜 1772~1833)	불일암유산기(佛日庵遊山記) 『허재유고(虛齋遺稿』	미상
권호명 (權顥明 1778~1849)	쌍칠유관록(雙七遊觀錄) 『죽하유고(竹下遺稿)』	○년.09.13~미상
노광무 (盧光懋 1808~1894)	유방장기(遊方丈記) 『구암유고(懼菴遺稿)』	1840.04.29~05.09
민재남 (閔在南 1802~1873)	유두류록(遊頭流錄) 『회정집(晦亭集)』	1849.윤04.17~04.21
하달홍 (河達弘 1809~1877)	두류기(頭流記) 『월촌집(月村集)』	1851.윤08.02~08.07
하달홍 (河達弘 1809~1877)	유덕산기(遊德山記) 『월촌집(月村集)』	미상
하달홍 (河達弘 1809~1877)	유무주암기(遊無住菴記) 『월촌집(月村集)』	1860.10.15
하달홍 (河達弘 1809~1877)	장항동기(獐項洞記) 『월촌집(月村集)』	○년 봄
하달홍 (河達弘 1809~1877)	안식동기(安息洞記) 『월촌집(月村集)』	미상
김영조 (金永祚 1842~1917)	유두류록(遊頭流錄) 『죽담집(竹潭集)』	1867.08.26~08.29
송병선 (宋秉璿 1836~1905)	지리산북록기(智異山北麓記) 『연재집(淵齋集)』	1869.02.

권재규 (權在奎 1835~1893)	유적벽기(遊赤壁記) 『직암집(直菴集)』	1869.08.16
배찬 (裴瓚 1825~1898)	유두류록(遊頭流錄) 『금계집(錦溪集)』	1871.09.04~09.08
조성렴 (趙性濂 1836~1886)	두류유기(頭流游記) 『심재집(心齋集)』	1872.08.16~08.26
황현 (黃玹 1855~1910)	유방장산기(游方丈山記) 『매천집(梅泉集)』	1876.08~미상
박치복 (朴致馥 1824~1894)	남유기행(南遊記行) 『만성집(晩醒集)』	1877.08.24~09.16
허유 (許愈 1833~1904)	두류록(頭流錄) 『후산집(后山集)』	1877.08.05~08.15
송병선 (宋秉璿 1836~1905)	두류산기(頭流山記) 『연재집(淵齋集)』	1879.08.01~미상
전기주 (全基柱 1855~1917)	유쌍계칠불암기(遊雙溪七佛菴記) 『국포속고(菊圃續稿)』	1883.초여름 6일 간
김종순 (金鍾順 1837~1886)	두류산중문견기(頭流山中聞見記) 『직헌속집(直軒續集)』	1884.01.09
전기주 (全基柱 1855~1917)	유대원암기(遊大源菴記) 『국포속고(菊圃續稿)』	1884.04
김성렬 (金成烈 1846~1919)	유청학동일기(遊青鶴洞日記) 『겸산집(兼山集)』	1884.05.01~05.09
정재규 (鄭載圭 1843~1911)	두류록(頭流錄) 『노백헌집(老栢軒集)』	1887.08.18~08.28
정재규 (鄭載圭 1843~1911)	악양정회유기(岳陽亭會遊記) 『노백헌집(老柏軒集)』	1891.08 하순
조종덕 (趙鍾德 1858~1927)	두류산음수기(頭流山飮水記) 『창암집(滄庵集)』	1895.04.11~미상
강병주 (姜炳周 1839~1909)	두류행기(頭流行記) 『두산집(斗山集)』	1896.08.15~08.17
하겸진 (河謙鎭 1870~1946)	유두류록(遊頭流錄) 『회봉집(晦峯集)』	1899.08.16~08.24

20세기

저 자	작품 및 문집명	유람 시기
문진호 (文晉鎬 1860~1901)	화악일기(花岳日記) 『석전유고(石田遺稿)』	1901.04.06~04.26
송병순 (宋秉珣 1839~1912)	유방장록(遊方丈錄) 『심석재집(心石齋集)』	1902.02.03~03.12
김회석 (金會錫 1856~1933)	지리산유상록(智異山遊賞錄) 『우천집(愚川集)』	1902.02.03~03.12
이택환 (李宅煥 1854~1924)	유두류록(遊頭流錄) 『회산집(晦山集)』	1902.05.14~05.28
안익제 (安益濟 1850~1909)	두류록(頭流錄) 『서강유고(西崗遺稿)』	1903.08.27~미상
양재경 (梁在慶 1859~1918)	유쌍계사기(遊雙溪寺記) 『희암유고(希庵遺稿)』	1905.04
김교준 (金敎俊 1883~1944)	두류산기행록(頭流山記行錄) 『경암집(敬菴集)』	1906.03.30~04.03
정종엽 (鄭鐘燁 1885~1940)	유두류록(遊頭流錄) 『수당집(修堂集)』	1909.01.28~02.06
배성호 (裵聖鎬 1851~1929)	유두류록(遊頭流錄) 『금석집(錦石集)』	1910.03.14~03.20
이수안 (李壽安 1859~1929)	유두류록(遊頭流錄) 『매당집(梅堂集)』	1917.08.02~08.14
곽태종 (郭泰鍾 1872~1940)	순두류록(順頭流錄) 『의재유고(毅齋遺稿)』	1922.03
김기채 (金箕彩 1874~1930)	방호유록(方壺遊錄) 『심재집(心齋集)』	1922.04.13.~04.22
장화식 (蔣華植 1871~1947)	강우일기(江右日記) 『복암집(復菴集)』	1925.01.18~02.03
김규태 (金奎泰 1902~1966)	유불일폭기(遊佛日瀑記) 『고당집(顧堂集)』	1928.05.10
오정표 (吳政杓 1897~1946)	유불일폭기(遊佛日瀑記) 『매봉유고(梅峯遺稿)』	1928.06.07~06.08

김택술 (金澤述 1884~1954)	두류산유록(頭流山遊錄) 『후창집(後滄集)』	1934.03.19~04.07
정기 (鄭琦 1879~1950)	유방장산기(遊方丈山記) 『율계집(栗溪集)』	1934.08.17~08.24
이보림 (李普林 1903~1974)	두류산유기(頭流山遊記) 『월헌집(月軒集)』	1937.04.06~04.09
이보림 (李普林 1903~1974)	천왕봉기(天王峯記) 『월헌집(月軒集)』	1937.04.19
김학수 (金學洙 1891~1974)	유방장산기행(遊方丈山記行) 『술암유집(述菴遺集)』	1937.08.16~08.22
이병호 (李炳浩 1870~1943)	유천왕봉연방축(遊天王峰聯芳軸)	1940.05.24~05.28
이현섭 (李鉉燮 1879~1960)	두류기행(頭流紀行) 『인재집(仞齋集)』	1940.08.16~08.29
정덕영 (鄭德永 1885~1956)	방장산유행기(方丈山遊行記) 『위당유고(韋堂遺稿)』	1940.08.27~09.07
양회갑 (梁會甲 1884~1961)	두류산기(頭流山記) 『정재집(正齋集)』	1941.04.30~05.06

저자소개

강정화 姜貞和

현 국립경상대학교 경남문화연구원 인문한국(HK)교수. 한국한문학 전공, 국립경상대학교 한문학과 문학박사. 경남문화연구원 학술연구교수 역임. 저역서로는 『선인들의 지리산 유람록 1~6』(공역), 『지리산, 인문학으로 유람하다』(공저), 『선인들의 지리산 기행시 1~3』(공역) 등이 있으며, 연구논문으로는 「한말 지식인의 지리산 유람」, 「두류전지 속 한시에 대한 고찰」 등 다수가 있다.

김기주 金基柱

현 계명대학교 교양교육대학 교수. 유가철학(儒家哲學) 전공. 대만 사립 동해대학 철학연구소 철학박사. 순천대학교 지리산권문화연구원 인문한국(HK)교수 역임. 저역서로는 『서원으로 남명학파를 보다』, 『심체와 성체 총론편』, 『유교와 칸트』(공역) 등 10여 권이 있으며, 연구논문으로는 「기발리승일도설로 본 기호학파의 3기 발전」, 「이상사회에서의 일과 노동」, 「사단칠정논쟁으로부터 심즉리로」, 「한주 이진상의 리기설」 등 다수가 있다.

박찬모 朴燦謨

현 국립순천대학교 지리산권문화연구원 인문한국(HK)교수. 국문학(현대문학) 전공, 전남대학교 국어국문학과 문학박사. 공저서로는 『지리산권 문화와 인물』(공저), 『지리산 역사문화사전』(공저), 『지리산문학의 새로운 지평』(공저) 등이 있으며, 연구논문으로는 「문순태의 『피아골』에 나타난 생태학적 상상력」, 「'빨갱이'와 이데올로기적 환상」, 「지리산 현대시와 사운드스케이프」 등이 있다.

소현수 蘇賢修

현 서울시립대학교 조경학과 조교수. 조경학 박사. 조경기술사. 『오늘, 옛 경관을 다시 읽다』, 『和而不同의 동아시아 건축도시사』, 『파빌리온, 도시에 감정을 채우다』를 함께 저술하고, 『조경가를 꿈꾸는 이들을 위한 조경 설계 키워드 52』의 번역에 참여하였다. 연구 논문으로는 「전통주택과 조경공간의 생태학적 해석」, 「문화재 안내판의 배치와 디자인에 대한 고찰」, 「차경(借景)을 통해 본 소쇄원 원림의 구조」 등 다수가 있다.

이경순 李璟珣

현 대한민국역사박물관 학예연구사. 한국사 전공, 서강대학교 사학과 문학박사. 저서로는『임진왜란, 동아시아 삼국전쟁』(공저),『금강산 건봉사의 역사와 문화』(공저) 등이 있으며, 연구논문으로는「18세기 전반 이하곤의 호남여행과 사족 연망」,「조선후기사족의 산수유람기에 나타난 승려 동원과 불교 전승 비판」,「The Confucian Transformation of Mountain Space: Travels by Late-Chosŏn Confucian Scholars and Atttempted Confucianization of Mountains」 등이 있다.

이상균 李相均

현 강원도청 학예연구사. 한국사 전공. 강원대학교 사학과 문학박사. 한국방송통신대학교·강원도인재개발원 강사. 저서로는『조선시대 유람문화사 연구』,『전근대 서울에온 외국인들』(공저),『우리문학과 산림문화』(공저),『강원도사 : 3~10권』(공저) 등이있으며, 연구논문으로는「조선시대 사대부의 유람 양상」,「조선시대 유람의 유행에 따른 문화촉진 양상」 등 다수가 있다.

이종수 李鍾壽

현 국립순천대학교 지리산권문화연구원 인문한국(HK)교수. 한국불교사 전공. 동국대사학과 문학박사. 동국대 불교학술원 조교수 역임. 역서로는『운봉선사심성론』(2011), 공저로는『사지자료집-대흥사편①』(2014) 등이 있으며, 논문으로는「숙종 7년 중국선박의 표착과 백암성총의 불서간행」,「조선후기 불교 이력과목의 선정과 그 의미」,「조선후기 가흥대장경의 복각」,「조선후기 화엄학의 유행과 그 배경」 등 다수가 있다.

이창훈 李昶勳

현 문화재청 국립문화재연구소 연구원. 전통조경 전공, 상명대학교 환경자원학과 이학박사, 아산 순천향대학교 외래교수. 연구논문으로는「조선시대 유람록에 나타난 경관자원 연구」(공저),「Landscape interpretatioin of Mt. Jiri traveling place viewed from people in Joseon」(공저) 등 다수가 있으며, 명승(名勝) 및 전통정원 관련 보존및 활용에 대해 연구 중이다.

이호승 李鎬丞

현 국립공원연구원 정책연구부 연구원. 산림휴양 전공, 경북대학교 임학과 농학석사(박사수료). 연구논문으로는「지리산 유람록을 통한 산림문화 연구」,「Turnbull 분포무관모형을 이용한 오대산국립공원의 경제적 가치 평가」,「산촌의 산림휴양형 계류낚시

휴양시설 개발에 대한 수요 분석」 등 다수가 있다.

임의제 林義堤

현 국립경남과학기술대학교 조경학과 교수. 공학박사. 경상남도 문화재위원. 조경과 도시를 아우르는 실무경험과 함께 조경기술사를 취득하였으며, 도시 서울에 대한 총체적인 관점의 연구를 모색해 온 서울학연구소에서 수석연구원으로 활동하였다. 현재 우리 문화와 전통경관에 대한 연구를 중심으로 환경설계에의 실천적 구현에 힘쓰고 있다.

최 관 崔寬

전 경북대학교 임학과 교수. 임학 전공, 미국 IOWA STATE UNIVERSITY 농학박사. 연구논문으로는 「델파이 기법과 AHP를 이용한 국산재 공급 확대를 위한 정책방안」, 「지리산 유람록을 통한 산림문화 연구」, 「리즈렐모형을 이용한 임도사업의 계량적 분석」 등 다수가 있다.

최원석 崔元碩

현 국립경상대학교 경남문화연구원 인문한국(HK)교수. 명산문화연구센터장. 고려대학교 지리학과 문학박사. 저역서로는 『사람의 산 우리 산의 인문학』, 『산천독법』 등이 있으며, 연구논문으로는 「지리산 마을풍수의 문화생태」, 「조선시대의 명산과 명산문화」, 「한국의 산 연구전통에 대한 유형별 고찰」 등 다수가 있다.

한상열 韓祥烈

현 경북대학교 임학과 교수. 임학 전공, 경북대학교 임학과 농학박사. 국립산림과학원 겸임연구관, 산림청 국립자연휴양림관리소 심의운영위원, 산림청 산림정책평가위원 이용소위원회 위원장, 환경부 국립공원전문위원 등 역임. 저역서로는 『한국의 전통사찰-전통사찰의 공익적 가치평가 및 관리』(공저), 『이제는 산림비즈니스다(공저)』, 『휴양과 치유(공저)』 등이 있으며, 연구논문으로는 「탐방객의 공원시설 만족도가 재방문 의향에 미치는 영향 연구」, 「지리산 유람록을 통한 산림문화 연구」, 「지리산 둘레길의 환경 및 사회·문화적 효과 분석」 등 다수가 있다.

지리산 유람록의 이해

2016년 8월 15일 초판 1쇄 펴냄

지은이 강정화·김기주·박찬모·소현수·이경순·이상균·이종수
　　　　　이창훈·이호승·임의제·최　관·최원석·한상열
펴낸이 김흥국
펴낸곳 도서출판 보고사

등록 1990년 12월 13일 제6-0429호
주소 경기도 파주시 회동길 337-15 보고사 2층
전화 031-955-9797(대표)
　　　　02-922-5120~1(편집), 02-922-2246(영업)
팩스 02-922-6990
메일 kanapub3@naver.com / bogosabooks@naver.com
http://www.bogosabooks.co.kr

ISBN 979-11-5516-581-2 93810
ⓒ 강정화 외, 2016

정가 20,000원